上海根故事工厂

SHANGHAI GENGUSHI GONGCHANG
YUANCHUANG YINGSHI GUSHIJI

原創影視故事集

陆 军 主编

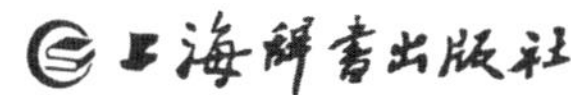

总　序

“惟楚有材，于斯为盛。”我的家乡松江古属楚国，是春申君黄歇的封地。每次触摸到这片神奇的土地，脑海里最先跳出的信息，一定是那一长串震烁古今的名字：陆机、陆云、赵孟頫、杨维桢、袁凯、陶宗仪、徐阶、董其昌、陈继儒、陈子龙、夏完淳、王鸿绪、史量才、施蛰存、赵家璧，等等。这些人中的大多数，不仅有才，而且有品；不仅有品，而且有志。他们的才、品、志，无不着眼于家国情怀，无不奉献于社稷苍生，按今天的话来说，一个个都是“德艺双馨”的名师大家。

先世之风，延泽后代。古之华亭，今之松江，生活在这片土地上的人们，也仍然在以自己的方式诠释为国为民之思，咏叹伟大的时代，在文学艺术领域取得了不容小觑的成果。因此，在通过编撰“一典六史”（即《松江人文大辞典》《松江简史》《松江文学史》《松江诗歌史》《松江戏剧史》《松江书法史》《松江绘画史》）这套全方位记录松江人文历史和现状的大部头丛书，对松江的人文资源作全面梳理与系统归纳的同时，组织四海精英，对一些极为重要的时代际会、历史事件、世俗人境、物候民风，以艺术创作与学术研究两种介入方式加以深入挖掘、悉心呈现，为今天的读者、后世的研究者留下诠释松江精神的范本，也是不得不做的事了。正是基于这样的思考，《人文松江创作文库》与《人文松江研究文库》应运而生，并成为松江“一典六史”编辑部另一项重要的文化工程。

从《人文松江创作文库》入编书稿的要求看，凡描摹时代之变、讴歌国家之进、激励奋斗之志、催生创造之力、回应人民之呼、礼赞发展之果的精品力作、新人佳作均可入编。而以戏剧作品《松江历史名人五部曲》为开篇之作，则主要有如下几个原因。

其一，松江自古以来就是戏剧之乡。中国戏曲成熟于宋代，其时华亭县所属的青龙镇已有勾栏艺伎的歌舞表演。元代，松江演出兴盛、名伶辈出，更出现了以夏庭芝、陶宗仪为代表的戏剧理论家。《青楼集》记载了元代戏曲艺人的生存状态，而《南村辍耕录》则录述院本名目690种，留存了重要剧目的原型史料。明代，《绣襦记》《焚香记》和“博山堂三种曲”等由松江剧作家创作的传奇享誉剧坛；何良俊提出的“本色”“当行”说、陈继儒提倡的“至情”与“奇巧”，至今仍为学界所重；热衷收藏元剧的董其昌促成了元明戏曲最重要的文献《也是园古今杂剧》的刊梓，而他与汤显祖书信往来、惺惺相惜的故事更是被后人传为美谈。清代，《雷峰塔》一枝独秀，《劝善金科》与《昇平宝筏》开宫廷连台本戏之先河；更有《长生殿》盛大排演，洪昇亲临松江指导，历三昼夜始毕；在戏曲理论的著录上，俞粟庐有《度曲刍言》面世，对昆曲的传承具有重要指导意义。民国的松江剧坛热闹纷呈，远近闻名的“滩簧码头”为1941年本地滩簧“申曲”发展为沪剧奠定了坚实的基础。中华人民共和国成立以来，松江戏剧持续发展，人才辈出，作品丰硕。基于如此优厚的演艺传统，推戏剧集为首卷，也是一件顺理成章的事了。

其二，所选五部剧作中的主人公，都是松江人中的翘楚，其中徐阶、董其昌、陶宗仪、侯绍裘的艺术形象已在近年先后与观众见面，陆机也即将走上云间剧院的舞台。同时，《徐阶》刊载于《剧本》月刊2015年第3期，为国家艺术基金、上海市重大文艺创作资助项目，并获第31届田汉戏剧奖剧本一等奖；《董其昌》刊载于《戏剧文学》2020年第7期，为上海市文化发展基金会资助项目，并获第35届田汉戏剧奖剧本一等奖；《侯绍裘》为上海市重大文艺创作资助项目，刊载于《剧本》月刊2021年第7期；《陆机》也是上海市文化发展基金会资助项目。客观地说，这些剧作都获得了很好的社会反响，如今通过结集出版来仰先贤、励后学，在我看来，应该是其最恰当的留存于世的方式了。

其三，众所周知，戏剧具有得天独厚的形象性和观赏性，“其化人也速”，容易引起观众的共鸣，起到娱乐和教化作用。陈独秀在《论戏曲》中甚至这样认为：“戏曲者，普天下人类所最乐睹、最乐闻者也，易入人之脑蒂，易触人之感情。故不入戏园则已耳，苟其入之，则人之思想权未有不握于演戏曲者之手矣。……由是观之，戏园者，实普天下人之大学堂也；优伶者，实普天下人之大教师也。”陈先生的话虽然有些夸张，但道理是对的。因此，首卷推出戏剧集，于情于理，都说得过去。

当然，“创作文库”也必定会兼容文学艺术的各种体裁，以展示各路才俊通过文字的方式表达爱祖国、爱人民、爱家乡的炽热情感与出色才华。

从《人文松江研究文库》入编书稿的要求看，凡涉及松江历史文化、民俗文化、地域文化、宗教文化（伦理）、建筑文化、饮食文化、服饰文化、产业文化、语言文化、法律文化、旅游文化、影视文化等形态的优秀研究成果均可入编。

创作与研究，被称作文化之两翼。创作是研究的根本，没有创作，则研究无法展开；没有研究，则创作的成果得不到深入的探讨，而创作的良性发展、提升，也有赖于研究的助力。很多时候，创作者或湮灭无闻，或张冠李戴，唯有在前人的笔记中还能找到些雪泥鸿爪，还原真相。王国维钩沉前人笔记小说中记录的演出情况，方成皇皇巨著《宋元戏曲史》。没有录音录像的古代，世间百态的生活细节，仅能从前人的文字中去爬罗剔抉，如果前人对当时的演出状况一无所录，今人又何以能想象古人的剧坛盛景？夏庭芝的《青楼集》记录了元代几个大城市100余位戏曲女演员的生活片断，其在戏曲史上的价值不亚于钟嗣成的《录鬼簿》。陶宗仪的《南村辍耕录》，除了小说、书画、戏剧和诗词本事的记述之外，还有关于宋元两朝的典章制度、史事杂录、文物科技、民俗掌故的丰富史料。正是因为有了他们的记述，我们对于过去先民的怀念才不致于只停留在想象上。

正因为学术研究的重要性，《人文松江研究文库》首卷推什么，就显得举足轻重。几乎不加思索，我一下想到了朱恒夫教授。恒夫是上海师范大学的二级教授，中国戏曲史论研究的权威，民俗学、地方文化史研究专家，学富五车，著作等身，且对人文松江建设有感情、有研究、有贡献。由他来组织研究团队，对以往松江地方文化史研究方面的薄弱环节分专题进行重点研究，逐个探究，应是不二人选。果不其然，恒夫教授很快邀约了一批学界名宿，有著名农史专家曾雄生研究员、著名戏曲史专家俞为民教授和程华平教授、书法家与书法理论家程兴林研究员、文史专家戴燕教授、古代文学专家吕双伟教授、语言学家鲁国尧教授等，以《江南文化的样本——松江》为题展开多维研究，经过一年多的努力，终于完成了一部深入探讨松江及毗邻地区经济、宗教、文化、教育、艺术、风俗等历史的高水平学术专著，借此帮助人们更好地了解松江的过去，更好地把握松江特有的文化风貌，更好地体悟松江人奋发图强的精神品格，更好地理解“人杰”辈出的松江之“地灵”的真正内涵。

由此想到，当年夏庭芝、陶宗仪的研究是自发、偶然的个人行为。而今天，在中共松江区委、区人民政府的领导下，我们可以集中人力、物力、财力，有组织、有准备、有计划地去做这件事，躬逢其盛，何其荣焉！当然，需要注意的是，创作也好，研究也罢，我们强调历史的梳理，我们更重视现代的记录；我们倚重学养深厚的名家大咖，我们也特别关注锐意进取的青年学者。我们努力做到每一次创作、每一项研究都要成为精品。即使不能够给松江文化以精准的概括，至少要给后世留下可以信赖的研究基础。日积月累到一定程度后，形成松江研究和松江创作的系列成果，作为“一典六史”的补充，献给那些一直默默关注我们前行的父老乡亲。

我想，如果将中华文化比喻成一条波涛翻滚、气势不凡的大河，那么松江文化就是这条大河中一朵绚丽多姿的浪花，正是朵朵形态各异、与众不同的浪花，才构成了中华文化的万千气象、滔滔洪流。我国前贤孔子说过“逝者如斯夫”，古希腊哲学家赫拉克利特也说“人不可能两次踏进同一条河流”，可见，中华文化的巨川虽然有大模样在，想要捕捉这具体的一朵朵浪花又何其难哉！这就促使我们不得不通过记录、研究、创作，尽可能地保留松江这一江南文化的样本，从而更多地守住中华文化的身姿与根脉。正因如此，我们希望，后人在看到这些成果的时候，不仅对过去的松江刮目相看，更对今天的松江刮目相看——“上海之根”松江了不得！是的，这就是吾乡，这就是松江！

2021年12月30日

作者为松江“一典六史”、《人文松江研究文库》、《人文松江创作文库》策划、主编，国家“万人计划”教学名师，上海市文史研究馆馆员，上海戏剧学院学术委员会主任，上海人文松江创作研究院院长。

序

陆　军

《上海根故事工厂：原创影视故事集》即将付印，作为献给“影视之都”松江的一份薄礼[1]，我既希望借此表达以内容介入上海科技影都建设的些许愿景，更希望通过这本书中一个个生动别致的故事，让读者，特别是青少年读者走进影视天地，并成为这个天地中的一部分。

有人说，故事是人生的设备。有人说，影视是现代人最主要的娱乐方式。有人说，一本书就是一个世界。那么，影视故事的世界，一定是具有别样的风采吧？

如此想来，这个星期天，斗胆邀您去故事工厂，一起打开这本影视故事集，去看看生活在这个世界里的人们的喜怒哀乐、跌宕起伏，应该是个不错的主意！

果不其然。您看，这个由30个影视故事组成的世界里充满了急遽变化、激情澎湃的时代气象，彰显着芸芸众生坚韧不拔、忍辱负重的精神风貌。故事坚持现实主义创作传统，关注现实问题。不仅从广度上涉及普通人民生活的衣、食、住、行，生、老、病、死，而且从深度上触及关于理想、信念、生的意义、死的价值等人类的本质问题，值得您一篇一篇读下去。

您再看，在现实主义审美取向总的框架之下，几乎每个故事所反映的社会生活都极具地域感、时代感和历史感。编剧对题材的把握，不仅体现了独

[1]“上海之根”松江，是上海科技影都建设的主战场。自2018年启动建设以来，聚影视企业近7 000家，占全国影视企业总量的三分之一。为了助力“影视之都”建设，笔者继组织编撰《松江影视产业发展简史》、策划创作30集电视连续剧《G60青春公寓》、助推创办上海辰山汽车影院、提议在松江区文联组织架构中增设区影视艺术家协会、在《松江人文大辞典》中增设影视分科编撰等事项之后，特编辑出版《上海根故事工厂：原创影视故事集》一书，希望继续以内容介入的方式为松江影视产业发展添砖加瓦。

特的审美眼光，更反映出创作者对社会现实的关注以及肩负的历史担当。

您再往下看，所谓故事中强烈的地域感，是指作者不仅仅是把上海当作故事发生的舞台，而更是把上海当作一个生生不息的人文空间，不同时代的普通人在这个空间中上演着爱恨情仇、悲欢离合，都浸润着江南文化、海派文化、红色文化的气质与神韵。如《G60青春公寓》《有亲戚从远方来》《云间故事》等，让我们领略到松江的风土人情，也感受到松江的活力四射，更体会到上海的厚重、多元、包容与温情。

所谓故事中强烈的时代感，是指作者引领我们亲临当下社会最鲜活的现场，无论是与普通老百姓生活息息相关的现实问题，还是整个社会的热点现象都有所体现。《G60青春公寓》直接以松江G60科创走廊为载体，从一个侧面反映当代松江的蓬勃发展；《笑满新天地》《猪小弟》以“乡村振兴”为主线，描摹当代乡村生活欣欣向荣的日常图景；《云间故事》《致依然平凡的我们》等故事，紧紧围绕“互联网+”和“创业”，体现当代社会的发展趋势；《首席律师》《理赔风云》等作品也以其行业特征，广泛讨论包括婚姻、教育、医疗等热点话题。

所谓故事中强烈的历史感，是指那些诞生于历史记忆与历史想象中的故事，无论是聚焦重要革命历史事件的《井冈风云》，还是《大药商》《少年陈真》《上海影事》等，各个领域的爱国人士都在救亡图存中扛起重任。故事中的革命家、先烈和仁人志士以其不屈的民族气节，在历史的转折中力挽狂澜，在火热的现实中开拓进取，这既是历史的真实写照，也是中华民族爱国主义情怀的时代表达。

您会看到，在题材的把握上，作者深谙地域感、时代感和历史感的内涵，能以先进的观念为导引，精准敏锐地处理好笔下故事中人物的前世今生。比如《绝对计划》把游戏、AI和“非遗”中华武术结合，《松江绣娘》把抗战背景下个人的悲欢离合和“非遗”顾绣的发展传承结合到一起，《不负少年时》更是把多种中国传统民间艺术的要素作为故事的核心部分等。这种融合极大地普及了“非遗”的人文意义，强化了传统文化的当代价值，也让历史与现实的链接具有更强的艺术性。

您还会看到，影视故事彰显地域感、时代感和历史感的最终目的，是要塑造一批扎根于中华大地、真诚地生活与不断地进取的典型人物。虽然影视故事限于篇幅，不能如影视剧本那样可以尽情地刻画人物，但在这些故事的情节脉络中，我们依然能看到不同人物各自的音容笑貌，听见男女老少别样的喘息呻吟。当一个个真实、独特的艺术形象迎面走来时，如族中亲戚般熟悉，似邻家小友般亲切。比如关注特殊人群命运的《最后的旅程》，以喜剧方式塑造了几个个性鲜明、重获“新生”的老年人形象，栩栩如生，呼之欲出。尤其令人欣慰的是，这本故事集中所活跃着的年轻人群体形象也十分出彩，剧作家们真实地呈现了当代年轻人的生存境遇，展现了他们坚强的品格意志和向上的精神面貌，以这些认真生活的人们为契机，通过铺陈他们的生命历程，让我们窥见到当代社会的横断面。《G60青春公寓》《先生小姐向前走》《致依然平凡的我们》等多部作品都呈现出年轻人从初入职场的稚嫩，到遇到困难时的慌乱，陷入困境中的迷茫以及成长、蜕变的全过程。加上民国时期的《不负少年时》《少年陈真》以及《海上方舟》等，都让我们看到中华青年的风范和担当。这也是这本故事集极具当代价值的重要原因。

您更会看到，这个世界里蕴含着丰沛真挚的情感。情感的丰厚度是从情感的厚度、层次和复杂度上来考量的。故事集中的大部分作品在情感的表达上，自觉把家国、民族和个人的情感完美地融合到一起，在近代的《少年陈真》《松江绣娘》《海上方舟》，现代的《G60青春公寓》《绝对计划》《燃冰之地》《海鹦》中都能看得到。将个人的亲情、友情、爱情与家国、民族的大义之情交织在一起，这种神圣的情感，能自然地唤起读者从个体生命的情感到家国、民族情感的共鸣。情感层次的丰富性，情感强度的纯粹性，还可以在《班主任》《秋水长天梦归舟》《阔别不重逢》《寻》等故事中得以体悟。而《无谶》中几组主要人物关系之间极致的情感纠葛更让人感慨、哀怜、久久回味。

您也一定会看到，这些故事的艺术构思都是精心设计的。有一半以上的作品人物众多，事件复杂，这对编剧的技术能力要求很高，比如《G60青春公寓》《少年陈真》《首席律师》等。以主要人物的行动为主线的故事，在人物内心深度的拓展上，人物转变和成长的处理上，也都能做到张弛有度，不慌不忙，如《你存在的世界》《绝对计划》《燃冰之地》等。其他作品如《金蝉脱壳》《消失的定位》《最佳男主角》《立功》等，一个个故事独特，情节紧凑，很好看，也很耐看，都值得细细鉴赏。

由此，您、我也许会同时看到与想到，在繁杂善变、信息泛滥的当下，人们获得内心的安宁显得更为不易。文艺工作者如何以人性之光照亮生活？尤其是，影视作为当代最流行、最大众化的艺术形式，如何通过有趣味、有思想又有审美追求的故事来反映社会现实、传达人民心声、把握时代脉搏，又如何肩负起“文以载道”、文化传承与创新的重任，用高质量的原创作品去丰富我们共同的精神家园？这本影视故事集或许能给我们一些有益的启示。

对了，忽然想起，竟忘了向您介绍一下“上海根故事工厂”。这个名称是在2021年3月25日《文汇报》刊载的张裕先生与我的整版访谈录《人文，助力松江新城成为令人向往的未来之城》一文中首次提出来的。后来“上海根故事工厂”获得上海戏剧学院支持，开展多项实践与研究，获批“教育部首批新文科研究与改革实践项目”。这些年，发挥校地合作优势，这个工厂出了不少作品，比如《松江历代三百名贤故事集》《松江历史名人五部曲》《松江百景赋》等，也为上海戏剧学院与松江培养了一些年轻人，比如担任本书前期文字整理的博士生王艳秋就是其中之一。

其实，要聊的话题还有很多，如果您能继续赏光，今晚我们不妨再一起去上海辰山汽车影院，在九峰的怀抱里看故事电影，在星月的交辉中聊影视故事，那一定又是个不错的选择！您看好吗？

我等您！

2024年3月9日于云间江虹陋室

目 录

电视连续剧故事

电影故事

电视连续剧故事

G60青春公寓（30集）

◆ 陈一诺

每个年轻人心中都有一幅完美的生活图景，但现实和憧憬总有差距，并不能如自己所预期的一样完美，成长往往伴随着磕绊。所幸心中有梦，身旁有恋人和朋友一起笑、一起哭、一起奋斗，有温暖的家人始终站在身后，生活因而充满滋味。

对于徐云飞而言，今天是他人生中最幸福的时刻，因为他和女朋友李依然多年的异国恋终于要画上句号了。

李依然是徐云飞的大学学妹，无论是毕业分手季还是跨国恋情都未能将二人分开。一年前，当徐云飞决定在哈佛任教的时候，他们俩就计划好了未来：李依然将努力备考雅思，申请留学后，两人将会在美国的波士顿重聚并定居结婚。

原本定好的轨迹，却因为徐云飞和美国同事因中国医疗器械问题爆发争吵而改变。徐云飞不满美国同事对“中国制造”的轻蔑，少年意气风发，决定辞职回国创业。原本说好的暑假，一下变成了辞职后百无聊赖的空档期，徐云飞还来不及品味得失，就被另一件事的倒计时推着走了：他要赶着回国完成给李依然制造的惊喜。他打探得知李依然参与了上海松江“G60科创走廊logo设计大赛”，于是自己也悄悄远程投稿参赛，如今，他和李依然一同顺利通过了初赛。三组进入决赛的年轻人，获得了组委会提供的“G60人才公寓”一年的住宿权，最终的决赛获奖者，将在几位室友之间诞生。

徐云飞将这些瞒着李依然，因此当李依然和另外两位室友金梦瑶、丁浩在公寓里碰头分配好房间后，大家都不知道最后一位网络代号“X”的神秘人是何方神圣。

这天下午，决赛结果隆重揭晓，获奖者正是那位从未露面的“X”。当主持人有请“X”上台时，李依然惊讶地发现，登台的居然是自己远在美国的男朋友徐云飞！浪漫和感动充满了会场，徐云飞当着所有人的面，紧紧拥抱了朝思暮想的女朋友李依然。

李依然带他和公寓的另外两位室友照面，李依然大学闺蜜金梦瑶明说自己并不符合“人才”标准，是依靠和李依然组队才有资格参加比赛的，目的只是为了省房租，如今拿到了一年住宿权，还能和好朋友李依然一起合住，心满意足。刚本科毕业、拘谨木讷的丁浩，母胎单身，一跟女生说话就脸红，坦言自己还没找到工作，希望一边兼职一边住在公寓考注册会计师。大家笑着纷纷表示，会帮他训练社交技巧，保证让他谈个女朋友。李依然家在市区，因为工作在松江的G60科创宣传委员会，她便图个方便，搬来人才公寓住，只有周末才回家陪爸爸。而徐云飞虽然得了冠军，也有公寓住宿权，却只打算陪李依然小住一阵，他家境优渥，经商的父母在松江住着别墅，离人才公寓的距离不远。李依然的另一位好友学姐马玥是首批入住公寓的老住客，她带着香槟特意前来恭喜李依然。同住在公寓里的这些年轻人们一起举杯庆祝他们即将在这里开启的美好新生活！

徐云飞和李依然的甜蜜爱情收获一众羡慕，但当李依然谈及徐云飞的工作和共同赴美的打算时，徐云飞却突然公布，他已经从哈佛辞职，此次不打算再回去了。正当他要向众人详细解释，发小林森却突然来电，让他江湖救急，徐云飞只好不顾舟车劳顿，拉着李依然匆忙赶往林森当晚的婚礼现场。

出租车上，徐云飞向李依然说明情况后，女朋友并没有责怪他冲动，而是表示了理解和支持。徐云飞自知有愧于依然，而李依然的反应让他更加感动和愧疚，此时的他无比羡慕今晚就能够顺利走入婚姻殿堂的发小林森。

徐云飞和李依然虽然恋爱多年，却还没有获得自己父母的认可。从安徽出来打拼的徐家虽然在上海没有户口，但生意却一直不错，妈妈因此不同意家境普通的李依然，纵然她有上海户口，妈妈仍认为儿子可以找一个更优秀的女孩，至于和李依然结婚，更是连商量的余地都没有。徐云飞想要给李依然一个正大光明的体面交代，就必须用时间去说服父母。

二人刚赶到婚礼现场，林森就神情沮丧、慌慌张张告知他们一个重磅消息，新娘不见了！

婚礼现场，徐云飞的母亲罗美君和林森的母亲张倩蓉，正在进行闺蜜间的亲密交谈，她们觉得儿子们趁着年纪轻就该快点完成成家、立业这两件大事，尤其是结婚，刻不容缓。今天张倩蓉终于能大松一口气，她的“老大难”儿子林森要结婚了。

林家是本地名门，林森作为林家的独子，自然是众人目光的焦点，他本人是做大数据和云计算的，很有才华，但太过自闭不善社交，这会儿被宾客们当成大熊猫一样围观，正经历着社死，尴尬得满头是汗。

林家奶奶天天对着儿媳妇张倩蓉唠叨，仿佛林森三十未婚都是张倩蓉的责任。张倩蓉只好切断给林森的经济援助，平时为爱好充值的他“断粮”后只好屈服于父母。好在，林森很快就找到了令母亲满意的完美对象。

林家的婚礼办在了市区的五星级酒店，极尽奢华。

婚礼上，徐云飞的母亲罗美君和父亲徐治平却有着难言之隐。多年前便从安徽来上海经商的徐家夫妇，内心俨然是半个上海人，看着林森的婚事，不禁想到了自己儿子的婚事。儿子徐云飞迟早有一天也要结婚，他们家的公司这段时间接连亏损，负债已经接近临界点，夫妻俩并不能拿出钱来为儿子置办婚房，罗美君担心会因此影响儿子觅得佳偶。

徐云飞，是罗美君的骄傲，长相帅气、彬彬有礼，从小成绩优秀，又是哈佛的博士，今年还收到了哈佛的工作邀请留在了美国。罗美君把徐云飞当作是自己最大的成就，时不时就挂在嘴边炫耀。今天，在林家婚礼的这个盛大场合，原本是儿子给自己长脸的大好时机，罗美君却心有忧虑，显得底气不足。

罗美君一边强颜欢笑恭祝着张倩蓉，一边打探着办一场这样的婚礼需要耗费多少钱。张倩蓉随意地吐出一个数字，罗美君表面波澜不惊，暗地里却很心酸，估摸着自己恐怕没有能力把徐云飞的婚礼办得比林家更为讲究了。

徐家早年来上海经商，罗美君便和张倩蓉一起相处了多年，两人虽然是闺蜜，但半辈子都在角力和比较中度过。比较的内容大到谁的老公有出息，谁的儿子更成才，小到谁的衣服更有品位，谁的朋友圈有更多的赞，两个姐妹无时无刻不在比较。对于罗美君而言，自己的丈夫虽然不如张倩蓉的丈夫林新伟争气，但比儿子，罗美君肯定更胜一筹。

徐治平正躲在一旁角落喝着香槟，今天他被妻子逼迫破天荒地西装革履，被西服箍得呼吸困难。徐治平是个安徽爷们，内心总想捍卫自己一家之主的尊严，但因生意经营主要依靠妻子罗美君的理念，他没有用武之地，只能屈居“妻”下。

当徐治平偷偷饮酒时，张倩蓉的丈夫林新伟寻他而来，徐治平急忙恭喜老兄。徐家和林家是故交，但徐治平和林新伟两人的风格却大不相同。林新伟是标准的富家老爷，而徐治平是外地生意人，年近半百两人的差距愈加显露出来。比起徐治平发福的大肚子，林新伟的身材管理可是一点都看不出来是年近半百的人，看起来比小年轻都精神抖擞。再一比较身份，徐治平不过是公司挂名总经理，运营打理并不需要他抛头露面，日常穿着举止再随性不过，而林新伟却是事业有成的艺术品拍卖行合伙人，动不动就是小领结、西装、马甲。林新伟显然看出徐治平在躲着罗美君，对着他打趣了一番。

一眨眼，徐治平发现婚礼后台的徐云飞正在和李依然热络聊天。徐治平很喜欢李依然这个姑娘，他很欣慰两个小年轻经过异地恋的考验，感情仍如此坚固，只是，该如何向李家告知婚房暂时无法兑现？他也觉得很头疼。

徐云飞和李依然正在密谋如何解决新娘缺席的问题。原来，林森为了解决催婚的问题，花钱请人来扮演长期女友。演了一阵子男女朋友后，林森发现不仅自己不再受到经济管控，而且手头更加宽裕，可以肆无忌惮地做项目、搞研究，还有一套现成的婚房空着，只要结婚就能脱离父母管控，头昏脑热之下干脆一步到位选择了假结婚。两人被林森的这波操作惊到了，但看到林森联系不上假女友急得团团转，明白要是这场婚礼不能如约举行，林森必将难逃一劫。

徐云飞了解情况后，迅速研究了一遍林森和假女友签署的契约书，以违约条款要求假女友必须参加婚礼。假女友原本正在参加一个电影酒吧女的角色面试，被徐云飞揪住违约条款瞬间慌了，只好匆忙往婚礼现场赶。

吉时已到，喜庆的音乐响起。身穿西装的新郎林森正走投无路之际，宴会厅的大门打开了，新娘穿着大雅的秀禾装，盖着红盖头，缓缓走上舞台。

林森松了一口气，赶忙上前扶住新娘，在座的宴客都被新郎猴急的行为逗笑。婚礼上，不论司仪如何开口，林森就是不肯掀开新娘的盖头。张倩蓉发觉古怪，冲上去掀开盖头，发现盖头下的女孩并不是自己的儿媳，而是一个比儿媳更标志的女孩。

这个女孩，正是金梦瑶。林森本想用盖着盖头的金梦瑶冒充新娘，只要等到真新娘到来就好了，没想到却被当场拆穿。就在林森不知所措时，假女友终于赶到了现场，张倩蓉远远地看到穿着暴露、浓妆艳抹的假新娘，顿时明白这个儿媳妇平常得体温婉的形象都是假装出来的。张倩蓉一个箭步，拿过话筒宣布吉时已过，今天的婚礼延后，择日再办。罗美君很是奇怪，什么时候林家如此讲究吉时了？

婚礼不欢而散，林森预感自己怕是躲不过一场灾难了。李依然和金梦瑶悄悄躲进化妆间，纷纷感叹这是她们参加过最惊心动魄的婚礼了。金梦瑶原本对婚礼一点兴趣都没有，是李依然以安抚金梦瑶失恋需要沾沾喜气为由把她拉来现场的，而金梦瑶之所以愿意借坡下驴跟到婚礼现场来，主要是听说新郎是一个标准富二代才来开开眼。

金梦瑶原本有一个同样出身寒微的男朋友，后来她通过打拼来到汽车销售岗位，客户都有一定的经济实力，接触的圈层渐渐不同了，男友却还没有变化，两人相处状态逐渐失衡。她为了融入新集体，开始像身边的同事一样，省下吃住钱，购买奢侈品来装点自己，但男友认为她变得虚荣乱花钱迷失自己。终于，两人还是因为价值观冲突、步调不一致而分手。因此，她下定决心要钓一个金龟婿，参加这样的婚礼显然有助于她物色优质男人。

没想到误打误撞还当了回新娘子。看着自己穿着的漂亮衣服、回忆着刚才帅气的新郎和浪漫的场布，金梦瑶不禁幻想着如果这真的是她的婚礼就好了。正当金梦瑶想要继续向李依然打探有关林森的信息时，电话响起，汽车销售主管在电话里语气不善地要求金梦瑶回去顶班。匆忙之下，金梦瑶来不及解释，赶忙换下衣服，拎起包离开了酒店。

另外一边，林家气氛凝重，正在经历一场暴风骤雨。林家人已经知晓了林森假结婚的诡计，但奶奶认为这件事都怪张倩蓉教子无方，认为这母子二人把林家的脸都丢光了，于是把张倩蓉数落得狗血淋头。林新伟和张倩蓉担心的却不是丢脸一事，而是认为一向乖巧的儿子做出这样的事也许是有难言之隐，二人更担心他的性取向问题。

林森不安地回到家中。但家中张倩蓉和林新伟格外和蔼，不仅没有问责，还安慰起林森。林森还没来得及庆幸，便发现父母怀疑他是同性恋！林森无奈，却又不知从何解释，索性借由这次风波，向家人提出想住出去，好兄弟徐云飞在人才公寓有个单间，他想搬出去和徐云飞合住一段时间。这种想法自然遭到全家人的反对。

罗美君固然好奇林家的这些事，但对她而言，当下最要紧的还是儿子结婚的大事。罗美君发现儿子竟然还没有和他大学的那个学妹李依然分手，心中本就不满，觉得是李依然在纠缠她优秀的儿子，再加上得知婚礼上的新娘居然是李依然的闺蜜，更觉无语，认为物以类聚、人以群分。谁知宾客中又有人恰好与李依然家相识，告诉罗美君李家是离异家庭。罗美君十分传统，迷信离婚家庭孩子的婚姻无法白头到老的说法，一下子就炸了，要不是还要给张倩蓉面子，罗美君恨不得当场让徐云飞和李依然分手。

而徐云飞在和李依然帮林森送走朋友同学等一众宾客后，突然腹痛难忍，倍感不适。李依然急忙将他送到医院。原来，航班疲劳加上水土不服，徐云飞得了急性肠胃炎。输液前需要家属签字，情况紧急，李依然只好冒充妻子，在风险告知书的家属意见栏里签下了字，并在医院守了他一整晚。

经历了种种事情，徐云飞看着深爱着自己的女孩，十分感动，他决定马上与女友领证，不能够再等待了，他不想在下一次李依然生病或者发生危险时，连承诺承担风险的资格都没有。虽然他们留美计划中止了，但步入婚姻的计划并没有中止，他想名正言顺地保护她，合法去尽他想尽的责任。

第二天，徐云飞出院时，举着一枚用输液管做成的戒指，郑重向李依然求婚，希望往后余生，他们都能患难与共。李依然感动落泪，二人立刻动身去民政局，当即就把结婚证给领了。

然而，徐云飞包里揣着热乎乎的结婚证，回家中尚未坐定，罗美君便冲出来要求他和李依然分手。徐云飞一时傻眼了，着急忙慌把昨天婚礼上的乌龙和父母交代了一通，徐治平直接笑到岔气，还称赞李依然的朋友够义气，罗美君却板起面孔丝毫不为所动，坚持要徐云飞和李依然分手，徐云飞坚决不答应并摔门而出。眼看着母子二人又要吵得不可开交，徐治平站起来充当和事佬，主动请缨出门劝说儿子。

一出门，徐家父子二人便往常去的老船长酒吧而去，酒吧里是酒后吐真言的父子局。徐治平表示关于儿子感情的事，会帮忙说服罗美君，徐云飞却向父亲坦白一个重磅炸弹，他已经向哈佛提交了辞呈。了解了前因后果的徐治平并没有大发脾气，反而狠狠夸了一把儿子血气方刚，告诉儿子年轻人就该有自己的骨气和坚持。

徐云飞受到了父亲的鼓励，开始向父亲大谈特谈起了自己对医学器械研究的想法，但谈到之后打算自主创业的规划时，徐治平却有些面露难色，坦言家里也有一个重磅炸弹，那就是公司目前负重前行、周转不开，可能没办法帮助徐云飞太多，也告诫徐云飞暂时先不要将自己辞职的事情跟妈妈讲，怕罗美君受不了刺激。徐云飞表示父母已经为他付出了太多，接下来的事情不需要父母担心，他可以自己承担。

另一边，李依然和闺蜜金梦瑶、马玥回到公寓后，李依然亲自下厨做了一顿饭，与闺蜜们庆祝领证。李依然和金梦瑶绘声绘色地给马玥描述昨天的婚礼，三人笑到岔气。金梦瑶当了一天的豪门新娘后，内心种下了一个豪门梦，她不由得感慨只要对方是个金龟婿，她立马就愿意结婚。金梦瑶向李依然打听林森，李依然半是打趣地把林森宅男属性的种种劣迹都数落了一通。

说者无意，听者有心，金梦瑶默默记下了林森的喜好。马玥一眼看穿金梦瑶的心思，让李依然干脆把“人傻钱多、地主家的傻儿子”林森介绍给闺蜜金梦瑶，毕竟肥水不流外人田。马玥本一句玩笑话，李依然倒觉得可行，依照林森的习性八成要被坏女人骗财，那倒不如和金梦瑶凑一对，好歹对金梦瑶知根知底，而且金梦瑶可是奔着结婚去的，刚好符合林森想结婚的心意。于是李依然便打算筹划一次四人约会，金梦瑶赶忙答应。

李依然带徐云飞去父亲开的餐厅见家长，想跟父亲坦白两人领证的事。没想到还没坐定，李向东就跟客人们大肆吹捧自己的这位优秀的未来女婿，还装模作样地问起徐云飞和李依然去美国定居的事情，没想到徐云飞完全没有理会李向东想要炫耀的心理，不合时宜地坦白了自己已经从哈佛辞职。得知此消息的李向东，瞬间脸色难看起来，李依然赶紧打圆场，李向东勉强收起情绪，又问起徐云飞回国的打算。徐云飞表示想靠自己的能力自主创业，李向东的表情彻底失控了，在他眼里“创业”就是“无业”。李依然见大事不妙，找个理由拉起徐云飞就逃离餐厅，两人堪堪捡回小命，领证一事就更不敢提了。

虽然得不到家里人的支持，李依然和徐云飞这对小夫妻还是在人才公寓有模有样地过起了新婚生活，两人互串房间，第一次相拥而睡，第一顿醒来的早餐都让两人的甜蜜升温，他们都以为天高皇帝远就可以自在逍遥。谁能想到父母们更胜一筹。

自从那天徐云飞来过店里，李向东就不断对李依然进行夺命连环call，要求李依然跟徐云飞分手，一会儿说徐云飞是骗子，一会儿嫌弃徐云飞外地人。李依然不堪忍受李向东的电话骚扰，只得安抚他说徐云飞并不是一无所有，他家为他准备了婚房购买资金，这才使得父亲的情绪稍有缓和。但即使这样，唯恐女儿吃亏的李向东仍然与徐云飞约法三章，要求徐云飞必须买好婚房才能来他这里谈婚论嫁。徐云飞从小在父母的呵护下长大，对经济更是没什么太大概念，觉得即使没有了父母家财的资助，自己攒钱凑个小房子的首付也并不是什么难事，于是满口答应了老丈人的要求。

当罗美君得知徐云飞搬去了青春公寓后，十分不放心。罗美君不希望儿子跟李依然同住一个屋檐下，于是收买了公寓里的保洁阿姨打探情报，还偷偷在G60人才公寓对面租了一套房子，用来监视徐云飞的日常。在得知李依然竟然和徐云飞已经同居后，罗美君更是对这位“没过门”的媳妇印象极差，开始想方设法拆散二人。她认为徐云飞会被蒙蔽是因为没有接触过别的好姑娘，于是疯狂物色能配得上儿子的留美千金，并通知徐云飞，想住在青春公寓里，就必须得照她说的去相亲。徐云飞并不想答应妈妈这个蛮横的要求，但为了能促进罗美君对李依然改观，徐云飞答应了相亲，作为交换，罗美君必须也要跟李依然进行“相亲”。

之后的日子里，徐云飞必须应对妈妈安排的相亲，还有一件更令他头疼的事，他还没告诉母亲自己辞职的事。罗美君每次向别人骄傲地介绍他哈佛研究员身份的时候都让他无比尴尬。更让他心烦的是，除了应付罗美君安排的相亲外，他还得要挤出时间去各大生物科技公司参加面试。

李依然没有忘记对金梦瑶的承诺，一直提议徐云飞组织与林森的四人约会。饭局上，金梦瑶为了钓上林森这个金龟婿，投宅男所好悉心打扮，换上了和她风格完全不符的JK制服，扎上了双马尾。徐云飞和李依然一致嘲笑金梦瑶用力过度，没想到林森就是吃这套。

林森原本是想感谢金梦瑶在婚礼上拔刀相助，没想到她不仅长相甜美、讲义气，还和他一样是动漫迷，她那张cos初音未来的照片让林森感叹，金梦瑶简直是他在三次元世界的女神。二人一见钟情，聊得十分开心，尤其当林森得知金梦瑶正住在人才公寓时，他马上力排全家众议，搬去人才公寓和徐云飞同住，为的就是和金梦瑶做室友。

林森不请自来，大包小包地搬进了公寓，并直接向朋友们坦白，他爱上了金梦瑶。他认为金梦瑶是第一个他遇到的能理解他喜好的女孩，而且金梦瑶萝莉的外表和可爱的性格简直就是完美女神。徐云飞和李依然彻底被金梦瑶的手段折服，也忍不住为傻白甜的好兄弟林森捏了一把汗。为了帮助林森追女神，徐云飞只得让出半张床给好兄弟，可当晚林森的呼噜声便吵得徐云飞睡不着觉，无奈彻底搬到了李依然的房间。

凭借着出色的能力和过硬的学历背景，徐云飞收到了国内好几家生物科技公司的offer，有他自己比较看好的创业团队的邀请，还有国企背景的公司抛来橄榄枝。徐云飞在不同offer面前左右摇摆，选择创业团队则意味着能做更自在的研究，但工资待遇不稳定，还需要家里的资金协助，而选择国企的话，工作比较稳定，未来老丈人李向东对他的认同感也会更强一点。谁知徐云飞尚在考虑中，李依然的工作上却遇到了难题。

李依然在G60宣传委员会工作，负责内容起草。因为热爱表达，李依然的文章总是走在前沿，尖锐、见解独到。但领导却总叮嘱她不要在官方渠道发表过于先锋的文章。最近，李依然的一篇新闻在网上引起一场风波，她本以为这是自己职场上的一个建树，但新闻对单位产生了不小的争议和影响，领导对李依然进行了批评教育。李依然本就觉得体制内四平八稳的工作，令她没有了奋斗激情，现在再次考虑要不要辞职另谋发展。

晚上，李依然身心疲惫地回到公寓。徐云飞见李依然闷闷不乐，便主动关心。在得知李依然的情况后，他希望李依然勇敢追求梦想，并且承诺在她辞职后青黄不接的工作空窗期，充当她坚强的后盾。因此，在这个关键节点上，徐云飞果断选择了入职国企，虽然有所遗憾，但他相信李依然值得他这么做。

周末，李依然从公寓回到市区家中，她给李向东带来了徐云飞高薪入职国企和自己裸辞事业编制这一好一坏两个消息，但坏消息给李向东带来的震惊已经完全盖过了前者。父亲痛斥她不听老人言，言辞激烈。好在徐云飞十分支持她的决定，李依然鼓起勇气创业，打造自己的新媒体品牌。李依然的第一篇公众号，便是把自己这些年观察到的科技人才们996、加班多的现象，以戏谑调侃的方式撰写成文，批判“社畜”生活，没想到90后对此深有同感，纷纷转发。李依然的公众号一举打响了名声。

张倩蓉的生日即将到来，林新伟正给妻子筹备生日宴席，却被林家奶奶下了禁令，不允许大摆宴席。林家尚处于林森假结婚的余波中，一举一动都为人所关注。张倩蓉感到失落，一年一次的生日宴席是张倩蓉在娘家人面前大显风光的机会。为弥补张倩蓉，林新伟背着林家奶奶送了一款限量版的铂金包讨张倩蓉欢心。得知铂金包的价格后，张倩蓉立即换上了笑脸。

隔日，罗美君和张倩蓉一众闺蜜喝下午茶，张倩蓉的中提琴老师蒋缦（徐云飞妻子李依然的母亲）也一同参加。罗美君这些小姐妹们夸赞蒋缦的气质优雅，也纷纷想要学习中提琴。蒋缦微笑着回应大家的赞美。张倩蓉适时拿出林新伟送的铂金包，立刻成为下午茶活动的谈论焦点。罗美君为了不落后尘，将话题转到孩子，不断自夸儿子徐云飞优秀，其他太太也纷纷找契机炫耀着自己的家庭。蒋缦难以融入，便找了个借口先离席了。徐云飞和蒋缦擦肩而过，他心想母亲的下午茶什么时候多了一位气质如此之好的阿姨，自己怎么从来没听母亲炫耀过。徐云飞原以为自己被母亲喊来是担任英文翻译，到了下午茶的地点才发现罗美君纯粹把自己当作炫耀的工具，徐云飞对此十分无语。

罗美君的炫耀却意外招来了好的转机。结束后，其中一位太太叫住了罗美君，提出和他们公司续签一个大单，并表示女儿上次相亲对徐云飞的印象很不错，希望能再有接触的机会。罗美君大喜过望，这位太太的千金刚刚从耶鲁毕业，与徐云飞年纪相仿，两家又是生意上的伙伴，简直是门当户对，如果能以此让徐云飞忘了李依然就太好了，于是更积极地筹划起儿子的相亲。

为了兑现之前的承诺，徐云飞不得不陪罗美君参加美其名曰聚会、实则是陪那位耶鲁千金的饭局。除了这些，徐云飞初入职场，还有工作要烦心。每天朝九晚五按时打卡也就算了，时不时替同事背锅，工作又被上司抢功，徐云飞才高气盛却毫无用武之地。他进了国企才发现，就像那个美国同事所说的，国内医用器械生产环境非常不成熟，医用器械不是靠大批量引进就是去求德国或者美国卖图纸给他们，而他在这个国企，因为哈佛的身份被安排的所谓最好的工作岗位竟然不过就是接待外国专家吃饭陪请。不但工作无趣，钱还不够花，他留学养成的消费观，导致每次不到半个月钱包就见底了，更别提攒钱买房的事了，徐云飞想起之前信誓旦旦对李向东的承诺就头皮发麻，只得努力配合罗美君的无理要求，伺机提出在上海买婚房的事情。

罗美君知道张倩蓉每年最期待的生日会取消了，不忍心闺蜜难过，于是私下给张倩蓉办了一个只有两家参与的小聚会。生日宴上，徐云飞突然关心起林森婚房的地段价格，罗美君苦于现在徐家已经没有经济实力买房，只得在闺蜜面前吃瘪，推托日后再说。心里却默默发誓，要努力让生意重新提振，给儿子在哈佛买套大house，这样才能压过林家一头。

有了更强大的动力，她一边积极讨好耶鲁千金的母亲抓紧促成大单，一边疯狂制造徐云飞跟耶鲁千金相处的机会，甚至陪着耶鲁千金在人才公寓门口等儿子。徐云飞面对母亲的高压，一度想要坦白领证事实，又碍于李依然的请求只得暂时隐瞒。徐云飞将解题思路转到耶鲁千金身上，再次见面时坦言自己是迫于母亲的压力来走个过场，现实是他有女朋友。千金表示理解，但当罗美君得知后，气得大骂徐云飞，说他根本不理解妈妈的苦衷，并表示没有千金家的这单生意别说买不成房子，徐家的债务也无法解决。这件事恰好被来给女儿送衣物的李向东听到，李向东得知徐家不仅儿子是骗子，家里还是老赖后气炸了，不管三七二十一，坚决要女儿和徐云飞分手。李依然不肯，李向东便和徐云飞约法三章，在没有买到婚房之前两人不允许见面，不准徐云飞再住公寓。为了监督二人，李向东甚至也搬到李依然人才公寓的对面小区租了套房。

谁能想到李向东恰好住在了罗美君的楼上，原本两人维持着“王”不见“王”的微妙平衡，但随着徐云飞假扮快递员进入公寓被李向东发现，罗美君母子与李向东父女四人在公寓大厅爆发了一场“混战”。

徐云飞这才知道母亲一直在附近偷偷监视他，不禁有些后怕，要不是罗美君心大，没准已经发现他在园区内上班的事情了，再加上两家现在闹得不可开交，徐云飞顺势向母亲表示过几天就打算回美国。一听说儿子要走，罗美君什么事情都放下了，只好依依不舍地为儿子准备行李送他启程。

而徐云飞在与罗美君告别之后暗度陈仓，回到了青春公寓与李依然同住，而李依然这边为了不让爸爸坏事，也请来了母亲蒋缦。蒋缦从李向东处听到了徐云飞的“渣男”事迹，担心女儿受骗。但当蒋缦见了徐云飞后，发现徐云飞大气得体，也了解到相亲是无奈之举。蒋缦为了支持李依然和徐云飞恋爱，替代李向东住到了人才公寓对面的小区，李向东搬回了家。

李依然的弟弟李浩然，一直苦于姐姐搬走，只剩下自己一人面对魔王独裁者李向东，乘此机会也佯装要监督李依然，自告奋勇去李依然的公寓里打地铺。

李浩然此举，导致徐云飞望眼欲穿，为了解决牛郎织女两地分居的困境，徐云飞誓要收服李浩然，思考之下决定用游戏策反。徐云飞发现李浩然喜欢的游戏正是他大学时擅长的游戏，但多年不打已经生疏，甚至连账号密码都不记得了，只好找好友丁浩借了游戏账号，在公寓里陪李浩然打游戏。

徐云飞用熟练和高超的游戏技巧征服了李浩然。自此，李浩然成了徐云飞的头号“迷弟”，他还主动让出床位，并在李向东面前给姐姐、姐夫打掩护。就在李浩然准备带着行李走人时，因游戏账号结缘的丁浩邀请他，如果不嫌弃可以来自己房间打地铺，李浩然大喜过望。

李依然虽然暂时不用为恋爱头疼了，但工作的事情依旧困扰着她。她的公众号沿着第一篇文章的方向专注于吐槽职场压力，但至今没有太大的突破，李依然反思是不是自己的公众号定位太过于狭隘，难以吸粉，或者从体制内走出来创业本就是一条不归路？徐云飞劝李依然坚持自己的选择，于是李依然暂停更新，决定给自己一段调研的时间，重新给公众号内容定方向。

罗美君的公司在耶鲁千金家的大单帮助下，渐渐走出了最困难的阶段，手上有了点闲钱后，为了不输给张倩蓉，立刻陷入了买房的魔怔。她遍寻海外中介，打算给儿子直接在哈佛附近买一套大house。但买房不是一件容易事，更何况海外置业。罗美君天天缠着徐云飞要他去看自己选中的房子，并没有回美国的徐云飞为了谎言不穿帮，只得编出各种理由拒绝看房，罗美君却是急性子，在哈佛大学附近找到一个稀缺的低价房，在中介的巧舌如簧下，罗美君也不问其他，当机立断付了50万美元定金。但当罗美君将房源炫耀给儿子看时，徐云飞很快就发现了这个房子的问题，原来这个房子的产权早已被抵押给银行，无法过户。

栽了跟头的罗美君找中介退款，中介却不肯退定金。罗美君自知被骗哭天抢地。

徐云飞实在没办法，只好找哈佛的朋友帮忙报案，中介怕把事情闹大，灰溜溜地把钱退还给了罗美君。罗美君对徐云飞的表现十分满意，认为这一切都是徐云飞在美国有个体面工作的缘故，徐云飞于是越发地担心罗美君难以接受他辞职一事。

罗美君受挫于海外置业，在徐云飞的劝说下开始关注上海的房子，在上海看房子的好处是看得到摸得着。于是罗美君又恢复了九点看房六点收工的日常，她对标张倩蓉选择婚房的地段，精挑细选了一个稍远、小一点的户型。

在上海买了房子，开心的不只是罗美君，还有徐云飞，他觉得自己终于可以兑现对李向东的承诺了。没有了经济压力，徐云飞又恢复了恃才傲物的模样，对待工作不愿意委屈自己。

这天，徐云飞正在陪同一位德国客户，按照领导的意思从他那里购买三维B超机的图纸，徐云飞本来就觉得这个机器制造方案很简单，不建议公司花那么多钱购买，无奈国企领导想法稳健，不愿承担自主开发的风险，如今德国人漫天要价、趾高气昂的样子让徐云飞更是不爽，于是直接霸气表示不接受溢价，德国人爱卖不卖，不卖拉倒。出了口恶气的徐云飞刚转身，就发现罗美君正在他身后，脸色比德国客户还要难看百倍。

原来，罗美君刚好在这里约了小姐妹们喝下午茶并炫耀房本，本来打算先来一个“前菜”炫耀一下儿子，没想到偶遇根本没出国的徐云飞，他居然在一家国企做起了小小的采购员，这让罗美君在小姐妹面前大丢脸面。徐云飞这才和罗美君坦白辞职一事。徐云飞告诉罗美君，他觉得比起面子，人更重要的是骨气，如果他不能证明自己是对的，那他觉得自己永远成为不了一个真正意义上的科研工作者。

但罗美君认为这些爱国、真理什么的固然重要，但人归根到底还是得先过好自己的小日子才能兼顾这些，哈佛的工作又体面又可以做儿子喜欢的事情，吃几句嘴巴上的亏又有什么大不了呢，因为这些“小事”辞职实在是太愚蠢了。徐云飞无力辩解，只能寄希望于自己工作快点有所成就，让母亲认可自己的选择。

但国企工作并不如徐云飞设想的那般顺利。徐云飞跟的那个德国的采购单子经过他和妈妈这么一闹算是彻底丢了，领导大骂了他一顿，要求他必须在一个月之内拿到图纸，不然别上班了。晚上，回到公寓里的徐云飞失落地躺在沙发上，和女友、兄弟抱怨工作上的不顺心，没想到林森灵机一动，出了个主意，打算在德国注册一家公司来和徐云飞合作，并参与徐云飞所在公司的图纸买卖。没想到由徐云飞设计的B超机图纸真的得到了公司的认可，公司要约见研发者。林森告诉了徐云飞真相，可徐云飞不能露面，只好由林森顶替出面。

会面当天，林森表现意外出色，虽然有一些专业上的问题不知所云，但好在徐云飞在场，很快帮忙解了围。二人里应外合，顺利蒙混过关。徐云飞发现给自己公司当乙方赚得比坐班来得要多得多，而且也更受尊重，于是默许了林森的“馊”主意，暗地里继续以投标的方式给公司当乙方，还叫了公寓里的其他朋友提供新的看法和意见。首战告捷，徐云飞的收入得到改善，在拿到第一笔款的晚上，他在食堂里大摆宴席，请朋友们一起吃饭喝酒，还开心地和好兄弟林森谈起了梦想。言谈间，他仿佛看到自己制作出中国第一个手术机器人，把看不起中国制造的前同事们狠狠踩在脚下。

与徐云飞的一路高歌相反，勇敢跳出来独自创业的李依然，公众号却陷入僵局，工作不再需要每天打卡上班，写作也变得毫无灵感。李依然陷入了苦闷和自我怀疑中，但一次与公寓门口理发店的理发师关于沪漂打拼的聊天，让她重新打开了灵感之门。李依然回去研究了过往的文章，发现只调侃职场过于片面，年轻人或许想看到的是关于生活各个方面的反馈，寻找共情的同时也想感受人生的百态。她打算就以自己住的人才公寓作为切入口，采访住在这里的人，让他们来讲述自己的工作、情感还有梦想以寻找共鸣。第一期，她抱着试水的态度采访了好友金梦瑶的追求者——公寓的闯入者林森，聊了他的职业目标和二次元般理想化的爱情，没想到却意外获得了好评，其文章和视频都成为网络上的爆款。李依然看着不断增加的粉丝量，终于选定今后的方向——为年轻人的新生活发声。

林森在李依然的采访中的公开表白，令金梦瑶十分受用，两人关系更加亲近，时不时相约一起去逛漫展。几次之后，金梦瑶佯装自己父母要给自己介绍对象，拒绝了和林森的约会。林森心想，自己的女神要跟别人跑了，这可了得，于是斥巨资买下去日本的机票，邀请金梦瑶和自己一起去日本秋叶原看手办。金梦瑶故作扭捏地告诉林森，她不轻易和异性朋友一起出游，除非是情侣。林森以为自己这下是没戏了，十分沮丧。金梦瑶本以为林森会借此机会向自己告白，没想到这个榆木脑袋根本不明白自己的心意。金梦瑶只好主动示爱，林森急忙答应。他从没想过自己能和现实生活中的女神在一起。

林森和金梦瑶的关系进展飞速，感情迅速升温。身为好友的李依然打心底为金梦瑶高兴，徐云飞也为林森高兴，终于不用花钱雇女友蒙骗家人了。

金梦瑶和林森在一起后，便为嫁入林家做准备。金梦瑶在社会上摸爬滚打的狠劲儿，令她早已学会察言观色、慧眼识人，连公司都嫌弃她没有高学历和外语证书，从而不让她承担接待外宾的销售任务，何况见多识广的林森父母。金梦瑶知道自己几斤几两，想要让林家父母看得起，就一定要有独立的个人价值。她去找李依然寻求帮助，提出可以帮忙一起经营公众号，并愿意承担商务对接这一块，让李依然安心创作。李依然正在事业的上升期，忙得分不开身，有信任的帮手自然是好，便答应了金梦瑶，两个闺蜜决定一起闯出一番事业。

这一边，因为共同的无业游民属性，热情的李浩然很快反客为主，和害羞的丁浩熟络了起来。丁浩拿出老家合肥的特产——桂花酥糖和三河米酒，好好招待李浩然。男生的友谊简单又纯粹，李浩然直白地指出，看得出丁浩对公寓里的马玥姐姐有意思，每次在她面前说话都莫名其妙打磕巴，丁浩脸颊马上红了，并连连否认。李浩然对此则一脸高深莫测，表示以他的经验判断得准没错，只是可能连丁浩自己都没意识到。

两杯米酒下肚，李浩然也向丁浩袒露心声，原来，父亲想要让虚度了四年大学光阴的他去考公务员，而快嘴快舌、富有幽默感的李浩然想成为一名喜剧演员，无疑，这在父亲的眼中是不务正业的选择。李浩然深知只有独立才能自由选择人生，因此他迫切需要补上积分缺口，正式入住公寓。李浩然特意向学霸丁浩求救，请他组团参赛带自己提高技能。两人研究规则，发现只有创业大赛登得上台面，加分也最多，但他们毫无社会经验，创业能干些什么呢？两人随即陷入迷茫。

李依然和徐云飞的结婚周年纪念日到了，李依然提早一个月定了一间米其林一星餐厅，二人准备共进烛光晚餐。徐云飞下班赶到餐厅时，却巧合地碰上了罗美君和她的闺蜜们也在这家餐厅聚会，当即躲进了厕所。

徐云飞被罗美君拉过去一同进餐，正巧那位给了徐家大单的耶鲁母女也在，罗美君和那位阿姨一唱一和，有意撮合二人。李依然让徐云飞先陪罗美君，改天再补过纪念日。徐云飞看着李依然独自一人走出餐厅，失落的背影令他无比愧疚。他再也不愿让自己的妻子委屈，迅速起身上前，抓住了李依然的手，将她带到妈妈罗美君和她的闺蜜以及相亲对象的面前，并坦言自己已经与李依然领了证，不会再与任何人相亲了。

罗美君惊得下巴都快掉下来了，没想到儿子竟能做出这种离经叛道的事。耶鲁千金的妈妈更是火冒三丈，她认为女儿被利用了，罗美君为了生意有意欺瞒徐云飞已婚的事实，恼怒又尴尬的情绪涌上心头，质疑徐家办事的诚信度，要重新考虑双方合作的事情。罗美君顿时慌了神，急急忙忙追出去，低声下气地向闺蜜道歉求情，徐云飞看到平日里爱攀比、从不愿落人下风的母亲的另一面，觉得心酸又自责。他拉开母亲并向阿姨和她的千金鞠躬道歉，阿姨原本还想再发难，谁料耶鲁千金却十分通情达理，祝福徐云飞和李依然，并劝母亲将商业和婚事分开，她不愿勉强也不愿将就。

罗美君异常冷静地回到家中，一反常态地表示木已成舟，要求与李家亲家谈谈婚事。原来，徐云飞方才挺身而出保护妈妈的举动，让罗美君发现了儿子扛事的能力。徐云飞并不是她想象中啥都不清楚、容易因为冲动被蒙蔽双眼的小男孩，他已经长大。她决定尊重儿子的决定，与儿子选中的女孩和她的家人好好见面谈谈。

张倩蓉又在家中准备和小姐妹们聚会，也盛邀了刚刚给自己上完课的蒋缦。蒋缦并不喜欢参加妇女们的茶话会，但张倩蓉热情相邀，蒋缦便留下了。下午茶期间罗美君吐槽儿子行事莽撞居然和女友偷偷领证，没想到张倩蓉也一肚子苦水，林森也有了令她不满的新女友。孩子们的感情生活令妈妈们头疼不已。

林森口中的女友漂亮、大方，还是在大企业上班，薪水高且工作时间自由。林奶奶一听便满意得不得了，让林森快点带女友回家。林森高兴地带金梦瑶回家，金梦瑶掩盖了自己只是汽车销售员的职业身份，谎称自己是G60科创走廊入驻的新能源汽车公司的中层，犀利精明的张倩蓉用几个小问题便测出金梦瑶只是一个小小的销售而已，跟车企管理层八竿子打不着，是否真心喜欢儿子还未可知。金梦瑶也知道张倩蓉难搞，去之前就从徐云飞处打探情报，得知张家地位最高的便是林家奶奶，她见张倩蓉来者不善，自己即将豪门梦碎，马上见风使舵地向奶奶身上发力，将带来的补品和衣服往奶奶怀里塞，全程哄得林奶奶笑得合不拢嘴。

张倩蓉不同意二人恋爱，但林森心醉神迷，不论张倩蓉说什么都不听，就是要和金梦瑶在一起，还搬出了林奶奶当挡箭牌。张倩蓉火冒三丈，她原先担心林森是同性恋，心想只要林森带回家的是个女孩就行，现在倒觉得自己的傻儿子还不如是个同性恋。

罗美君听张倩蓉这么一抱怨，越发觉得李依然没那么难接受了，虽然有个世俗的老爸，家底也不厚，但女孩本人大大咧咧、单纯没心眼，总好过城府深。蒋缦与这些太太们格格不入，她只希望自己的女儿将来不要被未来婆婆当作下午茶的谈资。

林家，林森和林奶奶诉苦，倾诉母亲张倩蓉棒打鸳鸯。林奶奶见不得孙子委屈，便墨镜一戴，亲自来到人才公寓面见孙媳妇金梦瑶，还送了金梦瑶一对价值不菲的龙凤镯。在和林奶奶的聊天中，金梦瑶和林森知道林森爸妈的婚姻一开始也不被看好，他们是偷偷私自结婚的。金梦瑶心生一计，让林森效仿，偷出户口本领证。

但林森回家偷拿户口本被张倩蓉抓包，她早就藏好了，不会让他们生米煮成熟饭的。林新伟完全不理解妻子为什么如此反感金梦瑶，林新伟觉得金梦瑶漂亮又单纯可爱，有些张倩蓉年轻时的影子，很适合儿子。张倩蓉不知道该如何和林家父子解释自己深悉金梦瑶的心思，因为村镇出身的她也是这样处心积虑才嫁进林家的。这些年被林奶奶鄙夷提防，直到儿子林森长大成人，才在林家勉强站住脚跟。因此她对金梦瑶的心思洞若观火，怎奈现在孤掌难鸣。

金梦瑶得知奶奶不喜欢张倩蓉，更加殷勤地陪奶奶聊天解闷。林奶奶嫌弃张倩蓉整天只知道拿婆家的补贴娘家，索性一气之下把户口本交给了林森，支持他们结婚。林森迫不及待地拿着户口本去找金梦瑶登记。张倩蓉这次算是顾此失彼，十分懊恼，责怪自己怎么一不留神就让金梦瑶进了家门。

蒋缨和李向东得知，徐家很有诚意并准备好了婚房，并且约他们家正式定亲，于是好好地准备了一番。终于到了两家人会面的这天，但一见面，蒋缨和罗美君就傻眼了。蒋缨发现，罗美君竟然就是在富贵下午茶时和老闺蜜吐槽儿子女友的那个女人，而在她口中被吐槽得一无是处的女孩居然就是自己的宝贝女儿李依然。罗美君得知蒋缨是李依然的母亲后，也尴尬不已，只能做做表面功夫。

徐治平为了调节气氛，表示既然已经领证了，就想让李依然和徐云飞结婚后生小孩，没想到两人表示都在忙事业，并没有生小孩的打算，而且身边很多朋友都是丁克。徐家父母顿时难以接受，再加上李向东提出要结婚的话必须在房本上加上女儿的名字，戳中了罗美君的软肋。于是与原本就只是表面和平的李向东又大吵大闹起来，嫌弃亲家离异家庭的身份，吐槽这门婚事一开始就相当勉强，这顿饭吃得不欢而散。

事后，徐云飞作为儿子为罗美君的所作所为向蒋缨、李向东道歉。李向东概不接受，但蒋缨却表示这是他母亲的错和他无关。蒋缨希望两个孩子可以好好相处，彼此坦诚相待。

“屋漏偏逢连夜雨”。林森代徐云飞投标公司项目的事情，被徐云飞的同事发现，并举报给了老板。徐云飞百口莫辩，随即被公司辞退。这下徐云飞不仅感情生活被罗美君搅成一团乱麻，还面临失业的窘迫，麻烦重重。

家庭风波被李依然写成文章放上网，生动活泼的文风让她的公众号热度蒸蒸日上，但徐云飞却连说得出口的事业都没有。在李依然的鼓励下，徐云飞重新动了创业的念头，甚至一起看了一些工作室场地，可惜暂时没有启动资金。

李浩然佩服姐夫创业的魄力，向姐夫敞开心扉，倾诉他和丁浩想创业却不知道干什么的苦恼。李浩然看到姐夫的公寓房间里有来自五湖四海的舍友们送来的特产，突发奇想，想到把G60科创走廊连接的九座城市的特产作为卖点，做一个科创走廊的文创及特产品牌店。比如，合肥有好吃的桂花酥糖和三河米酒，宣城有宣纸，湖州有湖笔，苏州有大闸蟹和碧螺春茶，嘉兴的粽子，杭州的藕粉，金华的火腿……每一样都有悠远的文化历史和响当当的影响力，将它们优中选优集合起来，可以做出有G60烙印和意义的特产店铺。

徐云飞听了十分赞赏，启发他可以结合喜剧特长，根据不同地域的风土人情，巧妙编一些朗朗上口的文化段子，进行宣传和推广。

李浩然听后一拍大腿，当即决定就做这个！

李浩然和丁浩迅速开始着手策划，给店铺起名“九城久礼”，用来凸显G60和九座城市的特殊关系。二人将策划案正式递交到G60科创走廊创意大赛，果然以高分通过预选，拿到一笔启动资金，并进入了实操环节。

与此同时，张倩蓉已经没空再管罗美君和李依然的“战争”了，因为金梦瑶已经进了林家的大门，张倩蓉要专心备战。张倩蓉为了考验观察金梦瑶，以婚房刚装修好需要通风为由，暂时不让二人搬进婚房，还限制她的经济支出，金梦瑶的每一笔花费都必须一五一十汇报，稍有出入，张倩蓉便摆出一副“你是不是私藏钱了？”的质疑态度。金梦瑶本以为结婚后，就能拥有经济自由，过上豪门太太的幸福生活，没想到这生活还不如单身时过得舒坦，甚至还屈居在人才公寓的单人间之中，几番折腾却连豪门的门都没能摸到。

事业型女孩马玥情感上也遭遇了危机，她原本和男友处于恋爱长跑状态，但当她因小时候的心结，和男友谈及丁克的想法，男友坚决不能接受，二人感情逐渐冷却。情感不顺的闺蜜们在公寓小窝里小聚，大家相互倾诉心声。金梦瑶和李依然开马玥玩笑，建议马玥迅速分手，收服公寓里的优质小奶狗丁浩。马玥认为自己和丁浩年纪相差过大，根本没有可能在一起。闺蜜们依偎在一起相互安慰，她们发现偌大的上海，这一个小小的公寓却是她们最温暖的地方。

李依然担心两家关系僵着不是办法，为了不让身处事业难关的徐云飞为难，她主动提出希望和未来婆婆搞好关系，让徐云飞找机会安排她和罗美君一起见见面，消除一些误会。而在与李依然相处的过程中，罗美君也渐渐感受到了这个女孩对徐云飞的爱，更是通过李依然分享自己的经历，知道了她暂时不愿意生孩子只是因为想要给未来孩子更好的生活和陪伴。

罗美君于是决定给自己儿子一个机会，以免将来儿子把婚姻不顺都怪在自己头上，因此也做出妥协，表示可以结婚后先不生孩子，但房本上写李依然的名字，必须是在生孩子以后。

就这样，两家的婚事得以继续推进，李依然在忙碌工作和与婆婆平衡关系间挣扎，幸好有金梦瑶帮忙，公众号的商务对接依旧顺畅，她只要负责源源不断地创作内容即可。

原本已日渐好转的婆媳关系，却因婚房被卖一事彻底破碎。卖房是徐云飞独自决定的，他下定决心创业，但启动资金是个大困扰，因此他打起了妈妈买给他的婚房的主意。他打算悄悄先卖掉并且返租，这样能最大程度不会被父母发现，以后赚了钱再买一套，再对父母如实相告。因此他对李依然和家人都没有说，将房子委托中介卖了出去，徐云飞和买家事先约好，他以每月付租金的方式返租一年，双方愉快地达成一致。

然而徐云飞启动资金突然充裕的情况，还是让李依然起疑，逼问下徐云飞只得交代实情。他还以为李依然会责备自己胆大妄为，谁知李依然责备的却是他不信任她，她本人又不是那种没有婚房不结婚的庸俗女生，有什么不能说的？徐云飞这才放下心来，自己果然没有看错李依然，既然已经坦白一切，徐云飞做主拿出一小笔经费给李依然的公众号做运营，小两口畅想着美好的创业奋斗图景。然而事情的发展却让徐云飞始料不及……

本来两家人在操办婚礼的进程中，就已经为嫁妆、聘礼、婚房、酒店矛盾不断，但都强行忍耐，维持表面的和谐。好不容易挨到了婚礼，万万没想到，买房的人家也要将房子给儿子当婚房，临时决定不租给徐云飞了。婚礼当天，徐家婚礼正在新房中进行，买房人的父母突然来到婚房指指点点，要求收回房子。罗美君不明所以，与其大吵一架，被对方用购房合同怼了个目瞪口呆。罗美君这才得知徐云飞把房子卖掉的事实，顿时五雷轰顶，无法接受。同样跳起来的还有李向东，明明说好的婚后生了孩子就加名字，现在婚房说没就没了，徐家这简直是在骗婚！

喜气洋洋的结婚典礼顿时变成了批斗现场，虽然徐云飞极力承担责任，声明卖房决定与李依然无关，并向父母解释每一笔花销和尾款剩余情况，但罗美君得知有一笔款项用在了李依然公众号的运营后，还是打算终止婚礼，强烈质疑李依然人品，认为是她怂恿自己的乖儿子卖房，嚷嚷着让李家还钱。李向东护女心切，与罗美君大吵，甚至对婚礼现场物品动起手来，徐治平、李依然、徐云飞左右阻拦，婚礼现场成为战场。罗美君举着手机嚷嚷着要报警解决，眼看事情要发展到不可收拾的地步。

徐云飞陷入绝境，此时林森偷偷给他支了一招，只要声称李依然已经怀孕，生米煮成熟饭，谁也阻止不了这场婚礼！徐云飞和李依然虽然觉得不妥，但情急之下也确实想不到更好的办法，只得同意。

果然，小两口在一片混乱中喊出李依然怀孕的消息，处于愤怒中的双方父母很快冷静下来，只能互相忍耐，婚礼总算顺利结束。

心里藏不住事的李依然对于怀孕说谎一事惴惴不安，总想找罗美君说明实情，但徐云飞认为现在时机不成熟，安抚她从长计议，找个合适的机会制造“流产”即可。

既然儿媳妇怀孕了，徐治平与罗美君给小夫妻俩准备的新房又已经卖掉，为方便照顾孕妇，罗美君热情邀请二人回家住。罗美君专门给儿媳妇请了保姆，方便加餐进补，又让阿姨每天打扫三遍儿媳妇的房间，保证环境的清洁。罗美君甚至舍弃了和闺蜜们的“年轻人计划”，不再天天喝下午茶、拍抖音、拍美照，而是为未来的孙子/孙女的出世做准备，开始学习如何照顾孕妇，天天在客厅里播放胎教音乐。婆婆制造的小惊喜让李依然觉得既是温暖又是负担，她对此既感动又愧疚，心里不是滋味。

在婆婆罗美君周到细心的呵护下，李依然与徐云飞毫无制造“流产”的机会，甚至连出去工作都要百般申请。

家家都有本难念的经，婚后的金梦瑶逐渐发现，不仅要忍气吞声讨好对自己有偏见的婆婆，还得忍受老公的“冷暴力”——原本她以为林森只是喜欢宅而已，却没想到他是完完全全不喜欢人际交往，从始至终都沉浸在自己的技术世界中，再加上金梦瑶对唯一共同的爱好——二次元伪装的热情渐渐消退，才发现二人连基本的沟通也少之又少。沉浸在自己世界的林森，行为逻辑并非常人，比如发现上班迟到了，他计算了一下打车费比旷工费贵，索性就不去了，类似这样“感冒药比羽绒服便宜”的奇葩思路让金梦瑶十分无语，二人经常为此类事争吵。

除开感情上，生活上金梦瑶也是举步维艰，她虽明面上嫁入豪门，流动资金却少得可怜，婆婆为了防止她乱花，连林森的零花卡也没收了。林森问妈妈要钱碰壁反而转过头来问老婆要零花钱花，害得她经常拿自己的小金库补贴夫妻二人的生活。金梦瑶为此苦不堪言，时常深夜跑到李依然的房间倾诉。

马玥和男友因为丁克产生分歧，终于选择了结束。这段感情让马玥决定以后都要开门见山谈及丁克观念，也因此导致此后每个对马玥有意思的男生，听到这一点就迅速终止了与她继续接触。

恋爱小白丁浩经过多次验证，终于确认了自己对马玥的心意，但新的苦恼随之而来，他不知道该如何向女生表达，只好求助于徐云飞、林森和李浩然。男人帮们为丁浩出谋划策，但是，毫无恋爱经验的腼腆直男丁浩总是弄巧成拙，闹出不少笑话，不仅不能让马玥感受到爱意，还使两人之间更加尴尬。

而沪漂多年的马玥，在度过30岁生日后陷入迷茫，反观自己，除了待在大城市见了一些所谓的世面，其实两手空空——买不起上海昂贵的房子，也拥有不了温暖踏实的爱情。马玥第一次感觉到失去奋斗的目标和方向，找不到继续在上海奋斗的意义。她决定回老家发展，于是留下一封给公寓室友们的信，便在一个清晨悄然离开了。

丁浩得知这一消息后悔极了，他总认为来日方长，总以为能找到更合适的表达方式，而现在看着马玥曾经住过的房间空空如也，万分遗憾自己为什么没有早点袒露心意。

蒋缦担心初次怀孕的女儿，时常来徐家照顾李依然，结果意外发现了李依然没有怀孕的真相。蒋缦对此又气又心疼，一方面觉得怀孕的谎言太过分，另一方面又心疼李依然，毕竟将女儿逼到说谎的也是他们两对父母。

蒋缦知道，李依然的谎言终会暴露。一次，蒋缦试图与亲家沟通，旁敲侧击亲家对孩子的态度，却被罗美君觉得蒋缦是在讽刺她没有资格带孩子，为此她加紧了对“孕妇”的照看，不仅每天逼她灌下十全大补的汤汤水水，还勒令她暂时不要工作了，免得累到。

而金梦瑶内心明白想要在林家生存下去，就要提升自己的价值，最重要的是经济要独立，才有抬头的底气。为此，金梦瑶咬咬牙盗取了李依然公众号的账号，提前修改认证资料和密码，对李依然谎称账号被盗，将账号的运营收入据为己有，并开始回避李依然。

找不回账号的李依然在事业上陷入停滞，想要挽救，却像坐牢一样被婆婆看管得严严实实，急得在家里跳脚。徐云飞理解、心疼李依然，经常帮她打掩护，将她“偷渡”出去工作。李依然在外面疲于奔命想各种办法，被罗美君发现后，对孕期还在工作上过劳忙碌的媳妇更有意见。

徐云飞被母亲没收剩余卖房款后，事业也遭到重击，因为没有后续资金投入，眼看着之前打好的基础即将荒废，徐云飞开始去多个投资公司路演拉赞助，却频频吃到闭门羹。徐云飞坐在街边失落迷茫，被李依然看到心疼不已，恨不得自己出钱支援丈夫的事业，可她公众号被盗，也是一穷二白。

马玥回到老家后，生活很不顺心，小地方薪水不如上海高，人情世故和关系网络却十分烦人，再加上她在老家是一位不折不扣的大龄剩女，家人疯狂催婚，她已经和家人吵了好几次。丁浩很是担心，借着出差为由去往湖州找马玥，这一去，丁浩身上都市年轻人的朝气和活力，也让马玥怀念起在G60科创走廊打拼的生活，她想要重新回到公寓，那才是她真正的归宿。丁浩回到了上海，与他一起归来的，还有走出阴影的马玥。丁浩铆足了劲想说出那句表白，却仍然临阵放弃，室友们都为他着急不已。

就在李依然和徐云飞事业都陷入低谷之时，公众号业界大神向李依然伸出了橄榄枝。该大神是新媒体营销的“金手指”，他看准李依然之前的账号内容优质、潜力很大，提出愿意资助她重整旗鼓，重新规划目标方针。李依然仿佛看到了救命稻草，马上接受，希望能尽快变现支援徐云飞的事业。为此，她经常和大神见面，频繁加班且工作强度也大了很多。

罗美君看到这番情景，不满溢于言表，认为李依然只顾工作不顾家庭，只顾赚钱不顾怀孕的身体，失去了作为一个妻子的本分。李依然这么累明明是为了支援徐云飞的事业，还要被这样数落，也是相当委屈。眼见好不容易有起色的工作因为家庭琐事耽搁了更新，粉丝流失严重，她对此头疼不已。

松江区人才服务中心正在筹备一场相亲活动，为G60单身青年搭建相互交流的平台，使更多青年才俊扎根松江、服务松江，在松江安居乐业。此次活动除了官方媒体以外，也需要自媒体积极参与，全方位进行宣传报道。大神认为李依然的公众号非常适合这个活动，于是帮她争取到了机会。

李依然十分珍惜这次机会，相亲活动服务于广大G60优秀青年，李依然公众号的定位也是“为年轻人发声”，可谓精准契合。因此李依然忍不住早出晚归参与到活动筹备中去。罗美君见李依然心思完全不在家里，整天眉飞色舞、情绪高涨，对儿媳怀孕心生怀疑。

李依然毫不知情，兴致勃勃跟徐云飞盘算着，要把手里刚刚攒下的10万块钱打给徐云飞，并且憧憬着做完这个活动以后，公众号能垂直吸粉几百人，其中二十多人已经同意了她的采访邀约，接下来公众号内容会迎来一小波井喷，到时候商务资源水涨船高，能有更多的钱支撑徐云飞科研开发一段时间了。

徐云飞听着爱人无私奉献的计划，心中酸涩，他作为丈夫，非但不能给妻子富足的生活，还要妻子接济自己，他实在不想拿这个钱。

G60优秀人才相亲活动经过多日筹备，终于拉开帷幕。李依然跑前跑后全程帮忙，在主持人介绍活动规则时，被当作工具人做示范，与一位男青年一起演示相亲流程。谁料，就在这时，一个尖锐的女声打破了活动现场的气氛，罗美君怒气冲天地冲上舞台，斥责李依然不知检点，不由分说将她拽回家去。

而丁浩听说马玥报名参加了此次相亲活动，担心她被别人抢走，急吼吼追赶而来，看到一位男生正在和马玥私聊做自我介绍，丁浩平生第一次这么勇敢，一个箭步冲上去拉起马玥的手，当众向她表白。马玥露出会心的笑容，原来她在丁浩去湖州找她时，就已明白他的心意，但左等右等也不见他表白，于是故意参加相亲活动刺激他。这下，两人捅破窗户纸，终于走到了一起。

李依然却没能看到这令人欣慰的一幕，她被罗美君拽回了家。罗美君一口咬定李依然吃着碗里看着锅里，怀着他们家的骨肉，还去参加相亲活动，肯定是嫌徐云飞不够好，惦记着G60那些优秀人才。李依然忙活多日的活动被婆婆搞砸，还害她当场丢脸，也一肚子火，索性将假怀孕一事直接抖出来。这下可好，全家掀起轩然大波。

罗美君对儿媳假怀孕的谎言大发雷霆，认为这是人品问题，哭天抢地让徐云飞离婚，声称自己绝不接纳这样的儿媳妇。

徐云飞下班回家，面对已经闹成一锅粥的老妈和老婆，赶紧两边灭火，但这次矛盾烈度极大，徐云飞心力交瘁也未能平息分毫。徐云飞完全理解李依然，但创业的失败让他开始了自我否定和怀疑。他觉得自己目前的状况拖累了李依然，而他作为丈夫什么都做不了，反而四处捅娄子拉着李依然一起欺瞒父母，造成母亲和李依然之间越来越深的鸿沟……

徐云飞为了保护李依然，为了她能更专心投入正待起航的事业，不要被他拖累、为他花钱，更不要让她再与婆婆住在同一屋檐下整日受气，徐云飞决定提出离婚，但只有他自己知道，这个离婚是暂时的，他还会把李依然追回来的。

于是，徐云飞故意对李依然说了一些重话，表示自己其实也介意李依然经常和大神单独接触，他会更自卑自己能力不足，再加上两个人忙起工作来都很拼，根本无暇顾及彼此感受，两个人早已从无所不谈的恋人变成了同睡一张床却无话可说的室友，家庭矛盾早晚都会爆发。徐云飞的这番话，成了压死骆驼的最后一根稻草，李依然因此彻底心寒，同意了离婚。

明明相爱的二人，却因处理不好婚后家庭问题，走到了这一步，徐云飞和李依然都十分感慨，却也无可奈何。李依然又搬回了最初自己在公寓里的房间，仿佛一切都没发生，但一切都已经覆水难收。

“假怀孕”的事情，传到了生病住院的徐家奶奶耳中，罗美君打圆场，谎称小夫妻没有经验误以为怀孕，勉强安抚了奶奶的情绪，更不敢告知奶奶小夫妻已经离婚一事。

徐治平和她谈心，指出她当时情绪过激，其实大可不必逼着小夫妻离婚。假怀孕是儿子徐云飞最先说出来的，这段时间也能看到儿子对李依然的爱，现在骤然让儿子变成离异人士，谁心里都不好受。

罗美君听了丈夫的分析，内心已然有些动摇，此时闺蜜给罗美君分享了一篇公众号文章，称她是红遍朋友圈的爆款新时代好婆婆的榜样，罗美君好奇打开，才发现是离婚前的李依然撰写的。文章不仅刻画了罗美君的贤惠和关怀，更写下两个利用了父母关怀的年轻人的检讨。罗美君没想到，其实李依然心里对她这个婆婆竟如此亲近善意。

但小夫妻离婚已成事实，罗美君碍于面子不肯认错，只能自咽苦果。她自欺欺人张罗着帮儿子物色新对象，但却发现之前看好的女孩，都没有想象中的好，以前从未注意到的缺点都被无限放大，当徐云飞被她押着真的去接触那些“不着调”的女孩，罗美君又担心儿子落入那些“坏女孩”之手，更是着急万分、自相矛盾……

更让罗美君后悔的是，她认为不能只他们一家离婚，于是怂恿张倩蓉也对金梦瑶表态。但张倩蓉可不傻，她虽然经常在闺蜜下午茶跟罗美君吐槽儿媳妇，但听到离婚建议，马上矢口否决，让儿子离婚是万万不能的，娶进家了就是一家人，好坏都要兜着点。

这让罗美君意识到自己之前默许徐云飞离婚，是极大的错误。她开始反思，脑海中浮现的竟都是李依然过往的优点，罗美君冷静下来后，越想越觉得自己行事过激，错怪了李依然。

金梦瑶虽然盗取了李依然的公众号，但没有李依然这个搞创作的主心骨，公众号完全运营不下去，资源流失严重，因为干了亏心事，也让金梦瑶失去了李依然这个倾诉对象。即使李依然目前的状态已经达到了低谷，作为闺蜜的金梦瑶也没敢去作半点安慰。

就在金梦瑶濒临崩溃的时候，验孕棒上的“两道杠”拯救了她。随着金梦瑶怀孕，林奶奶开口将孙媳妇接回了林家，百般呵护，张倩蓉也没了“折磨”她的理由，但当金梦瑶把这个消息告诉林森的时候，对孩子毫无概念的林森只是简单地敷衍应承了两句，就将此事放到了一边，好似金梦瑶肚中的孩子都比不上他的进度更新紧急，这让金梦瑶十分恼火。

李依然离婚的消息，传到了李向东耳中，他认定是罗美君和徐云飞欺负了自己女儿，因此大闹徐家，最终被蒋缦和李浩然阻止。

李浩然的“九城久礼”店铺如今开始有了起色，李浩然嘴皮子溜容易说服商家，丁浩则发挥财会专业的特长仔细选品、控制成本、精打细算，两人同心协力，已经在松江政策扶持的商业旺铺租下了铺子，同步创建的网店也已经装饰完毕，很快就要正式开业。

徐家现在是一个头两个大，还未解决儿子离婚的事，又得到徐奶奶摔断左腿的消息。罗美君虽然平时和老太太不和，但发现老太太不能动了之后，马上带她去了医院进行手术。奶奶生病住院时，罗美君不得不每天去医院奔走照顾。一家人尚还瞒着奶奶李依然和徐云飞离婚一事，奶奶时常挂念孙媳妇，罗美君只好让徐云飞和徐治平代表徐家出面，请李依然每周和徐云飞一起来看一次奶奶。李依然善良答应，并全心全意照顾奶奶。

李依然在看望奶奶的过程中，意外发现了一个完全不一样的罗美君。在她以往的认知中，罗美君和奶奶虽不至于水火不容，但绝对是互不理解，斗嘴不断。但奶奶住院后，罗美君为了给奶奶挂号早起排队、跟插队的黄牛吵架理论，帮奶奶去医生处仔细询问，哪怕医生已经口气不善……她一边跟奶奶拌嘴吐槽，一边无怨无悔全心为奶奶争取最好的条件，当成自己亲妈一样悉心照顾。

这让李依然深受触动，原来“婚姻”这个词包含的不止两个人这么简单，它不一定会成为爱情的坟墓，反而有可能成就跨越血缘的亲情。

李依然陪伴奶奶尽心尽力，奶奶不断夸赞着她，罗美君看到全心付出的李依然，再想想之前徐云飞接触的那些“歪瓜裂枣”，更觉出李依然的好。在徐治平的鼓励下，罗美君主动向李依然道歉，希望她和徐云飞复婚。但李向东极力反对，认为自己的女儿不是呼之即来挥之即去的，蒋缦希望李依然慎重考虑。李依然没有答应，因为她最看重的是徐云飞自己的态度，这一切还是要建立在爱情之上。

徐云飞的公司持续亏损，正在研发的手术机器人难度大、周期长、推广难，更加让他心灰意冷。但经过奶奶腿断一事后，徐云飞意识到了科研与实践相结合的重要性，他决定把研发侧重点放在解决病患真实存在的难题上。为了能给像徐奶奶这样半月板老化的老人减轻医疗上的难度，他开始研发一款专门支持临床诊疗的，评价关节动态特征的医疗设备——膝关节运动功能参数检测仪。

即使现在已经不再是亲人，作为多年的朋友，李依然也希望能给徐云飞力所能及的帮助，一方面她向以前工作的组委会寻求G60的科研人才补助计划，另一方面她帮忙联络媒体，给徐云飞安排一些专访，提高知名度。

奶奶住院的高昂医药费，使得徐家生活质量下滑，罗美君这次却并没有怪罪徐治平没有出息，反而是到处整合家庭资金给奶奶看病，徐治平却躺不平了，主动为了谈单而奔波。

四处社交奔波的徐治平，因为行程忙碌，引起罗美君的怀疑。罗美君在下午茶中和张倩蓉聊到此事，张倩蓉指出已婚男人要是突然改变性情，十有八九是出轨了，这让罗美君有些担心，决定调查清楚。

林家也是乱作一团，金梦瑶因为怀孕，得到奶奶的庇护，让张倩蓉十分不爽，总是试图刁难，却屡屡被林奶奶斥责。张倩蓉为此总是跟林新伟抱怨，致使林新伟一想到鸡飞狗跳的家，就更不愿意回家，与小秘聊工作聊得越发勤快了。

不同于林新伟的人不着家，金梦瑶面对的却是一个近在眼前却如同空气的林森，一次意外，有孕在身的金梦瑶摔倒，导致林森展放初音未来的手办的架子坍塌，手办散落一地，林森第一时间来抢救的不是金梦瑶而是自己的手办“老婆”。本就处于孕期情绪不稳的金梦瑶大哭了一场，选择离家出走。

金梦瑶无处可去，最终回到了人才公寓投靠李依然，李依然无声的包容和拥抱，让金梦瑶忍不住泪流满面，泪水中包含的是委屈还是亏欠，恐怕连金梦瑶自己也说不清楚了。

金梦瑶走后，林森才发现生活变得冷清了，做什么都没有意思了，此时他才意识到，不知道何时起，这个整天唠唠叨叨，想要拉自己走出家门的女人，竟在自己心中留下了如此深的印记，想念蔓延在家中每个角落。

在徐云飞和李依然的里应外合下，林森来公寓向金梦瑶认错，决心承担起一个男人的责任，希望能与金梦瑶重归于好。金梦瑶也通过这段时间单独相处，发现自己已经不是在利用林森留在上海了，而是切切实实将他当作人生另一半来期待和牵挂，也许这就是真爱的感觉，于是幸福地同意搬回家中。

金梦瑶和林森顺利复合，两个和事佬徐云飞和李依然也想起了他们曾经的甜蜜，可他们已经离婚，身份十分尴尬，于是准备悄悄退场各走各的，却被金、林两人生拉硬拽叫住。林森不想再看到好兄弟强忍爱意，于是一股脑将徐云飞提离婚是为了保护李依然的原委说了个干净。

李依然惊讶万分，难以置信。徐云飞见已经瞒不下去，便鼓起勇气袒露了自己对她的思念。他表示，他从来没有真当他们离婚过，他只是换一个不远不近的距离守护她，还向她展示了藏在冰冷的膝关节运动功能参数检测仪“YIYI”内的爱情密码……

李依然感动得热泪盈眶，原来爱情从未从他们之间离去。徐云飞趁着酒劲，亲吻了泪流满面的李依然，两个人紧紧相拥在一起，久久不愿分开……

李向东的餐馆生意一直不见起色，店铺又被勒令整改，房东抬价，不愿意再将店铺租给李向东。多重打击之下，李向东一下子泄了气，仿佛一夜之间老了10岁。

李浩然得知父亲情绪低落，邀请他来看自己的店铺开张仪式，李向东听了就心烦，坚决不去。开张当天，创业大赛的决赛评委们莅临现场，要为“九城久礼”项目做最后的评分。擅长演讲的李浩然在开头就通过爸爸的餐馆讲述了食物和城市之间的乡愁，而生性害羞的丁浩也在李浩然的鼓动下表达出了自己对于合肥的思念和执意在毕业后留在上海的原因。他们的演讲情真意切，令评委老师们频频点头。让李浩然惊讶的是，父亲李向东也在李依然的陪同下远远站在了观众当中。虽然不爽儿子不听老子的话，但儿子的演讲李向东还是第一个带头鼓掌，李依然看着父亲李向东红红的眼眶，虽然父亲什么都没说，但她明白，父亲内心对李浩然的看法已经开始发生转变。

“九城久礼”项目力压群雄，夺得了创业大赛的一等奖。顺利拿到积分的李浩然发现，对于现在的他来说，积分已经不是最重要的了，重要的是，他好像找到了新的梦想起点。

怀疑老公行踪的罗美君经过一段时间的跟踪，透过蛛丝马迹，认定徐治平出轨，为此在闺蜜下午茶时大哭一场。张倩蓉表示男人是需要有空间的，像罗美君这种什么都要管的掌司，男人肯定受不了，自然会出去找些温柔的女人。面对张倩蓉看戏的心态，罗美君更加难过，没了主意。张倩蓉见状，安慰此事既然发现了就要处理，及时“捉奸”。

罗美君依闺蜜所言，在徐治平手机里装了定位软件，两个女人合计好以后，看准时机风风火火地去酒店捉奸，看到的却不是徐治平，而是林新伟与秘书从酒店同进同出。张倩蓉傻眼了，她做梦也想不到，出轨的人竟然是林新伟，一时间也顾不上面子，在酒店里又打又闹。刚谈好生意从酒店出来的徐治平发现这场景，连忙阻止，场面乱作一团……

事后，徐治平弄清了事情的原委，斥责罗美君胡闹，罗美君列出他最近的异常，徐治平无奈承认自己不想让妻子担心，在努力为公司谋发展。罗美君又心疼又失落，不过看到林家真为出轨闹得天翻地覆，罗美君暗暗庆幸这事没发生在自己家。

与此同时，张倩蓉整日以泪洗面，时常向罗美君寻求帮助，罗美君给她打气，鼓励她光鲜亮丽独立女性起来，但张倩蓉却是无法离开林新伟，更无法舍弃林家的优渥生活。为此张倩蓉不惜帮林新伟隐瞒出轨一事，但林新伟仍不悔改，依旧时常不着家。

自从找回金梦瑶后，林森整个人仿佛换了个模样，在工作之余对家人十分上心，努力工作，对金梦瑶也呵护有加。从二次元跳入三次元的林森，觉察到家中氛围奇怪，直到在公司发现林新伟与小蜜行为异常，回到家中向母亲张倩蓉报信，张倩蓉只得承认她已经知道了一切，并希望林森为了这个家的完整，装作什么都没发生。林森气不过，直接找老爸对质，老爸竟和他进行男人间的对话，坚定地称自己遇到了“真爱”。

在罗美君与徐治平为林家家事操心之时，李依然的事业逐步发展，愈发稳定。徐云飞的膝关节运动功能参数检测仪也因为媒体的专访开始广受关注，并得到了一家大型骨科企业两千万元的投资。

李依然在一次重要的合作前夕，得知大神投资人和合作方有交易黑幕，而之前他用过的套磁伎俩只是他笼络KOL们的惯用手法。李依然冒着玉石俱焚的危险，在合作发布会当众揭穿了大神的行径，虽然可能会再度毁掉精心培育的公众号，但再浮华的诱惑，也抵不过初心和良知。

金梦瑶因为愧疚，偷偷帮助李依然联系各个品牌方，将李依然坚守原则的优秀品质告知对方，帮李依然正名。但发给合作方的信息却石沉大海，只有之前一直在合作的G60科技长廊宣传部，重新找到李依然，大力赞扬她勇于揭穿不正当行为的举动，觉得这正是合作品牌的最佳诠释：正直，勇敢，不同寻常。“90后正直女孩的公众号”的美誉，加上官方背书，让李依然个人品牌的知名度再上新高，其他商务邀约也纷至沓来，比以往还要火爆。当李依然得知这一切是金梦瑶尽心游说后，接受了她的道歉，与金梦瑶和好如初。

李浩然初具规模的G60“九城久礼”特产店十分火爆，线上线下同步售卖，善于口头表达的李浩然做起直播带货来更是得心应手。这让李向东意识到时代不同了，年轻人的追求也不一样了，只好答应不再过问他的职业规划。而李向东那间小饭馆因实在独木难支，最终在孩子们的鼓励下关店。徐治平知道亲家李向东手艺实在难得，于是托林新伟力荐，让李向东入职星级饭店成为中餐主厨，李向东重新找回了个人价值，心情也舒畅多了。

徐云飞的媒体专访辐射力度很广，初代膝关节运动功能参数检测仪模型还没有正式推出，就已经受到了数家三甲医院专家的肯定，有了大医院的背书，各种风投也纷至沓来，收益令人咋舌。罗美君大喜，在闺蜜下午茶时更是挺直了腰板。而让罗美君认为美中不足的，是徐云飞和李依然还没有正式复婚。罗美君加紧步伐时常向李依然表达希望和她重新成为一家人的意愿，徐云飞的计划达到了。然而在这个档口，李依然竟然发现自己怀孕了，这让她有些不知所措。

徐云飞本人是很开心的，但他担心李依然还没有做好当妈妈的准备，因为当初答应了她要过足二人世界。令他意外的是，李依然表示经过这段时间的经历，她被家庭温暖强大的向心力感动着，对迎接小生命有了信心。徐云飞很惊喜，表示他也很希望成为一名父亲，以后会更努力把事业搞好，更重要的是照顾好李依然和孩子。李依然十分感动，徐云飞趁热打铁，提出复婚。

罗美君得知“双喜”临门，更是喜出望外，承诺这一次他们结婚，她绝对不会干涉小两口的生活，一定让李依然在婚姻里也有足够的自由。

徐云飞专门带李依然回到人才公寓，在这个故事发生的起点，郑重向她再次求婚。这里的室友、木讷少年丁浩，和李依然不相信爱情的闺蜜马玥走到了一起，金梦瑶和林森也结成连理，大家都有了美满的故事结局，在所有室友和朋友的祝福中，李依然满脸幸福地答应复婚。

林森对于老爸林新伟的行为一直很伤心，直到一次与金梦瑶回家，发现林奶奶正在对林新伟大发雷霆。原来，林新伟拗不过小蜜撒娇，帮她订了一套限量款护肤品，却不小心顺手默认成了家里张倩蓉的收货地址，林新伟趁张倩蓉还没回来，抱着护肤套盒一边电话安慰小蜜一边四处找地方藏东西，被林奶奶抓了个正着。有了奶奶撑腰，林森顿时看到了希望。恰在此时，张倩蓉回到家中，看到林新伟被一家人围攻的样子，顿时明白了几分，只见她竟然云淡风轻地接过林新伟手中的护肤品，称是她让老公买的，谢谢老公帮忙抢购成功。

这一刻，林森着实替妈妈心酸，林奶奶也一反常态地拉张倩蓉坐下，亲自给张倩蓉倒了一杯茶，将林新伟出轨被发现一事如实相告，让张倩蓉不必帮他隐瞒了。林奶奶让林新伟给张倩蓉跪下道歉，林新伟不肯，林奶奶第一次冲着儿子发火。这一次林奶奶站在了张倩蓉的身边，大骂林新伟不配做一个男人，并亲自向张倩蓉道歉。也许林奶奶一辈子都看不上张倩蓉的出身、性格，但在这件事上，林奶奶认为是林家愧对了这个儿媳，看着林新伟不争气的模样，林奶奶将林新伟赶出家门，气愤地让他准备好净身出户。

医院中，李依然挺着微微隆起的肚子来看望奶奶，康复中的奶奶也露出了欣慰的笑容。

金梦瑶与林森的小日子也走上甜蜜的正轨，在听说李依然与徐云飞要复婚后，他们决定要一起再办一场婚礼。大家也催促着马玥和丁浩，快点跟上队伍的行列，进入已婚一族。徐云飞调笑林森，本来也是假离婚，办什么婚礼，林森却表示做戏做全套。许、林两家的婚礼一起举办，这一次没有了“假扮新娘”，没有了“偷偷卖房”，有的只是95后小夫妻的甜蜜和幸福以及75后父母、50后长辈的欢欣与宽慰，婚礼现场温暖异常。

经历了这一切风风雨雨，李依然与徐云飞这对小夫妻不仅在职场得到淬炼成长，更在家庭里完成了从为人子女到勇于担当的大幅蜕变。即便两代人观念有差异，只要用心、耐心，没有解除不了的误会，没有解决不了的隔阂。生活虽难，只要每颗有爱的心都紧紧凝聚，一家人同舟共济，前路定会温暖宽阔。

几个月后，一个可爱的新生命降临在徐家，和谐的统一战线又一次“不复存在”，两家老人又因为孩子名字取什么争执不下，不同的是，此时的拌嘴已经没有战争的气味，而是热热闹闹家的味道！

而人才公寓因大家一年租住期限已满，被组委会收回布置。它以崭新的面貌静静矗立在朝阳中，等待着下一批合租室友，也等待着下一批年轻人精彩的青春故事……

作者简介：

陈一诺， 编剧，本、硕毕业于上海戏剧学院戏文系，编剧学理论研究博士在读，中国戏剧文学学会会员。

编剧作品：湖南卫视电视剧《美味奇缘》，浙江卫视电视剧《你好乔安》，优酷定制网剧《我的保姆手册》，优酷定制综艺《同一屋檐下》，话剧《一句顶一万句》《贝加湖奇案》等。作品曾获上海文化发展基金会扶持项目、日本东京爱丽丝戏剧节评委会特别奖、上海国际戏剧展演最佳剧目奖。

致依然平凡的我们(30集)

◆ 刘　飞

不要只赞美高耸的东西，平原和丘陵也一样不朽！

——题记

第一阶段　2009年
16岁·少年时代

“别等了，荣以山不会来了。”

闺蜜贾亭西的话，将任尔东望眼欲穿的目光拉回到眼前的6寸蛋糕上。他们本来相约一起过16岁的生日，但荣以山突然消失，破坏了所有的期待。

任尔东愤懑地看向蛋糕，蛋糕顶部，翻糖做的四个小人并排坐着，两男两女，正是任尔东、荣以山、贾亭西和海适。四个人同年同月同日生，他们之间的友谊从呱呱坠地那一刻就开始了。

任尔东打小就是家属楼的孩子王、霸王花。原本父母是想她“千磨万击还坚劲，任尔东西南北风”。谁知在后来的日子，她竟成了抓不住的“草上飞东”，活成了“任尔东西南北疯”。和所有人混成一片，但唯独一个人例外——荣以山。

少年时代的荣以山高冷、腹黑，家教甚严，荣妈是知青二代，一直把重回大城市的希望寄托在他身上，除了学习他没有朋友。任尔东是他平淡生活里最炽热的烟火气，靠着接近任尔东，荣以山结识了另外两位好朋友：明艳聪明的校花贾亭西，阳光痞帅的篮球健将海适。

他们组成“惠宁四人组”，在那些草长莺飞的岁月中，经历最好的年少时光：为李宇春爆肝拉票；为刘翔夺冠洒泪；为QQ等级变成太阳在网吧通宵；为学周杰伦的歌买带彩屏的MP4……直到2008年的夏天，一切戛然而止。

任爸作为前造船厂主管，在全国下岗潮中，领着几个部下和老乡，一起去上海打拼，没想到，创业刚有点成绩就遭遇了失败，不仅没发家致富，还背了一身债务（男主爸爸出卖）。荣以山爸爸则“幸运地”创业成功，准备把一家老小都接到上海生活。

16岁生日那天，四人相约过生日。但一直等到晚上，荣以山都没有出现。后来才知道，荣以山当晚被父母强行带上飞机去了上海，从此人间蒸发，再无消息。

奋斗是一场漫长的接力赛，父母跑一棒，子女接一棒，每一棒都可能影响全局，每一棒也可能改变全局。那些年少时代里的突然变化，连同年少懵懂没说出口的暗恋，一同成为青春遗憾的尾音，消散在回忆里。

四人组只留下三人，最聪明的孩子抛下伙伴，独自奔赴更广阔的人生，而被留在小城的普通少年，拾起失落，参加高考。高考后，三人来到江边，看着那艘造船厂即将启航的“未来号”大船，各自许下关于未来的心愿：

贾亭西——成为美貌与实力兼具的外交官；

海　适——成为职业篮球运动员；

任尔东——成为对社会有用的人，还有一定要去上海，比荣以山过得好！

……

年少的愿望，被镀上期待的微光，在青春的间隙中蓬勃生长。它们如此闪耀，像是造船厂里那艘满载祝福的新船，即将驶向浩瀚的星辰大海。

第二阶段　2016年
23岁·初来乍到

咔嚓！

一转眼七年过去。任尔东23岁，刚从成都某二本大学毕业，尽管高考失利，让她错过考到上海的机会，但凭着在头部通信公司出色的实习经历，她拿到了上海一家家居公司的offer。于是，她瞒着父母，辞掉了铁饭碗，飞赴“魔都”。美其名曰“闯，门里面一匹马，得要把马放出去看看”，气得任母差点到双流机场抓人。

任尔东飞赴“魔都”的底气有两点：

第一是，她的友谊。闺蜜贾亭西、侄子海适都在上海，如今他们也都各自展开了精彩的人生：

23岁的贾亭西又飒又美，虽然没实现外交官的梦想，但专科毕业后，凭借美貌和高情商一路从苏州一家三星级酒店干到上海五星级大酒店，从房务部开始做起。为了尽快打通上升渠道，她正在同经验丰富的前辈竞争酒店第一届形象大使。感情上，她“恋商”极高，相恋时轰轰烈烈，分手时干脆体面，即便是几个前男友聚到一起，也能心平气和打一桌自愿输给她的四川麻将。

23岁的海适依旧热爱篮球，靠着篮球特长考进上海体院，可大二时跟腱断裂，再无缘职业之路。出于自尊心，他没有告诉亲友实情，反而骗家人自己刚入选职业球队，前途一片光明。对他来说，曲线圆梦还有一种可能，就是娶“单萌”——那个追星般狂热追求他的富二代女孩。风华正茂的年纪，海适打心底瞧不起有点臭钱的单萌，他更喜欢独立自主的贾亭西。

第二是，她的男朋友。此时的任尔东，有个谈了三年的异地恋男友——林跃然，是大她三届的师哥，如今在安集工作，和任尔东拿到offer的是同一家公司。她没告诉男朋友，想着给他一个惊喜，谁知这也为未来的惊吓，埋下了隐患。

飞机落地。

任尔东拖着行李箱去公司报到，入职安集，担任市场策划。她干劲十足，目标清晰：通过三个月的试用期考核——留下来！

谁知刚迈出腿就折了腰。分组面试中，一组总监是个男生，温文尔雅，书卷气质，二组总监是个冷冽严肃，不好说话的女强人。任尔东本想凭着出色的实习经验进一组，结果遇上清北、海归竞争者，她成了两组之间互踢的皮球，最终进了“死亡”二组。

任尔东不甘心，去找一组总监争取机会，然而话到嘴边，却踮脚吻了上去！原来一组总监竟然是她的男朋友——林跃然。

林跃然如今是公司的新星，干部储备，前路明亮。任尔东的突然出现，他并不惊喜，反而惊吓。他告诫任尔东，两人的恋爱关系千万不能暴露在办公室，以免带来闲言碎语，影响自己考核、转正。

任尔东有些困惑，但也没多想，顾全大局，她转头去二组报到，因为二本学历，不受领导待见，她被分到一个既无聊又没有含金量的活儿——联系一位数媒艺术家Mountain Dew。

小城做题家头昂不过半天，就被百乐门撞得眼冒金星。职场感受到巨大压力，任尔东转头寻求友谊的慰藉。

一通电话，海适和贾亭西立马赶来“请安”，昔日的惠宁小分队在“魔都”重新集结，热闹的黄浦江边，大家达成一致目标，要体面地扎根立足，开启人生新副本。只是打开新副本时，身边似乎少了一个人——那个早早来上海的荣以山。

他还在这里吗？又在做什么呢？

任尔东嘴上赌气，心里想的却是：那个遥远的少年，如今应该在某个地方闪光吧。

人生路上的惊喜和意外总是不期而至，任尔东很快联系上Mountain Dew，他竟然是那个少年旧友荣以山（Mountain Dew是他在数媒论坛上的网名）。

七年未见，荣以山依旧帅气，一眼望去在人群中闪闪发光。他斯坦福毕业后，归国创业，一派高级精英范，桀骜中更添几分成熟。

见面第一眼，愤怒和回忆一起涌上，各种情绪叠加，鬼使神差地让任尔东端起桌边一杯白水泼向荣以山，惊呆了众人，两人的见面无比刺激。但更意外的是，男朋友林跃然也来找荣以山合作。

彼时的林跃然正在跟任尔东的直系领导霜姐争部门leader，一时间，任尔东陷入进退两难，一边是私自帮男朋友，一边是牺牲职场操守，最终在林跃然的威逼哄骗下，任尔东暂时“退出”。

但霜姐不知从什么渠道知道了任尔东的主动“退出”，对她臭骂一顿，一周考核里，任尔东得了个“月亮”。公司有规定，任何员工得满四个“月亮”就得离职。任尔东还没回过神来，一个集齐“月亮”的老员工被开除，准备跳楼，闹得人心惶惶。初入职场，任尔东瞬间感到压力巨大。

但男朋友林跃然不仅没安慰她，还发表渣男语录——“扛不住就离开，大不了我养你，不走的话也行，留在对手那给我当眼线也好。”任尔东这才发现，“魔都”就像是一面镜子，有人在这里照出了梦想和勇气，有人照出了虚伪和欲望。

任尔东拒绝了林跃然一起睡的要求，当即离开，并下定决心：事业是老娘自己的，爱情不是附庸品。但当晚，手机里收到一条体重秤的推送：48.7 kg。这并不是她的体重数，在闺蜜贾亭西的“点拨”下，她意识到，林跃然出轨了。

但任尔东并没有石锤，她按下不表，打算先在职场上干出一番成绩。于是不再顾及林跃然，主动给荣以山发了信息，想再争取一下合作。

彼时的荣以山正在寻找新办公场地，付完房租，没有钱再付中介费了，刚好任尔东找上门，于是腹黑套路任尔东，让她做了冤大头。但任尔东也不是吃素的，意识到荣以山“赖账”后，一通110，两人直接到了派出所。昔日童年旧友，在派出所上演一出揭短大会，警察都懵了，一时不知是在报案还是认亲。

打下欠条，任尔东成了荣以山的债主。荣以山于心有愧，加上这段时间一直默默关心任尔东的情感状态，他决定帮任尔东一把，借着请吃饭的名义，约出林跃然的出轨对象魏薇薇（荣以山同学）。

两个“女友”对线，发现林跃然除了小三，还有小四！Girls help girls，两人一拍即合抓住小四，却发现她不是明星，不是模特，而是公司年龄40+的保洁阿姨。当然除了保洁这一个身份，她还坐拥浦东六套房产，梅陇镇两间门面，还有嘉里中心的几个停车位。

“小三有户口，小四有房，你有什么？”

“我跟你在一起，看不到未来。”

这是林跃然留给任尔东的几个分手理由。任尔东想，来上海一定是忘了去静安寺烧香，才会在这遭受劈腿和羞辱的双重暴击。心碎之时，好在有荣以山送上可靠肩膀，安慰任尔东放下过去，才能腾出手拥抱未来。

贾亭西和海适得知任尔东被欺负，瞬间燃起群架魂，车库“暴打”林跃然。昔日的四个好朋友因为一起打渣男，得以重聚。KTV里，四人组扯着破嗓，醉倒一片。黑夜不会因为重聚而明亮，但友情成了最后的安慰剂。

失恋之后，任尔东一心扑在工作上，像个没事人一样。到了公司，才发现，保洁阿姨要结婚了，新郎还不是林跃然！

任尔东瞬间丧意全无，只觉天道好轮回。

更惊喜的是，任尔东收到了荣以山主动合作的消息（荣以山手握林跃然受贿把柄，坦然找任尔东合作），最终方案突围，获得安集高层认可。

一片欢庆时，林跃然“复仇”，曝光荣以山斯坦福学历造假，所谓精英一切都是假象。荣以山因“失信”，丢了板上钉钉的天使轮投资，再找机会也困难重重，刚租好的办公室面临转租。任尔东这边的项目也跟着黄了，并且因为和林跃然前恋人的关系曝光，被二组组员误会是叛徒。

人生最Down点，两个loser狠狠共情，杯酒下肚，敞开心扉聊过往。七年前，荣以山随家人来到上海，过了一段时间的好日子，但有钱后的荣爸整日花天酒地，爸妈离婚闹得鸡飞狗跳。他前脚被送到美国，后脚荣爸投资被骗，公司破产，他连学费都交不起。不久后，荣妈积劳成疾，又碍于面子，不愿回国。荣以山不得不身兼数份工作，还替同学代考赚钱，后来意外被抓，只能肄业，还欠了一屁股债。对他来说，理想并不能带来饱腹感，他只想要创业还钱。

任尔东这才知道，看似辉煌的人生也有锈迹斑斑的一面。

任尔东虽搞砸了项目，却被二组总监看见能力，通过考核留了下来。她正欣慰时，发现总监借用她的录音，挤走了林跃然，自己不过是职场斗争的棋子。任尔东想怒而辞职一走了之，却看着来之不易的胜利成果，硬是没说出口。任尔东百感交集，找荣以山聊心事。结果不小心和荣以山仿若贴面，眼神交会，暧昧不已。

有的人一路走高，有的人柳暗花明。

贾亭西也在经历着人生巨变，志在必得的酒店形象代言人评选，竟初试就因学历太低被刷。贾亭西勇敢找大领导指出规则漏洞，意外被大领导采纳，放宽了选举标准，贾亭西战胜了职场上的对手，一举拿下形象大使，走上人生的小高峰。

贾亭西请众人吃饭。饭局上，海适抛出重磅消息："恭喜我吧，我要结婚了！"

和谁？

单萌——那个当初他最不喜欢的女孩。

因为跟腱断裂的旧伤，海适的俱乐部委婉拒绝签约，海适醉酒，砸了俱乐部。还没谈好赔偿，经理就态度一百八十度大转变，求着海适签约。原来，是追求海适的单萌家赞助了俱乐部，附加条件就是续约海适。梦想，居然可以操纵。现实震惊着海适，也刷新了他的三观。他第一次感受到，接受喂饭总比等死强。一次醉酒后，海适同意了单萌的表白，同时也当上了爹。

奉子成婚当天，现场一片混乱。海适过于紧张，将新娘单萌的名字念成了贾亭西，单萌当场发难。

而本该作为伴郎出席的荣以山，突然离开，只对任尔东留下一句："等我回来，我有话要跟你说！"

不管身后的婚礼交响乐如何变奏，任尔东已经预感到荣以山呼之欲出的感情。她决心等待荣以山归来，为这23岁如画般的青春添上浓墨重彩的一笔。

然而，这一次，荣以山再次消失，直到三年后才回来。

第三阶段：2019年
26岁 · 三流之路

一晃三年过去，任尔东已经26岁。

经历这几年社会的摸爬滚打，让她从职场菜鸟进化成稳重且自信的老鸟，一心扑在工作上，能拼能熬，在众清北、海归中杀出重围，成为市场部业绩第一的小组长。她暂时无心恋爱，时刻想要抓住机会，实现她下一个人生目标——坐上市场部总监之位。

很快机会来了。上司霜姐怀孕将要生产，需要选出一个代理总监管理市场部。任尔东积极争取，却被安排了一个几乎不可能完成的任务：赖掉一家名叫时先科技公司的一笔尾款。

为了赢过竞争对手，任尔东决定接下离职同事留下的烂摊子。她准备充分前去赴会，谁知时先科技背后真正的老板竟是荣以山！

消失三年，杳无音讯，荣以山再次回归重新创业，看上去意气风发，公司稳步向前，并已经结婚，身边有佳人周楚楚陪伴。追问消失缘由，荣以山闭口不谈，只能表达歉意。任尔东大失所望，不解、愤怒、担忧，各种复杂情绪交织，但很快她镇定下来，公事公办，按照合同条款终止跟荣以山公司的合作并不再支付尾款。

荣以山竭力争取，任尔东寸步不让，两位昔日好友竟成了赖账与要账的关系。

撕扯在友情、利益之下，两人精疲力竭，最后甚至闹进警局，局面难堪，一发不可收。

此情此景，任尔东也很无奈，工作和友情二选一，眼下她只能选能握在手中的工作，她在上海漂泊三年，非常需要上一个台阶来稳固自己的未来。僵持到最后，荣以山选择退一步，签字终止合作。

任尔东心有愧疚，安慰自己这才是最好的结局。职位唾手可得，生活重锤却猛然砸下，代理总监位置最终归于她的竞争对手苏西。

她不理解，追问上司理由，才知她以为花三年时间，用努力追平和别人学历之间的差距就是胜利，殊不知竞争对手苏西因为帮大领导搞定了产房而得意“走后门”晋升，原来除了个人实力，家庭背景、人脉资源，随便哪一张都是大小王牌，任尔东手里的牌并不多。

抑郁击穿了久压的劳累，任尔东累倒在工位，被送进医院急救。醒来，隔壁传来熟悉的“嘲弄声”，拉开隔帘一看是荣以山。

两冤家医院重聚首，嘴硬互相贬损，但行动却在关心彼此伤势。任尔东旁敲侧击挖出荣以山其实过得并没有那么光鲜——公司蜗居在朋友奶奶的老房子里，打游击战般躲着“房东”追缴，创业老板也不过是个任人揉搓的nobody。

同病相怜，互相比惨，两人仰天一笑，彼此理解了几分。这幕被前来看望任尔东的贾亭西、海适看在眼里。

于是预料之外，三年后的今天，惠宁四人组在嘀嘀嗒嗒、满是监护仪器的病房重逢。如今的他们，各自都有新的生活：

贾亭西正值颜值巅峰，升了柏丽酒店礼宾部领班，蝉联了三届形象大使，正准备蝉联第四届，礼宾部却来了个年轻女孩梓曦，不仅年轻漂亮，学历也有优势，对她的位置虎视眈眈，自信之余，也开始感到些许压力。

海适入赘豪门，孩子都已经三岁。表面幸福自由，其实婚后憋屈。安排去丈母娘公司，被边缘、架空；回到家里，能插手的事都被保姆阿姨给瓜分走，唯一的乐趣打篮球也被剥夺成打高尔夫。不过他乐得退回家庭生活，调和丈母娘和老婆之间的矛盾。

大家生活都有了新的面貌，坚定走在曾经选择的道路上。四人举起可乐碰杯，用欢声笑语中和了生活的荒谬和对未来的不安。

躺下不意味着躺平。

任尔东在上司秦霜离职之前争取到和苏西公平竞争夏日大促的机会，如果能拿下大促取得成绩，她或许还有机会翻身做上总监。任尔东日夜加班做方案，并为此拼上一切。谁知苏西竟然趁着她生病住院窃取了成果，还无耻宣称下属一切成绩都是属于她这个代理上司的。

任尔东忍住怒气没有跟她计较，非常聪明地让总经理重新评选方案，成功拿下参加夏日大促的机会，迎来了和苏西的较量。为了能拿下最后的胜利，任尔东觍着脸打出友情牌，请荣以山用数媒做线上商城引流营销。但荣以山此时正忙着做一个能帮自己数媒团队打出名声的项目，拒绝帮忙。任尔东见软硬都不行，灵机一动通过解决荣以山公司办公场地问题，让荣以山欠下一个人情，成功说服他帮忙制作大促引流的小程序。

两位旧友时隔多年再合作，默契高效，彼此的心也在不断靠近。但她的对手苏西为了赢找来了家居头部网红博主，荣以山的妻子周楚楚带货。本是单纯职场上的竞争，一下子牵扯起了三方的感情，夏日大促暗流涌动，硝烟四起。锁品、黑热搜、直播突发事件……状况频发。

好在任尔东用经验和韧劲扛了过来，最终利用新奇的销售思路帮公司打开了滞销品渠道，创下了安集公司历史纪录，打败苏西并拿下总监职位。

与此同时，她发现荣以山和周楚楚只是协议婚姻，两人并没有真感情。

任尔东追问荣以山之前美国三年到底遭遇了什么，荣以山才吐露出他隐藏至今的过往。

原来三年前消失，是因为荣爸闯荡美国欠下巨额高利贷被人追讨，荣以山为救荣爸不慎失手伤人，被判坐牢。周楚楚帮他请律师辩护，最终判了两年半。出狱后，要留下处理荣爸的事，荣以山不得不跟周楚楚假结婚获取签证。而周楚楚之所以这么帮荣以山，皆源于读大学的时候他帮她摆脱了家暴男友，救了她一命。

巨大的过往朝任尔东砸来，她为荣以山心疼、流泪，张开双手拥抱他的回归，难过自己没能在他最艰难的日子陪伴他。海适、贾亭西等人得知此事也痛心生活对荣以山少了点仁慈，总是给予太多的磨难。荣以山却十分乐观，现在能和朋友重聚，他已经很开心了。

朋友们的包容和支持成为荣以山安全的后盾，但现实却不会这么宽容。荣以山好不容易做完环球美食剧场项目，项目投资人却害怕荣以山负面的过往影响餐厅形象，拿掉了本属于他的名字。荣以山为了兄弟们的饭碗，不得不接受这个残酷的事实。

就在大家以为他会消沉之际，荣以山畅快喝酒重新振作，并早早瞄准市交警大队合作宣传机会，打算开启新的项目，为团队重新打开局面。

任尔东看荣以山恢复如初稍稍放下心，她集中精力开拓安集西南市场，想在总监位置上大展拳脚。公司高层风云变动，前男友林跃然竟杀回上海总部，成了市场部总经理，她的顶头上司，给她的总监之位蒙上了一层阴影。

任尔东本打算装作不熟，扮演好下属角色保持距离，可林跃然贼心不死，明明已经结婚生子还打算玩真心告白这套，想重新追回任尔东。任尔东明确拒绝，林跃然利用职权骚扰，故意让任尔东留下加班，故意让她一起出差住同一间房，甚至借刁难荣以山试图让任尔东就范。

可任尔东如今也是职场老手，她录下骚扰证据，并不动声色地请林跃然的妻女来上海跟林跃然团聚，暗暗要挟林跃然不要丢掉已经得到的幸福，人自私也应该有底线。林跃然被掐住七寸，不敢再对任尔东有非分念头。

荣以山知道林跃然对任尔东有所图，化身守护骑士，无论项目多忙每天接送。他理解任尔东因自己的两次消失而在感情上跟他保持距离，于是想方设法将她拉进自己的世界入侵她的生活：带她看展，分享自己的工作趣事，暗戳戳地破坏任尔东的相亲，帮她接待来上海的任爸任妈……甚至愿意展现自己的脆弱与无助，学会依靠朋友。

尘封的爱慕重新燃起，任尔东和荣以山两人试探、接近、暧昧，他们尝试跨越友情的界限，走向爱恋的感情阶段。

然而这时，荣以山的事业横生枝节。竞争对手南风传媒挖走了他公司的技术骨干，以至于市交警大队的宣传项目濒临误工。为帮荣以山渡过难关，任尔东拿出积蓄帮他顶上，想要尽快招兵买马赶上工期。海适、贾亭西得知情况，也纷纷拿出钱，以投资的名义支援荣以山。终于，项目以惊人的速度顺利落地，荣以山计划在零点时分对任尔东告白。

然而，元旦当天，荣以山的项目意外发生。

商场员工工作疏漏，把PE板垫在开关下加高，却忘记检查漏电，意外引发火情。火光突然蹿起，一声巨大爆响，将一切毁于一旦。满地狼藉，到处都是破碎的装饰，应和着商场里变调的《好运来》，说不出的凄惨。

跨年夜，任尔东等人浑身湿透地站在天台上，看着楼下进进出出的消防车，再看着远处点起的烟花，心拔凉拔凉。

打水漂的“投资”，还未可知的赔款，四个好朋友第一次内讧起来。

大家吵作一团，看似互相指责受骗和不靠谱，其实都在宣泄自己生活的不如意——

海适早就受够丈母娘的歧视和压制，过得憋屈还放弃了挚爱的篮球，他本想靠这次投资，挽救自己曾经的梦想之地——一直打球的篮球馆，但如今都成泡影。

贾亭西则因识破渣男杀猪盘，将人扭送进警局，反惹一身骚，被渣男用私密照报复弄得丢了形象大使，还饱受指点，甚至连自己真心喜欢的交警郑毅也跟自己保持距离。

大家言不由衷，互相伤害。一场本是充满好意的合作，此刻成了考验友谊的试金石。最后，荣以山大喊一声“行了！”狠狠自嘲一番，堵了众人的嘴，转身离开。

善后事故处理，一连几日，荣以山忙乱不已。任尔东也在年末连夜加班，多日未见荣以山。

深夜，任尔东从越洋广场写字楼迈步走出，准备过红绿灯去坐车。她一抬头，恰好看到对面身穿白衬衫形容有些憔悴的荣以山。

冥冥之中的默契，不言而喻，穿越人海车流，荣以山也看见了任尔东。

突然，任尔东鼓足勇气大喊："荣以山，我可以做你的女朋友吗？"

荣以山神色动容，疲倦一扫而光，激动大喊回应："任尔东，我可以做你男朋友吗？"

说完两人哈哈大笑，隔着长长的斑马线，两人同时点头，就像年少时。

又到了8月8日，惠宁四人组即将迈入26岁。

生日会上，海适、贾亭西先后抛出两颗炸弹——

海适甩出一张离婚证，宣告自由，而贾亭西甩出一张结婚证，说要出国结婚了！

任尔东和荣以山面面相觑，桌下两人十指相扣又分开，桌上生生将"我们在一起了"的消息吞下。

第四阶段：2021年
28岁·和解之路

2021年，任尔东已经28岁。

如今的她进化为轻熟女，淡淡妆容，周身拥有一股子强大自信，仿佛天塌下来她都能顶住，是个不熬鸡汤，但会在鸡汤里疯狂撒辣椒面的酷girl。

她凭借出色工作能力，稳坐安集市场部总监位置。但她在家具行业浸润已久，看到传统市场的危机，也看到自己在安集能达到的天花板。任尔东开始思考转换赛道，为自己选择更加广阔的天地。

恰逢出差，任尔东在飞机上偶遇做服务老龄化社会的智能设备的00后创业老板，聊起家具，两人颇为投缘。这位年轻老板游说任尔东加入自己的公司，共同开辟事业。任尔东没有立即答应，因为关于这件事她还需要跟荣以山商量。

两年前，她和荣以山心意相通，终于走到一起。但朋友变恋人并没有想象那般顺利。荣以山公司在过去两年经营得不错，在业内小有名气，突如其来的疫情却让整个行业萧条，公司面临资金流断裂困境。荣以山苦苦支撑半年之后难以为继，有大厂抛出橄榄枝，提出收购公司，荣以山面临抉择，要不要舍弃创业伙伴，"转型"成为社畜。两个人都忙于工作，聚少离多，逐渐成了城市里的"周末情侣"。相爱的两人，被工作上的疲惫逐渐消耗掉他们试图双向奔赴的力气，慢慢两人之间有了不理解，有了更多细碎又毫无解决办法的矛盾隐匿在"算了吧""就这样吧"等等话语背后。任尔东想跟他聊转型的事，却一直没能约上时间。等待、错过，任尔东陡然冒出分手的念头。

就在纠结是否将分手信息发出之际，任尔东接到闺蜜贾亭西回国的消息。她喜上眉梢，破天荒请了假，直奔嘉定城郊某处隔离酒店接她出关。

啤酒、烧烤，杯子相碰，两年未见的惠宁四人组重新聚首。大家的状况好坏参半，正如这个世界一样摸不准未来的走向——

海适和单萌离婚不离家，在丈母娘眼皮子底下各自生活。前任夫妻明明关心彼此，嘴上却要给彼此找不痛快，单萌约会小奶狗，海适搞破坏，海适想搬出别墅独立，单萌找各种理由拒绝。两人拉扯，看得任尔东都直摇头。

贾亭西归国没有带回她的结婚对象，众人好奇，一杯酒下肚，贾亭西才坦言当年那张结婚证只是她花15块在淘宝上做的。她受到郑毅妈妈羞辱后，争取到被酒店派出去考金钥匙的名额。考取金钥匙后，一直在柏丽海外分店工作，并且已经被提拔到礼宾部经理。如今酷飒御姐归来，就是要开始新的人生。

这一夜，烧烤、啤酒、压马路，凌晨三点他们踉跄在深夜街道，直到被巡逻的郑毅以扰民带走……

任尔东想要回家和荣以山聊聊未来计划，但荣以山太疲惫沉沉睡去，她想说的话只能吞回肚子。

经过艰难谈判，荣以山终于和大厂达成收购意向：打包员工一起收购，不裁员任何一个。他一直想要坚守的底线守住了。而任尔东思虑再三，辞职加入了适老智能设备的创业团队。00后创业老板凭借国家创新扶持项目，跟荣以山同个园区蹭了个犄角旮旯的办公点。

中午吃饭，两人在园区食堂相见，荣以山倍感意外。何时，他们作为男女朋友，连彼此的动态都不了解了？任尔东笑着提出分手，表示退回朋友位置，才最舒适。荣以山不肯，挽留任尔东，任尔东态度坚决，强调保持距离。荣以山只好退后一步观望。

于是，任尔东重新开始了单身生活，全心扑在适老家居的市场推广上。荣以山一边忙着带领团队融入大厂生活，一边想方设法挽回任尔东。明明刚立下保持距离的flag，他们紧接着却被现实打脸——00后创业老板利用自己的人脉关系搭上大厂，希望能策划设计自己公司的产品发布会，兜兜转转最后这个项目落到了荣以山手里。

就这样，任尔东荣以山不仅成了同个园区办公的“同事”，还被迫成了工作上的甲方、乙方。

任尔东的老板并不知道两人是前男女友，直接让任尔东跟荣以山对接。任尔东死抠预算，荣以山对项目寸步不让，两人常常因为细节分歧争得头破血流。吵着吵着，反倒把憋屈两年的不满都说开，两人的关系由工作产生间隙，也由工作再次弥合，兜兜转转，各自更加理解对方在这座城市里的热血和梦想，艰辛和不容易。

两人久违地一同乘坐公交返回住处，他们决定重新开始，不再忽视彼此。

29岁当天，两人领证结婚，共同向朋友们宣布了这个消息，众人祝福。

证是领了，但怎么跟家里坦白，却是个大难题。

春节将至，惠宁四人相约回老家惠宁过年。

海适隐瞒两年的离婚被家人看穿，闹得鸡飞狗跳，海适妈妈要自杀，最后还是拉来单萌一顿安慰才将戏剧生活画上句点。贾亭西将追来惠宁的郑毅挡在门外，原来两人回国后重逢，得知她结婚是假，郑毅重新追求，弄得造船厂家属院纷纷看热闹。

任尔东这边，任妈一如既往催婚、催稳定。任爸得知任尔东跳槽去了创业公司十分不赞同，他不想任尔东漂泊，落得跟自己当年一样的下场，劝她回老家找份安定工作。任尔东因为任爸荣爸年轻时一起闯荡上海结下梁子，不敢坦白跟荣以山结婚，只能坚定地要继续在上海奋斗。

大年初四，毕业十年同学聚会变为攀比大会，任尔东、荣以山、贾亭西、海适，曾经别人眼中奋斗的代表，如今倒成了同学眼中混得不好的典型。漂泊不稳定、没房、没车、没钱，一通比较矮人一截。任尔东气不过，索性宣布她和荣以山已经结婚，拿出二维码挨个收礼金。

县城小，消息传播快，第二天，任爸从别人嘴里得知女儿结婚了，女婿还是荣以山！更要命的是，荣爸带个小女友，耀武扬威来拜访任爸这个亲家，令任爸勃然大怒。任爸把任尔东关在家里，逼她过完年立马起诉离婚。关键时刻还是靠贾亭西和海适，他们上门拖住任爸、任妈，任尔东趁机从房间翻窗逃跑，荣以山在楼下接应，两人“私奔”回上海。

任尔东觉得让爸妈接受荣以山只能从长计议，当下最要紧的是适老产品的新品发布。她一心扑在公司，荣以山带着团队小伙伴也常常加班到深夜。两个人为了这个项目并肩作战。

没想到，任爸竟追来了上海，他坚持任尔东离婚跟他回老家，去过平凡人的生活。不靠谱的荣爸，看到儿子进了大厂，想要老年创业，搏一把“锦绣前程”，在夕阳下山前打个漂亮翻身仗，非要从深圳赶来指点江山，忍不住显摆年轻时候下海经商那一套生意经，引来诸多麻烦。

更要命的是，俩老头相见，简直就是“顾大海”遇上“苏大强”。两人翻起陈年旧账，在众人面前大打出手，上演全武行，打进派出所仍毫不收敛。最终，只能儿女赶来各领各爸，认罚认错。

家里地儿小，俩父被安置一屋。荣爸假装事业有成，在任爸面前各种显摆，气得任爸磨刀霍霍，荣以山忍无可忍，拆穿荣爸这些年过得落魄荒诞，靠着拆东墙补西墙糊弄了个纸面。

荣爸颜面被亲儿子扫地，离家出走。任爸不爽两位年轻人的婚事，也一刻不想在家待。二人一前一后迷失上海街头。暴雨落下，年纪加在一起百来岁的俩顽固老头，一边争论当年的孰是孰非，一边被打车软件为难在原地。

回不了家，雨打湿了他们有着沟壑的脸庞。瞬间将记忆拉回到二十年前，他们第一次到上海，也是在街头狼狈打出租的情形。

车流滚滚，没有一辆为他们停下。

正如时间，没有一刻为他们留情。

二十年光阴，他们曾经是时代最吃苦最勤奋的建设者；他们也曾年轻，也曾挥斥方遒，是千禧年里的“中国式合伙人”，意气风发地在属于他们的时代里，为梦想为家人拼搏过！

随着时间流逝，先是放开了儿女的双手，再是脱离了信息的绳索，一不留神走丢在时代里，被一个个App绊住了前进的步伐。

他们互相嘲弄对方老眼昏花，然后淡然地接受了时代的变迁。

“只要曾经奋斗过，便不后悔。”这是父辈这代人对人生平凡最大的豁达。

大家都说，平凡有三个层次，一是接受自己的平凡，二是接受父母的平凡，三是接受孩子的平凡。想通这几件事后，任爸决定回老家了，前一个晚上，终于和任尔东掏心，说了想让她回老家的另一个原因。他年轻的时候，在这座城市打拼过，知道从零开始的奋斗有多辛苦，为人父母只希望他们能过平顺快乐的一生。

“虽然每个人都有着遥不可及的梦想，但是只要有，就已经很幸福啊。”任尔东和爸爸说这句话的时候，眼睛里亮着光。任爸理解女儿，放手让她继续去闯。

贾亭西被郑毅继续追求。上一段恋情因为郑毅的犹豫伤害了贾亭西，这一次，郑毅牵着贾亭西去见爸妈，表明了立场，勇敢追爱。

海适重新独立，搬出家后接到了篮球训练基地的单子，送外卖过去赶上招聘教小朋友的篮球老师，他被意外选中，兜兜转转又做了和篮球相关的职业，前所未有的充实。

就在每个人似乎都走上了新的道路，生活朝着越来越好的方向奔去时，荣爸却忽然倒下了。原来，他早已查出了癌症晚期，在生命的最后时光，他竭尽全力想弥补作为父亲的缺失。

荣爸早些年在上海投资了两块墓地，当年所有人都骂他脑子不好觉得晦气，如今墓地身价翻了数倍。他交代荣以山把墓地全部卖掉，这是他能留下的全部。他不愿意埋在土里，希望骨灰撒进家乡的江河里。荣爸一辈子都在追求自由，临了依然不想被棺材束缚。

适老智能设备的新品发布会如期举行，荣以山团队制作的沉浸式交互体验新颖而又通俗易懂，让产品性能优点一目了然。再加上产品价格亲民，功能实用，市场反馈一致好评，任尔东公司产品的销量大涨。

发布会结束，几个小伙伴相约聚餐。只不过这次不同，不再是四人组，而是有了新成员郑毅和单萌的加入。断断续续聚餐了8年的老地方，见证了他们每个人在这座城市的成长。

第五阶段：2023年
30岁·平凡之路

两年之后，任尔东还是在这个小小初创公司打拼，尽管还不是那么赚钱，却因为有目标而充满斗志……

荣以山小组开发的项目进入尾声，他要投入新一轮战斗。他和任尔东的婚礼已经在筹备中，却因为两个人忙忙碌碌一再推迟。

海适没有跟单萌复婚，比起继续在婚姻里捆绑，他们俩正学着如何成熟地相处，更好地做一个父亲/母亲，一个真正爱别人的人。

面对而立之年，他们并不惶恐焦虑，而是越发坚定自信，向着渴望中的人生奔赴而去。

而那些生命中擦肩而过的人们呢？

00后还在创业的道路上坚持……

桃子成了一名小组长……

欧昊依然努力地当码农……

这是属于普通人的故事——没钱、没背景，没那么幸运，却努力生活的平凡人们，以各自的方式活着，存在于这个世界上。

不是只有伟人才推动这个时代。
每一束微光，都有存在的价值。
致依然平凡的我们，
致永远热爱生活的我们！

作者简介：

刘飞，青年编剧，毕业于上海戏剧学院戏文系，上海时先文化传媒有限公司创始人。编剧代表作：《我的小确幸》《夏至未至》《我的莫格利男孩》《流淌的美好时光》《韫色过浓》《春日宴》《时光与他，恰是正好》《鬼吹灯》等。曾获金鹅荣誉年度优秀编剧，作品多次获得上海市文化基金支持、华鼎奖2018—2019年中国电视剧满意度调查百强榜单、美国亚洲影视节金橡树奖优秀电视剧、中国电视媒体暨“时代之声·年度优秀剧集”等。

不负少年时（40集）

◆ 墙薇薇

上海，1925年早春，远东十六铺码头，随着一抹朝阳从海面升起，一艘邮轮缓缓靠岸，乘客陆陆续续下船。一时间，码头上热闹非凡，熙熙攘攘，人声鼎沸。

蒲月秋跟他的助手苗得雨也在下船的乘客里，他们俩一路风尘仆仆从南洋来到上海，肩负特殊使命：南洋和檀香山的华侨们募集了一大笔款项，要捐赠给孙中山，帮助他继续伟大的革命事业，蒲月秋和苗得雨就是负责把这张现金支票亲手交给孙先生。

报童的叫卖声传来，令他们无比吃惊，他们连忙买了份报纸一番细看，报纸上赫然刊登着一条讣告：孙中山先生因罹患癌症，医治无效，于1925年3月12日去世。

这个消息使得蒲月秋和苗得雨惊愕万分，孙先生仙逝，他们这一次的任务，就不可能完成了。

随后，蒲月秋和苗得雨在上海一家饭店住下，两人商量，即刻购买船票返回南洋，把支票交还给当地华侨领袖。商量妥当，苗得雨外出拜访友人，蒲月秋独自留在饭店。

苗得雨确实去见朋友了，但不是一般意义上的拜访，而是向他的友人通风报信，要强取豪夺由蒲月秋保管的巨额现金支票。

蒲月秋和苗得雨秘密携带巨额现金支票来上海滩的消息，早已经不胫而走。待在饭店的蒲月秋还不知道，自己已经成了军阀、黑帮、日本特务三方面口中的肥肉，是他们争夺的对象。他在饭店，遭遇了一系列危险，携带支票死里逃生，三路人马紧紧尾随在后面，如蛆附骨。

蒲月秋逃到一条小弄堂，身负重伤且精疲力竭，遇到年方十八的少年郭文渊，病急乱投医，把巨额现金支票交给他代为保管并交代原由，然后继续逃亡。

被三路人马紧追不舍的蒲月秋最终跳下苏州河，生死不明。

而郭文渊拿着巨额现金支票回家，心情激荡，他虽然是少年，但懂得受人之托忠人之事的道理，更何况这笔巨款，是爱国华侨用来支持孙中山先生革命事业的，他盘算着，应该把支票藏在什么地方？

简陋的屋子里，只有郭文渊和他爷爷郭源彬在，他的父母亲郭一鸣和王芳都在工厂上班，还没回来。郭家是木雕世家，郭文渊小小年纪，在父亲和爷爷的熏陶以及督促下，就已经掌握了十分高超的木雕手艺。这不，上海市警备区司令员吕放鹤的父亲吕传宝老太爷七十寿辰马上就要到来，有人指名道姓要郭家精心雕琢一枚不少于六层的鬼工球，作为祝贺吕老爷子寿辰的特殊礼物，盖因鬼工球层层旋转，有时来运转、向鬼神窃得阳寿的含义。而六又是一个吉利的数字，蕴含六六大顺之意。

向郭家订购鬼工球的人，叫张海翰，是上海滩新近崛起的黑白两道赫赫有名的大亨。张海翰指名道姓要郭源彬亲手雕琢这个特制的鬼工球，但张海翰无论如何想象不到的是，这个鬼工球其实全部是由郭文渊在爷爷郭源彬的指导下雕刻的。

郭家和张家，也算有点亲戚关系，郭一鸣的堂姐，也就是郭文渊的姑姑郭一萍早年嫁给还没有发迹的张海翰，可惜郭一萍嫁过去不久就病逝，没有留下一男半女。张海翰后来续弦李淑珍，两人育有独子张天佑。

按原计划，今晚鬼工球就会完工，明天必须交到张家，郭文渊在小弄堂遭遇蒲月秋，受他之托保管支票，刚踏进门，正苦思冥索究竟把现金支票藏在什么地方，爷爷郭源彬已经在叮嘱他，赶快把鬼工球最后一道工序完工，明天就去交给张海翰。听了爷爷的话，郭文渊猛然之间计上心来：如果把鬼工球最里面的球体镂空，把现金支票藏在里面，又有谁能够发现？而自己的手艺完全能够做到，最里面被镂空的一层，看起来给人以实心的感觉。

说干就干，郭文渊施展高超技艺，神不知鬼不觉，把巨额现金支票藏在了鬼工球里。

再说军阀、黑帮、日本特务三路人马眼见追踪对象蒲月秋跳进苏州河，不见踪迹，生死不明，于是一路返回寻找蛛丝马迹，在小弄堂挨家挨户搜查。

有人言道，看见受伤的中年男子与一少年说话，神色慌张，并很快查出少年就是郭文渊，于是如狼似虎般冲入郭家，郭文渊临危不惧，软硬不吃，坦白承认刚才确实有一个受伤的中年男子向自己问路，仅仅是问路而已，至于其他的事情，一概不知，一口否定，三路人马在郭家大肆搜查，一无所获。

有惊无险度过一晚，第二天，郭文渊和爷爷郭源彬一起，把完成的鬼工球送去张家。按辈分，张海翰是郭源彬的侄女婿，张海翰应该喊郭源彬一声大伯。

张海翰接过巧夺天工的鬼工球，大喜，赞不绝口，恰好张海翰的独子张天佑走来，接过鬼工球把玩，鬼工球突然就从他手里消失，郭文渊和郭源彬大惊，鬼工球神出鬼没，又出现在郭文渊的手里。原来，张家早年也是手艺人世家，家传幻术神妙无比，张海翰来到上海滩打拼，事业有成，黑白两道通吃，于是放弃了家传的幻术，但张天佑却从小痴迷于幻术，苦苦钻研，在幻术上的造诣十分高深。刚才，他就是使用幻术和郭文渊、郭源彬开了一个玩笑。

郭文渊和张天佑，以表兄弟相称。

翌日，张海翰携爱子张天佑参加吕老爷子的寿辰，送上鬼工球，引来众人赞叹声，吕老爷子更是细细把玩，心情大悦，爱不释手，大军阀吕放鹤大喜，感谢张海翰，让他有什么事情需要帮忙，尽管告知。

再说郭文渊家，父亲在纺织厂上班，早出晚归。他们其实是进步工人，已经参加了中国共产党，1925年，还处于国共合作时期，两党亲如一家。郭一鸣夫妇回到家，有意无意讲起一些革命道理，分析当下革命形势，郭文渊总是听得津津有味。他也曾犹豫是不是要把支票事件告诉父母亲，但想到蒲月秋的嘱托，叫他不要对任何人讲，也就打消了这个念头。

郭家不时有各种各样的人前来试探支票事件，甚至假冒工部局施工，在郭家掘地三尺，可惜都一无所获。

张海翰也知道了这个消息，为了得到支票，他指使儿子有意接近郭文渊，与他成为朋友，张海翰甚至买通某交际花，使用美人计诱惑郭文渊，但郭文渊守住底线，不透露支票事件的任何信息。

夜晚，郭源彬和郭一鸣父子说起郭文渊今年十八岁，也应该结婚成家了，郭家和孟家曾经有婚约，但孟家如今生意兴旺，俨然是上海滩新贵，而郭家相对破落，不知道孟家是否还认这门亲事。

隔日，郭源彬和郭一鸣亲自登门拜访孟家，孟家家主孟昔年把两人迎接进去，郭源彬说起自己和孟昔年的父亲孟文昌当年约定的亲事，算起来孟昔年的女儿今年十七岁，也应该嫁人了。孟昔年打哈哈，说女儿孟婉静还小，过几年再说。离开孟家，郭源彬和郭一鸣明白，孟家是打算悔婚。

孟家过去也是手艺人世家，对制香有独特的工艺手法，现在虽然南北贸易做大了，但祖传的制香手艺仍然保留着。孟昔年送走郭文渊和郭一鸣后，女儿孟婉静走出来，对父亲说，自己是新时代女性，恋爱婚姻，必须自己做主。孟昔年、孟婉静父女明面上是生意人，实际上他们父女俩是隐蔽身份的共产党员，秘密负责党在上海的地下工作。

1927年，蒋介石叛变革命，在上海大肆屠杀共产党人，郭文渊的父母亲、孟婉静的父亲都因此而牺牲，这反而使得郭文渊坚决地走上革命道路，而隐藏在暗中的孟婉静也肩负起父亲未完成的任务，全身心为党的工作努力奉献。

孟家，由于家主孟昔年离世，他的两个兄弟孟黎安和孟黎平又不愿意出面做事情，家族的重担全部落在孟婉静身上。她一方面忙于家族生意，另一方面忙于党的工作，繁忙程度可想而知。叔叔、伯伯关心她的婚事，认为必须入赘一个能干的女婿进门，帮助孟婉静分忧解难，孟婉静同意这个方案，但并不想真正随意找一个入赘的丈夫，于是想到了从小和自己有婚约的郭文渊，郭文渊和爷爷商量之后，几番权衡，同意入赘孟家，和孟婉静做一对有名无实的假夫妻。

除了自己继续钻研木雕技艺、协助孟婉静打理生意之外，郭文渊还有意和警备区司令吕放鹤的儿女接近，目的自然是那个藏有现金支票的鬼工球。听说吕老太爷痴迷木雕，郭文渊自告奋勇为吕老太爷讲解怎么样欣赏到木雕作品的精髓，吕放鹤的儿女听了，果然把郭文渊请回家与爷爷见面，有心算计无心，吕老太爷很快就对郭文渊产生十分好的印象，两人几乎成为忘年交，在郭文渊的启发之下，吕老太爷童心滋生，开始学习木雕技艺，而老师就是郭文渊。这样，郭文渊就有了随时进出吕府的自由，那个鬼工球也在他的监视之下，可惜吕老太爷对鬼工球十分钟爱，藏得极好，郭文渊几次想用同样的鬼工球把它置换出来，都没有得逞。

再说张家，张天佑在外面偷偷与一个少女恋爱，叫作戴碧薇，是贫苦人家的女儿。张海翰知道后，嘱咐儿子，玩玩可以，千万别当真，更不可能娶进家门，但张天佑发誓自己一定要娶戴碧薇为妻。

最近，竟然有人暗中在生意场和张家针锋相对：截留他们在黄浦江的货船、恶意挤兑张家的钱庄、烧毁张家的大烟馆……张海翰大怒，暗中派人调查，得知晚上又有针对钱庄的行动，于是亲自带领人马埋伏在钱庄附近。到了半夜，果然等来破坏的一帮流氓，混战中张海翰中了枪伤，被紧急送往医院。

张海翰流血过多，需要输血，急忙赶来医院的张天佑抢着要献血，但是经过化验，医生并没有同意张天佑献血。

第二天，张海翰脱离生命危险慢慢醒来，得知儿子张天佑关心自己，要献血给他，但是医生不同意，因为他们俩的血型不匹配，也就是说张天佑不是张海翰的亲生儿子。

张海翰的心情沉重起来，他想起自己和续弦李淑珍的交往。李淑珍是上海滩的美人，追求者无数，与张海翰的生意场对手严荣廷相爱。张海翰设计把严荣廷逼到死路，开出条件，要自己放严荣廷生路可以，李淑珍必须答应嫁给自己。李淑珍为了救严荣廷，不得不答应张海翰，而严荣廷据说远走东瀛亡命。

张海翰回家之后，冷冷责问李淑珍，张天佑究竟是谁的儿子？李淑珍见事情败露，只得承认，当年自己已经与严荣廷秘密结婚，为了救情郎，不得不离婚，再嫁给张海翰。婚后发现，自己已经有了严荣廷的骨肉，于是隐瞒至今。李淑珍恳求张海翰，不要把真相告诉张天佑，张海翰答应了。

张海翰调查清楚，暗中和自己作对的，就是从日本回到上海滩的严荣廷。他的背后，有日本特务机关的支持，一个恶毒的计划在张海翰脑海形成，他要利用张天佑对自己的关心，鼓励张天佑去刺杀严荣廷。张天佑血气方刚，自然愿意去刺杀自己“父亲”的仇敌。然而，当他看见严荣廷，却无来由感到亲切，下不了手，哪里料到狡猾的张海翰留有后手，另外派自己手下李义昌杀死了严荣廷，给人的假象，却是张天佑杀的。

李淑珍得知张天佑杀了严荣廷，又惊、又痛、又怒，责问张海翰为什么如此恶毒，让张天佑杀死自己的亲生父亲？张海翰一巴掌抽向李淑珍，说自己还留着张天佑这个小杂种的性命，已经是格外开恩，杀死严荣廷怎么了？他就是要让张天佑亲手杀死亲生父亲，与他过去的血缘做一个了断。

而张天佑浑然不知这一切，继续与戴碧薇热恋，戴碧薇的母亲史香梅见状，忧心忡忡，因为自己年轻的时候，就是张家的丫鬟，被张海翰强奸后离开张家，生下一对双胞胎，姐姐戴碧薇，妹妹戴雨薇，妹妹从小被人贩子拐骗。史香梅后来嫁给老实巴交的民间制作焰火和彩灯的艺人戴觉秋，又生下一女，取名戴瑶薇。

现在，大女儿戴碧薇与张家少爷恋爱，岂不是乱伦？史香梅鼓足勇气来到张家，求见张海翰，说出他还有一对亲生女儿的事情，恳请他阻止儿子张天佑和戴碧薇的交往。张海翰听了，又惊又喜，自己刚“失去”儿子，转眼又有了女儿。他告诉史香梅不用担心，张天佑不是自己的亲生儿子，两个年轻人交往，没有任何问题。送走史香梅，他一反常态，让张天佑尽快把戴碧薇带回家。

戴碧薇来到张家，原本惴惴不安，不料张海翰对她关爱有加，令所有人大跌眼镜。不仅如此，张海翰还大度地同意了张天佑和戴碧薇的婚事。

史香梅悄悄向丈夫说起，张天佑不是张海翰的亲生儿子，不料被戴碧薇听到，偷偷告诉了张天佑，张天佑根本不相信，回家询问母亲，李淑珍难以圆谎，不得不把实情和盘托出。张天佑从母亲那里求证到自己的真实身份，并且得知张海翰竟然要自己去杀自己的亲生父亲，怒不可遏，实在想不开，跑去责问张海翰，怎么可以这样做？

看着怒气冲冲的张天佑，张海翰脸色阴沉下来，并不正面回答。张天佑发泄完毕，夺门而出，决定与戴碧薇完婚之后，搬出张家居住。

张海翰与手下管家李义昌商量，虽说张天佑不是自己的亲生儿子，但毕竟抚养了二十年，感情深厚，可现在自己是张天佑的杀父仇人，所谓杀父仇人不共戴天，保不准哪一天，张天佑就会找上门来杀了张海翰，为亲生父亲报仇雪恨……李义昌劝张海翰，先下手为强，该断不断，反受其害。张海翰痛苦万分，终于下定决心，要李义昌在张天佑新婚时乘坐的汽车上安放定时炸弹。

然而，阴错阳差，婚礼举行那天，张天佑的母亲李淑珍和戴碧薇的母亲史香梅坐上了张天佑的汽车。汽车启动不久就发生剧烈爆炸，两位母亲当场身亡。一边差一点上车的张天佑见状，如遭雷击，一切已经明了，是张海翰想杀了他！

而张海翰和李义昌脸色阴鸷，正一步一步向张天佑走来，伸在怀里的右手明显握住了枪，张天佑处乱不惊，以比他们更快的速度拔出手枪对着他们，然后一步一步后退，迅速离开了张家。

既然隐情已经暴露，张海翰下令李义昌，首先向巡捕房透露，是张天佑杀了严荣廷，又暗中对张天佑进行追杀！

张天佑开始了他的黑暗生涯，他首先要避开巡捕房的追捕，其次要躲避张海翰和李义昌对自己的追杀，同时还要暗查究竟是谁开枪打死了生父严荣廷。

危难时刻，他的表弟郭文渊给予他极大的帮助，为他做掩护，寻找暂住地，筹措资金给他，两人之间的友谊，越来越深。孟婉静得知情况后，也在暗中支持郭文渊和张天佑。

张海翰把戴碧薇接回自己家，告诉她，她其实是自己的女儿。戴碧薇听了，十分吃惊，一切仿佛在梦里。张海翰利用戴碧薇的善良无知，把张天佑约出来，张天佑不知是计，陷入包围圈，被张海翰活捉。张海翰虽然心中不忍，但作为枭雄的他还是下令将张天佑“栽荷花”：上海滩的一种杀人办法，把人塞进麻袋，往麻袋里装进大石头，然后绑起来扔进黄浦江。

一直尾随张天佑的郭文渊立刻跳进黄浦江，潜泳下去，用匕首割开麻袋，救出奄奄一息的张天佑。张天佑得救后，痛恨戴碧薇为什么要欺骗自己，并发誓报仇。

戴碧薇得知自己的善良被张海翰利用，爱人张天佑已经“死于非命”，不由得悔恨交加，痛哭起来。

是夜，张天佑一身黑衣，携带匕首、手枪，轻车熟路从围墙潜入张家。他蛇行鼠伏来到张海翰书房外面，透过窗户，看见张海翰正坐在沙发上打盹。他轻轻撬开窗户，幽灵一般翻身进入，蹑手蹑脚来到张海翰身后，拔出枪顶住了他的后脑勺。

张海翰惊醒，发现自己已经被张天佑控制，没有丝毫反击能力，大惊！

就在张天佑准备开枪的瞬间，书房门打开，戴碧薇来向张海翰道晚安，看到张天佑用枪顶着张海翰，大惊失色，恳求张天佑不要伤害自己刚找到的亲生父亲。

张天佑“恍然大悟”，戴碧薇之所以帮着张海翰追杀自己，原来是帮生父的忙。他答应戴碧薇，这一次放过张海翰，但是绝对没有第二次了！而自己与戴碧薇从此恩断义绝！说罢，狠狠地把匕首插在书桌上，转身离开。

戴碧薇追出去，哭泣着责问张天佑为什么如此无情？

就在这一夜，一个黑影潜入张海翰的卧室，用匕首杀死了张海翰！这把匕首，赫然就是张天佑插在张海翰书桌上的匕首！

张天佑陷入了更大的阴谋旋涡，社会舆论一时间论定，张天佑丧心病狂，不仅杀死亲生父亲严荣廷，还杀死了养父张海翰。现在，张天佑必须奋起反抗，调查事情真相，还自己一个清白。

在郭文渊、孟婉静的帮助下，张天佑很快调查清楚，这一切都是张海翰的左臂右膀李义昌勾结日本在上海的特务机构“黑龙会”头目中谷在捣鬼。他们的目的，就是要把水搅浑，要获得张海翰手里所掌握的一种战略资源：沪宁铁路20%的股权。

张海翰的家产，全部由戴碧薇继承，但李义昌绑架了戴碧薇，要她交出张海翰的家产和沪宁铁路的股权。戴碧薇誓死不从，受尽折磨。张天佑得知真相，联合郭文渊等人去救戴碧薇，可惜晚了一步，戴碧薇已经被杀害。张天佑又痛又怒，发誓报仇。

张天佑等人揭露了李义昌和中谷的阴谋，洗清了自己的冤情，又通过法律途径继承了张家的全部遗产。

张天佑深深怀念戴碧薇，这时一个神秘女子出现，名字叫作夏梦蝶，竟然长得和戴碧薇一模一样。她其实就是戴碧薇的孪生姐妹，从小被日本人拐骗，送到东北接受间谍培训，长大后被派遣到上海，来收集各种各样的情报。

张天佑和夏梦蝶之间，发生了一段剪不断理还乱、充满迷茫和诡谲的孽恋。张天佑从夏梦蝶身上，竭力找回戴碧薇的感觉，而夏梦蝶利用张天佑的情感，展开她的间谍工作，包括竭力想从张天佑手里得到沪宁铁路的股权、收集中国民间各种中医秘方、收集各行各业艺人们祖传的秘技，并想通过张天佑接近郭文渊，获得已经成为谜团的那张巨额现金支票。

戴家仅存的戴觉秋与小女儿戴瑶薇起初对认识夏梦蝶惊喜交加，与她相认，但是夏梦蝶对他们丝毫没有亲情可言，除了想获得戴家祖传的制作焰火和彩灯的手艺之外，根本不愿意继续与自己没有血缘关系的父亲和同母异父的妹妹交往。

郭文渊和孟婉静假戏真做结婚多年之后，两人之间的感情在慢慢滋生，终于水到渠成真正结合。他们也互相发现，彼此都是地下党员，在各自的系统为党工作。

慢慢的，张天佑、戴瑶薇也逐渐成为进步青年，接受共产党的理念。这四个年轻人，分别钻研各自家族的手工艺传承：郭家的木雕、张家的幻术、孟家的制香、戴家的制灯，他们的技艺也越来越炉火纯青。

张天佑与夏梦蝶病态的交往，变成扭曲地对戴碧薇的回忆，而他在不知不觉之间，和戴瑶薇走得越来越近。

有一天，一个易容的神秘人物，悄然出现在上海滩，他就是十年前死里逃生的蒲月秋。他找到郭文渊，告诉他南洋华侨社团经过讨论，决定把那笔原本打算捐赠给孙中山先生的巨额现金捐献给延安，用于购买枪支弹药和医疗药物，以支持延安方面的抗日。郭文渊听了大喜，他向蒲月秋保证，支票藏在一个安全的地方，自己会尽快把它取来。

这时，日军在华北地区的情报机关头目竹中友江来上海公干，黑龙会全程接待。由于竹中友江在华北地区疯狂残杀抗日人士，延安方面向上海的地下党发出指令，务必暗杀竹中友江，为死去的抗日人士报仇雪恨。

上海警备区司令吕放鹤要在自己的府邸举行大型宴会，欢迎竹中友江的到来，郭文渊、张天佑、孟婉静、戴瑶薇四个年轻人商量之后，制定了一个详细的暗杀计划。

郭文渊能够随意出入吕府，在他的安排之下，欢迎晚会增加了焰火表演这个环节，而郭文渊的木雕技艺，已经能够雕刻出有九层的鬼工球，他扬言要在晚宴当天携带九层鬼工球，赠送给吕老太爷，老人听了大喜。这样郭文渊顺理成章，也成为晚宴的嘉宾。

戴瑶薇在焰火里面，放置了特别的成分，焰火燃起，这特殊的成分会与孟婉静设计的迷香结合，会顷刻之间散发开，人们事先没有吃下解药的话，会短时间内神志不清，而张天佑的幻术神乎其技，在迷香散开的时间段，能够短暂控制受到迷香影响的人的行为。

晚宴当天，一切按部就班进行，张天佑、戴瑶薇、蒲月秋打扮成燃放焰火彩灯的手工艺人进入吕府，张天佑带了两个鬼工球也早早来到吕府，九层的鬼工球送给吕老太爷之后，老太爷赞不绝口，而郭文渊的怀里，还有一个六层的鬼工球。

张天佑、郭文渊、孟婉静、戴瑶薇四人，早已悄悄把孟婉静特制的迷香，放置在吕府的各个角落。

夜色降临，大家来到花园观看焰火彩灯表演，焰火纷纷点燃升空，绚烂之极，大家纷纷欢呼叫好，而焰火里面特殊药物与迷香结合之后，几乎所有的人在刹那之间都变得迷迷糊糊，神志不清。

郭文渊和张天佑等人立刻行动起来，张天佑展开幻术，指引吕老爷子拿出珍藏着的鬼工球，而郭文渊和蒲月秋则负责刺杀竹中友江、中谷和李义昌。

但有一个人并没有受到迷香的影响，她就是夏梦蝶。原来，十几年的间谍训练，她的身体对迷香有了抵抗能力，于是阻止郭文渊等人实行他们的计划。为了民族大义，在戴瑶薇的要求之下，张天佑手刃了夏梦蝶。

六层的鬼工球被置换出来，里面的支票重见天日，竹中友江、中谷和李义昌也走到生命的尽头，任务有惊无险顺利完成，四个年轻人和蒲月秋一起，立刻离开吕府，坐上早已准备好的车辆，迅速离开上海，奔赴延安。

作者简介：

墙薇薇，又名蔷薇，四川人。自由编剧。

电影作品：院线电影《我是谁的宝贝》主创编剧，影片入围第二届加拿大金枫叶国际电影节影片单元电影《赫氏》总编剧，提名第三十八届莫斯科国际电影节华语单元最佳编剧，电影《末日苍生》提名波兰东欧国际电影节最佳影片、最佳导演、最佳剪辑、最佳服装设计，电影剧本《赫氏错觉》总编剧，提名第二届加拿大金枫叶国际电影节新锐编剧奖，电影剧本《美人》入围威尼斯国际电影节“聚焦中国”原创剧本单元。

电视剧作品：唐德出品网剧《栀香如酥》主创编剧，电视剧《梁祝新传》策划，湖南卫视电视剧《偏偏喜欢你》责编。金盾出品网剧《安知夏天遇见你》主创编剧，电视剧《蓝理将军》主创编剧，人气漫画改编《我和她的男友》主创编剧，网剧《拥抱你的两个世界》主创编剧。

先生小姐向前走（30集）

◆ 裴风娟

李单宁这个人，聪明又愚蠢，勇敢又懦弱。

要说这孩子打小就聪明，一路顺顺当当、青云直上读完了研究生，一门心思想要做个新闻记者。看事情永远像个第三方，不偏不倚，对谁都是三分怀疑，唯独十分信任她的男朋友焦阳，信任到就算焦阳说太阳西升东落，她也愿意相信是宇宙偶尔出了意外，用当下的话说就是典型的恋爱脑。就是这样的偏爱，她勇敢地谈了七年异地恋，本来以为毕业后就要修成正果，哪成想会在新闻联播里看到焦阳他们单位集体婚礼的画面，她试图拨通电话听焦阳说那只是报道需要，电话一直忙音，她却连个去当面质问的胆子也没有。

焦阳的驻地很偏远，需要乘动车到大西南省会再换绿皮车去山里的小站，还要再换乘大巴才能找到那个隐蔽的山沟小镇，没有焦阳接站，她不敢去。当人类开始向神明求助的时候，说明真的走投无路了。她走到离家最近的道观，想要求一根答疑解惑的灵签，在道长神叨叨“天高海阔一路向南”的指引下，稀里糊涂决定去上海。

“屋漏偏逢连夜雨，船迟又遇打头风”。人在走背字儿的时候，喝口凉水都塞牙。满以为换个新地方是新生活的开始，哪想到她刚出火车站就被一个陌生女人扯住了衣袖：“姑娘，一个人啊？没有人来接啊？你这些行李看起来不太好弄啊，我帮你啊！”陌生女人看起来很热心。李单宁拒绝了陌生女人的好意，没想到那女人却呼天抢地撒起泼来：“你不能这么走的啊，你走了我儿子怎么办啊，你不为大的考虑也要为小的考虑啊。”俨然一副婆婆拖住儿媳妇的架势，女人的手牢牢锁住单宁的手腕，害她动弹不得，一个男人恰切地跑过来夺过她的行李箱，拖着她叫嚷着：“我错了，咱回家好好过日子。”

她一瞬间就明白了自己此刻遇到了什么状况，但是她整个身子已经软成一滩泥，好在有热心市民帮着报了警，狼狈又惊慌的瞬间怎么也想不起任何一个可以联络的电话号码，断断续续告诉警察她有个哥哥叫李正元，远在北京的某军区医院做医生，又是一番波折总算联系上，李正元的导师有一台极其重要的手术安排他做助手，当听到李单宁在派出所里，也就放下心来，赶紧拜托在上海的同学张一周帮忙照顾。张一周嘴上答应得好好的，下了手术台却累得直接睡了过去，把这件事忘得一干二净。张一周这个人，专业上的业务能力在同龄人里数一数二，但是这不代表他是一个道德感强烈的人，在男女关系上，颜值即正义是他一贯秉承的原则。等他睡醒了想起这茬，带着愧疚来到派出所接人，看到李单宁狼狈憔悴的样子，反倒是心安了几分，丝毫不为自己的迟到感到愧疚，如救世主一般把这个落魄的颜值三分女带到自己的公寓里。

当李单宁洗完澡清清爽爽地站在张一周面前的时候，他不禁为之前的草率有些懊恼，但又不好片刻就变得殷勤起来，看到她胳膊上的淤青和腿上的擦痕，为她拿来药箱。李单宁对这位迟来的英雄并无太大感激，只是觉得因为自己的到来给他添了不必要的麻烦，便赶紧允诺等补办妥了丢失的电话卡、银行卡、身份证等一系列证件，会另寻住处。

李单宁的意外到来让张一周原本的合租室友丁明青顺势提出退租的想法，丁明青老早就想跟女朋友搬出去同居，奈何不好打破与张一周共同整租的约定，这样倒是直接断了张一周对李单宁有男女关系的想法，毕竟这一部分房租极大地缓解了他每个月还贷的压力。

李正元一直搞不明白单宁到上海的动机，他想着即使毕业求职也该来北京，与自己互相有个照应，单宁对此也只说是喜欢江南的婉约。他希望张一周能旁敲侧击问出点不一样的答案来。张一周自作聪明想要来个“酒后吐真言”，却把自己也绕进了局里，借着酒劲不止把她的心底事套了出来，还把自己那点压箱底的陈年旧情事吐露个明明白白。在感情上同是天涯沦落人的两个人，趁着酒意大有相见恨晚之感。酒醒之后又一阵后悔，觉得有所失言，十分尴尬。

试婚同居的丁明青也正酝酿着他的离别计划。丁明青这个人，长得是一表人才，安静的时候真是一脸书生模样，白白净净满眼灵光，玩笑之中又带着狡黠，本硕博直读的学业压力既没影响到他的视力，更没影响到他的头发。

奈何一张嘴，却轻浮得过了头，“浪子丁丁”的标签从青春期开始就贴在他的脑门上。他跟张一周吐槽：

> 我不否认我肤浅，我就是喜欢她好看啊，谁不喜欢好看的姑娘，再加上精致的妆容、苗条的身材、可爱的嗲嗲的声音，你不喜欢？可是每天给我看俩小时这个就行了。剩下的22个小时刨去睡觉的8个钟头，我还是希望有点灵魂的勾兑，啧啧啧，太难了。女孩子的可爱就在她有秘密的时候，你不知道她精致的妆容下还有多少惊喜，但是当你发现她只有精致的妆容没有其他惊喜的时候，如果不是家里有两套拆迁房，她都没有烧烤店的服务员更具竞争优势……

丁明青毫不掩饰地透露自己要逃出女朋友钱欣怡庸俗不堪的温柔乡，张一周看着他得了便宜又卖乖的嘴脸，想着他那句“女孩子的可爱，就在她有秘密的时候”，又想起自己做的那个得不偿失的“酒后真言局”，更加懊恼，原本是想打听别人的秘密，却说出了自己的秘密。失去秘密的人，一下子就变得像草稿纸一样，不庄重且无趣。但李单宁这段贫瘠的感情坚持了七年，这是让张一周嫉妒的地方。没错，是贫瘠，单宁自以为忠贞不渝的感情，在张一周看来就是那么贫瘠、没有营养，可是却有七年那么长。

李单宁很快找到一份工作，成为瞄头影工作室的实习狗仔，这与她期待的新闻记者理想相差万里，尽管瞄头影的主管冉静在面试的时候说：“还没入行不要有职业歧视，新闻事件的当事人都是平等的。”但是促使她接受这份工作的最主要原因是生活首先需要面包。冉静给她指了一位教父级别的前辈做师父，娱乐圈第一老狗，江湖人称“狗仔王”。王师父长得其貌不扬，穿着谈吐也很是低调，但是没有人敢小看王师傅，不是明星没有料，只是王师傅没有爆。但是王师父似乎并不怎么待见她，接二连三给她下马威，交给她一些毫无意义又毫无头绪的任务，就像用直升机撒出去一袋狗粮，让这条小狗仔一粒一粒捡回来。这让她既疲惫又崩溃，不知道这工作的意义到底在哪里。好在警察庄毅给她提供了一些帮助，也让她自失恋以来一直处于阴霾里的心见到了一点阳光。

总算完成了王师父交代的狗仔入门级扫街任务，回到家里却发现家门口堵着一位哭花了妆的漂亮女孩。她原本以为是张一周在外面欠下的风流债，又害怕自己让人当成第三者被撕头发，但实在憋不住尿意不得不硬着头皮开门。后来才得知这是丁明青的小冤家，丁明青为了逃婚提交申请加入为期一年的援藏医疗队，悄无声息地搬离了爱巢。钱欣怡自然要找与他关系要好的张一周查一查，张一周在医院躲着不肯相见，她这才堵到家门口。

> 他一直都很爱我的，我们说好要结婚的，这才试婚试了不到两个月，他就跑了，一句话不说就跑了。你说我对他哪里不好啊，我家里有两套房子，我爸妈说了，只要我们结婚，就把离医院近的那一套给我们做婚房，就静安这一套房子，两千多万呢，够他少奋斗三十年吧，我也没要求什么呀，只要他对我好就行了，我不就让他下楼去给我买个酸奶嘛，虽然时间晚了一点，但便利店是24小时营业的呀，他不去！我就想吓吓他，我没想真跟他分手的，就为这点事儿，他就消失不见了。我不让他给我道歉了，我不跟他计较了，就想让他快点回来。

李单宁听着她噼里啪啦抱怨一通，心里想着自己曾经又安稳、又懂事、又善解人意无非也是这样一个结局，就更加讨厌这位叽叽喳喳没完没了的娇小姐。却不想这小妞儿像一贴膏药一样，就这样缠上了她，一缠就是好多年，逐渐成为自己密不可分的一部分。张一周深夜下班，看到钱欣怡登堂入室俨然半个主人，这让李单宁和张一周本就磕磕绊绊的合租生活雪上加霜。张一周制定了苛刻的合租法则，这一番针锋相对在钱欣怡看来，完全是打情骂俏的前奏。正当两个人的关系渐入佳境时，叶嘉眉回来了。

叶嘉眉是张一周过往里最用力的一段感情，也是张一周最不愿提起的岁月篇章。两个人相识于汶川地震的救援行动，情根深种于纯情的学生时代，表演专业的叶嘉眉最终没能逃脱名利场的泥淖，脚踏淤泥却没能混出个名堂，也失去了张一周这个忠犬男友。就在李单宁出差的第一个晚上，叶嘉眉回来了。她发了一条好友验证信息进来，说：还好你手机号码没有变。熟悉的头像，让张一周恍惚了好久。一眨眼五六年过去了，差一点就以为自己忘了。他通过了验证信息。对方的信息马上就飞了进来：还好吗？我的英雄。

张一周火速回复道：哟，大明星还记得老朋友！

他一刻也没有犹豫，他知道什么样的话有什么样的分量。重逢的场景早就在他心里预演了多次，见面用什么表情，说什么台词他都有准备。只是没想到最终还是以文字的方式恢复联系，这让他有些失落，他始终担心叶嘉眉读不出字里行间的调侃语气。如果是在什么地方当面碰见，自己一定会把这种“前尘往事过眼云烟”的洒脱感发挥得很好。叶嘉眉准备了一肚子的草稿被这几个字噎得，全碎进了心肝脾肺肾。这种挫败感，更激发她重新拿下张一周的斗志。张一周，毫无意外地再一次沦陷了。

李单宁这次出差就像一场突如其来的旅行，王师父没有告诉她要去做什么，只是让她用心去感受，她在巴塘机场遇到了前来接站的姚远，那是一个过气很久的演员，曾经口碑不错，却因丑闻获刑，出狱后也是多年杳无音讯，谁成想他会在这西北大环线上跑车呢？谁又想到，爆火时他的粉丝曾以他的名义在这贫困的高原上捐赠的一所希望小学，会成为他今后心灵和肉体的双重归宿。小狗仔李单宁绝对想不到，与姚远短暂的相处，却是“狗仔王”为姚远以后复出精心埋下的伏笔。

李单宁的手机月末欠费，还没来得及充值，就赶上玉树地震，着实让所有人揪着一颗心，张一周的关心让她误以为是爱情的来临，等她回来却发现早已被叶嘉眉偷了他，那是后话。从玉树回上海的飞机上，李单宁无意中的自拍却拍到了影后盖小琪未婚生子的大新闻，盖小琪见她是个独行的新人，一番威胁恐吓后试图拿点钱将她打发了。却没想到李单宁直接用盖小琪的名义把封口费捐给了姚远的希望小学，这一举动让盖小琪认定了她是个善用软刀子的卑鄙货色，一时间，抠门影后的话题被有心人大肆炒作，盖小琪指使粉丝网暴李单宁。王师父虽然之前有些瞧不上这个不够机灵的徒弟，但是关键时刻还是护犊子，出面调和把李单宁保了下来。盖小琪碍于“狗仔王”的地位同意和解，但是却依然气不过挖了一个大坑给李单宁，她告诉李单宁一个爆炸性的内幕：经常以正面形象出现的慈善家、巨浪控股的董事长巨振海，不仅包养多位女明星，还是个恋童癖。富豪包养女明星这种事李单宁并不觉得奇怪，但是猥亵儿童让她觉得罪不可恕，这也燃起了她一腔热血匡扶正义的新闻梦想。

网暴的事情吓到了李单宁的家人，李正元立刻休假和父母一起来上海看望她。李正元原本就长得帅气周正，钱欣怡只看了一眼便将丁明青抛到了脑后，她迫不及待地向李单宁发誓:“你哥哥白大褂、绿军装，有腔调、蛮灵格，我一定要当你嫂子的。”

李正元和张一周多年兄弟，只三两句便套出了张一周与叶嘉眉旧情复燃的事情，交代他不要招惹对感情一根筋的单宁，更不要给单宁造成错觉。

王师父知道李单宁意欲深挖巨振海的老底儿，试图阻止，没想到单宁却认为王师父早就知道这件事却不作为，安心做一个八卦掮客，成为没有新闻理想的狗仔王，是灵魂的堕落。王师傅脸色沉了下来，单宁也意识到自己说错了话，王师傅平静地说：

“我听冉静说你一直想做严肃新闻，你有新闻理想，你告诉我什么叫新闻理想?”

“追求公正、自由和平等。”

“这是最崇高的人类理想，你单说记者做新闻。”

“铁肩担道义，辣笔著文章，匡扶正义，横扫邪恶!”

“空话！你怎么不说救死扶伤?”

“那是……那是医生会做的事。”

“既然你按照职业来分工，记者呢？你想让记者做什么？铁肩担道义，辣笔著文章，那是鲁迅那样的大作家做的事，匡扶正义，横扫邪恶，那是警察做的事，记者呢?”

“客观、如实地报道事实的真相。”

“这就是新闻理想吗？别人制造新闻，你客观、如实地报道新闻，也仅仅是一个新闻的搬运工。”

“那您说，什么是新闻理想?”

“你知道上个月刚刚发生在湖南和江苏的两起未成年人弑母案吗?”

“知道一起，男童不满母亲严格管教，持刀将母亲杀害。”

“你知道南京九岁女童溺亡案吗?”

“知道，是父亲和爷爷一起杀死了脑瘫的女童。”

“你知道汤兰兰案吗?”

“知道，少女指控亲友性侵，母亲出狱后希望汤兰兰站出来说明真相。”

“你知道那个用线把女儿的嘴缝起来虐待致死的苏丽案吗?”

“不知道。”

“九几年的事情，一个经常虐待女儿的母亲，残忍地将滚烫的热油灌进受害者的嘴里，并用线将受害者的嘴缝了起来，五岁的孩子被活活虐待致死，凶手被判有期徒刑七年，受害者如果活着，现在也跟你差不多大，这位凶手母亲出狱后的第一件事，是扒了受害者的坟墓。这些案子听起来舒服吗？更让人痛心的是，这些案子与你现在看到的部分真相相比，凶手都是血亲。单宁啊，这个世界上，并不是非黑即白的，它是有灰度的。真相到底是什么？你能看到全部吗？你看到的，只是造成最终结果的因素累积。你自己想跟巨振海这个案子，我不拦你，年轻人有热血是好的，我不想打消你的积极性。我第一次听到这件事的时候，也很生气，我试图寻找受害者，没有人承认，后来我终于找到一个女孩，她刚刚大学毕业，她对我说‘叔叔，我刚找到工作，跟我男朋友马上要订婚了，我的美好生活才刚开始，你要毁掉吗？’我能毁掉吗？我不能。这个女孩，是春风孤儿院出来的，是巨振海的向阳计划资助她拿到文凭，拿到学历，用这个敲门砖找到了工作，改变了命运。他是坏人，他也办过好事，我不是为他开脱，我陈述事实，我不是审判长，我无权给他定性，你也看到了，巨振海这件事，如果不是在犯罪进行时归案，你拿他没有办法的，受害者自己都不承认自己是受害者，你的正义有什么用？马路上有人碰瓷儿，没有人敢指正，你去指正了，这是一般的正义；你把这件事披露出来，让更多人反思，这是一般新闻人的正义；如何减少直至杜绝这种现象，思考是公共设施不到位还是人性丑恶素质低下，并解决问题，从而改变这种社会风气，这才是一个有理想的新闻人该做的事情。披露真相需要智慧和勇气，但是止步于真相本身，只是为了满足你旺盛的好奇心，这不是新闻理想。你告诉我，你要去改变这个社会还是仅仅从事这份职业？”

她用左手掐弄着自己的右手，她不知道该怎么回答，她想改变社会，可是她没有能力，她的实习工资少得可怜，如果没有亲朋好友救济，现在连自己的温饱都保证不了，一个养活自己都困难的人，谈改变社会？笑话。

“你觉得娱乐圈的新闻不叫新闻，世界就是个游戏场，有的地方规则高尚，有的地方规则低下，你在哪里就要遵守哪里的规则。我知道，你觉得娱乐圈的新闻不干净，那是它的规则使然，你违反了这里的规则，它至多砸了你的饭碗，圈外呢，你所探讨的严肃的世界，规则太高尚，一部分人类达不到这个高度，没办法，就只能尽量把不体面的事情做得体面一点。一个未成年的女孩，从受害者变成帮凶，为虎作伥却不用负任何责任。你能接受吗？这样的人性！”

李单宁最终还是在张一周、钱欣怡和庄毅的帮助下，将巨振海绳之以法，巨振海是在“犯罪进行时”被抓的，等待“犯罪进行时”这件事让她无法原谅自己，这让她觉得自己虚伪又懦弱。几个人也都觉得这件事情并不光彩，借酒消愁酩酊大醉，醒后默契得决定将此事遗忘。只是没想到拔出萝卜带出泥，巨振海竟然曾经也是叶嘉眉的金主。这让原本喜气洋洋打算重新将婚事提上日程的张一周备受打击，而叶嘉眉更是认定了这就是李单宁对她夺人所爱的打击报复，气急败坏地挠花了李单宁的脸。巨振海的残余打手也在找着李单宁的麻烦。王师父决定让她去横店历练历练，那里有从一线到一百一十一线的演员，多去看看，也顺便躲躲眼前的麻烦。李单宁也开始重新审视自己，是否有一颗足够强大的心脏支撑着自己去做严肃新闻的理想。

来到横店，李单宁认识了不少群演，与薛力、强子、田洁以及开酒楼的花姐，结下不解之缘。在这里，她也遇到了后来改变她人生轨迹的重要人物，曾经的一线小生，现在早已转行做投资人的乔穆。她不禁感叹，同时期出道的乔穆和姚远，如今人生却云泥之别。一篇《被神眷顾的富贵灵魂》瞬间获得10W+点击量，让瞄头影和乔穆同时获得大量关注，同时乔穆也向李单宁抛来橄榄枝，希望她成为自己工作室的“合伙人”，并许诺职位是百万年薪的经纪总监，这一邀请让她受宠若惊，也有些怀疑自己的耳朵，不知道自己何德何能被大佬如此器重，但是一夜暴富的惊喜还是让她有些跃跃欲试。

钱欣怡听说这一消息，激动不已，本就无所事事的她希望能够有机会做个明星助理。本以为拿到乔穆的聘书，就可以走马上任，没想到刚办完离职手续的李单宁，却联系不上乔穆了。据乔穆的生活助理说他去希腊度假，一时半会回不来，这难免让人怀疑乔穆的诚意。

乔穆失联的日子，李单宁和庄毅的感情有了很大进展，钱欣怡心里却惦记着李正元，这个疯狂的女人竟然跑去了北京，用最直白最热烈的方式向李正元展开疯狂攻势，李正元的心就像一片平静了三十年的湖面忽然被一块大大的陨石砸得头晕脑胀荡漾不已。千年老铁树面对上海嗲囡囡的甜腻软语，不自觉也柔软起来，当钱欣怡举着胜利的旗帜凯旋的时候，李单宁着实被狠狠地震撼到了。如此高调的倒追在她看来，是件十分不可思议的事情，她不解地问："倘若李正元拒绝了你，岂不是很丢脸？"钱欣怡却轻描淡写地说："你看你的情商与脾气，都赶不上你的自恋与颜面。如果丢脸能得到正元哥哥的爱，值了！再说了，我丢人是丢在北京，又不是丢在上海，北京没人认识我，上海又没人知道这件事，对我有什么损失。人类从出生那一刻，就注定要抛头露脸地生活，你就是太矜持了，活得多累。"钱欣怡的话倒是点醒了单宁，乔穆的电话一次也没接通过，不能再这么被动下去了，只有助理一句"一时半会回不来"就把她晾了起来，无奈只好回头求助于王师父。王师父一条"昔日影帝百万年薪投资妙龄少女"的八卦消息引爆当天的娱乐话题，在舆论上坐实了李单宁是乔穆合伙人这件事。李单宁很快收到了的乔穆私人法务曹阳的会面邀请："现在给您两个选择，一个是他许诺给您的聘用合同，经纪总监年薪百万，但是您一年创造的价值，必须高于一千万。第二个选择是乔董转让百分之五十一的股权给您，也就是注册资金的五百一十万，这样您不仅是经纪总监，同时还是本公司最大的股东，合约五年，正好年薪百万，五年后您可以选择继续持股，也可以选择卖掉您的股份。"曹阳推了下眼镜，从公文包里拿出一沓文件。

"注册资金一千万，是认缴还是实缴？"这是李单宁关心的首要问题。

"当然是认缴。"

"那就是说乔穆的一千万从来没有到位，转让给我的五百一十万等同于我自己认缴，那这个大股东也不是乔穆转让给我的呀，等于说是我自己认的？我没钱认缴。"

"当时的认缴时间是十年，也就是说尚有七年时限，而您的合约只有五年，所以五年内对您资产没有影响，只需要办理股权转让就可以了。"

"我还是听不太懂，能不能通俗一点讲？"

"也就说，认缴的五百一十万算作您五年工作的薪酬，符合乔董给您的年薪百万的承诺。公司盈利的部分，都将按照百分之五十一给您股份分红，当然如果有更多余的盈利缴纳注册资金，那么您将真真正正拥有百分之五十一的实资原始股份。目前工作室的状况，就像你看到的，什么都没有。所以我建议您选择第二种。"曹阳一边说，一边把理好的两份文件摆在单宁眼前。

"你们这是诈骗！"李单宁愤怒地说："我选哪一种，都是个年薪百万的穷光蛋，不对，还欠着你们五百多万，我完全可以自己认缴注册一家公司，为什么要白白给乔穆打工，他简直是空手套白狼。”

“您自己注册认缴，将不可能拥有乔穆这样的合伙人，乔穆可是无形资产，而现在，您不仅一分钱没损失，名下还多了一家明星合伙公司。年轻人有机会创业，不比给别人打工强吗？海阔凭鱼跃，天高任鸟飞，乔穆先生给您提供了施展拳脚的舞台，不想试试吗？”

“站着说话不腰疼，你这大饼给我画得够圆的，乔老师没花一分钱，先捆绑了我五年，我还要给他创造价值？说是给我年薪百万，其实一毛钱不想给我。他就不怕我赚了钱，直接把他踢出局吗？我可是有百分之五十一的股权。”单宁一边翻文件一边说。

“所以我们今天跟您签的是聘用合同，而我们的公司章程里规定了，更换董事长是需要全体股东同意的，所以哪怕乔董只拥有万分之一的股份，您有百分之九十九点九九也是没用的。”

当张一周得知单宁的百万年薪是这么一个皮包公司的挂名总监时，又免不了对她一阵奚落。虽然还是不确定这是个陷阱还是个机会，但是她决定背靠乔穆这棵大树，从草台班子开始，认认真真开始搞事业。

乔穆有一个资质和容貌都不占优势却一心想做超级明星的叛逆养子郭越，他是乔穆上一任经纪人的儿子，在乔穆鼎盛时期为了救乔穆出了意外，从此乔穆便将他抚养起来，成为工作室旗下第一位签约的专属艺人。这一度让单宁怀疑乔穆是不是诓骗自己来给郭越做保姆。郭越是一个矛盾的综合体，他感激乔穆多年来对自己的抚养，又憎恨乔穆是那场意外的根源，以往给他请的艺人经纪都碍于乔穆的面子对郭越言听计从，不仅不能给他提供帮助反而养成了他纨绔骄纵的性格。他本以为李单宁会像之前的那些经纪人一样，做一个称职的小保姆给他服务好，尽心尽力去执行他想促成的一切。没想到单宁极其认真地对待乔穆的嘱托，希望能够因材施教为郭越选取合适的发展方向。两个人在发展理念上不合造成多次矛盾，最终郭越决定自己开拓人脉，却惨遭高利贷连环骗局。危难的时刻，单宁一个柔柔弱弱的女孩子挡在他的前面，出面与对方交涉，这让两个人之间的矛盾日渐缓和。

钱欣怡从北京逃回来了。谁都没想到热恋期的热度降得如此之快。用她自己的话说就是：“李正元就是一座珠穆朗玛峰，我千辛万苦地登顶，插上我的小棋子，放眼一看，四面都是下坡路。我在他怀里的时候我就想，我的人生就这样了吗？感觉一眼就看到了墓碑上刻着我和他的名字，在这一眼就能望到头的关系里，我时刻担心自己会失去兴趣，这让我感到恐惧，但不得不说李正元的确是一个各方面都拿得出手的伴侣，他一离开我的视线，我就能看见无数的女人想要钻进他的怀里，这种感觉让我更恐惧。我不得不回来躲几天，仔细想一想该怎么办。”正在与庄毅热恋的单宁倒是没有她这样的感受，单宁觉得，许是李正元太无趣了，毕竟跟庄毅在一起，似乎每一天都很新鲜。在单宁的努力之下，工作室新招募的练习生，获得了一点小成绩，正当李单宁认为她即将爱情、事业双丰收，进入一个相对美满的人生阶段的时候，厄运又不甘寂寞奔赴前来，庄毅出了意外，仅仅是一次下了晚班后的约会，却没想到碰到瘾君子街头交易，慌不择路的瘾君子直接掏出凶器，刺中了他的要害。庄毅的离去让单宁受到很大打击，很长一段时间她把过错归咎于那晚自己迫不及待要见他的那个决定。张一周也收起了他那吊儿郎当的嬉皮笑脸，想要帮她走出困境，却总是不得其所。一夜之间，她仿佛变了一个人。

王师父拿出一段网络视频，那是一个女主播在直播间里澄清了姚远当年涉案的真相，并承认了当年故意诬陷他的事实。单宁以为王师父要为姚远翻案，没想到王师父仅仅是希望单宁能够接纳姚远寄身乔穆工作室的旗下，获取一些工作机会，他说：“这一行，捧一个人容易，毁一个人容易，唯独翻身，不容易。在这行里，机会只有一次。姚远爱戏如命，希望你们两个人可以互相成就。”单宁担心自己刚入行不久，是只菜鸟，王师父却说：“你一菜鸟他一糊咖，也般配。我会帮他，也会帮你，反正你在这一行里需要练手，就跟他抱团取暖，经营好了他，你就拯救了你们俩，经营不好他，你也不会有什么损失，总比让你把个上升期的艺人经营坏了要好。”单宁觉得很是有道理。

为了姚远，也为了工作室的练习生们能够磨练演技，单宁和王师父精心策划了《麦克白》的舞台剧全国巡演，戴着面具饰演麦克白的姚远在谢幕的时候获得雷鸣般的掌声，甚至有粉丝在重重油彩的妆容下认出了他，观众并没有对他唾弃和谴责，这要归功于王师父前期的工作。单宁和姚远都为这次的成功激动不已，两个人如忘年交一般，也变得更加默契起来。

李正元的婚讯让单宁有些震惊，她没有想到新娘不是钱欣怡，更没有想到李正元能这么快就转入下一段感情。新娘是院长的女儿乔薇薇，尽管很早之前大家就都传言院长很欣赏李正元，一心想让他成为自己的乘龙快婿，只是没想到钱欣怡在医院如此高调并求爱成功之后，这件事还能成。单宁忍不住问乔薇薇这婚会不会有点太仓促了？乔薇薇自然明白她的意思，便回答说：

“我与你哥哥认识十多年，正元呢，是个好男人，但是好男人都要从女人这所学校毕业，不经历一次，不会知道婚姻永远比爱情现实，他不谈一次恋爱，永远不知道自己想要什么样的感情相处模式，钱小姐是滚烫的，而我永远是温温的，谁不想要炙热呢，但生活是要归于平淡的。”

“那如果我哥沉迷于滚烫，你不就赌输了吗？”

“这个世界上，我们喜欢的从来不是一个人，是一类人。宁宁，你要多去恋爱，才知道什么样的人适合你，不要遇到一个人，就急于确定一辈子。”

乔薇薇的话，很是有哲理，只是单宁觉得不适用于自己，因为她的感情经历不多，但是每一次都是认认真真想要开始就是一辈子。她突然有些担忧该如何面对钱欣怡，回到上海才发现那只是她的杞人忧天罢了。钱欣怡不知道是要用忙碌来转移注意力，还是真的找到了热爱的工作，像变了一个人，认认真真地去学习有关公关、宣传、策划的一系列知识，整个人也沉稳了许多，一门心思想要在乔穆工作室发光发热，少了些许叽叽喳喳，仿佛整个世界都安静了。

郭越觉得单宁给自己搜罗的角色都是一些无足轻重的配角，觉得单宁是在消耗自己，想要找单宁理论，又总是被她以各种理由搪塞过去，终于忍不住在片场闹事想要故意给单宁难堪。没想到这件事的后果却是，单宁直接给郭越在征兵网站报了名，把他送进去服役。送走了郭越，她开始专注于带着工作室的练习生们努力创造业绩，争取早日把自己的百万年薪变现。

丁明青援藏回来了。他和张一周互相交换着这段时间的情报。看着现在事业心爆棚的钱欣怡，开始后悔自己当初的鲁莽决定，他想要重新追回钱欣怡。听着丁明青一本正经地从经济学角度讲述爱情，张一周不禁套用这套理论琢磨起自己和李单宁的关系，长时间的合租生活，积累了一定的情感基础，只是她刚刚失去庄毅，不知道是不是要再给她一些时间。不等张一周把这些琢磨清楚，上帝就跟他开了一个大玩笑，消失许久的叶嘉眉给张一周送了一个襁褓里的孩子，气得张一周大骂叶嘉眉恶毒，她不声不响地生下孩子给他送过来，甚至连孩子的生日都不告诉他，摆明了是想报复他一辈子。尽管他嘴里满是仇恨，眼睛里却透着对孩子的爱不释手。在带孩子这件事情上，单宁给他提供了很大的帮助，这让张一周鼓起勇气向她表白，单宁却慎重地告诉他："你这个人吧，我觉得有时候会衡量很多东西，也可能是你们做医生的职业习惯，会诊的时候比较严谨，什么风险都先想到，所以考虑得比较周全，但是周全呢，容易让别人误解，感情这回事，可能还是我阅历不够，我觉得感情是不能考虑太多的。说实话我认真考虑过你，在叶嘉眉出现之前，那时候我刚来上海，无依无靠，真的觉得有你在身边挺好的，加上钱欣怡又总是开你和我的玩笑，我会想你对我好，是不是喜欢我，后来发现可能是我想多了。你大概只是周全而已。而现在，我可以十分确定，我喜欢你，因为我们是朋友，跟爱情没有关系。"张一周听了这话，心里十分苦涩，不知道是时机不对还是没有缘分，以前有过机会，总是错过。

由于姚远的关系，王师父对乔穆的工作室也变得偏袒和上心起来。顺利做了几个相当不错的项目之后，乔穆工作室和经纪总监李单宁在行业内也渐渐有了些名头。时光一晃两年过去，郭越的服役生涯结束，再次回到社会的他沉稳了许多，这段特殊的经历以及健朗向上的形象，加上目前工作室成熟的推广机制，他的事业顺风顺水，当他拿到第一个演员新人奖的时候，也渐渐与单宁和解。看着她每天为姚远复出的计划忙前忙后，甚至生出一丝嫉妒。

工作室签约的艺人秦晓海势头强劲的时候提出解约，想要到更大的经纪公司去，不理智的粉丝深夜偷袭恐吓李单宁，王师父安慰道："养孩子和带艺人是一个道理，一个新人到你手里，一无所有，嗷嗷待哺的时候，你就是他妈妈，一旦他不吃奶了，有了牙齿能自己找饭吃了，养孩子的难处也就来了。"这一次，郭越勇敢地将她护在了身后，单宁这才发现，她眼里的小屁孩，好像真的长大了。

不知道从什么时候起，李单宁发现自己的生活又在不知不觉间发生了变化，张一周没有家庭却有了孩子，钱欣怡和丁明青重归于好正在商讨结婚事宜，周围所有的人好像都在为柴米油盐的事情操心，而自己在这个偌大的城市里，仿佛没有生活。她来不及惆怅就收到了王师父出事的消息，等她赶到医院的时候，王师父已经进了手术室很久，直到这个时候，单宁才知道，王师父不仅是一位狗仔教父，更是资深的深入调查记者，师者，传道授业解惑。“师父”这个称呼在这个时候真正地走进她的心里。

姚远倾注满腔热血创作的《吾心归处》在项目推介会上获得S+的打分，当初，姚远醉酒后说：

“我想演李白，我想演李白忧伤的时候，李白癫狂的时候，李白想家的时候，李白恋爱的时候，李白分手的时候，李白大婚的时候，李白离别的时候，李白在皇宫荣华富贵的时候，李白在长安街头流浪的时候，李白加官进爵的时候，李白被革职发配的时候。我想演那个痛苦的李白，惆怅的李白，才华横溢的李白，挣扎的李白，相思入骨的李白，那个‘五岳寻仙不辞远’，走遍名山访大川的李白，我想演那个‘东山高卧时走来，欲济苍生应未晚’的李白，我想演那个想要实现抱负却一辈子都没有实现的李白，我想演那个一辈子都想回家，却始终没有回去的李白，我想知道他跳入水中捉月亮的时候，他到底看到了什么，是家吗？”

姚远的话让李单宁仿佛从他身上看到了李白，她便下决心帮他做成这个项目，乔穆问：“打动你的，究竟是这个项目，还是姚远？”

单宁一时也搞不清楚，但是她觉得是姚远让她重新认识了李白，至少在目前，不管是这个项目还是姚远，都是她想促成这个项目的原因。但是各大公司一听姚远想要亲自上阵，均觉得风险巨大不愿投资。姚远呕心沥血写完剧本的一瞬间，太过于激动突发脑溢血，好在抢救及时，但是身体虚弱无法承担“李白”这个角色，也许这是天意，也是最好的结局，姚远的退出使得这个项目得以推进。投资方翟永基请来了一直拥有好口碑的男演员金轩来饰演李白。单宁去探班，看到金轩正在拍摄唐宫盛宴那场戏。金轩的李白，自是另一番迷人，姚远的李白让人心生同情，金轩的李白，却让人心生赏识。一个是想要被世俗接纳的谪仙，一个是睥睨天下的落仙。果然不是只有姚远才能塑造李白，但，的确是姚远，创作出了此刻的李白。这部剧发行渠道给力，很快通过审查，双双取得上星许可证，敲定排播档期，一经播出就成为当年的爆款。《吾心归处》经历死死生生之后，涅槃般出现在观众视野，没有人关心姚远的一腔热血，只看到金轩的满腹豪情。当金轩凭借李白这一角色站在“年度最佳男演员”领奖台上的时候，姚远正站在澳门塔上，从233米高空跳下，以每小时200公里的时速划破长空，当他即将到达地面又急速反弹起来的时候，他突然好像看到了，李白跳入水中捉月亮的时候看到的那个世界。他重新收拾行囊，回到了青海，开着他那辆破旧的小皮卡，在大环线上穿梭。他以演员姚远的身份给单宁拨了最后一通电话：

“我打电话就是跟你说这件事，李白，我见过了，他跟我说：‘兄弟，苦难不是财富，不要一遍一遍去体会，换一种人生吧，就当接了新戏一样，只不过拍摄时间较长，可能三十年之后才杀青。’”

“那远哥现在，换成了什么样的人生？”

“西部世界自由的灵魂，从明天开始进组。”

“为什么是明天？”

“因为今天的我，还在以演员姚远的身份，跟你通着电话。”

“明天就没有演员姚远，只有西部姚远了是吗？那我可不可以问演员姚远一个问题？”

“可以。”

“什么问题都可以？”

“如果是你想问，什么都可以。”姚远的态度很是诚恳。

“为什么……当初不为自己辩解？”她鼓起勇气问出了这个可能让他难以启齿的问题。

短暂的沉默，明显能感觉到他的惊讶。好在相隔千里，如果是面对面，或许已经尴尬了。

“也许这是我这一生唯一一次回答这个问题。我是一个在亲情缺失的环境下长大的人，当有一个女孩儿走近我，对我好的时候，我认为这就是我渴望的世界，那时候年轻，以为爱情是有且仅有一次的奢侈品，当她用爱情来要挟我的时候，我觉得世界崩塌了，觉得遭到了爱情的背叛，于是就去否定，爱情背叛了我，我就要羞辱回去。以为承认那不是爱情便是对爱情最大的报复。却不知，其实是爱情给了我挑剔和尝试的机会，等我意识到这一点的时候，不肯再给我机会的，岂止是爱情。所谓失之毫厘差以千里，大概就是这样吧。”人总要为自己的选择负责，只不过姚远为年轻时赌气做出的选择所付出的代价，太大了。

单宁与焦阳重逢，怨恨与原谅都随着时间变得不再重要，过去便只是过去了而已。一杯果汁无论再怎么好喝，过期了也是要扔掉的。

郭越终于凭借扎实的演技和低调的努力获得了最佳男配，他决定鼓起勇气向单宁表白，单宁反问："这可是你的上升期，谈恋爱你会失去多少女粉丝你知道吗？那可是单身才有的红利。"

"可是我更想在姐姐还有青春的时候，光明正大地享受爱情。我们刚认识的时候，你说我好高骛远能力不足，我觉得你是瞧不起我，现在我觉得你是对的，这么多年我也认清了自己，我的能力可能只是一个好的男配，但是我想努力在你的生活里，成为一个最佳男主。"

郭越深情的表白没有得到李单宁的任何正面答案，狡黠的钱欣怡敏锐地捕捉到李单宁并非不喜欢郭越，只是面对年下"认真且怂"。钱欣怡用她久经情场的经验指导郭越来了一出"她逃他追她插翅难飞"的戏码。

焦阳带着女儿买圣代冰淇淋准备付款的时候，在手机的新闻推送看到李单宁结婚的消息。时间仿佛是一个轮回，偶尔折磨，偶尔治愈，却从不回头。

作者简介：

裴风娟，上海戏剧学院戏剧影视文学硕士。作品《风筝》获全国校园剧本大赛研究生组二等奖，《明日不多》获上海戏剧学院校园心理剧大赛一等奖，《情人啊!》获第六届全国校园双十佳诗歌奖，《爱是寂寞撒的谎》获上海文化发展基金会青年编剧扶持，《刺心》获第五届北方青年演艺展最佳编剧奖，《王昭君》发表在《上海戏剧》。
改编《麦克白斯》先后上演于上海国际艺术节、深圳保利剧院"名家名剧演出季"、北京国家大剧院"春华秋实"展演。担任《指尖上的中国》分集编剧。原创现实题材小说《先生小姐向前走》（又名《半斤先生和八两小姐》在起点连载）。现在东方卫视中心影视剧运营部任职。

理赔风云（40集）

◆ 方向晴

一、菜鸟先飞

面 试

周一的早晨。上海安生保险集团理赔部有应聘面试。

总监戴俊生面前坐着的是复旦中文系的硕士毕业生周罡正。

安生招聘的理赔员必须是有金融、法律、医学等相关学历背景的人选，学中文来应聘，不合适吧。

周罡正微笑了一下，讲了一段曾经亲历的事……

几年前，周罡正与同学饭聚，发小高小满炫耀自己用400元买了台二手电脑，却开了一张5 000元的发票，然后把电脑放水里泡，之后找保险公司索赔了5 000元。买了台全新的电脑。

周罡正当时就觉得，保险这样好骗吗？难道就没有人可以侦查出来？若是自己做一个能阻止骗保的专员，是不是可以挽回很多损失？

戴俊生听罢，还是觉得周罡正不适合这份职业。

“那，损失的一定不是我。再见。”

周罡正的自信，让戴俊生侧目，他瞬间决定，下周五要周罡正来报到。

被戴俊生通过面试的，还有两个女生。

一个是人靓声甜身材好的杜雨菲，另一个是体重约200斤的胖妞杨子琪。

毕业于播音专业的杜雨菲，对保险理赔这个职业是完全一窍不通的，但她表示，一张白纸好写字，自己年轻，能学。

戴俊生的态度是，若是学不好，就会立即被炒。

杜雨菲气定神闲，切！看谁炒谁呗。

杨子琪认为自己虽然没有外貌上的优势，但她有的是杀手锏。

嗬，戴俊生有点期待了。

这三个年龄相仿的青春男女，让50岁的戴俊生仿佛看见了当年的自己。

挑　　战

正式上班了。

戴俊生中气十足地训导新入职人："做保险理赔，必须要有医者的仁心，更要有侦探的火眼金睛，还要有律师的口才。否则，被人骗的不仅仅是公司，还有你自己！另外，跟客户打电话，要从申请理赔的语句里去分析、去判断客户的诉求，他什么原因要索赔？原因成不成立？如果发现客户有骗保的嫌疑，就算他是天皇老子，也要拿起法律的武器！知道没？"

新入职的菜鸟，几乎每天都被戴俊生的尖酸刻薄的毒舌鞭打。

"我警告你杜雨菲！做一个理赔核查员，不是去跟客户谈恋爱！不能用你调情一样的音调去跟一个可能骗取上千万保额的人放电！"

杜雨菲当场就给骂哭了。

"杨子琪！你再不减肥，是跑不过那些想骗保的人的！从现在开始，你上班就只能喝开水，不能吃碳水！"

杨子琪真的不敢再吃米饭，饿得晕倒好几次，一下班，跑到快餐店报复性地大快朵颐。

"周罡正！你是个男人，能不能说话不那么娘气！你以后出去怎么能镇得住那些骗保的人？"

试用期的日子，高压的氛围与高强度的工作内容，考验着仨年轻人。

除了学会如何接听电话，戴俊生还要求他们尽快熟悉保险的各项业务，到各大医院、汽修厂、商业广场、娱乐场所、住宅小区进行走访调研，储备有用信息。

杜雨菲和杨子琪渐渐吃不消戴俊生的魔鬼式训练。好在周罡正聪明机灵，不时从旁照顾协助，才不至于过早被淘汰。

胖妞杨子琪暗自喜欢上了周罡正。可周罡正暗自喜欢的是妩媚的杜雨菲。

考　　核

很快，戴俊生对三人进行考核，要求他们分别独立处理案子。

周罡正负责一起小孩子运动损伤的理赔，杨子琪负责一起交通意外案，杜雨菲接到的是医疗索赔。

长富集团女总裁徐令仪健康投保额是100万。要求赔保的申请核检上写的是患急性肾盂肾炎，要求全额赔偿。

杜雨菲根据徐令仪的相关资料，到医院去查问。为徐令仪开药的医生认为，所开具的药品是治疗必需的，而且数量不超标。这在理赔上是没有任何问题的。既然找不出理由拒赔，便得照办了。

戴俊生一复核，立即当众斥责杜雨菲办事不经大脑思考，徐令仪有过多次申请赔保记录。徐令仪分明是在骗保，这都还要给她办理，完全是瞎了狗眼。考核不能通过，必须走人。

杜雨菲实在扛不住戴俊生这种辱骂，哭得梨花带雨。收拾东西走人。

然而，这其实是杜雨菲和戴俊生唱的一出双簧……

当日，杜雨菲一眼就看出了徐令仪的申请理赔其实是在骗保，戴俊生认同她的判断，并告诉她自己的一些直觉推测……

长富集团表面上是一个多元化经营的商业投资机构，但其公司经常有各种名目的索赔，数额巨大，有严重的商业犯罪嫌疑。

“我或许能借着给她办理赔一事接近她，拿到长富集团的犯罪证据！”

戴俊生十分惊讶于杜雨菲的勇敢请命。

“不行！这太危险了！我毒舌，但我心不毒！你社会经验太浅，又不是警察，一旦穿帮，我的损失更大了！”

戴俊生坚决不同意。杜雨菲却坚持。

戴俊生思量再三，决定跟警方报备并合作。

有着几十年破经济案经验的女警官孙媛媛对戴俊生与杜雨菲的行动计划大表支持，并嘱咐二人随时与她单线联系。

就这样，杜雨菲暂时离开了安生保险公司。

不知情的周罡正与杨子琪对杜雨菲的遭遇大表同情。

“没事儿，咱们江湖再见嘛！”杜雨菲笑笑，一副无所谓的样子。

周罡正借送别之宴，向杜雨菲透露心中之情。

杜雨菲却未置可否。

杨子琪以为，事业少一个强劲对手她就能顺畅，殊不知，在戴俊生交给她的考核任务中差点就栽了跟头。

她接的是交通意外的理赔案。

客户刘峰是个有着二十多年驾龄的出租车司机，买了100万元的意外险，他驾着出租车从佘山森林公园的一个山坡上跌落，车毁人亡。

刘妻郭丽珠前来要求全赔。乍看上去，这是一起交通意外，理应全赔。但是戴俊生一复盘，立即大骂杨子琪猪一样的身材猪一样的脑袋，怒吼着要她连夜赶到佘山事故现场仔细查勘。果然，在事故发生地，杨子琪真的发现了问题，首先，出租车的刹车痕很短，一般交通事故通常是在下山时发生，可他的车是在上山的时候掉落山坡下，正常人都有紧急避险的意识，杨子琪觉得这很有可能是一起自杀案。如果是自杀，理赔的理由就不充分了。为了确认，杨子琪去暗访刘峰与郭丽珠的家庭生活，发现郭丽珠是个控制欲很强的女人，刘峰生前曾被她每天骂挣钱不多，他儿子刘晓明正值叛逆期，不爱读书，还到处闯祸。刘峰生前是不胜其烦，经常到棋牌室打牌赌钱解压，输了好几万，还没钱还。杨子琪判断，刘峰应该是压力大，输了钱还不起，又怕家人埋怨，索性一死了之，死后可以把保险的钱给妻儿。

郭丽珠得知杨子琪到棋牌室了解刘峰打牌赌钱一事之后，拦住大骂。

儿子刘晓明也伙同一群同学淋了杨子琪一头的粪便。看上去一副傻大姐的杨子琪，立即来了倔强，始终坚持刘峰是自杀而不是意外，尽管没有确凿的自杀证据，但一个车龄快三十年的老司机，不可能在并无危险的山道上栽下去。

郭丽珠不依不饶，把杨子琪和安生保险公司告上法庭。一时间，杨子琪成了众矢之的。戴俊生对杨子琪的支持方式就是大声吼叫："越是最难堪的时候，越要坚持自己的判断！不能退缩！否则你给我滚蛋！"

在法庭上，杨子琪与女律师任芳华唇枪舌剑你来我往，互不相让。当杨子琪拿出了刘峰欠债的字条，郭丽珠脸色大变，任芳华也哑语了。法官判决，只允许赔百分之五的额度。

戴俊生并不满意这个结果，他继续大骂杨子琪，说她离一个真正的核检高手还有很长的距离。杨子琪受了太多的委屈依然没有得到认可，难过得大哭一场。也想辞职，周罡正安慰她，要她坚持下去。

周罡正万万没想到自己竟因为戴俊生一顿臭骂也递了辞职信。

辞　职

事情是，周罡正为小学生体育课摔伤作理赔，戴俊生一复盘，责问周罡正有没有考虑到有专门骗保的人与摔伤孩子家人分成？周罡正辩解，他已经了解过，并没有异议，应该理赔。

戴俊生拍桌子大骂他感情用事，怀疑他与骗保的人沆瀣一气。周罡正百辞莫辩，愤而甩下辞职信走人。

这边厢，徐令仪虽然没有得到赔保，但得知杜雨菲被公司炒掉，有意吸纳她成为麾下一员，聘请杜雨菲为自己长富集团的保险事务部总监，专门负责跟进公司所有保险业务。

狭路相逢

杜雨菲在长富需要协助解决保险业务的是公司旗下的汽修厂经理高小满的汽车被撞。

高小满是周罡正的发小，也是徐令仪的干儿子。高小满一看见杜雨菲就起了色心，向她大献殷勤。

递了辞职信的周罡正到一家娱乐城玩剧本杀，恰巧碰见了杜雨菲和高小满在洽谈。

得知高小满的车在娱乐城楼下车库被撞了，联想到高小满曾经用旧电脑泡水骗保的事，周罡正便坚持陪杜雨菲去现场察看。果然就发现了高小满利用撞车来骗保的端倪。

高小满的车是被一个叫李会明的京牌车追尾，撞在了车库的一根柱子上。乍看上去，这是必赔无疑的案子，但细心的周罡正发现这根柱子有好几层补过灰的痕迹，就觉得这事不简单。

他不动声色地稳住高小满，转头便去交警部门查询。一查，这娱乐城车库下的柱子竟然是故意制造几十起交通事故从而骗保的事发地。

孙媛媛对周罡正前来查询高小满汽车被撞，有点惊讶，但也进一步证实了自己的判断：长富集团及其下属企业又开始掩人耳目地骗保了。

孙媛媛提醒周罡正，要注意安全，必要时报警找她。

周罡正找到杜雨菲，叫她立即离开危险的高小满。杜雨菲没有告知他真相，只得狠心地说，自己感情的事不需要他来干涉。

两人虽不欢而散，但周罡正还是叫来交警核实。高小满得知，恼羞成怒，当即诱导周罡正再到汽修厂来，杜雨菲担心周罡正的安危，暗中跟来，并通知了戴俊生。

高小满以保额分成的百分之三十要与他合作。周罡正不为所动，劝高小满自首，不成想被他持刀逼近。此时，杜雨菲赶到，高小满挟持她，逼周罡正就范。

孙媛媛带人包抄高小满的汽修厂。周罡正为了救杜雨菲，被高小满用刀砍至重伤。幸好孙媛媛及时开枪击毙了高小满。

女医生方静茹精心治疗周罡正，告知他，同事们都来看望过他。戴俊生还一直守在手术室外面，直到他手术完毕脱离危险才离开。

周罡正心情复杂，后悔当日与戴俊生的互怼。

方静茹试探问，杜雨菲与他什么关系。周罡正心里的杜雨菲已经渐行渐远了，只答旧同事而已。

周罡正父母前来探望，看方静茹对儿子尽心负责，心中大为欢喜。干脆对二人说可以考虑结婚。方静茹羞红了脸离开。

归　队

戴俊生得知周罡正身体已无大碍，便打电话给他，口气依然很跋扈："周罡正！你的辞职报告我不通过！也不同意你辞职！姑念你现在养伤，准你放假一阵子，伤好之后，你必须马上回来上班！"

周罡正听着电话好笑又好气。隔天，戴俊生居然捧着鲜花和大堆营养品来看望他。

戴俊生看周罡正伤口好得差不多了，便叫他提前出院，说有一项重要的出差任务交给他。

高小满之死，徐令仪既痛失臂膀，又有点庆幸，起码高小满没有泄露出公司任何的商业机密与犯罪证据。得知高小满之死与核检的周罡正有关，她就不动声色地找杜雨菲聊天，打探周罡正的背景，并和颜悦色地诱导杜雨菲去完成公司的一项任务——与周罡正谈恋爱，这样以后公司需要赔保的事项也许就能容易多了。

“他看上去就是个愣头青，凭你的能耐，拿下他，应该没问题。这样，就可以方便替公司日后办理一些保险理赔业务。”

杜雨菲分析，徐令仪这样的安排，应该是又要干一票了。只是，为什么是周罡正？她未置可否，表示可以试试。

“我要你志在必得！”徐令仪心机重重。

杜雨菲去医院看望周罡正，看到他伤还没彻底痊愈就要出院，劝说他应该养好伤。

周罡正对她十分冷淡。恰好，方静茹过来，给周罡正配齐了旅途上的用药。

杜雨菲见状，默然转身……

二、设　局

少 年 之 死

周罡正飞抵海南省三亚市，调查一起意外险的理赔。

一个叫顾君梅的中年妇女，说她14岁的儿子趁自己不注意竟去尝试驾车，不慎跌落山崖而死。顾君梅买的是100万元的意外险，她要求全保。

周罡正来到现场仔细查看，不禁顿生疑点：现在不是暑假，14岁的孩子不是正在征战中考吗？怎么会有闲情前来海南岛试玩驾车？顾君梅解释孩子处于反叛期，不想读书，所以她陪孩子来海南散心。顾君梅声泪俱下的样子惹人可怜，但周罡正想到那些疑点，觉得有必要调查顾君梅的生活轨迹……

顾君梅是个失婚的女人，在方静茹的医院做挂号员，生下有智障的儿子陈鹏翱，因不堪生活重负，竟然把孩子带到海南并在汽车上做了手脚，让孩子猛踩油门。

顾君梅得知周罡正正在调查，便把关于孩子的病历全部销毁，甚至伪造孩子的学校学历，让外人看来陈鹏翱是个正常的、普通的不爱读书的孩子。这件案子看似应该赔保，但周罡正还是识穿了顾君梅想骗保的企图。

顾君梅眼看自己的计谋不能得逞，竟辗转找到了方静茹求情。原来她曾目睹过方静茹对周罡正在住院时的关切之情。

方静茹劝周罡正出于人道主义去处理，不应对顾君梅发难。

周罡正不同意方静茹的看法，他认为顾君梅属于故意杀人骗保，她失去的不仅是儿子，还有一个母亲的责任心和爱心，这样的人不配做母亲，若方静茹偏袒顾君梅，也属于触犯法律。

方静茹觉得周罡正表面温文儒雅，内心竟如此冷血和毫不讲人情。当即不辞而别。

顾君梅骗保败露，为逃避法律制裁，在医院顶楼跳楼自杀。方静茹见状，吓得不轻，对周罡正心生成见。

周罡正的父母得知儿子与方静茹关系告吹，遂劝儿子辞职。周罡正不同意，心情郁闷之下，跑去打剧本杀解闷。

杜雨菲得悉周罡正心情不好，约他见面。

周罡正面对杜雨菲，心情复杂，提醒她不要再与长富集团的人有联系。杜雨菲彼时知道周罡正对自己的心意，俩人当夜借酒定情。

杨子琪知道自己这辈子与周罡正都没有可能了，彻底寄情于工作。

藏　獒

这一天，杨子琪接到一个自称被藏獒咬断一截手指的客户邵恺勇的理赔申请。他买的是百万意外险。

杨子琪到医院去核查邵恺勇的伤势。恰巧，是方静茹急诊值班，方静茹为邵恺勇处理伤口时，发现伤口不像是被狗咬。但邵恺勇却叫她一定要写成被狗咬，否则他拿不到保险的赔偿。

方静茹不同意，遭到了邵恺勇的恐吓，方静茹冷静地叫邵恺勇做X光片。

杨子琪透过检查报告，发现了很多问题：1. 邵恺勇并没有要求打狂犬疫苗。2. 他为什么会被藏獒咬？是不是招惹它了？ 3. 藏獒现在哪里？ 4. 他和藏獒的主人有没有谈赔偿?

邵恺勇的回答却含糊其辞，态度又显得很冷静。杨子琪觉得，邵恺勇有自残式的骗保嫌疑，遂按照医院登记的地址，连夜赶去邵恺勇的住地查看。

在一处豪华别墅外，她隐约听到了狗吠声，循声而去，发现了一只藏獒被藏于别墅外的一所破房子里。藏獒听见人声挣脱了拴绳，扑向杨子琪，眼看就要葬身恶犬之口，幸好暗中前来保护她的戴俊生把藏獒制服。

此时，一名女子出现在狗舍附近，这女子是邵恺勇的女友林珊。面对杨子琪和戴俊生的追问，林珊沉默了很久才说出真相。

藏獒原来是邵恺勇替徐令仪养的。藏獒一般很忠于主人，不可能咬他。再细问下，邵恺勇受徐令仪指使，用自残来骗钱。

林珊还告诉周罡正，邵恺勇专门忍痛用刀切掉自己的拇指，把伤口磨得粗糙、模糊，让人看起来觉得像给狗咬的。

杨子琪觉得，邵恺勇对自己如此之狠，对别人也会如此。

果然，在医院里的邵恺勇得悉杨子琪去了自家门店调查，明白骗保是瞒不住了，认定方静茹是害他索赔不成的祸首。他趁方静茹不备，用桌子上器械朝方静茹砸过去。

周罡正知道后，连忙跑来医院看望她，并当即为她办理了保险的赔偿。这一次，戴俊生复盘时，没有任何异议，还建议全赔给方静茹。周罡正又找来律师替方静茹起诉邵恺勇。

方静茹本想要去感谢周罡正，但看见杜雨菲与周罡正在法庭门外的亲密表现，便打消了念头。

孙媛媛到长富集团调查，徐令仪矢口否认指使邵恺勇养藏獒。而邵恺勇在法庭上也翻供，说藏獒是他自己养的，骗保不成，最后轻判，还缓期执行。

至此，戴俊生知道，长富集团背后有着不可告人的势力在撑腰，要扳倒徐令仪不是容易的事。

杜雨菲也逐渐了解到长富集团其实是一位政府高官M的一个私下谋取利益的黑窝。

危　险

M需要一大笔资金周转，打电话叫徐令仪准备，徐令仪便想到了用公司高层的保单去贷款。这事需要杜雨菲去运作。

杜雨菲对徐令仪用多个公司高层人员投保的两全险用作商业贷款，款额高达好几个亿，很是吃惊。杜雨菲明确指出，保险公司不可能批这种涉嫌犯法的案子，她也做不来。

“找你来，就是要让这个事情变得合法！”徐令仪依旧笑眯眯，但语气不容置疑。

杜雨菲拿着十多个长富集团高管的个人资料与他们申请贷款的保单向戴俊生汇报。

戴俊生立即部署，并向警方孙媛媛请示。同时把调查这起高额贷款的案子交给周罡正，要他搞清楚这些人的贷款意图。

三、迷　局

明察暗访

周罡正通过严密的查核，发现这群高管住的房子几乎都是上海的豪宅区，每一个贷款人都异口同声说是换房，周罡正觉得事有蹊跷，顺藤摸瓜揭开了长富集团高管集体骗保的冰山一角。

与此同时，杨子琪负责的一起武打流量明星上官紫云意外堕落山崖身亡案需要高额赔保，她去参加粉丝追思会，从一个粉丝的嘴里得知了惊天秘密，上官紫云是长富集团投资的一部电影男主角，集团除了利用上官紫云进行割粉丝韭菜之外，还替上官紫云买入巨额意外险，投保的受益人居然不是其家人，而是作为粉丝的徐令仪。

杨子琪觉得，杜雨菲肯定与长富集团有着不可告人的勾当。她提醒周罡正，杜雨菲属于危险人物。

不能说的秘密

周罡正把杜雨菲堵在长富集团的门口，质问她还有什么秘密是瞒着他的。

杜雨菲劝周罡正冷静，自己不过是服务这里的大客户而已，不必大惊小怪。

周罡正警告杜雨菲，她正陷入一个犯罪的旋涡。杜雨菲暂时不能告知周罡正自己的真实身份。俩人又一次不欢而散。

徐令仪眼见所有保单的贷款迟迟未能下来，狗急跳墙，叫手下的人分别开始作妖，一时之间，旗下的车船险骗保、医疗险骗保事件层出不穷……

戴俊生和孙媛媛决定，是时候要收网了。

四、破　局

徐令仪知道，长富的大厦即将倾倒，她找高官保护伞M来解围。M告知她，自身难保，各自飞吧。

一轮货轮沉没在舟山附近水域，船运公司此前曾购买了巨额保险，申请全赔。戴俊生派杨子琪与实习理赔员尹捷去现场查核，觉得轮船的机组似有人为破坏痕迹，且货轮出发后才买的保险，有骗保的嫌疑，遂报警。货轮船长程宏兴见事情败露，恼羞成怒，当场袭击了杨子琪。尹捷赶紧打电话向戴俊生求助。

孙媛媛接到报案后，赶到现场，杨子琪已奄奄一息了。

此时，程宏兴上门找徐令仪，要拿钱跑路，徐令仪却冷冷地拒绝了他。两人争执中，徐令仪用金属摆件砸程宏兴的脑门，徐令仪以为程宏兴死了，叫人把他拖入地下室去。

狗急跳墙的徐令仪打电话找杜雨菲来，问保单的贷款为何一直未下来。杜雨菲只能实情相告，正在核查资料中，徐令仪冷脸勒令她逼周罡正把核查通过，否则将她推出去当炮灰。

杜雨菲赶快离开，在电梯间，她看到了保洁正在清理血迹，保洁说是徐令仪的狗给摔了。杜雨菲觉得奇怪，却不敢多问，匆匆出了大厦，刚拿出电话要打，就被人身后捂住嘴巴套上布袋打晕拉走。

原来徐令仪通过监控视频发现杜雨菲是用另一部手机打电话的，担心败露，立即命人把她打晕拖入地下室。

孙媛媛因货轮沉没一事，来到长富集团找徐令仪问话。徐令仪客气回答，滴水不漏。

周罡正探望杨子琪，向在场的戴俊生表示杜雨菲肯定与这起案子有关。

戴俊生叫他不要误会杜雨菲，还叫他关注杜雨菲的安危。周罡正感到戴俊生话里有话，很是纳闷。他多次打电话找杜雨菲未果，遂报警。

孙媛媛从杜雨菲的电话里看到最后的电话记录就是徐令仪的长富集团，再次带人到长富集团去。

徐令仪依然笑脸相迎，表示不知道杜雨菲失踪。

周罡正和戴俊生找不到杜雨菲，十分担忧。俩人费了一番周折，找到了长富集团大厦的结构图，怀疑杜雨菲被徐令仪谋害或藏匿于地下室。

孙媛媛找来施工队在与长富大厦相连的房子开挖。

与此同时，被关在地下室的杜雨菲彻底苏醒过来了，看见身边躺着好几十个人：程宏兴以及被徐令仪暴打过的下属员工。

徐令仪知道孙媛媛带人开挖旁边大楼，心知不妙，准备跑路。

临走前以毒杀疯狗为由，叫手下把地下室封死并放上毒气剂。

程宏兴醒来，想用身上的皮带戳开地下室门，怎料毒气泄漏，地下室内的人再次倒下。

徐令仪化妆成老太婆，伺机逃出长富集团大楼，被孙媛媛半路抓获。

长富集团的地下室被打通了，杜雨菲和程宏兴危在旦夕，被送医院抢救。

周罡正得知杜雨菲的身份后，难过又愤怒，指责大骂戴俊生。

一向骄傲的戴俊生愧疚又难过。

方静茹告诉前来医院探望的周罡正，吸入有毒气体的杜雨菲有可能变成植物人。

周罡正说，要等她醒来，哪怕等一辈子。

程宏兴醒来，身上的器官已受损严重，不能说话，指证徐令仪的犯罪事实只能用点头和摇头表示。徐令仪与她身后的利益集团及贪官M均被重判。

走出法庭的周罡正，突然接到了医院方静茹打来的电话，他向医院飞奔而去。

修改精简于2023年8月14日

作者简介：

方向晴，女，广州人，现居北京。编剧、多媒体制作人。曾在广州电视台大型活动部工作二十五年，从事电视文艺编导工作，为数百台综艺晚会与专题片撰写台本及室内剧剧本。作品有：电视室内剧剧本《顺意坊》《陈医生诊所》；影评集《钟情看电影》（刊发于广东电视周刊）；网易女频连载小说《风云秀》《狐剑》《日记本里的情事》《红棉谱》；电影剧本《蓝天追梦》《最后的旅程》《追凶女诗人》《日记本里的情事》《越洋追杀令》40集电视剧；网剧剧本《理赔风云》《风云秀》。

少年陈真（30集）

◆ 陈建云

幽深的大牢中，一位戴着脚镣、衣衫褴褛的少年，突然从噩梦中惊醒，大汗淋漓。噩梦中闪现过的一幕幕血腥画面，就像一把尖利的刀，刺进了少年的心脏，使得他原本较为英俊的面庞，在黑暗中变得狰狞扭曲起来，同时，他口中发出类似于野兽的低吼声——因为，噩梦中闪现的一切，不是虚幻，而是真真实实发生过的事情……这位被打进死囚牢的少年，正是本剧的男主人公：陈真。

陈真，出生于清末时期，原系天津郊区（一说山东）某破落人家的独生子，父母早年就去世了。由于出身社会最底层，陈真性本朴实憨厚，靠捡拾垃圾和打临工度日。十七岁那年，其青梅竹马的女友沈阿玉，被皇室贝勒爱新觉罗·中铭奸杀，陈真悲愤之下，只身前往复仇，却失手被擒，随后被打进死牢。在狱中，性格已然大变的陈真，得拜游戏风尘的独臂老人程啸天为师，学得一身好武艺。三年后，监狱发生骚乱，陈真趁机越狱而出，在一家妓院中，手刃正在寻欢作乐的爱新觉罗·中铭，替沈阿玉报了仇。

报仇之后，陈真一把火烧了自家的宅院，然后南下上海，混迹于一群乞丐和流浪汉中间，掩藏武功，过着隐姓埋名的生活。某日，富家小姐林紫萱出门办事，适逢陈真被一群地痞恶霸欺负，林紫萱心生恻隐，遂上前斥退地痞等人，将陈真带回林宅。林紫萱安排陈真干一些打扫庭院之类的杂活，并给他起名“阿九”。军阀之子孟少白，风流倜傥，一直追求林紫萱。林紫萱不胜其烦，遂让陈真打扮一番，假扮成自己的男朋友。孟少白大受打击，但仍旧不死心，对林紫萱各种死缠烂打。

其时的上海滩，各国势力云集，都对我中华虎视眈眈，其中尤以日本人为甚。名为商人、实为日本驻上海特务头子的佐藤贤二，大肆兼并侵吞中国优质企业，企图借机控制我中华之国的经济命脉。林紫萱的父亲林家政，是出了名的爱国商人，经营着上海滩最大的一家面粉企业。佐藤贤二多次带人上门谈判收购事宜，均被林家政严词拒绝。佐藤贤二恼羞成怒，派了一些日本打手前往林宅闹事。关键时刻，陈真出手，将一众日本打手赶跑。林紫萱惊讶于陈真高超的身手，不由对他暗生情愫。

陈真暴露了武功，林家政和林紫萱都劝他前去振华武馆供职——振华武馆系林家政一手资助，由上海滩著名的老拳师董大宏担任馆主——以便发扬光大我中华之武术。陈真原本是死囚犯的身份，不愿意过多抛头露面，他婉言谢绝了林家父女的好意，辞别林家，在码头找了一份扛包的活路。林紫萱心里对陈真割舍不下，时不时去码头看望他，关切之情溢于言表。陈真心下明白，但却有意回避林紫萱的示爱。

孟少白去码头办事，无意中撞见陈真在做劳工，对其林紫萱男朋友的身份起疑，遂委托法捕房探长罗仁昌调查陈真的底细。罗仁昌会错了意，以为孟少白要自己收拾陈真，于是带着手下将陈真以偷盗罪名抓了起来，各种威胁恐吓，但陈真根本不予搭理。林紫萱得知消息，前往法捕房保出陈真。林紫萱无意中听见孟少白和罗仁昌的对话，方知是孟少白在背地里捣鬼，甩手给了孟少白一巴掌。

爱新觉罗·中铭的未婚妻萧玉菡海外留学归来，发誓要给自己的未婚夫报仇。她假扮成一个公子哥，来到上海，却阴差阳错地与化名阿九的陈真结识，并成了好哥们。萧玉菡重金雇用青龙帮的大当家欧阳鹏飞调查陈真的下落，最后却查到了“阿九”头上。欧阳鹏飞设计抓回陈真，萧玉菡内心百般纠结，不得已之下，着女装蒙面纱与陈真对质。陈真承认是自己杀了爱新觉罗·中铭，但不屑于解释杀死对方的原因。萧玉菡几次欲杀陈真，但均下不去手。早已挣脱束缚的陈真，出手反制住萧玉菡和青龙帮的护卫，旋即脱身而去。

陈真对萧玉菡的女儿家身份一无所知，依旧把她当作一个贪玩的小兄弟。萧玉菡则内心矛盾，一方面想替未婚夫报仇，另一方面，却又不自禁地喜欢上了陈真。独臂老人程啸天游玩到上海，与徒弟陈真相聚。江湖经验丰富的程啸天，很快就揭穿了萧玉菡的女儿家身份，萧玉菡无奈，只好答应每天做一道好菜给程啸天吃，条件是要他在陈真面前保密。至此，陈真、林紫萱、萧玉菡三人，外加一个孟少白，还有对萧玉菡产生了朦胧好感的青龙帮大当家欧阳鹏飞，五人形成了剪不断、理还乱的多角恋情关系。程啸天离开上海前，告诉陈真，自己当年曾与一名日本浪人比武，虽然侥幸赢了，但却被对方砍掉一臂，以后如果碰见此人，务必要万分小心。

佐藤贤二设了一个擂台，由日本“第一高手”熊谷一郎担任擂主，公开挑战中国武术高手，意在一挫中华武术界的锐气。同时，佐藤贤二与林家政立下赌约：设擂期间，如果没有人能够打败熊谷一郎，就必须让出林氏企业不低于70%的股权给佐藤贤二。林家政重金召集了十余位武术高手，但均败于熊谷一郎之手，就连振华武馆的老馆主董大宏，也被熊谷一郎打断了双腿。无奈之下，林家政在女儿林紫萱的陪同下前来邀请陈真，但被陈真拒绝。林紫萱非常失望，认为陈真过于自私和懦弱。

萧玉菡通过孟少白找到法捕房的探长罗仁昌，查到了熊谷一郎的所有资料。原来，熊谷一郎就是当年跟程啸天比武的那名日本浪人。萧玉菡把这个消息告诉陈真，想刺激他前去打擂，但陈真依旧不为所动。比武最后一天，仍然没有人能够打败熊谷一郎。就在林家政、林紫萱、萧玉菡等人陷入绝望的时候，一位戴斗篷、黑巾蒙面的高手出现，打败熊谷一郎并折断了他全身的骨节。萧玉菡兴冲冲地前去给陈真报喜，却发现陈真受伤了，她开始怀疑是陈真蒙着面去打的擂台，但陈真否认。林紫萱捡到斗篷高手遗落在比武现场的一块玉佩，认出是陈真随身携带之物，心下暗喜。同一时间，孟少白也查出了阿九的真实身份。

睿亲王府派出的杀手卓一刀追踪到上海，打算袭杀陈真，却被萧玉菡撞破。萧玉菡私见卓一刀，要求他放陈真一马，卓一刀拒绝，但答应跟陈真公平对决。决斗之日，陈真带伤应战，虽然在招数上胜了卓一刀，但伤口崩裂，气力不支。卓一刀决心趁机杀死陈真，但萧玉菡赶至——原来，王府管家忠叔不忍心萧玉菡受煎熬，告诉了她爱新觉罗·中铭被杀的真正原因。萧玉菡恢复女儿身，并坦言自己喜欢陈真，希望卓一刀要么放过陈真，要么就连自己一块儿杀掉。萧玉菡的父亲萧仲天曾对卓一刀有活命之恩，他不能对其女儿的心上人下杀手，但又苦于无法回复睿亲王爷之命，遂自裁身亡。随后赶来的林紫萱和孟少白，被场中的各种变化，惊得目瞪口呆。

陈真被林家政和董大宏的民族大义所感动，加上萧玉菡和林紫萱两人的苦劝，终于同意出任振华武馆的总教头。其间，熊谷一郎的弟弟熊谷太郎来到上海，要替自己的哥哥报仇。陷入情网不能自拔的孟少白，决定与熊谷太郎勾手，置陈真于死地。熊谷太郎设计绑架了林紫萱和萧玉菡，要陈真在两人之中选救一人。陈真陷入两难境地：骨子里，他喜欢萧玉菡多于喜欢林紫萱，但林紫萱对自己有恩。关键时刻，心生愧意的孟少白赶至，协助陈真救出林紫萱和萧玉菡两人，熊谷太郎与陈真对决，不敌之下受伤逃走。孟少白表示忏悔，陈真和林紫萱原谅了他。孟少白决定离开上海，回到担任江浙镇守使的父亲方泽熙身边。受伤较重的熊谷太郎，前去投奔佐藤贤二。

设播失败，佐藤贤二再生毒计，他大肆收购粮食，试图从源头上切断林氏面粉厂的命脉。为了应对，陈真带着振华武馆的一众弟子，亲赴江浙，在孟少白父亲方泽熙的帮助下，紧急购入大批粮食运回上海。然而，粮食问题解决了，林氏面粉厂却变成了佐藤贤二名下的企业——原来，佐藤贤二手底下的女特工织田真子，勾引了林紫萱的弟弟林少轩，让他偷出了父亲林家政的股权证，并伪造了股权转让协议书。林家政气得吐血，将儿子林少轩逐出林家。同一时间，江浙一带发生兵变，孟少白的父亲方泽熙和同父异母的哥哥方少秋，均死于叛军之手。迫不得已，孟少白以方府少帅的身份，接管了父亲的嫡系部队，平定了叛乱——至此，孟少白改回父姓，是名方少白。

佐藤贤二垄断了上海滩的面粉企业，开始囤积居奇，以抬高面粉价格牟取暴利。林家政在陈真的帮助下，联合其他有民族正义感的商人，从外地购入大量面粉，然后以极低的价格投放市场，此举不仅稳定了面粉市场，还让佐藤贤二的企业出现了巨额亏损。佐藤贤二大为光火，派出“樱花杀手”杜月娇和织田真子前去刺杀林家政父女。织田真子杀死了林家政，杜月娇却在行刺林紫萱的时候碰上了陈真。杜月娇在看见陈真之后，大为惊骇，紧急脱身而去——原来，杜月娇就是陈真之前青梅竹马的女恋人沈阿玉，当年遭受皇室贝勒爱新觉罗·中铭凌辱，却侥幸未死，被佐藤贤二所救，经过刻苦训练，成为佐藤贤二手底下的头号“樱花杀手”，其外在的掩护身份，是皇后夜总会的负责人。

林家政临死前，嘱托陈真照顾自己的女儿林紫萱，并要求他娶林紫萱为妻，陈真无奈之下答应。陈真开始调查林家政的被刺，却查到了“死而复生”的沈阿玉头上——至此，陈真陷入萧玉菡、林紫萱、沈阿玉三个女人的情感纠葛之中。陈真决定践行对林家政的承诺，娶林紫萱为妻，萧玉菡大受打击，黯然离开上海。婚礼当天，佐藤贤二派出杀手，射杀了新娘子林紫萱。陈真变得癫狂，悲愤之下出手，一一击杀了佐藤贤二派来的杀手。奄奄一息的林紫萱，劝陈真不要替自己报仇，而是去找萧玉菡，因为她知道，萧玉菡爱陈真比自己爱得更深——她能死在陈真的怀里，已经很幸福了。陈真抱着林紫萱的尸体，仰天哀号。

陈真头缠白巾，独身前往佐藤贤二的会馆复仇，却被早有防备的佐藤贤二设计困住。法捕房探长罗仁昌带着警察赶来，将陈真投入大狱。佐藤贤二买通法捕房的总督察，将林家政、林紫萱的死因统统栽赃在陈真的头上。陈真被判处死刑，并将于不日公开枪决。已经回到天津的萧玉菡，从报纸上得知陈真出事，立马动身赶赴上海。萧玉菡在探长罗仁昌的帮助下，暗中见到陈真。陈真心伤林紫萱之死，已然心灰意冷，要萧玉菡忘掉自己，离开上海。

萧玉菡四处奔走，誓要救出陈真，但政商两界的达官要人，包括青龙帮的大当家欧阳鹏飞在内，无一人敢插手此事。无奈之下，萧玉菡找到沈阿玉，要她前去劫狱，沈阿玉冷冷拒绝。萧玉菡绝望，她买了一把手枪，打算自己闯大牢救人，但她身无武功，望着戒备森严的大牢根本无计可施。尾随跟至的沈阿玉，要萧玉菡在外边接应，自己进去救人。

沈阿玉蒙面闯入大牢，打晕看守警察，但陈真却不愿意出去，他认为沈阿玉已经沦为日本人的走狗，不屑于让对方救自己。沈阿玉只好独自离开。原本满怀希望的萧玉菡，见沈阿玉没能救出陈真，大失所望，指责沈阿玉根本不是真心营救。沈阿玉与萧玉菡发生争执，此时，织田真子现身——原来，一直与沈阿玉关系不睦的织田真子，怀疑沈阿玉有异心，暗中跟踪了她，却无意中得知沈阿玉竟然是陈真的前女友，为了救陈真竟然不惜冒险闯狱。织田真子决定向佐藤贤二揭发沈阿玉，沈阿玉果断出手，杀死了织田真子。

公开枪决陈真那一天，方少白带兵赶至，包围了刑场。方少白与佐藤贤二交涉，他的兵刚刚从海上查获了一批走私鸦片，而鸦片的真正主人，正是佐藤贤二——原来，佐藤贤二与青龙帮的欧阳鹏飞暗中勾结，私下里垄断了上海滩的鸦片生意，借此为皇军筹集军饷。双方各退一步，方少白放行鸦片，佐藤贤二放陈真一条生路。陈真被释放，但他万念俱灰，守在林紫萱的墓前，整日以酒浇愁。萧玉菡看在眼里，疼在心里，但却无计可施，只好选择默默地陪伴他。方少白前来拜祭林紫萱，见陈真颓废至极，愤怒地指责他刻意逃避，如果真爱林紫萱，就应该勇敢地站起来，把该担的责任担起来。两人发生争执，就像孩童打架一样，开始相互厮打。

陈真被方少白的一顿乱拳打醒，遂带着萧玉菡回到振华武馆。“振华武馆”重新挂牌，并打出了“扬我国威、振我中华”的口号。陈真组织振华武馆的弟子，先后参与了抵制日货、抵制鸦片烟等相关运动，正面对抗以佐藤贤二为代表的日本势力。几乎同一时间，上海滩忽然冒出一位黑衣蒙面的夜行大侠，专踢有日本人参与的烟馆和赌场。佐藤贤二怀疑黑衣蒙面人是陈真所扮，但苦于没有证据。佐藤贤二筹谋之下，决定先拿陈真身边的萧玉菡开刀，却招来青龙帮大当家欧阳鹏飞的不配合。欧阳鹏飞警告佐藤贤二，动谁都可以，唯独不能动萧玉菡，否则，青龙帮会中止与佐藤贤二方面的鸦片生意合作。

佐藤贤二对欧阳鹏飞的不合作隐忍不发，却暗中培植新势力，欲取代青龙帮的位置。欧阳鹏飞意识到危险，打算寻求陈真的帮助，却被佐藤贤二派来的熊谷太郎所杀。陈真根据欧阳鹏飞留下的信息，一把火烧掉了佐藤贤二运送鸦片烟的海船。佐藤贤二大发雷霆，派人前往振华武馆闹事，但陈真武艺高强，佐藤贤二派去的人并未讨得好处，加上法捕房的探长罗仁昌从中斡旋，此事平息。期间，陈真彻底放下了林紫萱，与萧玉菡的感情日深，两人相处融洽。

佐藤贤二启动了“毒牙”计划，打算在美驻华大使馆制造爆炸事件，然后嫁祸到华人头上，以期引起中美两国的对立冲突，进而给日本皇军进入上海制造理由。沈阿玉将“毒牙”计划秘密透露给了陈真，并答应暗中配合陈真。然而，佐藤贤二查出了沈阿玉是陈真前女友，并且织田真子也是沈阿玉所杀。佐藤贤二没有杀沈阿玉，却威逼她服下了一种特殊药物，将其变成了一具无思想意识、无知觉痛感的“僵尸杀手”。

陈真巧妙安排，一举粉碎了佐藤贤二的阴谋，并杀死了前来执行爆炸任务的熊谷太郎。佐藤贤二见大势已去，盛怒之下，指派沈阿玉绑来萧玉菡，并给萧玉菡服下特制毒药。陈真独身前往救人，欲抢解药，解药却被佐藤贤二毁掉。佐藤贤二指挥沈阿玉与陈真打斗，陈真看出沈阿玉神志异常，不忍心下杀手，却导致自己接连受伤。无奈之下，陈真下重手打晕沈阿玉，然后与佐藤贤二对决。两人一场恶战，佐藤贤二不敌陈真，决定先杀掉萧玉菡。沈阿玉此时正好醒来，恢复了意识的她飞身扑救。萧玉菡脱险，沈阿玉却死在了佐藤贤二的刀下。陈真悲愤之下奋力出手，击毙了佐藤贤二。

佐藤贤二给萧玉菡服下的是一种极为罕见的慢性毒药，如果找不到解药，服药者的头发会在一夜之间变白，并且会只剩下不到一年的性命。解药被佐藤贤二所毁，放眼天下，再无任何药物可解此毒。萧玉菡不愿意陈真看到自己头发变白的模样，更不愿意陈真的后半辈子生活在忧郁和悲伤之中，她留下一封书信，飘然离去。陈真看到萧玉菡留下来的信函，言之殷殷、情之切切，他回忆起两人从相识到相知相爱的过程，内心大是悲痛。

黄昏的江边，头发已经全部变得雪白的萧玉菡独自走着，她边走边回忆与陈真在一起的甜蜜时光。在夕阳的映射下，萧玉菡的眼前出现了幻象，仿佛她心爱的陈真此刻就站在她面前。萧玉菡情不自禁地伸出手，去抚摸幻象的脸庞，但紧接着她就怔住了，站在她面前的，不是幻象，而是活生生的陈真。陈真牵起萧玉菡的手，告诉她，不管她还剩下多少时间，他都会陪着她，每时每刻，直到生命的最后一刻到来……

作者简介：

铁翎，作家、编剧。原名陈建云。1979年生人。中国作家协会会员、中国民主促进会会员。著有长篇小说《静水流深》《官票》《官脉》《官道》、电视剧本《灰雁》等，另参与编剧电视剧、电影项目若干。曾获中央政法委原创剧本奖、青岛市网络文学奖、深圳市曲艺创作剧本奖、上海根元素原创影视故事征集奖，著作入选中国出版协会文学好书榜、新浪中国好书榜、开卷全国新书销售排行榜等。现居甘肃。

大药商（40集）

◆ 丁建顺

（根据丁建顺同名长篇小说改编，小说为2010年度上海市重大文艺创作项目）

震旦医学院学生鲍国安和曹家杰与圣芳济书院学生会干事叶晓珍参加反对签订丧权辱国的《淞沪停战协定》的大游行。华洋警察联合弹压，他们被冲散。在英商怡和洋行五金分行做买办的鲍国安的兄长鲍国良十分着急，去大马路（今南京东路）寻找未果，回家与妻商议尽快为鲍国安成婚，以使其安心完成学业。

在宁波的鲍母接长子快信，带林馨如赴上海与鲍国安成亲。鲍国安却认为媒妁撮成的婚姻是封建糟粕，一个接受新式教育的人是绝不会接受的。鲍家顿时大乱。知子莫若母，鲍母深知鲍国安斯文的外表下包含着一颗炽热的心。她决定此事作罢，林姑娘回宁波，一切损失由鲍家承担。谁料林馨如决定留在上海，等待鲍国安回心转意。鲍母认其为干女儿，并让她接受新式教育。鲍国安欲返医学院，却被校方开除。鲍国良开导鲍国安，有许多方面可以为抗日出力，如实业救国。在鲍国良安排下，鲍国安入怡和洋行地产分行作了帮办。

历史回溯到1916年。药剂师马克夫妇于俄国革命后流落至上海，在东百老汇路（今东大名路）开设一家小药房。马克有一西药配方，他希望凭此赚得大钱。同为药剂师的杜士康是个虔诚的基督徒，他供职的德发药行生意不好，得知马克有此配方，遂请身兼西药公会会长的怡和洋行潘总办介绍认识。杜士康欲收购配方或请马克任首席药剂师，后者决定自己做老板。因人生地不熟，马克的药房被地痞所砸，生活陷于困顿。杜士康让出自己在霞飞路物色的店铺，马克夫妇终于安顿下来并开设了信谊药房。

由于鲍国安法语流利且善于随机应变，他在怡和洋行地产部很快脱颖而出。潘总办推荐其到好友柳庆轩家做家庭教师。鲍国安的博学令柳庆轩之子柳玉卿钦佩，其姐柳玉洁也来听课，鲍国安对这位才貌双全的小姐产生了好感。林馨如与柳玉卿同班，知鲍国安在他家任家庭教师，设计入柳家花园一探究竟。林馨如见柳玉洁长得冰清玉洁，且气质高雅，她预见自己的婚事走入死胡同，回家拥被大哭一场。春夏之交，柳家儿女要去看海，父母请鲍国安作陪。游艇在黄浦江遇日本巡逻艇撞翻民船，鲍国安跃江救人，此举令柳玉洁对他萌生出爱的情愫。

柳家花园举行盛大晚会，欢迎留学归来的吴伟业博士。鲍国安意外遇见被军警冲散的好友曹家杰，知他已到振兴药房供职。柳家父母有意介绍有着国民政府高官背景的吴博士作毛脚女婿，然柳玉洁却首先请鲍国安跳舞，吴博士转而请林馨如作舞伴。晚会结束后鲍国安和曹家杰来到黄浦江边散步，曹家杰劝鲍国安有机会回到热爱的药业上来。觉察到女儿属意鲍国安，柳家父母调查其背景，知他有过一位定过亲的人，且还住在家里，这与基督教教义相悖。柳家父母以此训诫女儿往后不得与鲍国安往来。鲍国安与柳玉洁约会，解释与林馨如的实际关系。柳玉洁要求本着对爱情负责，他应该登报声明与林馨如解除婚约。鲍国安按此行事，受洗入教，每周去守真堂做弥撒。林父闻知后从宁波赶来上海大闹。

由于劳累过度，马克之妻安娜病倒。马克奔走于医院和药房，疲惫不堪之际只得向杜士康求援。杜士康为安娜找护工，让马克回药房工作。马克夫妇感谢杜士康为他家所做的一切，又诚恳相邀其来信谊药房担任经理。看杜士康犹豫不决，他坦承自己有个绝佳的新药配方，成药制作并不难，他缺少的只是时间，他必须集中全部精力加以突破。杜士康乃行家，他参观了马克博士的实验室并观看了整个演示过程，相信此新药一定会大行于市，于是接受邀请，辞去科发药行华经理职务，来到信谊药房负责一应门店业务。安娜康复出院，马克终于研制出新药，三人商定将此药定名为维他赐保命。在《申报》和《大公报》上做了广告。前来购药者络绎不绝，让处于手工操作的马克累到趴下。杜士康凭多年从事新药行业的经验，知道可以添置设备，租赁场地扩大生产规模。可是这一切都要投入大笔资金，杜士康正犯愁资金之际，做弥撒时遇见鲍国安，他想到招股增资的主意。

林馨如入雷士德工学院学习化学制药，吴伟业开始追求林馨如。鲍国安沉浸于热恋的幸福中，开始设计装潢新屋。杜士康相约鲍国安见面谈投资事宜。鲍国安指点他欲做好生意，必须得有政界朋友。那人就是吴伟业博士。吴博士已受聘担任国民政府上海特别行政市卫生署药检专员。鲍国安前往拜访，吴伟业答应予以支持。

鲍国安攒了不少钱，但用于投资是远远不够的。鲍国良为兄弟的闯劲高兴，他提醒鲍国安，其年龄、声望还不足以担任信谊药厂的董事长，建议让兄弟未来的丈人担当此职。鲍国安觉得有理，前往柳府相商。柳庆轩只同意出借资金而不愿入股，且要按银行贷款利率还钱，鲍国安无奈应承。柳太太埋怨丈夫对未来的女婿太狠心，柳庆轩说一定要让年轻人知道金钱来之不易，他才会珍惜。鲍国安到怡和洋行放风柳庆轩参股投资信谊，不仅地产部的同仁，连潘总办也表示愿意共襄盛举。大家酝酿选举潘总办为董事长。潘总办说自己太忙，推荐地产分行买办江福生担任此职。扩大了店面且装修一新的信谊大药房隆重开业，社会各界名流前来祝贺。

由于资金用于创办实业，余下的钱只够买一枚最细的戒指。鲍国安与柳玉洁举办了简朴的基督教教徒婚礼。婚礼上出现失踪已久的叶晓珍并送上祝福的鲜花。鲍国安终于联系上叶晓珍。两人相约于咖啡馆，在鲍国安的追问下，叶晓珍大略讲了些离散后的行踪。原来她在圣芳济书院时已加入地下党外围组织，参与抗日救亡游行暴露身份后由地下党将其转移至苏区学习，这次回沪即是为苏区采办药品物资等事宜。

见杜士康将信谊大药房经营得井井有条，见鲍国安筹款有方，马克心情愉快，日夜在药物研究所埋头工作，新组建的信谊药厂出产了一批新的成药，吴伟业建议将新药送往美国药检局检测，以获得权威认证。鲍国安派安娜将新药送往美国。振兴药房因抵制日本药品，经理曹家杰和两名店员遭日本浪人暗杀。鲍国安因朋友被害十分愤慨。他主持祭奠，公开谴责日本商人的不端行为。叶晓珍约见鲍国安，通报上海各界准备发动一场抵制日货、提倡使用国货的群众运动。这客观上对信谊药厂有利，鲍国安欣然答应参加。他们又以共同的目标走上了街头。

送往美国检验局检验的结果反馈回国，信谊药厂的新药声誉大增，所产各类药品都成为市场的抢手货。杜士康举办庆祝酒会，马克居功自傲要求多分红利，酒会不欢而散。

林馨如毕业，成为马克的助手。柳玉洁怀胎十月，在医院产下一个健康的男婴。鲍国安初为人父，喜不自禁，为儿子取名荣信，寓意信谊药厂一定会繁荣昌盛。安娜突然病重，马克不仅安排了最好的病房，买了奔驰轿车，还买了幢洋房供安娜出院后居住。鲍国安对马克博士出手如此宽绰有些疑惑，于是让心腹阿贵探明马克在销售他私下进口的戒毒药品。他扮作病家进店买药，费了番口舌后买得一盒叫雅支那的药。林馨如分析出是一种比鸦片更快作用于中枢神经的麻醉药。鲍国安正要和杜士康商量如何处置此事，巡捕房的警车抓走了马克博士。鲍国安和杜士康设法保释马克时，海关传来信谊药厂进口原料被扣的消息，有关部门又对信谊课以重罚。鲍国安始知是马克在进口的制药原料中夹带了雅支那。原来马克见信谊生意不错，提出增加干股遭董事会拒绝，于是心态开始失衡。他利用分管进口原料的大权开始经营这款在西药界传为神药的雅支那。在潘总办和江福生这两位重量级的人物斡旋下，马克得以保释出狱。安娜责怪马克，说他们当年从俄国流落到上海，全凭杜士康等朋友支持，才让信谊药房站稳脚跟。她劝丈夫从此洗手不干，还要向董事会坦率承认错误。马克赌气离家，去酒吧豪饮，去妓院狎妓，他好似变成了恶魔。

信谊药厂的主打产品——维他赐保命的配方秘密还捏在马克手中。如何处理这件有损信谊声誉的走私案，鲍国安颇有些投鼠忌器。林馨如趁马克送妻子去医院时，抄录下因匆忙离去而未上锁的保险箱中的维他赐保命的配方。她伺机将配方交给了鲍国安以重获爱情，后者只表示感谢，这让她十分失望。

吴伟业作为专员列席了董事会。鲍国安提出为维护信谊声誉要马克主动提出辞职，马克认为维他赐保命的配方秘密掌握在自己手中，因而有恃无恐，拂袖而去。吴伟业赞鲍国安办事果断，谁料此语激怒了杜士康。他拍案而起，认为吴伟业无权过问信谊内部事务，鲍国安不讲情面，他也辞去总经理一职，还扬言要与信谊药厂一争高下。

鲍国安辞去怡和洋行职务，就任信谊药厂总经理。吴伟业着中校军服出席庆祝酒会，众人很是诧异。吴伟业慷慨陈词从军抗日，并向林馨如求婚，后者大受感动。杜士康很快盘下振兴药厂。他找到马克，提出两人再次合作，后者却无意再办企业，只同意以配方作投资股本。杜士康开始制药售药，仍用信谊商标。鲍国安通过诉讼获胜，开始在报纸和电台大作信谊药厂广告。由于马克和杜士康的离去，技术和管理层的空缺，登报公开招聘人才。郑名三前来应聘，鲍国安委任其为信谊药房经理。郑名三又推荐好友杨成和出任药剂师，以早日研制出市场紧缺的消炎药。

鲍老太像嫁女儿一样让林馨如与吴伟业举行传统婚礼。吴伟业接到上级命令，让他马上去南京开会。柳家来电让鲍国安即刻赶去，原来柳玉卿跟父母怄气，他不愿去法国留学，而要去延安参加抗日。鲍国安问他怎么去，柳玉卿说叶晓珍应该知道行程，只是目前找不着她。鲍国安联系上叶晓珍，说了柳玉卿要去延安事，叶晓珍马上表示她可以带柳玉卿走。鲍国安资助了车资，悄然把柳玉卿和叶晓珍送上了火车。

吴伟业回沪，告知中日即将开战，上海的重要医院和药厂要随国民政府内迁重庆、成都、贵阳。林馨如身怀六甲行动不便，吴伟业离沪时将家产和妻子委托鲍国安看护照顾，警告他信谊药厂虽然不必内迁，但千万不能跟日本人有所来往，不然战后会有麻烦。鲍国安答应只在租界做生意且尽量小心。

八一三抗战爆发，潘总办在大世界共和厅召开药业公会抗日救亡会，日机轰炸，逃难人群堵路。鲍国安躲入沐恩堂，谁料堂内满是被遗弃的婴儿。鲍国安参与救援，意外遇见杜士康，两人尽捐前嫌，全力救助弃儿。鲍国安累倒时柳玉洁率学生合力赈济灾民。杜士康赞其有铁娘子风骨，鲍国安见难民急需药品、食物和衣被，即拟写告示送电台播出。社会各界人士出钱出力，沐恩堂难民获得救援。然吴伟业所托管宅院在战火中烧为灰烬，柳家花园也被夷为平地。柳庆轩家产尽失，只抢救出部分字画。

淞沪抗战惊动全国，日军占领上海周边，英法租界成为孤岛。汪伪在浦东成立大道市政府，因财政拮据，怂恿并威胁利诱江福生出山。江福生一则怕黄浦江沿岸煤栈受损，又见有利可图，于是心旌动摇。他在伪市府任能源局局长，下水当了汉奸。他大宴宾客，鲍国安到江宅知情后拂袖而去。叶晓珍潜回上海，告知柳玉卿已抵达延安入中国抗日军事政治大学学习。鲍家请客，叶晓珍透露爱慕柳玉卿。可抗战正酣，家人只能望月祈祷。

江福生召开董事会，要求退股并辞去董事长一职。战乱中维他赐保命销路不畅，抗菌新药尚等待着原料。限期三日，江福生的退股对信谊不啻是落井下石，身为总经理的鲍国安面临难过一坎。鲍国安求救，潘总办说他已退出江湖，拍桌大骂江福生是畜生，当了汉奸还来害人。潘总办答应借款，但这笔钱还是不够。无奈中鲍国安只得前往江府请求宽让数日，不料引来江福生一阵奚落的大笑。

江福生投靠敌伪后垄断上海的煤炭供应，大发横财后广置地产。他派人秘密调查信谊，知投产后价比黄金，故萌生吞并之念。当要求宽限数日，他让鲍国安出让全部股份。这令鲍国安惊出一身冷汗。职工为拯救工厂，人人入股。但战乱年代，底层职工也没多少钱可供入股。凑不够钱，连阿贵也咒骂这个汉奸不得好死。鲍氏兄弟正商议保全药厂，叶晓珍了解实情后让鲍国安宽心，说事情总有解决的办法。第二天传来江福生因船祸意外死亡的消息。柳玉洁额手相庆，是上帝保佑信谊躲过一劫。鲍国安知道，这起船祸肯定是故意制造的。制造者是叶晓珍，是阿贵，是坊间传闻的除奸队，抑或是潘总办，这将成为一个永远的秘密。这边危机刚化解，药厂待料，职工待工，上千张嘴巴等待吃饭的问题又摆到了鲍国安面前，而此时传来太平洋战争爆发的消息。

日本兵进入法租界。马克夫妇要被运到杨树浦圈禁。鲍国安想他毕竟是信谊的创始人，安娜身体时好时坏，决定设法营救。进口原料和设备运抵上海，却被日军扣留。鲍国安如坐针毡，设想如何才能从码头提出货物。潘总办推荐日本医师水井四郎。鲍国安拿着潘总办的引荐信请到水井四郎。两人叙旧，多年前潘总办在柳家花园举办的晚宴上曾介绍过他。凭着水井四郎的特殊关系，信谊药厂终于取回进口原料，还为其他药厂化解了难题。但振兴药房货物无从寻觅，杜士康为此记恨。信谊药厂呈现出一股生机。车间里技师按图纸安装调试机器，俱乐部内为工人进行培训，新药摆上信谊药房的货架……为感谢鲍国安的义举，新药业公会举行酒会，会上一致推举鲍国安为新一任会长。鲍国安认为水井四郎为人持重可信，可以为营救马克一家出力。经他多方奔走，也给看守集中营的少佐一些好处，马克一家才得到自由。

信谊药厂有的是人才，全力以赴研制新产品。经化学博士杨成和等人的努力，研制消炎药磺胺噻唑（简称ST)原料获得成功，用以制造消治龙针剂和片剂。鲍国安听到喜讯设计大幅广告，让各大报纸都登头版发布新闻。试用证明确有疗效，客户竞相采购，消治龙产品畅销全国，外销南洋，信谊也被冠为“远东第一大药厂”之名。产品畅销，日进斗金之时，鲍国安没有忘记自己当年的承诺。他亲自四处寻觅，在福煦路之南觅得一块地皮，延聘设计师设计一幢洋房。这一切都不让柳玉洁知道，为的是给她一个惊喜。信谊药厂蒸蒸日上之时，振兴药厂却因为原料缺乏，资金断链而陷入困顿。日伪诱惑杜士康为日军生产药品。杜士康拒入圈套，苦苦支撑。鲍国安闻讯，对杜士康大为敬佩。经协商，信谊让振兴代加工数味药品，以助其渡过难关。

鲍国安为纪念结婚十周年而建造的别墅终于落成。鲍国安只对柳玉洁说带她去参加一个朋友家派对。柳玉洁带上两个儿子，乘车来到别墅。柳玉洁进入别墅，正对房屋的美观称赞时，屋内所有的灯光大亮，所有朋友一起唱起祝福歌曲。鲍国安说这是送给夫人的礼物。柳玉洁很是感动。鲍国安又捧出一个首饰盒。柳玉洁打开，里面是一排金光闪闪的戒指。

柳玉卿与叶晓珍潜回上海，柳家父母喜极而泣。柳庆轩希望儿子留在上海，柳玉卿说自己是组织的人，这次是路过上海，他必须前往苏北根据地任职。送走了柳玉卿，叶晓珍留在上海作联络员。由于消治龙的名声太响，日本商人也找上门来采购药品。郑名三认为鲍国安不宜出面，此事都由他与日方周旋。叶晓珍受命为新四军购买药品，觉得这是个机会。她等郑名三拿到通行证，让地下党专家复制一份，凭此证有惊无险地将药品送到苏北根据地。汪伪看中潘总办的人望，上门游说，请他出任上海商会会长。老谋深算的潘总办知道人可以做许多事，就是不能当汉奸。他推说自己年老体弱，早已不理世事，然来人横加威胁。潘总办先请鲍国安协助以逃离上海，在码头被扣押后以死抗争，吞食生鸦片，只因送医院抢救及时才保得一条老命。汪伪见潘总办已废，转而请鲍国安出山。鲍国安躲进水井医师的诊所才得以幸免。

叶晓珍从苏北根据地归来。她带来上级指示，请鲍国安为监狱捐药，伺机营救被捕的地下党员。当时全国已进入抗日战争的反攻阶段，上海陷入了黎明前最黑暗的阶段。汪伪政权大肆捕杀爱国人士及国共两党党员，上海监狱里挤满了被抓的进步人士。消息传到狱外，地下党万分着急。如何才能帮助狱中同志渡过难关，成了当务之急。地下党决定，一面让狱中党组织通过各种方式组织难友，给药治病与敌人展开斗争，一方面通过民主人士，呼吁各界伸出援助之手，对狱中难友进行紧急救助。鲍国安派专人负责与监狱联系，言明信谊所捐药品，必须给狱中最需要治疗的人使用。阿贵报告信谊药厂职工举行了罢工。鲍国安急忙赶到厂区与工人对话，原来他只顾抓产品质量和产量，忽视了工人的生存条件。经年的战争使物价飞涨，大量涌入的流民使上海的居住条件极差。鲍国安了解到工人罢工的目的一是为涨工资，二是为降低劳动强度，三为改善居住条件。鲍国安都答应了工人代表的要求。

水井四郎告知鲍国安，有日本人低价出售四川路房产。鲍国安提出购买德邻公寓。鲍国良反对，理由是那原是外侨产业，八一三后被日本人低价收购，其中必有隐情，如接盘可能会对信谊带来麻烦。鲍国安说出让价便宜，机不可失，可以冒一次险。他打电话给水井四郎预约时间。水井四郎陪鲍国安和郑名三来到北四川路苏州河桥北堍。德邻公寓始建于1935年，是一幢具有西班牙风情的老建筑。鲍国安想信谊药厂总部就应该设置在这样一幢厚重的大楼内。他决定买下此楼。这已到抗战胜利前夜，日本商人表示一切可以商谈，但必须支付金条。鲍国安以较低廉的价格盘下德邻公寓，看着气派堂皇的信谊总部，鲍国安心底不由得涌出一股胜利者的骄傲。鲍国安又用黄金买下附近的另一幢大楼作仓库，买入北四川路两条里弄分给信谊职工居住。在全厂的叫好声中，传来日本投降的特大喜讯。鲍国安让职工在德邻公寓前大放鞭炮。

林馨如在守真堂为丈夫举行隆重追思弥撒，身为少将的接收大员吴伟业返回上海，夫妻相见百感交集。吴伟业见老宅被炸，林馨如那套红木嫁妆化为了灰烬，都痛心不已。鲍国安设宴为其接风。吴伟业讲淞沪警备司令部看中德邻公寓，要他将信谊药厂总部即刻迁出。鲍国安和鲍国良、郑名三等人商议，认为大势所趋，以忍让为妥，于是火速将仓库改建成办公室，又马上搬出德邻公寓。鲍国安以为大事已了，谁料又接到传唤，稽查处索要五百根金条，说鲍国安在日伪占领上海期间没按国民政府要求内迁，但也没和敌伪合作，现在国共两党即将开战，这批黄金充作军饷后不再追究其他事宜。鲍国安吃了个哑巴亏，想信谊药厂的消治龙非常抢手，价如黄金，就认了这个亏。

其间马克夫妇思乡心切，知苏联允许流放四海的俄侨回国，他们便经上海领事馆安排踏上了归程。趁杜士康在马克博士家料理返回苏联之事，杜士康之妻豪赌，将振兴药房抵押他人。杜士康心灰意懒去佘山做神父，结果不够资格，只得去守真堂做朴神父的仆役。

这次鲍国安严重失算。内战烽火四起，人心浮动。美国货充斥市场，国产药品严重积压。鲍国安尚可靠前期利润维持信谊，然其他药厂均陷入困境。上海市民上街举行反内战、反压迫、反自由、要和平的大游行。身处动荡局势，西药公会举行换届会议时，全体会员一致推选鲍国安为代表，罗列理由，前往市府上书请愿。此举犯下大忌。国民政府密令淞沪警备司令部对鲍国安从严惩处。稽查处又利用有人告发其在抗战胜利之前大量廉价收购日伪房产为口实，将鲍国安逮捕。

来上海准备生孩子的叶晓珍知信谊药厂陷入困境，除了批发几卡车药品以解燃眉之急外，还答应帮忙营救鲍国安。警备司令部先传出鲍国安交军事法庭审判，正当鲍国良、柳玉洁、郑名三等倾心相救之际，又传出鲍国安将要被判处死刑的消息。意外之事又发生，鲍母闻讯，发心脏病猝死。鲍家一边为鲍母办丧事，一边想法营救鲍国安，鲍国良的头发很快熬白。

有人在门缝里塞进一张纸条，吴伟业看了大受启发。他利用稽查处长欲私吞罚没金条的软肋，以向上举报为由，胁迫处长将鲍国安从军事法庭审判改为一般案件，转而改为无罪释放，同时为信谊药厂要回德邻公寓。稽查处心有不甘，开出一千根金条的罚款并扬言鲍国安的尾巴捏在手中，他什么时候不安分了，随时可以将其摔打。家人四处筹款。鲍国良和郑名三欲出售北四川路里弄，鲍国安不允，说战乱年代，卖掉里弄使信谊职工流落街头于心不忍。鲍国良欲出让药厂，鲍国安也不允，认为药厂是立命之本，工厂在则有东山再起之机会。柳玉洁出售108枚戒指，又向父亲告贷。柳庆轩出让所有收藏的历代名家字画，认为救了女婿也物有所值。尚缺规定数额，柳玉洁出售洋房，朴神父以养老金买下。鲍国安在狱中反思自己的行为，决定移居香港以绝后患。

鲍国安得以出狱，职工列队欢迎。信谊药厂召开董事会，决定以派遣采购为名让鲍国安离开上海。夕阳西下，黄浦江水似流淌的金属。鲍国安带着妻儿登上轮船，含泪离开这爱着的又被伤害着的上海。送行者有鲍国良夫妇、郑名三等挚友。叶晓珍终于携款赶到，但只能向渐行渐远的轮船挥手。

作者简介：

丁建顺，上海市人，毕业于复旦大学外文系，现为华东政法大学教授，中国作家协会会员。出版多卷本《中华人文艺术史》（上海人民出版社）。长篇小说代表作《大药商》（上海三联书店）、《收藏家》（人民文学出版社）。发表中篇小说多部，《模拟法庭》载《人民文学》2014年第12期，《短信密码》载《西部（新文学）》2011年第4期，《小说选刊》2011年第6期转载，《碉堡》载《当代》2008年第6期，《小说月报》转载并入选2008年度人民文学出版社年度选本。长篇小说《收藏家》60万字，为2009年上海市重大文艺创作项目，为2010年中国作家协会重点扶持项目。长篇小说《大药商》80万字，为2011年上海市重大文艺创作项目；中篇小说《青春可期》发表于《小说月报》原创版2022年中长篇专号第1期；中篇小说《倭刀》发表于《中国作家杂志》2023年第2期。

首席律师（30集）

◆ 铁　翎

2017年。上海。某法庭。

律师马卓刚刚打完一场精彩的官司——之所以精彩，是因为对方当事人的代理律师恰好是马卓昔日的大学同学兼情敌韩家成——所以，这场官司的胜利，具有双重意义，让马卓前所未有地产生了一种酣畅淋漓的快意感。马卓是英国Justice律师事务所驻上海办事处的首席律师，年方28岁，正是事业如日中天的年纪。两个月前，办事处原主任因业务需要，被英国总部派往澳大利亚任职，空出的主任一职暂时由马卓代理。马卓和韩家成是大学同学、舍友，一度是莫逆之交，后来，两人同时爱上了一位比他们低一级的小师妹，进而交恶。大学毕业后，两人各自进入律师事务所工作，经过奋斗，马卓成了Justice驻上海办事处的首席律师，韩家成则成了Victory律师事务所的首席律师。凑巧的是，两家律师事务所在同一幢写字楼的同一层办公，一个在左，一个在右，中间隔着一处公共洗手间。

大家都以为，马卓接替主任一职是板上钉钉的事情，谁知数日后新主任到任，是一位漂亮而优雅的女士。当马卓被人事总监胖大姐隆重地介绍给新任主任的时候，马卓愣住了。新任主任朝马卓优雅地伸出手，马卓有些恍惚怔忡，不知道自己是否该伸出手去。当他犹豫着将手伸出去，新任主任忽然甩手给了马卓一大耳刮子——这一耳刮子，把事务所所有的人都打愣了。原来，新任主任就是马卓的前女友林小可。当年大学毕业后，马卓和林小可打算结婚，可是就在他们即将拜堂成亲的那一天，马卓抛下林小可一个人，消失得无影无踪。林小可当时大受打击，情绪波动很大，一度想过自杀，后来平静下来，选择出国深造。辗转数年，林小可在英国Justice总部表现优异，被委派回国担任上海办事处的主任，谁知冤家路窄，却意外地成了前男友马卓的顶头上司。昔日的一对恋人重逢，林小可的内心充满仇恨，马卓的内心则五味杂陈，复杂异常。

韩家成代理的一桩离婚案子输给了马卓，这让他的内心非常不舒服。他和马卓大学时共住一个宿舍，曾经是非常要好的朋友，后来陷入三角恋情进而交恶，多年来一直面和心不和。所以，韩家成输给任何一个律师都可以，就是不能输给马卓。韩家成的当事人是一位公司老总，他的妻子在跟人约会时被当场捉奸，故而被丈夫起诉离婚，并为此向韩家成支付了不菲的酬金。谁知开庭的那天，马卓找到了一位有力证人，推翻了韩家成一方的证据。韩家成建议自己的当事人上诉，同时重金收买了马卓一方的证人。该桩离婚案再次开庭，韩家成成竹在胸，谁知马卓早有防备，在关键时刻出具了该名证人收受钱财的视频资料，同时马卓出具了一系列有效证据，证明自己当事人的"被捉奸"，其实是在醉酒无意识的情况下，被人蓄意设计陷害的，罪魁祸首就是韩家成的当事人、自己当事人的丈夫。原来，这位老总有了小三并生了一个男孩，打算离婚成全小三，却又不想让自己的结发妻子分得自己的财产，于是设计了自己妻子的"被捉奸"的一幕。

打赢了官司，事务所上下一片欢呼，马卓提议大家伙儿下班后去K歌庆贺。谁知，主任林小可却当场泼了一盆冷水，她对马卓一贯不走规范流程的办案风格予以严厉批评，并要他在三天后的事务所例会上当众检讨。大家伙儿面面相觑，同时替新任主任林小可捏了一把冷汗——因为马卓是事务所的首席律师、王牌，业务响当当，他的办案流程从来就没有规范过，大家伙儿也都默认了他的办案习惯——林小可上任后的第一把火烧在他的头上，估计不会有好果子吃。谁知，向来不服管教的马卓，意外地在林小可面前服了软，不但当众做了检讨，还被扣了仨月的奖金。更奇怪的是，他竟然连一句为自己辩解的话都没有。

方大伟是马卓在事务所的搭档，也是好哥们，他从马卓和林小可之间反常的点点滴滴，分析出这两个人关系不同寻常的结论。他求证于马卓，却被马卓一番东拉西扯的歪理论搪塞过去。

马卓在人前纨绔，带点痞子气，好开不着调的玩笑，偶有犯二，貌似没有任何压抑和痛苦之事。但实际上，马卓在独处的时候，经常捧着大学时期的相册，回忆和林小可在一起的点点滴滴，内心纠结难受。几乎同一时间，林小可也在回忆与马卓在一起的欢乐时光，但回忆到最后，往往是穿着洁白婚纱的林小可绝望地站在婚礼现场，亲朋好友都走光了，也不见新郎马卓踪影——林小可永远不会忘记，自己穿着婚纱，在婚礼现场孤零零地守了三天三晚，但作为新郎官的马卓却再也没有出现过，彻底从她的生活中消失了。林小可咬牙发誓，要让负心汉马卓付出非常沉重的代价。

一位精神颓丧的中年男人来找马卓。他是某所大学的历史学教授，被自己带的一名女研究生控告性骚扰。该教授的精神几乎要崩溃了，因为这件事被媒体曝了光，网络上铺天盖地都是他对自己女学生“性骚扰”的新闻。他的妻子跟他分居闹离婚，14岁的女儿觉得太丢脸，不认他，包括他平素非常要好的一些同事，都对他报以歧视的目光。马卓接手了这桩案子。十分凑巧的是，原告方的代理律师，竟然是Victory律师事务所的常莎莎——韩家成的女搭档。韩家成代理的上一个案子输给了马卓，原本心里就很不爽，结果无意中又在洗手间门口碰到了昔日追求过的小师妹林小可，得知林小可和马卓同在Justice工作并且成了Justice的新任主任，他内心的那股不爽劲儿，就更加浓烈。韩家成协助常莎莎制定辩论策略，誓要在这个案子上打败马卓。而马卓呢，面对极为不利的舆论攻势，走访了该女研究生原来上过的大学和曾经实习过的单位，得知该女研究生早年间就遇到过三次“性骚扰”事件，两次私了，一次以对方被工作单位开除了事。马卓找到三起“性骚扰”事件的当事人，但都不愿意多谈，只说自己是被冤枉的。马卓没有气馁，他多次找到被工作单位开除了的那位当事人，要求他出庭作证，并告诉对方，曾经发生在他身上的悲剧，将在一位正直而善良的大学教授身上重演，且情形严重到将会导致对方妻离子散。尽管马卓动之以情、晓之以理，对方还是拒绝了马卓出庭作证的请求。

案件如期开庭。常莎莎出具的一系列证据，包括网络媒体上铺天盖地的舆论攻势，对马卓一方极为不利。关键时刻，那位当事人来到法庭，举证自己当年对原告的所谓“性骚扰”，纯属无心之举，却被对方夸大成了“性骚扰”并加以控告，虽然检方当时以“证据不足、事实不清”为由撤销起诉，但自己还是被工作单位开除了公职。形势转为有利，马卓向法庭提交了当年派出所的调查资料，以及原告极有可能患有臆想型精神障碍的相关医学证明，包括原告长期服用的抑制型药物等。法庭采纳了马卓一方的证人证言及相关证据，判被告赢得官司。旁听席上，该教授与早已经泪如雨下的妻子、女儿抱成了一团——是马卓一再动员她们，一定要相信自己的家人。同样坐在旁听席上的韩家成，看到常莎莎输了官司，脸色变得越来越难看。而在不远处，一个很不起眼的角落里，一位戴着大黑墨镜的女士将马卓及韩家成、常莎莎一众人等的反应均看在眼里——她，竟然是稍事乔装的林小可。

数年来，林小可一直活在对马卓的刻骨仇恨当中，以至于她患上了间歇性狂躁症，性格变得乖张而暴戾，且脸谱多变——面对客户时，她可以笑靥如花；面对同事时，她则变得高冷；而在私底下，她却经常歇斯底里地抓狂。为了达到报复的目的，林小可时时处处对马卓的工作鸡蛋里挑骨头，让马卓在事务所一度灰头土脸。终于有一天，马卓实在忍受不了了，与林小可在办公室里大吵了一架，之后甩手而去。夜晚，在酒吧里，一个人喝闷酒的马卓与韩家成不期而遇。昔日刻骨铭心相爱的一对恋人，最后却莫名分手，韩家成多年来百思不得其解，但情绪不高的马卓不愿意多谈，借口有事匆匆离去。而几乎在同一时间，林小可去见了自己的心理医生，接受催眠治疗。催眠后的梦境中，两个场景交替出现：一会儿，是身穿洁白婚纱的林小可，孤零零地守候在婚礼现场；一会儿，婚礼现场变成了黑黝黝的大森林，林小可被困其中，四下无路……最后，大汗淋漓的林小可在恐惧中醒来，心有余悸。

马卓非常沮丧。他这辈子最无法面对的一个人，就是林小可，可现实却跟马卓开了个天大的玩笑，竟然让林小可变成了自己的顶头上司！每当看见林小可，甚至只要一想起她，马卓的心就一揪一揪地疼。但表面上，他还必须强装出一副无所谓的样子。马卓没有忘记，当年林小可绝望地在婚礼现场守候了三天三晚的时候，他就躲在不远处，痛苦地揪着自己的头发……如果时光可以倒退，马卓宁愿自己从来没有认识林小可。

韩家成和林小可又一次在洗手间门口不期而遇。韩家成邀林小可去咖啡厅小坐，林小可答应了。当年，韩家成和马卓两个人同时追求林小可，最后，林小可却选择了马卓。这场三角恋的终结，直接导致原本铁哥们一般的马卓和韩家成反目。每每马卓和林小可在校园里携手秀恩爱的时候，韩家成只能躲在暗处看着，落寞而忧伤。在咖啡厅里，韩家成含蓄地向林小可表示，自己多年来从没有忘记过她。但林小可却说，自己不会再爱了，因为她的心已经变成了一块冰冷的石头。一直单恋着韩家成的常莎莎路过咖啡厅，无意中瞥见韩家成和林小可两个人对坐交谈，很好奇他们两个人怎么会认识。

一位抱着孩子的少妇慕名来找韩家成，因为她听说韩家成打官司的胜诉率极高。她的丈夫因车祸去世了，抚恤金包括丈夫名下所有的财物，都被公公婆婆霸占了，自己和3岁的孩子在生活无着的情况下被扫地出门。她要跟自己的公公婆婆打官司，夺回属于自己的那一份财产。韩家成对这个案子不感兴趣，因为这名少妇拿不出太多的律师费——不赚钱或者赚钱太少的官司，韩家成向来不屑于接。少妇失望地离开，失神的她在下台阶时，差点一脚踩空，幸亏被刚刚从洗手间出来的林小可一把扶住。林小可看着悲恸欲绝的少妇，回想起自己也曾有过万念俱灰的那一刻，不禁动了恻隐之心。林小可将少妇带回Justice办事处，指名要马卓接手这个案子。马卓最近心里烦，非常反感林小可颐指气使的态度，拒接这个案子。林小可拿办事处的工作条例说事，马卓自知理亏，加上方大伟等人在一旁打圆场，只好勉强接手了少妇的案子。

少妇的公公和婆婆，和天底下所有的霸道公婆一样，护短而势利，他们视自己的儿子为心肝宝贝，却视儿媳妇为外人。儿子出车祸去世了，他们担心年轻的儿媳妇带着财产改嫁，干脆剥夺了儿媳妇所有的继承权。韩家成得知马卓接手了少妇的案子，就立马找到少妇的公婆，明确表示要做他们的代理律师，并主动降低了律师费用。常莎莎对韩家成的反常举动很是不理解，不禁在心底打了个问号。

开庭那一天，原本以为稳操胜券的马卓，却输了个一塌糊涂。输官司的原因很简单，就是对方指证少妇对婚姻不忠诚，且孩子非其丈夫所亲生——要命的是，少妇居然承认了对方的指控。这让之前毫不知情的马卓很是被动。庭审结束后，少妇只是向马卓和林小可说了一句“对不起”，就抱着孩子匆匆离去。马卓和林小可觉得少妇的情绪有点儿反常，但却并未放在心上。

林小可的躁狂症发作得越来越频繁。往往她优雅地跟客户交谈的时候，都会借口去洗手间，歇斯底里地发泄一通，然后再若无其事地回到谈判桌前。她一直看心理医生，并偷偷地吃药，但成效不大。心理医生分析认为，她有可能还深爱着那位抛弃她的男人，所以心结始终无法打开。林小可不由得哑然失笑，她还爱着马卓？怎么可能？她恨他还来不及呢。心情躁狂的林小可独自去酒吧买醉、疯狂地蹦迪，却招来几名地痞的调戏。马卓正好碰上，出手教训了那几名地痞，并以律师的身份吓唬走了他们。酒吧外，半醉的林小可怀着十分的恨意控诉马卓，说自己之所以变成这样，都是马卓害的。一辆出租车过来，林小可坐车走了，只留下发懵的马卓，呆呆地站在那里。

海边，马卓一个人呆呆地走着——这是他和林小可恋爱时最常来的地方。在这个海边，他们曾经留下了太多的欢笑和甜蜜，但这一切都过去了。马卓没有忘记，就在结婚的那一天，即将赶往婚礼现场的他接到一名同学的电话。那位同学告诉他，想给他看一些东西，然后让他再决定要不要去婚礼现场。好奇心促使马卓去见了那位同学，对方给了他一沓照片，是林小可和一名男子的激情照……马卓的大脑当时就炸开了。这么多年来，只要一想起那沓照片，马卓的心就一揪一揪地疼。他无法容忍自己全身心爱着的女人欺骗和背叛自己——痛苦的马卓最后还是去了婚礼现场，但却躲在暗处，始终没有现身。

一名高中女生在上学途中，扶起了一名受伤倒地的老婆婆，却被对方指控是她骑车撞倒了自己。老婆婆受伤较重，在医院躺了半个来月，其家属将该名女生告上了法庭，索赔医药费、营养费等相关损失，数额巨大。方大伟受理了该名女生的案子，但却在开庭时输了官司，因为对方女律师出具了该路口的监控视频，视频资料显示，是女生撞倒了那位老婆婆。那名高中女生来自农村，根本拿不出那么多钱，再说了，她始终坚称自己是冤枉的。但没有人相信女生的话，老师、同学，包括律师方大伟在内，都认为她在撒谎。女生在绝望之下，试图自杀，恰巧马卓开车路过，认出了她，及时地将她从车流中拽了出来。鉴于这个情况，马卓决定接手她的案子。马卓研究了那段视频资料，认为该路口摄像头的拍摄角度，容易造成视角错位，看起来像是该名女生撞到了那名老婆婆，但看到的未必就是真相。马卓走访附近的门店及事发当天路过的行人，终于让他找到了一名给玩耍的孩子录像的父亲，正好拍到了老婆婆倒地的那一瞬间。视频中，先是三名男生骑车飞驰而过，将老婆婆撞得东倒西歪，恰好在该名女生骑车经过时，老婆婆晃晃悠悠地倒在了地上。那名父亲出庭作证，马卓终于帮女生打赢了官司。女生感激涕零，后来的日子里，仍时不时来事务所看望马卓，并送他一些亲手做的小玩意儿。

日子就这样一天天过去，马卓和林小可两个人，就像是电的正负极，时不时起一点摩擦。在林小可针对马卓最厉害的那段日子里，马卓甚至愤而提出辞职，但林小可哪会轻易饶了他？她拿聘用合同说事儿，以合约期未满，拒绝跟马卓解约——除非马卓给事务所交付一大笔违约金——同时用一些小把柄威胁马卓。马卓对林小可恨得牙痒痒，但又无可奈何，他原本一身的痞子气，但在林小可面前，却老是气短那么一截儿。常莎莎借口感谢韩家成的日常帮助，约他去酒吧小酌，却意外地碰上了林小可，而马卓也在酒吧里晃晃悠悠地瞎逛。四人遂拼坐一处，由于各怀心事，气氛一时异常尴尬。马卓为了掩饰自己的紧张，满嘴跑火车，故作一本正经地讲一些不着调的笑话，但除了常莎莎，没有人笑。

某日上班，马卓和方大伟在电梯口等电梯。方大伟瞄上了不远处的一位性感靓女，马卓吹嘘说自己可以帮他要到靓女的电话，方大伟不信。马卓走到靓女身旁，借口自己手机没电了，顺利地借到了靓女的手机并拨通了方大伟的电话。马卓装腔作势地训斥电话那头的方大伟，说自己借给他的那3 000万资金，到底什么时候还，引得靓女以及周围的人都对马卓侧目而视。待到了办公室，人事总监带着一名女大学生来找马卓，说是分配给他的实习生助理，叫杨乐。马卓抬头一看，原来女大学生正是他和方大伟在电梯口碰到的性感靓女，一时大窘。马卓对实习助理杨乐的衣着打扮诸多挑剔，认为太过前卫、太过暴露晃眼，批评她要朴实。杨乐做恍然大悟状，立马跑出马卓的办公室。两小时后，杨乐穿着一身村姑服装、扎着两个小羊角辫，站到了马卓面前。马卓有些哭笑不得。从电梯口到办公室，马卓的一举一动，林小可均一丝不落地看在眼里。她隔着自己的办公室，远远地望着马卓的侧影，不由冷哂一声。

有点傻乎乎的杨乐做事风风火火，加上乐天派的性格，让事务所一下子变得闹腾起来。其间马卓代理了两个小案子，还有一桩跨国官司，是去韩国打的——杨乐对马卓在法庭上酷毙的表现，崇拜得五体投地。她迷上了马卓，而且在人前毫不掩饰，更要命的是，每当主任林小可针对马卓的时候，杨乐都会奋不顾身地站出来维护马卓——这让打一开始就对杨乐感兴趣的方大伟不无醋意。而马卓，夹在林小可和杨乐两个女人中间，感觉脑袋又大了一圈。Victory事务所的韩家成，又替几位有钱的老板打赢了官司，一时意气风发。其中一桩案子是劳务纠纷，韩家成钻法律的空子，又买通证人，替这位老板省下了一大笔应付而未付的劳务工资。输了官司的民工来事务所闹事，却被韩家成连唬带诈赶走了。马卓对韩家成唯钱论的做派，很是反感，认为丢律师界的脸。他代理了民工的劳务纠纷案，在二审中，马卓帮他们赢了官司，讨回了应得的劳务报酬。民工们非常感谢马卓，给事务所送来了一面锦旗，上书“维护公平正义、捍卫司法尊严”等字。马卓表面上谦虚，内心洋洋得意。林小可心下默认马卓的做法，但实际操作上，她借口又扣掉了马卓当月的奖金。马卓气得不轻——收入锐减，他感觉自己的生活质量面临严重的挑战。其间，有一位马卓曾经代理过案子的女当事人，跑来事务所大闹，声称马卓在替自己打官司的时候，采取威逼诱惑手段将自己睡了，而且怀了孕。事务所上下一片哗然，马卓当时就懵了。该女当事人闹得不可开交，声称要举报Justice事务所和马卓。就在众人无法可想的时候，还是林小可出面，三两下就戳穿了该女当事人的谎言，指出对方只是想讹钱而已。该女当事人灰溜溜地走了。林小可讥讽马卓，以后找女人的时候稍微有点品位和眼光，别什么女人都找。马卓再次懵了，正准备为自己申辩，林小可已经甩手走了。

电视台要做一期关于律师的访谈类节目，特别邀请了马卓、林小可、韩家成、常莎莎四名律师，话题关涉案件、律师生活、个人感情生涯等。四个人中，除了常莎莎不明内情以外，其他三个人关系微妙，问答过程中貌似云淡风轻，实则唇枪舌剑。而颇有城府的常莎莎，察觉到了三个人的微妙反应，内心的问号不由得升了级。

林小可的妹妹林小贝（16岁，小女魔头形象）要来上海看姐姐。接站那天，林小可的车怎么也打不着火，时间来不及了，恰好马卓下班，只好让马卓载她去火车站。谁知，迟到的马卓和林小可在火车站没有接到人，却接到了来自派出所的电话。原来，林小贝下火车后，冒冒失失地撞到了一个人，对方提的一个精美木匣掉在地上，里边的瓷器摔碎了。对方报警，林小贝被拘留——因为那件瓷器是明朝官窑出的青花瓷，上等品，市场价是一个天文数字。妹妹被拘留，又面临巨大的赔偿金额——林小可就是干上十辈子，也赚不来那一件青花瓷的钱——面对妹妹的突发案件，林小可一时无措。马卓暂时摒弃与林小可的私人恩怨，一方面安慰林小可，一方面多方奔走，对青花瓷做鉴定——因为马卓怀疑对方的青花瓷是赝品，故意碰瓷讹诈。但鉴定结果出来，却令马卓和林小可大失所望：青花瓷是价值不菲的真品，而非赝品。法庭一审，马卓眼睁睁地输了官司，林小贝被判赔巨额损失，赔偿金没有到位前继续羁押。林小贝吓坏了，大喊“姐姐姐夫救命”。林小可顿时凌乱了，马卓虽故作镇定，但也无可奈何。旁听的方大伟等人，很奇怪林小贝为什么喊马卓“姐夫”，但马卓用几句瞎话胡乱搪塞过去了。

次日上班，大家伙儿久久不见林小可来，电话也打不通，担心林小可出事。马卓表面上大大咧咧，但也对林小可不无担心。他找了个借口离开事务所，驱车赶往林小可住的公寓。马卓按门铃无人搭理，于是根据林小可当年设置密码的习惯，输入他们第一次约会的日期，打开了门。卧室里，林小可发着高烧，已经陷入半昏迷状态。马卓赶忙将林小可送往医院治疗。林小可醒来，见是方大伟和人事总监（系女性，前同）守在自己病床前，对他们二人万分感谢——原来，在林小可脱离危险之后，马卓给方大伟打了个电话，要他和人事总监过来关心一下林小可，并嘱咐他们，千万不可告诉林小可是自己送她来的医院，至于原因嘛，他胡乱支吾了个一二三四五，人事总监没什么反应，唯独方大伟半信半疑。林小可担心妹妹的案子，她拔掉吊针，坚持要返回事务所。

事务所员工，除了请病假的杨乐，全部投入林小贝的案子，但大家奔波数日，却没有任何进展。大受打击的林小可强打精神，但难掩萎靡颓废之态。就在这时，马卓无意中发现了林小可躲在卫生间里歇斯底里地发泄，一时很疑惑，不由得留了心。马卓私底下为林小贝的案子奔走，并去看守所见了林小贝，掌握了事发当时的诸多疑点。马卓专门拜访了一位瓷器专家，对方告诉他，目前瓷器市场鱼龙混杂，瓷器造假的手段层出不穷，已经到了以假乱真的地步。他提醒马卓，应该对瓷器的所有碎片进行鉴定，而不是只鉴定一小部分。马卓兴奋不已，立马联系派出所，将所有瓷器碎片都送往鉴定专家那里。数日后，鉴定结果出来了：该青花瓷的底座是真的，而瓶身则是高仿品。官司二审，马卓出具了新的鉴定证明，同时传唤到了制作该高仿品的瓷器工人。官司大获全胜，对方当事人当庭被警察以讹诈罪名拘留，林小贝无罪释放。事务所员工全乐疯了，相互拥抱庆贺。兴奋不已的马卓和林小可，也雀跃拥抱在一起，但待反应过来，大为尴尬。

事务所去酒吧聚餐嗨歌，一是为林小贝接风，二是庆贺林小贝有惊无险。林小贝依旧叫马卓“姐夫”，众人疑惑，马卓和林小可一唱一和，编造瞎话搪塞过去了。多了个心眼的方大伟，趁林小贝单独去洗手间的时候，套出了马卓和林小可曾经是一对恋人、并举行过婚礼的重要情报。方大伟大感意外，捏住了马卓小辫子的他，以此“要挟”马卓，试图将此当作马卓的笑料，却被马卓严重警告他，不许透露出去一丝一毫。众人嗨歌，马卓被推上台，却无意中唱了当年追求林小可时献给她的歌——当年情景再现，马卓和林小可都陷入回忆当中，一时不免神伤。

送走了林小贝，事务所重归平静，杨乐也病愈回来上班。经此一事，马卓和林小可之间的关系，虽然表面上依旧针锋相对，但却起了一些微妙的变化。至于杨乐，对马卓犯了花痴，崇拜得不要不要的，经常让马卓哭笑不得。

为了一件案子，林小可和马卓去某大型卖场见当事人，当事人是该卖场的老总。上电梯的时候，林小可无意中瞥到一位背着孩子的女人在吃力地打扫卫生——正是那名少妇。少妇也发现了林小可，匆匆躲了开去。林小可有些疑惑。等忙完案子，数日后，林小可专门去那家大卖场，堵住了少妇。在大卖场里边的一家麦当劳里，少妇向马卓和林小可哭诉了自己改口的苦衷：原来韩家成在开庭前一天找到她，威胁她必须承认有婚外情且孩子不是自己丈夫所亲生，否则连她对孩子的监护权一并夺走。为了保住孩子的监护权，她违心地配合韩家成做了伪证。马卓和林小可大为震惊。回到事务所，怒火攻心的马卓闯去Victory事务所，当着常莎莎等一众人等的面，狠狠地揍了韩家成一拳。马卓和林小可帮助少妇再次起诉，出具亲子鉴定等若干证据，打赢了官司。事后，马卓和林小可又去见了少妇的公婆，动之以情晓之以理，让他们终于明白：虽然儿子去世了，但孙子还在，他们和儿媳妇始终是血脉相连的一家人。少妇带着孩子搬回了原来的家，与公婆和好如初。

常莎莎一直暗恋韩家成，不善于表达情感的她，终于鼓起勇气向韩家成示好，但由于韩家成内心对林小可有所挂牵，对常莎莎的示好持无视态度。常莎莎通过一定的途径，查出了韩家成、马卓、林小可当年的三角恋情关系，但她压在心里，在韩家成面前装作什么也不知道。而林小可，与马卓接触日深，她内心的微妙变化也日益明显。她甚至有些怀疑，心理医生有可能说得没错儿，自己这么多年一直恨着马卓，有可能就是因为她还深爱着马卓——因为最近，她一再地回忆起与马卓在一起的幸福时光，而且对实习生杨乐一天到晚黏在马卓身边，多少有些醋意。林小可去海边漫步，回忆起当年跟马卓在一起的甜蜜日子，万般感慨。意外的是，马卓竟然也在海边溜达，只不过是跟杨乐在一起。林小可原本没打算说太难听的话，但话一出口，就是对马卓的冷嘲热讽，并嘱咐杨乐长个心眼儿，别碰上个什么当代“陈世美”。

林小可独自去酒吧小酌，有男人试图与她搭讪，她直接将杯中的红酒泼在对方脸上，结果对方围上来三四个人。眼看林小可就要吃大亏，一名年轻酷男出手教训了那几名男子。那名年轻酷男叫萧晗，富三代，继承了父亲的珠宝公司。萧晗开车送林小可回家，并告诉她，她是他见过的气质最为优雅的女人。萧晗碰上了案子，主动来到Justice办事处，点名要林小可代理他的案子。马卓敏锐地察觉到萧晗有可能喜欢林小可，不无借代理案子亲近林小可的意思，于是言行之间颇多敌意。而杨乐，在见到萧晗的那一刻，很是惊讶——原来，她是萧晗同父异母的妹妹。杨乐私下里嘱咐哥哥，要他别暴露自己的富三代身份。

萧晗的珠宝公司设计了一款精美的情侣戒指，要作为2017年的主打产品。然而，就在该款戒指即将推出上市之际，竟然有另一家珠宝公司发布了同款产品，款式跟萧晗公司设计的一模一样，而且对方申请了该款产品的专利权。萧晗怀疑对方公司偷走了自己公司的设计方案，但没有任何证据。林小可接手了这个案子，但她知道，仅凭目前的证据，根本没有打赢官司的可能。林小可私下要求马卓协助自己，马卓本不想答应，但考虑到林小可是担任办事处主任以来第一次独立代理案件，万一输了官司，她的威信就会大打折扣。而对方公司的老总，在得知萧晗公司找了Justice准备起诉自己，立马求到了Victory的韩家成头上，因为他认为只有韩家成，才能对付Justice的马卓和林小可他们。一审开庭，韩家成一方出具的证人证言及相关物证，证明该公司的产品跟萧晗公司的产品没有任何关联，是公司自主研发的，而且以拥有该款产品的专利权为由，要求法庭禁止萧晗公司推出该款新产品——这样的话，萧晗公司就将面临巨大的损失。林小可一方很被动，明知道是对方公司偷了萧晗公司的设计，但却拿不出任何证据。为了在二审中占据主动并打赢官司，林小可和马卓、杨乐等四处调查线索，并调查了设计部的相关人员及其外围关系，均没有发现有效线索。最后，还是马卓透过一些蛛丝马迹，将怀疑目光锁定在了萧晗的女秘书身上，并拿到了该女秘书与对方公司勾结串通偷走自己公司产品设计的证据。二审开庭，林小可很漂亮地打赢了官司，对方公司被判专利无效且需赔偿大笔损失给萧晗的公司。而萧晗的女秘书，则被上海市警察局的经侦科，以商业间谍罪的罪名逮捕了——她为了给患重病的父亲筹集医药费，冲动之下非法向同行公司提供了自己公司的专利资料，最终陷入牢狱之灾。

萧晗邀请林小可、马卓、杨乐去度假山庄玩，方大伟也黏着跟了去。该度假山庄是萧晗公司名下的，集酒店、餐饮、休闲娱乐于一体。五个人中，萧晗黏着林小可，杨乐黏着马卓，方大伟黏着杨乐，而林小可和马卓，关系则是微妙尴尬。他们打高尔夫、骑车、爬山，精擅厨艺的萧晗甚至亲自下厨做菜给大家吃，当然啦，他优待的核心人物是林小可。方大伟看出点意思，鼓动马卓二次追求林小可，不然，林小可就会成为人家萧晗的豪门夫人。马卓始终没有忘记林小可，但只要一想到那沓激情照，一颗心就被针扎一般的疼。方大伟自诩情场高手，给马卓介绍“泡妞三十六计”之类的秘笈。马卓心里烦躁，嘴上却故作无所谓，他告诉方大伟，自己对女人不感兴趣了，他现在只对男人感兴趣。方大伟吓得不轻，以为马卓有同性恋倾向，当天晚上就从和马卓共住的房间搬了出去。马卓无意中瞥见萧晗和杨乐私下起争执，虽然感到疑惑，但没太往心里去。

度假归来，马卓、林小可等人，又各自投入紧张的工作。其间，他们共同处理了一起初中生涉嫌故意伤害的案子。一位女学生学习成绩优异，招致一名学习差的女生的嫉妒，该差生在校期间多次欺负对方。某日，该优等生从二楼教室窗台掉落，导致轻微骨折，而当时教室里边只有差生一个人在内。优等生指控是该差生推自己下来的。马卓和林小可做了大量的调查工作，证明该优等生撒谎，是她自己偷着吸烟怕被人发现，进而摔了下去，又由于该差生一直欺负自己，于是产生了报复心理。马卓和林小可不但帮助该差生打赢了官司，还帮助她们化解了相互之间的敌意。

马卓和韩家成作为各自律师事务所的首席律师，在上海的律师界声誉卓著，而且大家都知道他们两个人不对付。有意思的是，案件双方，只要有一方找了马卓，另一方立马就会去找韩家成，有一方找了韩家成，另一方立马会来找马卓，似乎只有他们两个人，彼此才是律师界旗鼓相当的对手。这不，一名某网络公司的高管起诉自己才新婚一年的妻子骗婚，找到韩家成代理，该高管的妻子就立马找到马卓，央求马卓一定要替自己打赢官司。该高管和妻子由相识相爱到结婚的故事，就像电视剧一样浪漫而精彩：妻子开着一辆破奥拓，无意中追尾了高管的豪车，高管见奥拓车主高挑漂亮且气质优雅，就放弃了索赔，奥拓车主过意不去，遂请高管吃饭……故事就这样发展开来，两人一来二去，就发展成了恋人关系，不久即步入婚姻殿堂。应该说，他们的婚姻是美满的，如果不是一个意外的短信的话。妻子在洗澡，高管无意中看到妻子手机上其闺蜜发过来的一条短消息，闺蜜抱怨自己运气太差，开车追尾了多少次，结果碰到的都是替人开豪车的屌丝司机。该闺蜜不无羡慕高管妻子的运气，说她只追尾了两次，就追了一个有钱人出来。高管一下子懵了，他怎么也没有想到，自己充满浪漫情调的一段恋情，竟然是被精心设计的。原来，该高管妻子花重金请某礼仪公司精心培训了自己，从外形、气质、礼仪等各方面进行全盘训练，最终的目的，是要通过"碰瓷"等形式嫁入豪门和精英阶层。该高管觉得自己的感情受到了严重欺骗，委托韩家成起诉妻子，要求判决婚姻无效且对方无权分割婚内财产，并要赔偿自己精神损失等若干费用。案件开庭，一审时，所有的证据都证明该妻子"骗婚"。马卓提出己方需要补充材料，要求法庭择日再审，法庭同意了马卓的提议。韩家成嘲笑马卓害怕输给自己，马卓嘴皮子上毫不示弱，说自己不管输赢，都对得起作为一名律师的良知和尊严，不像某些人，为了两个臭钱，偷鸡摸狗威胁恐吓什么都干。

案件再次开庭，所有的证据依然对马卓一方不利。不过，马卓巧妙地让该高管变成了自己一方的证人。马卓质询高管，从相识到相恋到结婚，他对妻子的感情是不是真的？对方认可。马卓又问，如果他从始至终都不知道妻子是"碰瓷"骗婚，他是不是会一直爱自己的妻子？对方的答案是肯定的。马卓又问高管妻子，对自己丈夫的感情是否是真的？妻子承认一开始只是想"碰瓷"嫁给对方，后来接触日深，已是真心喜欢上了他。马卓又抛出了一个关键证据：高管妻子怀了该高管的孩子。马卓质询该高管，是否还要继续起诉婚姻无效？高管纠结良久，决定当庭撤诉，与妻子重归于好——因为在马卓的渐次引导下，他终于想明白了：不管妻子最初的出发点是什么，自己都是一直爱着她的，何况她现在还怀上了自己的骨肉。

萧晗对林小可追求日紧，他认为林小可这样的女人，只有用香车宝马接回自己的豪华别墅，才配得上她的美貌和优雅。对此，马卓话里话外，不无讽刺和捻酸意味。有的时候，萧晗单独邀请林小可共进晚餐，马卓会拉着杨乐也去同一家餐厅，故意捣乱。而同一时间，常莎莎也鼓起勇气向韩家成表白，韩家成拒绝。常莎莎恼羞之下，指出韩家成至今还对林小可念念不忘。韩家成一愣，旋即警告常莎莎，他与林小可和马卓等三人的关系，不许她胡说出去，否则不会原谅她。

林小可被萧晗的追求所感动，但她却无法接受，因为她的心理医生说得没错儿，她打心底里还是爱着马卓。而马卓呢，萧晗对林小可的热烈追求，竟然让他昔日的感情如江河湖海般翻腾起来，但是，那沓激情照，却又始终是他心里边的一根刺。方大伟看出了马卓的摇摆不定，于是极力撺掇他与萧晗竞争，这样，他在追求杨乐的时候就少了一个竞争对手。马卓对方大伟层出不穷的泡妞馊主意不置可否，但内心深处，他还是纠结不已，不知道自己到底是不是应该对林小可展开追求。事务所的一班人，利用周末去郊外野营。大家玩得很嗨，唯独林小可和马卓各怀心事。深夜，大家都睡了，林小可睡不着，出去散步，却发现马卓在月光下独坐。两个人遂喝酒，半醉之下回忆当年的大学时光，不免诸多感慨。后来，醉眼蒙眬之中，马卓和林小可竟然钻进了同一个帐篷，相拥而眠。到了次日，马卓和林小可宿醉醒来，同时跳出帐篷，指着对方惊骇大叫。大家不明所以，跑出帐篷问他们喊叫什么，马卓支吾说发现了一条蛇。至此，马卓和林小可之间关系的微妙，又上升了一层。

马卓想离开一段时间，重新梳理一下自己的感情，他觉得不能再在Justice待下去了，否则，自己非崩溃不可。马卓又一次提交了辞呈。这次，林小可没有为难他，同意他先休假一段时间，如果确定要离开，辞呈再生效。马卓收拾东西离开了事务所，杨乐很受打击。方大伟则忧喜参半：忧的是少了一个好哥们；喜的是杨乐再也不能黏着马卓了。而林小可，则内心很复杂，一方面觉得自己有所解脱，而另一方面，又有一丝淡淡的惆怅。数日后，马卓乘坐飞机，前往旅游胜地马尔代夫。

韩家成的无视彻底激怒了常莎莎，但她把怨气全部撒在了林小可身上。常莎莎认为，是林小可的出现，才导致了自己对韩家成感情的失败。她找到当初输了离婚官司的那位公司老总，问他想不想报仇。当初，他的离婚官司由韩家成代理，却输给了Justice的马卓，不但没能达成预定的目的，反而作为过错方，大部分财产被原配妻子分走，并被处以金额相当高的罚款——这口气，该老总一直没能咽下去。在该名老总的授意安排下，常莎莎给Justice的林小可设置了一个巨大的圈套。

数日后，市检察院反贪局、司法局、律协等联合组成的调查组忽然莅临Justice事务所，从林小可的办公室里搜出了10万元现金——有人指控林小可在从业过程中收受贿赂。由于数额较大，且Justice事务所有国际背景，林小可当场就被反贪局的人带走了。事务所上下一片哗然。这件带有丑闻性质的事件，在业界引起了巨大反响，网络、报纸等媒体均做了铺天盖地的报道。正在马尔代夫休养的马卓，无意中看到新闻以后，立马订了当天的飞机票，返回国内。

马卓回到Justice事务所，收回了自己的辞呈，稳定住了事务所的局面。Justice英国总部派来了一名总监紧急处理上海办事处的突发事件，按照Justice英国总部的意见，拟撤销上海办事处。马卓据理力争，一是他相信主任林小可是清白的，受贿一事十有八九系被人栽赃；二是受贿事件不会影响上海办事处的正常运营，他会负责把负面影响降到最低。该总监最后听从了马卓的意见，但只给马卓半个月的时间，如果半个月时间到了，还无法消除负面影响的话，那就只好关掉上海办事处了事。

马卓百分之百肯定林小可是被人陷害的，但一时找不到证据。马卓找了萧晗，让他帮忙找人删除网络媒体上的一些负面帖子。萧晗已经知道马卓是林小可的前男友，对他带有明显的敌意，但在林小可的案子上，他愿意提供一切帮助。由于萧晗找人删帖的作用，网络上暂时安静下来。马卓先后仔细检查了林小可的办公室、公寓等，没有找到有效线索，但却无意中发现了林小可一直服用的药物，以及定期去看心理医生的病历，再联想到林小可躲在洗手间里歇斯底里发泄的古怪行为，马卓终于明白过来：自己当年逃婚的行为，给林小可心理留下了极为巨大的伤害。马卓以代理律师的身份，去看守所见了林小可。谈及当年的那场婚礼，林小可已经能够比较平静地对待。马卓向林小可表示，他会尽全力查明真相，还林小可一个清白。

马卓怀疑是韩家成在背后捣鬼，目的是搞垮Justice。马卓将韩家成约到楼顶，暴力质询对方是否陷害了林小可，韩家成否认。韩家成告诉马卓，不光是马卓一直爱着林小可，这么多年来，他也从没有忘记过林小可，他不可能做出伤害林小可的事情来。

马卓的质询，反而无意中提醒了韩家成。韩家成和马卓一样，他也坚决相信林小可不可能做出违反律师法的行为来。联想到最近常莎莎的反常行为，以及无意中瞥到她和那位输了离婚官司的公司老总私下见面，韩家成意识到，有可能是常莎莎充当了陷害林小可的不光彩角色。韩家成质询常莎莎，常莎莎坚决否认，但善于察言观色的韩家成，已经猜了个八九不离十。就在韩家成纠结要不要把自己的推测告诉马卓的时候，马卓已经查到了有效线索。他通过公司大楼的监控视频，将怀疑目光锁定在了事发前一天一名送快递的人身上——而该快递人员，从那一天送完快递以后，就辞职消失了。马卓找到了那名快递员，动之以情晓之以理，要求他说出实情：那十万块钱，是他送快递的时候想办法放进林小可办公室的。因为林小可被抓，快递员吓得不轻，知道事情闹大了，他答应在开庭那天出庭作证。

林小可的案子如期开庭。检方出具了相关的调查证据，并传唤了被索贿的证人——就是当初输了离婚案子的某公司老总（此处行贿人设置，有待商榷，暂存疑）。但马卓有备而来，在他的质询下，该老总的证言漏洞百出。紧接着，马卓又让法庭传唤了那名快递员。那名快递员承认，是自己受对方的指使，将十万块钱放进了林小可的办公室。该老总否认，但快递员出具了手机录音——原来他偷偷地将该老总的话都录了下来。形势急转直下，马卓又出具了该老总与常莎莎私下见面的若干证据，迫使该老总招认，陷害事件是常莎莎在背后谋划的。有意思的是，该老总怕常莎莎事后不认账，竟然也偷偷拍摄了跟常莎莎见面商量的视频。至此，真相大白，法庭当庭宣布林小可无罪释放；而警方人员则给常莎莎和该老总戴上了手铐，当场拘留了他们两人。后来，常莎莎和该老总分别被判处六个月有期徒刑。

事务所一众人聚餐嗨歌，给林小可压惊。马卓从国外返回事务所、到跟英国总监据理力争力挽狂澜、再到法庭上替林小可洗清冤屈，被方大伟等人夸张地描述成了“大英雄”式的人物，而且这位“大英雄”救的是他们的美女主任。人事总监等有意无意地将马卓和林小可往一起凑，要他们合唱一首情歌。两人推脱不过，合唱了一首，却是当年恋爱时他们最喜欢唱的那首，一时陷入回忆。而杨乐，见此情景，大为吃醋。次日上班，Justice英国总部派来的总监赞扬并肯定了林小可和马卓等人的工作，表示要向总部汇报，给上海办事处予以嘉奖。另外，萧晗单独设家庭宴，亲自下厨，邀请林小可参加。林小可对萧晗帮忙删帖一事表示感谢，但对他的情感表白，委婉地回绝了。

经此一役，林小可对马卓的恨意，已经完全提不起劲来了。周末，林小可回到复旦大学的校园里怀旧，仔细回味当年的甜蜜爱情。凑巧的是，马卓竟然也在校园里边独自晃悠。毫无疑问，两个人的行走路线，就是当年他们经常约会的熟悉路径。但两人强自压抑着内心的情感，都端着，各不说破。

马卓专门抽了个时间，去见了林小可的心理医生。他告诉心理医生，自己有可能患了间歇性躁狂症，需要治疗。但他描述给对方的所有病理症状，都是林小可平时表现的症状。该心理医生给马卓做催眠治疗，马卓在梦境中再现了婚礼那天躲在暗处的痛苦与纠结情境……从催眠后的一问一答中，心理医生明白了马卓就是林小可的前新郎，不禁为这一对情侣深深叹息。

韩家成接了一个奇怪的电话，对方邀他去某工地见面。韩家成去了该处工地，却发现一名血流满面的工人躺倒在地。紧接着，事情就有了戏剧性的变化：有人发现了死者和满手鲜血的韩家成——那是他上前探视死者鼻息时沾上的——随即报了警。韩家成被警方以涉嫌故意杀人的罪名拘留，时过不久即被检察机关批捕，Victory事务所也被警方暂时查封。韩家成向来性格强势且唯“钱”是图，得罪过不少人，他出了事，律师界竟然没有一个人愿意担任他的代理律师。Victory事务所的主任求到了马卓的头上，马卓表示，尽管他多年来与韩家成多有磕碰，但他会接下这个案子并尽自己的全力——因为他是律师，Justice的首席。马卓去看守所见韩家成，韩家成坚称自己没有杀人。马卓带着方大伟、杨乐等，四处走访调查，终于挖到了有价值的线索：一位四处晃悠的摄影爱好者，无意中拍下了死者从脚手架上掉下来的情景——当时的镜头中出现一个黑乎乎的影子，他没有太在意，直到照片洗出来，才发现是一个人掉了下来。韩家成涉嫌故意杀人案开庭，马卓利用自己调查到的证据并传唤那位摄影爱好者以及其他相关证人，证明死者是从脚手架上一脚踩空，自己掉下来摔死的，韩家成无罪。韩家成当庭被无罪释放。事情还没有完，三天后，该工地的幕后老板浮出水面——他竟然是民工讨薪案的那位当事老总。当初，韩家成代理了该老总的劳务纠纷案，代理费用不菲，一审官司赢了，到二审时，遇上了马卓，该老总输得一塌糊涂。该老总对韩家成心生怨恨，正好碰上一名工人摔死了，他担心再次惹上官司，于是安排人设计将韩家成诳到了工地，将韩家成诬陷成了杀人凶手。众目睽睽之下，该老总被警察戴上锃亮的手铐，押走了。

这次被自己曾经的委托人栽赃陷害，对韩家成的震动很大。他开始反思自己这许多年来的所作所为，尤其在代理案件的过程中，他为了高额律师费和打赢官司，不惜采取一些违规甚至打法律擦边球的手段——现在回想起来，他干的那些事情，明显有违律师的职业道德和行业准则，也给一些案件当事人带来了巨大的损失和痛苦。韩家成意识到，自己多年来一直追求的“金钱至上”目标是错误的。再来携重金要求韩家成打昧心官司的当事人，韩家成一概果断地拒绝——他需要重新给自己的律师生涯定位。

韩家成邀请马卓在酒吧小酌，感谢他在危急时刻为自己出头。酒过半巡，两人回忆起大学时的诸多趣事——在林小可出现之前，他们俩可是肝胆相照的铁哥们啊。经此一役，马卓和韩家成两个人都开始反思自己，也开始反思他们俩的关系，一时诸多感慨。当韩家成问及马卓当年和林小可分手的根本原因时，马卓心情灰暗，不愿意多谈。后来，马卓喝醉了，韩家成送他回公寓。临近离开时，韩家成无意中发现了那沓林小可与别的男人在一起的激情照片，很是震惊。疑惑之下，韩家成带走了那沓照片。

马卓和林小可都有些控制不住自己的情感，他们又重新陷入了当年热恋时的那种情绪：看不到对方的身影时，会烦躁不安；萧晗来找林小可，马卓会吃醋，时不时找茬儿去捣乱；杨乐黏在马卓身边，林小可心里不舒服，会找机会给杨乐穿小鞋……诸如此类。但事实是，两个人都端着，且嘴上一个不饶一个，磕磕碰碰是常事儿。这让深知内情的方大伟越看越糊涂。这期间，萧晗加大了追求林小可的力度，这让林小可的感情有些摇摆不定。她依然去看心理医生，但在催眠治疗过程中，恐怖的那些梦境已经没有了，取而代之的是与马卓在一起的甜蜜回忆。

一个女人来到Justice事务所，要求马卓代理她叔叔在美国的一件案子。该女子的叔叔姓鲁，叫鲁克强，早年移民到了美国，是美籍华裔，在美国没有家人，孤身。二十年前，鲁克强借给自己的好朋友一笔钱，且数额较大，几乎是他全部的身家。但是，到了约定还款的日期，该朋友一拖再拖，就是不还钱。有一次，鲁克强喝醉了，上门去讨债。两人起了争执，且厮打起来。

再后来，鲁克强就因厮打加酒醉昏了过去。等他再醒过来，人已经被关在警察局里——他涉嫌谋杀自己的好朋友，因为在案发现场，警方找到了该朋友的一只断手。美国检方依据该只断手，起诉鲁克强谋杀罪名成立，被判以二十年有期徒刑。鲁克强整整坐了二十年大牢——由于喝醉了酒，他始终无法回忆起当时的具体情况，一度认为自己真的在醉酒后杀死了自己的好朋友。二十年后，鲁克强出狱了，已经老态龙钟的他在公园漫步时，竟然意外地碰到了那位好朋友，被警方推断已死二十年的人——当然了，他的一只手只有半截手臂。鲁克强明白了，是自己的朋友为了逃避债务，忍痛砍下自己的一只手，嫁祸给了自己。鲁克强悲愤之下，冲上去掐死了自己的那位朋友。于是，鲁克强再次以涉嫌杀人的罪名，被美国警方逮捕。由于鲁克强在美国已经没有了亲人，他远在大陆的侄女来找马卓，希望他们能去美国，代理自己叔叔的这桩案子。

马卓接手了鲁克强的案子。但难度是显而易见的：一是要去遥远的美国，二是面对的是向来以执法严谨著称的美国检方，三是英美法系和大陆法系又有着很多不同。马卓需要组建一个强大的团队，林小可算一个，但还需要一个熟悉英美法系的律师。林小可建议韩家成，马卓不置可否。马卓心里其实明白，韩家成是他组建这个跨国律师团队的最佳人选，但鉴于多年来两人之间的恩恩怨怨，他根本抹不下面子去求韩家成。林小可明白马卓的小心眼，趁马卓不备，抢过他的手机给韩家成发了个邀请短信。韩家成回了电话，马卓只好硬着头皮顺着林小可编的短信往下说。马卓、林小可、韩家成约在一家咖啡厅见面，马卓在林小可的诱逼下，硬着头皮邀请韩家成帮自己去美国代理鲁克强的案子。韩家成犹豫片刻，答应了。

马卓、林小可、韩家成三人赴美，调查了鲁克强新、旧“杀人案”的所有卷宗，走访了大量的证人，并在美国历史案件中查找与此案相类的判例。数日后，鲁克强案开庭，马卓、林小可、韩家成轮番上阵，与美国检方展开了舌枪唇剑的辩论。最后，马卓以“我的当事人不能因为杀死同一个人，而被判两次入狱”的论点，赢得了大部分陪审团成员的认同。紧接着，传来了受害者在医院被抢救过来的消息。陪审团讨论结束，法庭宣布鲁克强无罪释放。马卓、林小可、韩家成等人欣慰不已。鲁克强罹患癌症晚期，要求侄女带自己回中国，他希望在自己死后，能被埋在祖国的土地上。

回国后，马卓、林小可、萧晗、杨乐、方大伟等人的微妙关系，依旧错综纠结。反倒是韩家成，彻底放下了对林小可的情感，而且与马卓前嫌尽释，重归于好。韩家成去监狱看望了常莎莎，然后又找了一家关系不错的私人侦探所，要求对方找机构秘密鉴定一下那沓林小可的激情照——正是他从马卓公寓顺手带走的那一沓。

林小可再次去见心理医生。心理医生告诉她，曾经有个年轻人也来做过催眠治疗，他描述的所有病理症状，都与林小可当初的病理症状一模一样，而且更为巧合的是，那个年轻人也曾遭遇过一场失败的婚礼，他因为某种原因躲在了暗处，眼睁睁地看着婚礼现场孤零零的新娘子，痛苦地一根根揪扯着自己的头发，也是守了整整三天三夜……林小可立马反应过来：是马卓！她的一颗心起伏澎湃，她再也不能欺骗自己了，她始终深爱着马卓，当年是，现在也是。林小可跑出心理医生的办公室，驾车在大雨中飞驰，驶向马卓的公寓。林小可下定决心，要在当天晚上主动向马卓表白。她不愿意再等了！她再也不愿意失去马卓了！

马卓公寓门口，林小可怀着激动的心情按响了门铃。过了片刻，门开了，不是马卓，却是披着浴巾、半裸着身子的杨乐来开门。杨乐愣了，林小可也当即懵在那里。林小可糊里糊涂地离开了马卓的公寓。

萧晗准备了豪华的求婚仪式，心灰意冷的林小可答应了他的求婚，马卓大受打击，但他强自忍着内心的痛苦，祝福萧晗和林小可两人。婚期将近，马卓经常以酒浇愁，杨乐看在眼里，心疼不已。韩家成对最终形成的这种结果，也是惋惜不已，但又无可奈何。

萧晗与林小可的婚期如期举行。此时，杨乐已经表明了与萧晗的兄妹关系，她在帮助林小可试装的时候，告诉林小可，她那天晚上之所以在马卓的公寓里洗澡，是因为他们出去调查案子碰上了大雨，马卓给了她公寓的钥匙，让她自己去洗澡并换一身干净衣服，其时，马卓根本就不在公寓里边。虽然杨乐很喜欢马卓，但她不愿意看着马卓和林小可两个人都痛苦。杨乐告诉自己未来的嫂子，如果她实在不愿意嫁给自己的哥哥，还可以拒绝。林小可内心翻腾，但事已至此，她也只能接受现实，成为萧晗的新娘子。

几乎在同一时间，韩家成载着马卓去见一个人，正是五年前马卓结婚那天，打电话将马卓约出去的那位同学——他刚刚从国外回来。韩家成将那沓激情照片及某鉴定所的鉴定报告摆在桌上，转身离去。马卓有些发懵：鉴定报告上说，那沓照片是电脑PS合成的。那位同学向马卓道歉，当年，由于太嫉妒马卓和林小可两个人，于是PS合成了那沓激情照片，没想到会给他们两人带来那么大的伤害。马卓悲愤之极，挥拳打了那位同学，而对方，一声不吭，默默地承受了那一拳头。

街道上，马卓向前飞奔，他要去萧晗的婚礼现场，抢回自己的新娘子。韩家成驱车驶至，喊他快上车。马卓跳上车，韩家成驱车飞驰，一路惊险超车闯红灯。到了举办婚礼的酒店，马卓跳下车，向酒店内冲去。

酒店内，新郎萧晗牵着新娘林小可的手，优雅地向前走着，一众宾客欢呼庆贺。林小可眼中含着一丝犹豫，她有些不安，不时地回头去看酒店门口——其实，她的内心越来越没有底，不知道自己到底应不应该完成这段婚礼。就在这时，马卓气喘吁吁地冲了进来，他大声地说："对不起，新娘子是我的！"一众宾客包括萧晗、林小可、杨乐、方大伟等人在内，惊讶地看着马卓。马卓当着众人的面，向林小可真情告白，他说自己来迟了，整整来迟了五年，他说自己太傻……他问林小可，还愿意跟他走吗？林小可顿时热泪盈眶，使劲地冲马卓点了点头。马卓向林小可奔去。林小可向萧晗说了声"对不起"，也向马卓奔跑过去。两人紧紧地拥抱在一起。稍顷，马卓牵着林小可的手，朝酒店外飞奔而去……失落的杨乐抱着萧晗的胳膊，叫了声"哥哥"，同样失落的萧晗，冲自己的妹妹无可奈何地摊了摊双手。

之后就是一段甜蜜的日子：海边，公园，大学校园，电影院，马卓公寓，到处都是马卓和林小可秀恩爱的身影。一份整整迟到了五年的爱情，虽然历经波折，但终究修成了正果。而杨乐，在短暂的失落之后，接受了方大伟的各种"蛊惑"，尝试着与他约会。常莎莎刑期满了，当她走出监狱大门的时候，韩家成等在外边。韩家成告诉常莎莎，如果她暂时没地方去，他可以把自己的公寓租一半给她，租金打五折。常莎莎一动不动地看着韩家成，稍顷，她的嘴角一弯，露出一丝笑容。韩家成冲她张开双臂，常莎莎跑过去，和韩家成拥抱在一起。常莎莎忍不住放声大哭。韩家成轻轻地拍打着她的肩膀，像在安慰一个受了莫大委屈的小孩子。

……

如果可以，这个故事就暂告一段落。

作者简介：

铁翎，作家、编剧。原名陈建云。1979年生人。中国作家协会会员、中国民主促进会会员。著有长篇小说《静水流深》《官票》《官脉》《官道》、电视剧本《灰雁》等，另参与编剧电视剧、电影项目若干。曾获中央政法委原创剧本奖、青岛市网络文学奖、深圳市曲艺创作剧本奖、上海根元素原创影视故事征集奖，著作入选中国出版协会文学好书榜、新浪中国好书榜、开卷全国新书销售排行榜等。现居甘肃。

有亲戚自远方来（30集）

◆钱 珏

——是亲戚，更是家人

浦江、外滩、弄堂口、咖啡厅、梧桐树荫、东方明珠——这是极速运转的上海，也是颇具小资情趣的魔都。每个人都怀揣着梦想、行色匆匆，佟忆也不例外，对她来说今天可不是一个普普通通的工作日。

医院的更衣室里，挚友凌兰送上两颗大猪心，给在心内科当住院医生的佟忆练习手术操作。看着被精心捯饬过的猪心和上面插着的蜡烛，佟忆这才想起今天是自己的二十九岁生日，可男友程一楠却出差在外。

视佟忆如亲生女儿的周蕾姨妈等在医院门口给佟忆送来生日礼物——一个海归高富帅，她不允许佟忆跟山西农村的凤凰男程一楠在一起，佟忆执意拒绝，正与周蕾拉锯时，程一楠竟出现在三人面前——这是他给佟忆的生日惊喜。高富帅绅士离去，周蕾愤愤甩手。小情侣手拉着手，去了平时一直舍不得去的高级餐厅，餐厅里响起了他俩约定的婚礼上播放的曲子，但是佟忆没有等到程一楠的求婚。回到家中，母亲周晴送上亲手编织的手套。母女俩非常温馨。周晴是喜欢一楠的，但她依旧提醒女儿婚姻是两个家庭的结合，一定要慎重，千万不能重蹈自己的覆辙。程一楠本来准备好了求婚的永生花，但事实是周蕾的论调让他产生了不自信，他没勇气拿出准备好的戒指，山西老家的姐姐程岚和妹妹程芸发来视频祝贺，听闻没有求婚，姐妹俩比程一楠本人更不甘心。

日子像往常一样平静。学校里，一直在系里承担行政工作的程一楠终于可以任课，但是被行政大姐泼了冷水，提醒他工资会更低，而且马上要新来一个从美国麻省理工学院（MIT）毕业归国的高富帅。而医院里，佟忆在职称评定综合排名获得了第一。高兴的佟忆来到程一楠的出租屋想与他庆祝，却意外发现了永生花。程一楠不愿说出心里的疙瘩，两人闹起了别扭，房东却在此时出来捣乱，程岚和程芸竟然意外出现，赶走房东，还拿出母亲的祖传黄金老货撑场面，助攻程一楠求婚成功。

“毛脚女婿”这就得上门拜访未来岳母周晴。周晴提出要与程家父母见面。两家人盛装出席，饭桌上风起云涌，刀光剑影。买房子、彩礼、婚宴等一桩桩现实问题摆上台面。程家用诚意打动了周晴，本不肯松口的周蕾，看着贫穷却朴实的程家，她心软了，只希望佟忆能真正幸福。终于，双方敲定，程家出首付买房，小两口一起还贷；不收彩礼，佟忆陪嫁一辆代步小车；而婚宴两头办，上海西式，山西中式。

四个家长带着程一楠和佟忆开始了看房之旅。小情侣回到当初相识故地，看中了一套二手房，房价却超出预算。周蕾以周晴的名义暗暗垫了钱，程一楠认真地写下借条。程一楠妈妈王玉芬催他去领证，但是一楠不断推脱直到新房过户完毕，房产证批下——原来，房产证上只署了佟忆一人的名字，这将算作佟忆的婚前财产。程一楠自觉能力有限，这是他能给佟忆的最大保证，佟忆深受感动。名正言顺的小夫妻，搬进了简陋平淡的出租屋，却情意融融地度过了新婚之夜。

凌兰提醒佟忆不要张扬结婚的消息，一定要瞒到评职称之后。然而副主任还是得到消息并从中作梗，科室晋升了资历浅、水准一般的男医生，而没有聘已婚未育的佟忆为主治。佟忆没有把坏消息告诉程一楠，她和凌兰难得能准时下班一聚，不胜酒量的佟忆一杯倒，微醺地带着凌兰去看自己的新房子。没想到，空房子里竟然有人。凌兰直接打了110，未曾想竟是乌龙——那是程一楠在上海装修公司打工的舅舅王玉成。佟忆觉得差遣亲戚做工不妥，但是因为其他公司报价太高就接受了舅舅。开工后鸡飞狗跳，两家人都远程指导舅舅。

另一头，佟忆和凌兰一起去看婚纱，看着佟忆换上婚纱娇媚的样子，凌兰很为好友开心也有些羡慕。但是佟忆被一个电话紧急召回医院，有个心衰病人要抢救。治疗需要一大笔钱，病人的哥哥表示回老家筹钱，但一去不回。

问题一个接一个，新房装修不仅跟佟忆设想的不一样，隐蔽工程出了大问题，必须延期，赶不上婚宴，同时婚礼预定的婚庆公司老板卷款跑路，婚礼怕是办不成了。病房里出了新闻，病人的哥哥在筹钱回程途中遇车祸去世了，临终捐献心脏给弟弟。佟忆看着这一幕心里很复杂，打电话给程一楠却没有人接。佟忆来到新房，看到了趴在地上拼地板挥汗如雨的程一楠和王玉成。而新房的样子也按照佟忆心仪的模样在改进。两人冰释前嫌，一切又可以好好进行下去了。在上海精致的小洋房花园，一场小型温馨的婚礼顺利办完，夫妻回到出租房看到了佟建伟送的子孙桶和房东阴阳怪气的祝贺，一楠用大红包赶走了房东，二人沉浸在幸福中。新房的装修终于完成，在上海奋斗这些年，两人终于能够搬进属于他们的小家。

搬新家的日子正值八月末，一楠和佟忆忙里忙外，希望能在一楠的学校开学前安置好一切，可总归有些仓促。妹夫沈军路过上海，热情主动帮忙搬家，程芸也跟着一起帮忙，搬完之后，程芸拿出程岚亲手绣制装裱的乔迁大礼——一幅浮夸的平遥古城刺绣，佟忆当场笑弯了腰，几番感谢后送走了妹妹和妹夫，新家这便算归置清楚了。二人打起生活的小算盘，虽然倍感压力，但是对未来充满了信心和憧憬。

翌日晨，王玉芬给一楠打来视频电话要看看新家，电话那边的王玉芬笑得朴实灿烂，佟忆赶紧把塞在沙发后面的古城刺绣徒手“扶”上了墙，高兴之余，王玉芬的一席话让气氛跌至冰点，彼时让小夫妻的山西婚礼间接打了水漂的二表姑心里一直过意不去，正巧他的大儿子铁头带着老婆和儿子在杭州玩，顺便来上海为婚礼的事道歉。表哥表嫂道完歉想顺便去迪士尼玩一圈，夫妻俩把主卧让给亲戚，还准备和他们一起去迪士尼，安慰自己权当是降级蜜月。

学校。一楠在办公室遭逢了前些时日周蕾要介绍给佟忆的高富帅——宋宇锋。而这正是行政刘大姐口中的MIT博士。好不容易等来的任课机会，就这样失之交臂，想着还要去找佟忆一行人的一楠只能调整好情绪，直奔迪士尼而去。

这趟迪士尼之旅把一楠和佟忆折腾得苦不堪言。到家时已经半夜，佟忆在被窝里揣着手机算着白天的开销，将近五千元——这个月又超支了。佟忆委屈巴巴地钻进一楠怀里，一楠掏出他在迪士尼悄悄给佟忆买的小礼物——

一支可爱的唐老鸭扭扭笔，哄着她睡觉。佟忆虽然累，可心里却甜甜的，她得天天带着这支笔，记账、写病历，都用它！

送别表哥一家的这天终于来了，小夫妻两人都很忙碌。佟忆早早去到医院，去火车站为表哥一家送行这项任务便落在了一楠一个人肩上。临出门前，匆忙中两个熊孩子不小心打破了一楠送给佟忆的永生花，一楠来不及收拾家中这一地残局，匆匆关门离去。终于在熊孩子们的尖叫和哭闹声中，这一场上海之旅就此落幕。

佟忆在医院也并不顺意，副主任总是逮住一切机会对她阴阳怪气的，他认定这种小女生不学无术，都是靠着巴结、色诱领导才得以上位。佟忆心里憋着一股气，她最大的愿望就是争取一次手术台上操刀的机会，向所有人证明自己！

下班时分，程一楠手里捧着一束花匆匆回家，却发现一地狼藉已经被收拾好，只是佟忆心情低沉，一楠好一番道歉，第二天，二人逛了花鸟市场，带回家一些多肉，佟忆的心情才终于好了一点。一楠提出想和佟忆拥有一个真正的三口小家，可考虑到两人现在的事业仍不稳定，又想到刚走的混世熊孩子，佟忆不禁一阵反感，敷衍跳过这个话题，便以丢垃圾为由回避了。小区垃圾站前，佟忆遇见了母亲周晴，体贴的周晴带着一束新鲜的百合花、一盅热腾的腌笃鲜，和一碟糟凤爪来看两个孩子。

深知女儿心的周晴看出佟忆的小情绪，耐心开解二人。三人同桌吃饭，佟忆却意外接到了公公程富森的电话——这通电话是程富森绕过一楠，特意打给佟忆的。原来一楠的大伯程富林要在儿媳妇倩倩的陪同下来上海求医。程富林曾在一楠一家最为困难之时落井下石，眼下却因多年来舍不得花钱看病，慢性胃炎终是发展成了胃癌，逼不得已才来找一楠帮忙。一楠对此态度坚决而冷漠——绝对不可以来！不管！不知缘由的佟忆对程一楠的态度表现出了极大的不满，两人又起了新的矛盾。

在送周晴回家的路上，周晴劝慰一楠，希望一楠能够和佟忆分享心事，不要一个人承担。程一楠独自回家时再次接到父亲程富森的电话，父亲程富森劝一楠帮助大伯，一楠勉强同意。大伯到了上海，对没被安排在家、住在酒店心有不悦，一起来的儿媳也没有眼力见儿，吵着好不容易来上海一趟，要好好玩一遭。佟忆负责任地着手给大伯安排挂号看诊事宜。学校里，女生宿舍，富二代女生洛雯雯丢了一个笔记本电脑，没人承认，也没有线索，一楠伤脑筋，但是忘年交老院长却鼓励自己。另一边，儿媳倩倩带着程富林去到网红店只顾自己玩，根本不关心程富林。佟忆为了挂号抢到紧张的床位，找借口夜班，天不亮就去排队，一楠去探班撞见之后，心疼又气愤，换下佟忆自己排队，尽管如此，等到的也只是走廊上的一个床位。

程富林终于入院，他脾气大要求多，不听医生的治疗安排，经常从医院消失，儿媳妇也不见人影，心疼佟忆的周蕾跟程富林唇枪舌剑。程富林偷喝了半斤白酒，病情突然急剧恶化，经抢救后住进了ICU。此时，他的儿子、一楠的堂哥程飞才姗姗来迟。看着高昂的治疗费，竟责怪一楠和佟忆多此一举。纵然如今狼狈，可当年在老家时，程富林一家也风光一时。佟忆费尽心思在医院做的安排被说得一无是处，堂哥的态度更令一楠反感，于是他甩出一沓子账单，所有程富林的医药费、伙食费、住宿费都是佟忆垫付的，不要废话，老子欠账儿子还钱，没钱就打欠条！

诊断结果终于出来了，程富林的癌症无法手术，但幸运的是可以通过靶向药治疗，五年存活几率很高，但费用在二十万元上下。佟忆全心全意劝说程富林接受治疗，但是程富林一家连夜从医院跑了，只留下空荡荡的床位和未缴清的医药费。

一楠心中气愤，赶去火车站，终于在候车室的角落里找到了大伯。大伯放弃治病想把钱留给孙子，而且儿子儿媳让人心寒，他反而羡慕兄弟有一个好儿子，一楠虽然气不过，打了堂哥耳光，但是他也没有足够的能力带大伯治疗。佟忆安慰他，我们只是普通人，不必太苛求自己。佟忆查了资料，希望大伯在老家治疗，还能省钱。一楠也巧妙地解决了女生寝室的问题，让洛雯雯心存感激。佟忆那边却因副主任在会议上讽刺她违背医院规章制度，这个月的绩效奖金没了。刚结束会议，佟忆接到派出所的电话，要去领爸爸佟建伟，佟建伟因为搭讪了别人的老婆，跟人打架被碰瓷了。佟忆心生不悦，这个早早离开她和妈妈的男人，除了惹麻烦，什么都做不好。

理清了佟建伟的烂摊子，佟忆心力交瘁回到家，却发现周蕾已经在家中等着她。周蕾说自己别墅里的水管爆裂，家里淹了，要来暂住几天。王玉芬把大伯的医院费转给佟忆，佟忆想转回去但是被周蕾拦住，王玉芬又因为佟忆没有转回来，心里不是滋味。翌日，学校，一楠在学校的表现让系主任刮目相看，佟忆终于还是把钱转回了王玉芬的账上，王玉芬心里开心，到处跟人夸儿媳真好。

周晴劝姐姐周蕾住到自己那里，不要太过打扰小两口的生活，但是周蕾不听劝。周晴和周蕾分开后，周晴带上水果糕点去探望佟建伟的母亲解荣花，佟建伟极少来看望她，倒是周晴这个前儿媳还记得每个月来看她一次。周蕾没有周晴那般佛系，一天不搞点事情似乎就浑身不得劲。周蕾把小两口家里的家具和窗帘换了，一楠虽然有些情绪，但是调整好心态去解决了周蕾水管漏水的问题，周蕾搬走。

小两口正在厨房忙活着，新的麻烦又来了——程一楠的姐姐程岚的儿子马远程丢了！眼下正值深秋，艺术学院的校考时间将近，小马要来上海追求他的歌星梦，一楠生气要把他送回山西，佟忆却支持小马的梦想。因为一楠和姐姐程岚的感情深厚，所以还是给小马找了声乐老师，但他的天赋不够，夫妻二人不断鼓励小马。不仅如此，佟建伟不知道怎么也认识了马远程，也支持他的梦想。小马没有坚持上声乐课，反而想通过选秀成为大明星，但是也失败了，他坚信自己失败的原因是长相，所以他盘算好要去做整容抽脂手术，之后一定能在艺考中一展傲人风采。

与此同时，一楠远在山西老家的爸爸程富森突然告病危。王玉芬赶忙给一楠去了通电话，让他和佟忆带着小马火速回老家，见上程富森最后一面。父亲程富森因为肾病熬了大半辈子，这次身体真的不行了。家里王玉芬悉心照顾着，一楠来到父亲床头，看到儿子，程富森松了口气，说自己想再去平遥古城看看。一楠、程岚、程芸陪着父亲来到古城。一路上，四人回忆过去。古城桥上，程富森感慨他让一楠去大城市发展是最正确的决定，也交代着和亲戚邻里的小事，恩情债务都细细列清，同时把他微薄的积蓄给一楠，让他送给大伯程富林去看病、做手术。王玉芬在家里做程富森最爱吃的腌菜，佟忆在一旁默默帮忙，一楠三兄妹带着程富森回来，程富森在踏进家门的一瞬，微笑着离开。

一楠作为家里唯一的男丁，撑起整个葬礼，报丧、搭灵棚、置办物品、安排家人，一切井井有条。

之前跟一楠有过小矛盾的表哥王海涛和表嫂也来灵前鞠躬，守灵夜大伯哭着赶来，一楠把父亲的嘱托托付给程飞。小马玩游戏发泄心中的伤心。灵前，小马低声给姥爷唱着自己最拿手的歌，几捧黄土掩埋了骨灰，墓碑立起。丧礼流水席上，远近亲戚坐满一院子。儿子出息，葬礼办得风光。城里媳妇一言一行得体大方，亲戚邻里都竖大拇指。王玉芬挣足了面子，喝了一杯又一杯，拦也拦不住。

程飞和王海涛都过来敬一楠，兄弟三人共同举起酒杯，三人达成共识，以后要一起把家撑起来，互相帮衬。席上，小马发现倩倩整容变美了，倩倩跟小马各种安利，小马内心一动。

丧礼结束。家中，王玉芬递给程芸一个老旧的饼干盒，里面竟是程富森攒下的程芸从小到大用过的小物件，作为老幺，程芸从来都是家里最被忽视的一个，成绩优秀的她为了供哥哥上学，只念到高中。这一刻，她意识到自己在父亲心中的分量，泪如雨下。

乡村的天黑得很慢。一楠得以有时间带佟忆到处走走，看看他儿时生活过的地方，只剩他和佟忆两个人时，一楠终于卸下了扛了数日的铠甲，流露出最柔软的一面，他对佟忆轻轻道："我没有爸爸了。"说罢痛哭出声。佟忆挽着一楠，温柔安慰。

夜里。佟忆和程岚、程芸两姐妹睡在一张炕上。程芸说着过去那些温馨质朴的往事，佟忆听着，只觉温暖动人。两姐妹有一肚子关于孩子的经验说给佟忆听，虽然佟忆有自己的考虑，但是没有打破这温馨的气氛。

灯下，王玉芬解答了一楠关于父亲对大伯嘱托的不解，一楠理解了父亲，往事一幕幕浮上心头，他明白，以后自己就是家中的顶梁柱，要更加努力奔事业，不辜负家庭。

佟忆和一楠提出带王玉芬回上海散散心，王玉芬动容却并没有答应。返沪前，王玉芬单独找到佟忆，塞了一包土方子给佟忆，快快添个孙子是她现在唯一的心愿。另一边，程岚的农家乐中，小马趁舅舅一楠和妈妈说知心话之际，偷走了母亲的银行卡要去整容。佟忆来到程芸家，程芸向她展示自己的养兔事业。程芸借了十万块钱做起养兔事业，佟忆佩服程芸的勇气和坚强。

出发的日子到了，表哥王海涛和表嫂开着七座商务车来送一楠、佟忆，一楠、佟忆很是感谢。路上，四人颇为沉默。到了车站，表哥和一楠下车，互相点了根烟，之前的不愉快一笔勾销。

回到上海，学校里，程一楠之前递交的医疗人工智能系统项目申请报告没有通过，因为他资历不够，宋宇锋主动提出帮忙挂负责人的名。医院里，同一科室的主任医师秦睿说起自己这两天要上一个心脏搭桥手术，佟忆终于获得上手术台的机会。佟忆和凌兰一起在食堂吃午饭，并跟她讲述这些天的情况，凌兰希望佟忆保持乐观态度，永远不受亲戚困扰之苦，凌兰也为有一个对中国爱得深沉的老公的弟弟感到自豪。

饭后，佟忆刚要去诊室，却被突然出现的小马拦下。小马来医院咨询整容的事，佟忆当场拒绝，小马表面上听了进去，内心早已下了决心。

当晚，佟忆没有喝下一楠用土方子熬的药，她跟一楠郑重讨论孩子的问题。二人观点无法统一，为此闹起小情绪。令佟忆没想到的是，妈妈和姨妈都站在一楠那头，鼓励佟忆要孩子。

这边，小马虽然在程岚和佟忆那里碰了钉子，却早就做好了万全的准备——他在网上物色好了一家“物美价廉”的小诊所。

正在上班的一楠在自己的人工智能项目申报书上写上了负责人：宋宇锋，决定排除万难，继续研究。这时却接到医院打来的电话，一楠大惊，火速起身离开。

一楠佟忆飞奔进抢救室，小马因手术感染正在里面抢救。情急之下，一楠情绪失控，口不择言，认为此事可能跟佟建伟有关。接到电话的程岚火速赶到上海，冲进病房，看到已渡过危险期却被包扎得如木乃伊一样的儿子，放声大哭，想打他又下不去手。

一楠怀疑小马的事儿与佟建伟有关，佟忆跟佟建伟确认，佟建伟坚决否认，但是也问了无良诊所的位置，说自有打算。佟忆跟一楠解释清楚，但是一楠却冷淡地认为这件事跟佟忆有关，两人爆发激烈争吵，佟忆委屈，一楠同时也后悔自己刚才太冲动了。

第二天，一楠和程岚去小诊所讨说法，却发现早已人去楼空，无奈之际，社会人佟建伟背着手出现，说他已经发动他的人脉找到了这家店老板的居住位置。

通过上次的手术，秦医生认可佟忆的能力，愿意提携她加入一个先心病伴肺动脉高压的孕妇病例小组，上这个高难度的手术，佟忆感激不已。二人讨论工作之余也不免谈起家中琐事，这都被路过的程岚看在眼里，心中暗暗嘀咕。几日后，得知黑心诊所老板已被抓，且小马的整容钱被追回后，佟建伟得意地去医院看望小马，谁知竟在医院门口偶遇同样去看小马的周晴，程岚觉得二人很莫名其妙。

小马恢复得很快，程岚不必再陪夜，时常回家。程岚不满佟忆在家不做饭，主动教她，佟忆水平有限，加上程岚有意无意的刁难，气氛比较尴尬，佟忆被秦睿医生一个电话召回医院。程岚跟一楠抱怨佟忆跟秦医生走得太近，一楠信任佟忆，让姐姐不要胡说。一楠知道最近佟忆受了不少委屈，便买了小龙虾外卖去看佟忆，但是佟忆不断提起秦睿医生，一楠泛起醋意，佟忆从未见过一楠这样无理取闹，两人不欢而散。

深夜，佟忆加完班回家，一楠、程岚已经睡下，佟忆便在餐桌旁，拧开小灯翻阅病历资料。辗转难眠的程岚有点心疼辛苦的弟媳，也觉得自己的话确实有点过分。

第二天，医院里，小马已经可以下地自由走动了，程岚在照顾小马期间，也不断地了解了佟忆的付出，本想也给佟忆送饭，但是其间听到副主任对佟忆的诋毁，以及佟忆和凌兰对秦医生的夸赞，她又开始怀疑起来，在看到照片墙上帅气的秦医生后，她更觉得事情不简单。

一楠利用休息时间，陪着姐姐和小马逛上海、参观学校。另一边程岚假称自己要回家，实则已动身去医院“侦查”，决心要拿到佟忆和秦睿的出轨证据。她贸然闯入办公室，却发现是个误会，这让秦医生很难堪，也让道歉的一楠和佟忆非常尴尬。

回到家，一楠脸色难看，直接让姐姐回家，程岚自知有愧，只能默默掉泪。一楠回想起和姐姐的往事，曾经的一切历历在目，一楠虽不满姐姐的行为，却不知道该如何面对程岚，他不能怨，但也无法主动说出原谅。

车站，一楠把程岚和小马送到进站口，默默无言，程岚让弟弟别怨自己，自己给他丢人了。一楠不知如何回答，小马却悄悄在一楠耳边劝道：“我搞定我妈，舅舅你要主动搞定舅妈。”回到家之后，佟忆已经提着行李箱要离开，他挽留不成。

一楠在单位满面愁苦，唯一让他欣慰的是医疗AI的对话功能已被开发出来。宋宇锋要送包给喜欢的方莹莹，也给在情感困境中的一楠支招。下了班，一楠去商场看包，价格差点晃瞎眼。这时凌兰打来电话兴师问罪，二人约在商场咖啡厅见面。一楠带着包去找佟忆，受到周晴的为难，虽然进门吃了饭，但是佟忆不愿意回家也没有打开包。一楠沮丧至极，独自返家。

第二天，佟忆来到医院，得知秦睿让他退出小组的消息，副主任此次更是变本加厉，直接将佟忆从小组里除名。受尽委屈的佟忆找副主任理论不成，忍无可忍把副主任长久以来的不公对待都说出来了，副主任哑口无言。晚上，佟忆下班，被周蕾开车带回自己家，佟忆被阿姨怂恿上去看看一楠在做什么，无奈的佟忆一到家就撞见一楠在跟他研制的智能系统对话，一楠像找到了发泄口一般，不停说着。而这一切都被身后的佟忆听个正着，佟忆觉得自己长久以来的理解和宽容并未换来同等的懂得和体谅，这是一个巨大的信任问题。两人面面相觑，一楠不知所措，佟忆失望离去。

佟忆不愿再回母亲那里，打电话给凌兰，凌兰的老公正好出差，凌兰邀请佟忆去家里凑合一晚。两闺蜜喝着小酒，互相排遣。凌兰酒后吐真言，她拒绝了公务员父母对人生的所有安排，和家里保持距离。首次得知凌兰过往的佟忆很是感慨也很心疼，但坚强的凌兰却觉得都是些陈谷子烂芝麻。凌兰告诉佟忆，一楠在她面前一次都没有问起秦睿的事，这足以证明他深信着佟忆。佟忆被触动了。

一楠下定决心，来到医院。他主动找到秦医生，郑重道歉。但是秦医生摆出一副公事公办的样子，一楠从未这样求过一个外人，在门外已目睹一切的佟忆突然走了进来，她不卑不亢地看着秦睿道“秦医生我接受任何处罚，你随意，再见”，语毕，拉起一楠的手直接走出办公室。医院大门外，佟忆直接扑到一楠怀里，二人紧紧相拥。

回到家，佟忆煮了程岚做好的面条，一楠在那幅红彤彤的“国色天香”下工作，二人一起吃面条，一片温馨。

周末之夜，一楠和佟忆、凌兰和Jermaine、宋宇锋和刚交的女友方莹莹在酒吧搞起了年轻人的聚会，Jermaine的中国通表弟David也加入。佟忆和方莹莹背着各自老公和男友送的新包，几个人谈笑风生，而宋宇锋却似乎情绪不佳。趁方莹莹去卫生间的时候，宋宇锋跟佟忆说，方莹莹背的包是假的，她应该是把送的包卖了，把钱接济给赌债高筑的弟弟了。

医院办公室，副主任看到抖音上复合型疾病孕妇发的佟忆给自己诊疗时的视频，短短几天点赞已经到了十万加，评论上千条，影响颇大。也因此，副主任不得不重新让佟忆回到案例小组，因为患者怀孕的风险很大，佟忆除了每天要和秦医生、凌兰讨论方案，还要给半路杀出来的患者婆婆解答问题。另一头，游戏公司电脑前，一楠高超的打游戏水平让来游戏公司实习的学生连连叫好，作为一楠的同学，公司老板已连续数年邀请他来公司任技术总监。一楠说出自己目前正在进行的医疗AI项目，恐怕真的是分身无术，老板叹口气表示，如果有一天他想为自己活了，就来公司。一楠笑笑，没答应，也没拒绝。

周蕾生日在即，夫妻二人想给姨妈一个别致的礼物，但在生日当天的饭店中，周蕾的老公却没露面，只托服务员送来了一张银行卡，气氛瞬间凝固，周蕾强颜欢笑。回到家，看到佟忆和一楠忙活的成果，花园比之前要茂盛，小兔子活蹦乱跳的，周蕾听到丈夫发来的小三又怀孕的微信语音，面无表情地关掉手机进屋了。当晚，夫妻二人谈起姨妈唏嘘不已，一楠再次提起想要孩子，但是佟忆依然没有下定决心，一楠沮丧。

复合型疾病孕妇手术在即，孕妇坚持遇到危险一定保孩子，孕妇婆婆对媳妇的关心和付出，以及新生的小宝宝，这都让佟忆心有触动。凌兰也一脸羡慕地注视着孩子。佟忆看出凌兰对孩子的喜欢，劝她早点生一个。可凌兰却欲言又止。

奶奶家，一楠帮奶奶摆弄、调试各种电器网络，佟忆则照例为奶奶清理过期药品并讲解各类慢性病药品的服用方法。奶奶拿着笔记录，一楠告诉奶奶可以用语音输入来控制手机。奶奶摇头，说自己根本讲不好普通话。一楠当场受到启发，决定回头要给智能系统加上一个至关重要的功能——识别方言。吃饭间，奶奶问什么时候要小孩，佟忆二人说孩子在计划中，奶奶让两人抓紧。晚上回家，佟忆熬了玉芬给的偏方，但还是没能喝下去。

转眼春节将至，上谁家过年永远是难题。佟忆提出不如一起旅行过年，带上周晴和王玉芬，四个人一起去海南三亚避寒。医院的工作繁忙，佟忆直到年三十才能休息。一早，一楠、佟忆和周晴便在火车站等着带着大包小包、各种特产和自制饺子的王玉芬，谁料遭遇安检通不过，飞机又不断延误，最后四人耗到晚上，在除夕夜来临时，四人拿出王玉芬带来的饺子和其他吃食，围坐在一起共享这一顿狼狈的年夜饭。

几经辗转，四人终于抵达三亚，这一趟旅行注定是“不平凡”的。周晴是知书达理的城市女性，有着自己独立的精致生活，而王玉芬出身农村，尝尽了风霜，两人观念相差之大，实在少不了摩擦。无论是合住酒店的王玉芬的呼噜声还是一大早去景点打卡，或者因为不愿被宰回到旅馆吃泡面，都让这个旅途热闹而充满温馨。

旅行结束了。一楠和佟忆将王玉芬送回了老家。春节假期，凌兰也并没有回老家，跟着老公上了游轮在海上漂了七天，亲戚视频会议时想让凌兰收养亲戚家的孩子，凌兰不胜其烦，索性关机。

这趟辛苦的旅行让一楠得了重感冒，但开学竟有好消息。系主任通知一楠正式担当专业主课教师，而他研发的智能语音医疗服务系统提案也顺利加入学校的AI科研组。一楠极其珍惜这个机会，带病上课但藏掩不住喷嚏和咳嗽。学生们喜欢一楠的课，对一楠有好感的洛雯雯每天都为他泡一杯好茶。一楠提醒她不用这样，洛雯雯却依然我行我素。

为了春节旅行，佟忆换了好几天班，假期结束便得加班补上，忙得脚不沾地。两人经常一个早班，一个通宵夜班，面都见不到，都靠给初具雏形的智能机器人留言，一个讲着山西话，一个讲着上海话，别有一番甜蜜。

年关没过多久，正是回城找工作潮，一楠的舅舅王玉成来到上海，想找到一份好工作。王玉成是个老实淳朴的乡村男人，在程家困难时帮衬了不少。而今妻子过世，女儿也上了大学，想着能趁着还有气力时多给女儿挣点嫁妆。一楠和佟忆商榷后，决定将他安顿在书房里。王玉成十分感激，知道自己给外甥添了麻烦，从不打扰二人的生活，每天早出晚归，可却被周蕾撞个正着，要不是佟忆劝着，早就撵人了。王玉成的打工之路就是不顺遂，最终反倒是他自己找到了工作——送外卖。不是冤家不聚头。王玉成送外卖和去酒店的时候都遇上了周蕾，周蕾渐渐觉得，这个人，土是土了点，但也还算勤恳踏实。一来二去，周蕾对王玉成产生了些许好感，两个人谈起地下恋来就像一对小年轻，周蕾作，王玉成就哄，吵吵闹闹，分分合合，却也断不开。

王玉成找工作这事尘埃落定。更大的麻烦却来了——佟建伟带着他和第二任前妻的女儿找上门来了！口口声声说这是佟忆的妹妹，叫作佟童，希望一楠接收她。

佟童本跟着远嫁的妈妈去了国外，可她宁愿回国找不靠谱的爸爸，也无法接受老外继父。佟建伟不敢找佟忆，直接去学校把佟童扔给一楠后就消失了，无奈一楠只能把学校工作交给宋宇峰，先带佟童回家。但是幸运又凑巧的是，国外名校领导来参观实验室，宋宇锋的表现受到了对方负责人的认可，并要求他赴美进修，好在宋宇锋仗义推辞，告知对方项目核心人是程一楠。佟忆回到家看到佟童，听一楠说了来由之后要去找佟建伟，但是不忍把佟童留给那个不靠谱的人，无奈还是留在自己身边。

佟忆带着佟童去看奶奶，场面有点尴尬。佟童羡慕有人疼爱的佟忆，这种羡慕夹杂着敌意，她想和姐姐对着干。佟忆也不知该怎么与妹妹相处。两人的尴尬都是靠一楠在斡旋。一楠仅仅是出于长辈的关心，却收到佟童爱的宣言，他很惊讶但不敢告诉佟忆，不断开导佟童，必要时躲着她。不知内情的佟忆还以为一楠不习惯家里多个小姑娘，还想办法让他们更亲近些。一楠有苦说不出。

一晚，佟忆在医院值夜班，佟童化了妆，换上了暴露衣服，竟然直接“勾引”起一楠，再次表白，一楠实在接受不了，一时冲动给了佟童一个耳光。冷静下来的一楠严肃地拒绝了她，希望佟童能够对自己负责，先学会爱自己。

可佟童一个字也听不进去，只记得那一个巴掌，伤心不已，于是在网上和陌生网友袒露心里话，竟觉得遇到了知心人，决定一个人去酒吧见见这个网友。中途不忘给一楠发短信，说明自己在酒吧喝酒。不料她的酒里被下了药，她在失去意识前拨通了通讯录里第一个电话号码，电话那边是刚下班的佟忆，佟忆飞奔到酒吧救回了佟童。佟童积累已久的心结终于爆发，佟忆也倾倒出内心深处的积怨，两人哭着拥抱在一起，逐渐释怀。

又到了去看望奶奶的时候，其他人都在忙，佟童便一人前去，却发现奶奶倒在地上，佟童马上打电话叫救护车，把奶奶送去了医院，一楠、佟忆赶来，医生说老人家时日无多，治疗没有意义，还是回家好好度过这最后一程。倔强的奶奶不让任何人照顾，坚持回到自己的老屋，一楠把研发阶段的智能语音服务机器人安装在奶奶家，不靠谱的佟建伟搬去照顾母亲，但是在奶奶一次午睡的时候，溜出去打牌，奶奶又进了医院。

奶奶在医院急诊的救治下脱离危险，但已经倒在了病床上无法自理。一楠和佟忆把奶奶接回了家。佟童吃惊地发现奶奶睡觉的时候还要穿好整套的内衣，原来她生怕睡梦里突然没了还要给其他人添麻烦。倔强的奶奶早早照好了遗像，安置好了一切。奶奶唤来亲人，立下最后的遗嘱。她身无余财，摘下玉镯子和金耳环分给佟忆佟童，只给儿子留下一句“好自为之”。她要佟忆和一楠答应，不做抢救。奶奶特地感谢一楠，说自己很喜欢那个机器人，它不仅会提醒她吃药，竟然还会说笑话。机器人听到奶奶的指令，又开始说冷笑话。大家都笑，笑着笑着眼中都含着泪。

这天，正是中美联合项目会议时间，一楠比平时晚上班，在家检查了最后的准备工作。佟童在卧室尖叫，原来，奶奶在睡梦中已经失去意识，进入弥留。一楠赶忙打了120。然而，救护车迟迟没来。一楠背起奶奶夺门而出，直往医院跑，全然将学校的事抛在了脑后。

学校里，所有人都在会议室等着一楠，他却迟迟未到，外国来访的领导们摇摇头，把这个机会给了宋宇锋。

一楠背着奶奶冲进医院，奶奶却已在一楠背上离开了人世。赶来的佟忆质问一楠，为何不谨守承诺，完成奶奶不做抢救的愿望。一楠哭着道歉，看到亲人离开，他无法理智对待。一楠更深刻地明白亲人之于他的重要，父亲、大伯、奶奶的形象不断萦绕一楠脑海，之前一直悬而未决的最终的AI制造方向在那一瞬间成形——他要做一个有温度的机器人。

葬礼操办得简单朴素，佟忆和一楠忙前忙后。葬礼上，不着调的佟建伟竟号啕大哭。第一次，佟忆和佟童一人一边握住了他的手。佟建伟、周晴和佟忆终于坐下来吃了一顿饭。过去都让它过去吧。佟建伟向前妻和女儿说出了迟到多年的道歉，他现在要努力做一个好爸爸。佟忆在这一刻终于解开与父亲多年的心结。一句“爸爸、妹妹，再见”尽在不言中。

宋宇锋获得出国进修的机会，约一楠喝酒。一楠心里五味杂陈。宋宇锋直言一楠心肠太软，总被这些小事羁绊，能成大事的人心都要狠。一楠虽然遗憾，但还是不苟同这套说法。聊完了事业，一楠问起宋宇锋的恋爱，宋宇锋只说在谈着，并未再多说什么。

经过上次的复合型病人一事，佟忆在医院渐渐收获了大家的信任和赞许，渐渐有了大医生的风范。然而副主任对这一切依然挑剔。直到这天，副主任门诊还没结束，竟脸色苍白倒在了诊室里。佟忆为其检查，发现副主任的心脏病已很严重。佟忆惊讶于副主任主动让自己为他主刀，又感动他对自己的信任。手术台上一切顺利，然而临近手术结束时，佟忆突感异样，咬牙坚持到最后，终于昏倒在地。醒来时，佟忆先询问副主任的情况，得知一切顺利，舒了口气。这时凌兰风风火火赶来，告诉佟忆怀孕了的消息。佟忆又惊又喜。

一楠把好消息告诉了母亲。王玉芬让本来要在清明和一楠一起回老家扫墓的佟忆哪儿也别去，等扫墓结束，玉芬和一楠就一起回上海来照顾她。王玉芬搬进了小房间。周晴每日来看女儿，周蕾也时不时前来“走班”。家里一时间热闹非凡。

宋宇锋短期进修归来，一跃成了学校最年轻的副教授，并把从国外学习来的知识一一告知一楠，帮助一楠继续完善AI医疗项目。一楠真心感谢并祝福，但心里难免有些失落。而宋宇锋给出了请柬，他要闪婚了。一楠惊讶新娘的名字不是之前一直谈的女朋友。豪华的婚礼现场上，宋宇锋告诉一楠，这是家人给他介绍的对象，对两家人来说，这都是一次完美的缔结。一楠明白，这就是他和宋宇锋不一样的地方。宴席上，他紧紧握住了佟忆藏在桌下的手，十指相扣。

佟忆的孕检报告出来了，怀的竟是双胞胎。一瞬间，一楠竟忘了喜悦而焦虑起来，他得赚更多的钱支撑起这个家了。细心的佟忆发现了一楠一闪而过的犹豫，心里咯噔了一下。连玉芬都看出了两人之间的不对劲，提醒一楠多照顾佟忆的情绪。道理都明白，但看着工资单，一楠怎么也放松不下来。眼看智能系统越来越完善了，但它怎样产生实际的效益，一楠却一筹莫展。一楠找到大学同学，同学尖锐地提出这个机器人对老人和病人责任重大，牵涉医院、康复、社区等等，很难商业化，还不如把核心技术用到模拟职业体验的网络游戏上去。一楠无法接受网游上童颜巨乳的卡通医生形象，离开了同学的游戏公司。

自从怀孕，佟忆还是坚持上班，但玉芬坚决不再让佟忆吃医院食堂，每天早上五点起来给她做午饭，让她带着去单位。佟忆和凌兰在医院发现一个被抛弃的女婴，患有先天性心脏病，后经抢救转危为安，凌兰和这个孩子很有缘分，凌兰给她起名字叫棉棉。

产检中，佟忆的血压不稳定，有初期的妊娠高血压的倾向。凌兰分析，孕育双胞胎是产生高血压的很大因素，接下来的孕期风险很大，为此提出减胎建议。佟忆没有把这个消息告诉任何人。佟忆找到凌兰，表示还是想保住两个孩子，凌兰劝佟忆多为自己着想。凌兰在佟忆一再恳求下答应保密，但一旦情况恶化，必须通知家人，甚至停止妊娠。

不明就里的众人喜气洋洋地为即将到来的宝宝添置物件。小床终于搬进了小房间，佟忆心中欢喜，血压指标也逐渐接近正常。王玉芬忙里忙外，偶然间发现了周蕾和王玉成的地下情，但在一楠的劝说下忍住了。凌兰和老公打算领养棉棉，开启一家三口的幸福生活，这却让老家的父母大为光火，但凌兰和老公主意已定，谁也不能阻止。

周家人和程家人围绕宝宝的姓氏开始争吵。周蕾指责佟建伟，孩子要姓周，王玉芬骂周蕾勾引弟弟，周蕾气急败坏说出了房子首付的真相，这打击了一楠的自尊心。这里战事正酣，突然程芸那边打来电话哭诉着传来噩耗，原来是妹夫在跑运输时撞死了人，那家人不仅要沈军坐牢，还要他赔偿八十万！沈军为多赚点钱疲劳驾驶，酿出车祸。出事地点正好是监控盲区。面对交警的问询，老实胆小的沈军承认自己似乎睡着了两秒钟，坐实了交通肇事罪。

程芸带着女儿赶来，她忙着处理各种事务，年纪小小的遥遥留在家里乖巧得令人心疼。一楠为了沈军的事到处奔走，终于找到行人闯红灯的证据，沈军的全责降到了半责，免去牢狱之灾，可八十万的民事赔偿对程家来说依旧是个天文数字。对于一楠，如果说程岚像是半个母亲，那么程芸这个一直在家里存在感最弱的妹妹，则是自己要守护的亲人。王玉芬、程岚、周蕾和王玉成、久未出现的堂哥甚至是不靠谱的佟建伟都尽自己所能帮忙凑钱，众人凑了五十万，离八十万还有很大差距。

周晴叫来佟忆和一楠商量，周晴提出卖掉自己的房子，一楠死活不同意。佟忆反复思量后提出，可以卖掉他们的新家。一楠无法接受妻子卖房解决自己妹夫的问题，一口拒绝了。一楠打算把AI系统卖给大学同学，但是被系主任劝说，他帮一楠申请了国家项目，这个系统只有政府支持才能发挥最大功效。一楠感激，但陷入了巨大的苦恼，系主任嘱咐他一个男人要勇于承担正向的责任，也要有胆量承担愧疚与亏欠。一楠直面问题，从自己嘴里说出了卖房帮助程芸的决定，请妻子和丈母娘原谅。佟忆和周晴都红了眼睛。大家一起去了房屋中介。佟忆佯装高兴，用各种理由安慰一楠，一楠脸上笑着，心里五味杂陈，他恨自己无能，自家的麻烦竟要佟忆来承担，他还不起周蕾的人情，也照顾不好即将到来的两个宝宝，一时间跌入谷底。

老院长韩若山发现一楠糟糕的状态，主动找他谈话，韩若山没有直接安慰他，而是说他已经辞职了——韩若山还有一年退休，在众人眼里德高望重的老院长，在最后关头主动请辞，一辈子的荣誉化为乌有，老院长谈笑间仍然淡然，一楠看着老院长，渐渐觉得明朗，他要把生而为男人的尊严靠自己的努力打拼回来，他要守护他和佟忆的小家，他要扛起自己的责任。

与此同时，一直爱慕一楠的洛雯雯约他见面，向他表白，可一楠一字一句认真地告诉她，他很爱自己的妻子。一楠打开电脑，把AI机器人系统的外观设置成佟忆的模样，声音也运用佟忆的嗓音，并趁着佟忆生日将其展示给她看，佟忆知道自己没有爱错人。然而，情绪一直不稳定的她突发高血压，智能机器人联系了急救车，佟忆进了病房准备手术，情况危急。

程岚连夜赶了过来，床前床后帮着伺候。一辈子坚强的王玉芬也在背地里偷偷掉泪，她主动找到凌兰要求减胎。听到凌兰说早就过了可以减胎的月份时，她表示只要保证儿媳的安危，孩子今后总能要。那个之前被拉黑的表哥送来了偏方，程富林也快递来了平安符，这一瞬间，一楠似乎回到了那个家中火灾后重建的那个冬天，而如今这些亲人们正围着病床上的佟忆，目送着她被推入了手术室。能来的亲戚都来了，熙熙攘攘塞满了产房外的走廊。凌兰推开门神色紧张，子痫，异常凶险。这一刻，所有人异口同声——“保大!”终于有惊无险，佟忆诞下两个男孩。王玉芬高兴得手舞足蹈，周晴喜极而泣，一楠拉着佟忆的手哽咽了!

佟忆回家的那天，家人亲戚们全程护送，气势宏大。一屋子人，横七竖八打着地铺，有点动静就紧张得纷纷起身，全都守护着佟忆和孩子。永生花放在了柜子最显眼的地方。机器人不时唠叨着科学育儿的各种提示。佟忆虽在月子中，但却屡屡收到曾医治过的患者发来的祝福信息，康复病房里的副主任也给佟忆的朋友圈点赞评论，令佟忆倍感温暖。

王玉芬、周晴、周蕾三个年过半百的女人坐在一起，拿出各自的拿手小菜，聊聊半辈子的过往，不胜唏嘘。三人终于理解彼此，把酒言欢。

一切尘埃落定。

王玉芬回到老家；周蕾和王玉成忙着恋爱；程芸和沈军依然奔走在路上；程岚的农家乐越发红火；马远程考上了心仪的大学；佟童和佟建伟一个学着怎么做好女儿，一个学着怎么做好爸爸，吵闹却也过得温馨。凌兰突然决定趁调休带着棉棉和老公回了趟老家看望父母，一家人终于坐下吃了顿团圆饭。佟忆问起原因，凌兰只说不知为何，只是有一天给棉棉喂奶时，忽然想起了父母小时候陪伴自己的场景；宋宇锋继续拼搏事业……一楠和佟忆终于能过上幸福的小日子了。正想着，门铃响了——门外一位大妈拖着一麻袋行李，风尘仆仆，她操着一口乡音笑着自我介绍道，自己是王玉芬的远房表姐的堂弟的姑姑，照顾孩子可有经验了，王玉芬特意找她来帮忙呢……

作者简介：

钱珏，上海戏剧学院副教授、著名编剧。代表作：《东宫》《白领公寓》等；中央电视台百集儿童系列剧《文学宝库》编剧（合作），获得1998年飞天奖特别奖。

海鹦（30集）

◆ 孙静波

茫茫戈壁，丛丛沙枣树。葱翠的芦苇，团团簇簇生长在鱼湖的绿洲上。湖水轻轻拍打着堤岸。

两只类似海鹦的体形硕大的鸟儿飞掠湖面。鸟儿的鸣叫清脆、激越，它们矫健地在开阔的湿地上空盘旋、翱翔。

夜色朦胧中，唐渠水在静静地流淌。

唐渠边，有一排下乡知青住宿的土坯房，东西走向。土坯房是丁字形的。一横排三间是寝室，每间住四人，竖形的三间是餐厅、厨房和贮藏室。

一阵急促的敲门声，把崇光从梦中惊醒。“文革”开始后的一年，附近的造反派更加嚣张，前几天他们就带走了一个知青，还有几个人徘徊在知青宿舍附近，不知道打什么主意。所以，崇光晚上也不敢睡死，尽量保持警惕。

崇光急忙起来开了门。进来的是两个人，一老一少，老人是知识分子模样，戴着眼镜；女的长得很清秀，很年轻。

老人对崇光说：“我是朔方医学院老师，姓夏，因不受造反派指使去用药害人，被造反派追杀。”他指指那位年轻姑娘，“她是我女儿夏雨，黄河艺术学院学生。”

崇光一听，马上把夏老师和夏雨分住回家知青的房间。靠近厨房的一间，当时住着四个女知青。

崇光又把夏老师带的一只瓷缸，放在房前几十米远的岔道上。

半小时后，一路过来的造反派，他们看见前面有一只瓷缸，捡起后，看到上面“朔方医学院”的字样，就转向左面小道，急速追去。

第二天一早，天还黑沉沉。夏老师及夏雨来向他告别。

夏雨看到知青桌子上有很多书，包括文学、物理、俄语、英语等书籍，这给她留下了深刻的印象。

夏老师给崇光留下家址。

崇光走出门，要送父女俩，被夏老师阻止。崇光目送他们消失在夜幕中。他知道夏老师阻止送行，是为了避免他俩事牵连到自己，同时也是为了不让任何人知道他们行踪，这关系生死。

第二年的夏天。

太阳从雾气中冲出来，从枝条婀娜多姿的柳树林中升腾起来，露出了红彤彤的脸蛋，太阳把它的万道金光洒落在塞上原野。雾气中细小的水分子，被阳光折射得闪闪烁烁，晶莹透亮，互相友好地缠绕着，碰撞着，像活泼好动的孩子，在嬉戏玩耍。公鸡的啼声，响彻了唐渠边的小树林。

崇光推开厨房门，提起屋内的铅皮桶，准备到唐渠边去提水。昨天提的另一桶桶中的水，已所剩无几了。

这时，他听到库房里传来的婴儿的啼哭声。

他进去后，发现存米的木柜子上有一个蓝布包着的婴儿。

他小心地抱起婴儿，来到自己的房间，放置炕上。

他慢慢地揭开布包，见是一个女婴，皮肤粉红色，眉清目秀，见了崇光，马上停止了啼哭，露出了甜甜的微笑。崇光用手托起她脖子上用一条红丝绳穿着的晶莹剔透的海鹦玉石。

婴儿穿的红襁褓里有一封信。

信中写道："崇光，请你做孩子的养父，你是可以信任的。快送海鹦去顾金花处，见了孩子脖子上的玉石，她会知道怎么做。她是海鹦的乳母，也是我的朋友。谢谢！"信没有落款，也没有时间。

崇光看了后，非常激动。他不假思索，用蓝布包好婴儿，抱着她向顾金花家走去。

正在哺乳自己儿子的顾金花，听见院子里崇光的叫唤声，把孩子放在炕上，走出房间。

顾金花看着崇光递给她的信，马上把女婴抱进房内，解开外衣哺乳她。顾金花看到婴儿脖子上似曾相识的海鹦玉石，轻轻地抚摸着，意味深长地笑了。顾金花知道这是夏雨的孩子。她与夏家感情深厚，曾得到夏老师的救治，又与夏雨交好。夏雨把孩子托付给顾金花，是再好不过的决定。

在顾金花的身边，躺着一个胖嘟嘟的男孩。

顾金花婆婆过来，招呼崇光，让崇光在家里吃早饭。

崇光："我脸还没洗呐。"

说完，他跑回宿舍，进行洗漱。

大娘送来了馍馍和热腾腾的粗粮粥。

崇光："谢谢大娘！"说完就吃起来。

崇光扛着铁锹去出工，青年男女跟他开玩笑，说他当爸爸了，那孩子的娘是谁呀？看孩子长得这么漂亮，那孩子的娘一定是个大美女啦……

崇光脾气好，胸襟大，性格内向坚毅，听着他们善意的调侃，只是笑了笑。

隆冬季节，夏雨从大坝附近的一个村庄治病回来，路过大坝火车站，等候去凤城的火车。

在站台上，夏雨看见不远处崇光和朱烈英两人在一根粗壮长木料前争执，都坚持要扛粗硕的那头。最后，还是崇光坚持把重的那头扛在肩上，朱烈英无奈跑过去扛细小的那头。顾金花曾经在给夏雨的信里提到过，崇光在这里打工是为了多挣钱养孩子，夏雨今天亲见这一幕，心头一阵发热，眼泪从眼眶里渗出来了。

夏雨后来知道，不管是烈日酷暑，还是狂风凛冽，每天都有几节甚至几十节空火车皮停泊在火车站整装待发，一节火车皮吨位最大装60吨货物，最小也要装30吨货物，仅有8个人，要求在一个小时里装货完毕，这是常人难以承受的繁重体力劳动，这要求人要有无比坚强的意志和非常强健的体魄，才能承受这样的磨难和考验。他是为海鹦的抚养费才出力挣钱的。

每每在深夜醒来，夏雨想起大坝车站这些画面，都会禁不住眼睛湿润。

一天崇光干完农活返回宿舍，见房中被翻得十分凌乱，一只木箱也被撬开了锁。崇光正疑惑不解，三四个青壮年就冲进来，手执钢鞭，气势汹汹地问他，"你反动老子是不是有一卷图纸被你带来？"崇光十分茫然，回答说不知道。这几个人轮流用钢鞭抽他，崇光冲出房间，他们又追到外面，用钢鞭连续不断地抽打崇光。后来被下工路过的生产队长和社员劝阻。

有个中年人在不远处观望着。

夏雨闻声后，急忙从县城买来消炎药、纱布、消毒棉，托顾金花帮崇光治疗。

在养伤的日子里，崇光回想起父亲在他去西北插队时的叮嘱：“孩子，北方矿产勘察及开采设计图是爸爸毕生的心血，对国家有用，一定要保护好……”崇光十分疑惑：难道父亲在动乱中，把他长期勘察设计的图纸藏在我的那个大木箱里？夜深人静的时候，他悄悄敲打那只木箱，果然听到了木箱内有夹层的声音。他决定在合适的时间，把夹层打开，看看里面有没有图纸。

新来的知青春兰向崇光提及，希望由她带回崇光父亲设计的北方矿产勘察设计图。崇光认为时局未稳，现在开箱寻“宝”为时过早。他秘密地将木板箱移到另一个更安全的地方。

崇光按夏雨给他的地址找到了夏雨。夏雨父母还在“五·七”干校接受“劳动改造”。崇光提出让海鹦到凤城来上小学，住在夏雨家。

夏雨同意了。夏雨虽然不能告诉海鹦她们的真实关系，但是以“姑姑”身份和海鹦生活在一起，她已经心满意足了。夏雨找了父母亲，父亲也同意。母亲认为对夏雨不好，怕人议论。之后父亲给母亲做思想工作，母亲同意，但要求海鹦上初中去校寄宿。有人在背后议论孩子，说孩子的嘴唇、脸庞、眼睛极像夏雨。

夏雨母亲也问丈夫，孩子像不像自己的女儿？但母亲认为小孩子不像崇光，不太可能是她女儿和崇光性爱的结晶。崇光也常去教授家看女儿，并送上孩子的生活费，但遭教授婉拒。教授风趣地说：“我认孩子为外孙女儿了，到时候孩子不跟你，你可不要后悔呀……”

崇光为了多挣钱，常在星期天和假期到火车站卸货、做苦力。

巨大的赤金色的落日真是太美了。

海鹦开始在小木屋里练习钢琴。

今天，海鹦练习的是法国音乐家萨蒂的作品，曲子是《田园曲》，姑姑每天会把作业安排好，她会认认真真地学习。

海鹦知道，这是姑姑度过童年、少年的地方，见证了她的勤奋、刻苦，也有她被每天夕阳映照的美好的理想和快乐。姑姑弹奏过的德彪西、莫扎特、贝多芬、瓦纳格的钢琴曲，都是海鹦练习的钢琴曲谱。

夏雨每天下班，进入院子，都会在院子里静听海鹦的练习曲。她会从音符里分析她弹奏的准确性和力度的细微变化。

夏雨确信海鹦有超乎寻常的音乐禀赋，更应该进行严格的训练。

一次，矿业公司王经理看了海鹦演出，注意到夏雨也在现场。夏雨正高兴又满目关爱地和海鹦说着什么，突然瞥见王经理，眼神瞬间变为恐惧、惊慌又夹杂着憎恨。夏雨赶忙带着海鹦走远。王经理若有所思，之后派人调查，确定了他的猜测——海鹦是他女儿。王经理认为海鹦有才华，夺回这样的女儿可以发大财。

王经理在唐渠边买了一幢别墅，正在装修。

这时正是海鹦放暑假的时候。

海鹦与几位同学在唐渠学游泳，不慎被湍急的流水冲走，生命垂危。恰巧被旁边装修房屋的王经理看见，他不假思索就跃入水中把海鹦救起。

海鹦被送到医院，因被水所呛，肺部严重受损，医院提出了20万元高额治疗费。王经理以“父亲”名义，付好了这笔巨款。而这些，夏雨一点也不知道。她还托媒体、警察、同学寻找这位好心人。

海鹦非常感激这位好心人，托见过他的医生、护士找到他，让他见见这位救命恩人。当海鹦的肺部疾病基本康复的时候，爱唱歌的她，走到安静的医院小花园中悄悄练唱，感到自己声带、肺部情况，又可以登台演唱了，暗暗高兴。

这时，年轻漂亮的碧莲来到她身边，她是本市有名的“花儿”歌唱家，是市歌舞团的艺术指导。她把海鹦刚才唱的那首歌曲重唱了一遍，并指出了海鹦刚才演唱时的几个毛病，这让海鹦十分钦佩。碧莲是王经理委托，利用自己的特殊条件，协助王经理打赢夺女战争。

碧莲之所以这么做，是因为她演出了由崇光创作的剧本《迎春的花儿》，对崇光产生了爱意，但是崇光的心思都在夏雨母女身上。她很愿意帮助王经理把海鹦从他们身边夺走，更愿意以接近海鹦的便利，见机行事窃取“北方矿产勘测设计图”或者打听有用情报，来讨好投资人王经理。

碧莲陪海鹦来到一家星级宾馆。到了一家名为“红莲”的餐厅，海鹦见到一位中年男人，正目光炯炯地注视着她。

海鹦认出他就是在自己溺水时，勇猛地跃进湍急的渠水，在生命垂危之际，把她从水中推上大坝，让她死里逢生的人，禁不住泪水泉涌，叫了一声：“叔叔……”

王永健高兴地回答："嗳。"

碧莲笑着说："你俩很像，定有前世因缘，海鹦，你可以叫王经理爸爸，你爸爸是个大企业家呀，这家饭店就是他开的。"

海鹦腼腆地点点头。

王永健注视着海鹦，心里十分高兴。孩子康复了，白嫩的脸上泛着红晕，明亮的眼神闪烁着纯净聪慧的光芒，张口时雪白的牙齿长得十分齐整，嗓音又那么甜美悦耳。他心里洋溢着喜悦和激动。感到这辈子最大的造化也许就是有这样一个可爱可亲的宝贝女儿。

王永健想夺取的另一个宝贝"北方矿产勘测设计图"一直下落不明。原来崇光早已用加密的图纸把真正的设计图调了包，这些牟取私利的"黑心老板"即使找到了加密图纸，也无法破解。真正的矿藏设计图已经被藏到最安全的地方，之后将会实现它真正的价值，造福全社会。

宴席上，碧莲说，《迎春的花儿》经过专家评审决定上演。该剧反映三代"花儿"演员的命运和经历，第三代的角色准备让海鹦来演，请王经理投资100万元，经理爽快地同意了。海鹦十分高兴。

海鹦出院后，在家休养，并开始读剧本，十分刻苦勤奋。她把自己准备出演剧中主角的事告诉了夏雨，夏雨和全家都为海鹦高兴。

后来，剧本上演成功，并在全国戏曲汇演中获奖。海鹦一举成名，媒体频频前来采访。歌舞团想把海鹦接纳到团里当专职演员，夏雨同意了。

市歌舞团艺委会上，委员之间在剧中A角人选上有分歧意见。艺委会部分人支持潘青，因她父亲是文化部门领导，他们怕支持海鹦而遭到报复。有部分人支持海鹦任A角。这时，碧莲因没有从海鹦身上得到"北方矿产勘测设计图"的信息，再加上夏雨阻碍了她追求崇光的路，心存报复之恨，向潘青透露了海鹦的真实身世，说王永健参加造反派组织时，奉命追杀夏雨父亲夏教授，他们抓住逃命的父女后，王永健见夏雨长得秀丽，要挟夏雨与她发生关系。夏雨为救父亲，无奈应允。夏雨后来怀孕了，生了龙凤胎，女儿叫海鹦，儿子叫海帆。

青年演员潘青，一次舞台上搬道具时，借故骂海鹦为"野种"。

潘青还对三个扛道具的青年演员说："我爸帮你们解决了生计问题，现在有'野种'要与我争A角，你们该怎么做，不用我教你们了吧？"

男演员甲马上冲着海鹦说："野种，你也想与潘青争A角，真不知天高地厚！"

男演员乙："不知哪头驴养的，你能上舞台已是上上大吉了，还想与潘青争主角，太不自量力了吧！"

有个胆小老实的男演员，在潘青严厉的眼神逼迫下，低声对海鹦说："海鹦，退一步海阔天空，你还是主动与团长去说说，当个B角或群众演员吧……"

海鹦满脸通红，眼神充满了愤怒和屈辱，她狠狠放下手中的铜钹，拔腿就走下舞台，走出市歌舞团的大门。

海鹦受辱后出走。

海鹦泪别养育她的生产队，偷偷地看着乳母和曾与她一起生活、玩耍的小哥哥胖胖，没有与他们当面告别。

海鹦静静地坐在柳树灌木丛中，看着熟悉的渠水汩汩流向远方。

海鹦听乳娘介绍过，一千多年过去了，潺潺的黄河水经唐渠由南向北哺育着这片塞上江南的沃野。它默默地流淌着，在历史与文明中前行，倾听了如雨的马蹄声，如雷的呐喊，欢快的"花儿"的长调，水稻拔节、湖鸟欢叫的声音……她在这里学会了歌唱，练就了舞姿，获得了父亲和乡亲们的深厚的感情和无微不至的关切……

海鹦最终还是选择出走。

想到此，她眼中的晶亮泪水终于止不住而默默地流淌。心里幸福和痛苦五味杂陈，难以分清……

海鹦到了兰州，在黄河边走着，感觉肚子饿了，走进一家餐馆。用餐后，发现匆忙出走，所带的钱不够，接下去怎么办？

夜幕渐渐降临。

兰州街上两侧低矮的土坯房，渐次亮起了明亮的灯光。房屋里的一家老小，此时或许正在享用晚餐，时不时还传来说话声，欢笑声。海鹦此刻更加感受到孤独和凄凉，她没有这种全家团聚的福分，她是个"野种"，她只配享受流浪、孤单和寂寞。

这时，海鹦看到了一张剧团招聘群众演员的布告。

海鹦见传达室灯亮着，一位大爷在灯下看书。

海鹦敲了敲窗户。

大爷抬起头："小姑娘，你有什么事？"

海鹦："大爷，我想报考群众演员。"海鹦用左手指了指墙上招群众演员的广告。

大爷："小姑娘，你明天来吧，今天几位主考官，也就是团里的领导、导演已经回家了。"

海鹦："大爷，我从银川来，来时匆促没打证明，没有地方住宿，请大爷帮我在剧团宿舍找个地方。"

大爷："你从银川来？你会唱花儿吗？"

海鹦："会呀……"

大爷："你唱一段给大爷听听，唱得好，我帮你解决住宿问题。"

海鹦就唱起《迎春的花儿》里的一段唱词：

"切刀切下马呀儿菜，
擀杖擀下汤着呢。
为你得了相思病，
心上想下疙瘩着吧。
若要咱两人影子散，
除非黄河水里干。
黄河水干还不算，
青冰上开一朵白牡丹……"

大爷："好！好！进来吧！"

大爷领海鹦进了一个女演员宿舍楼。

王大爷年轻时，也是文工团里唱"花儿"的高手。退休后，趁身体还好，他主动承担了传达室的门卫工作。

上午。

海鹦开始了面试。

海鹦的音色柔软，优美，能把本来很硬的方音唱得圆润悠扬，渗透着深切的乡土之情，令评委们感动。

海鹦唱着《美丽的蔷薇》：

"美丽的蔷薇脱落了花朵，

和多刺的荆棘差不多。
我把荆棘当作铺满鲜花的原野，
人间便没什么能把我折磨。
阴间即使派来牛头马面，
我就喂他五斤大黄萝卜！”

忧伤是这首歌曲的灵魂。海鹦歌声中的忧伤，深沉的忧伤，紧紧攫住了团长和导演的心。专家们一致认为，这女孩有超乎常人的音乐才能。

海鹦被录用了。同室的群众演员问她从哪里来，海鹦含糊其词地说：“北边……”

她参演的剧目名叫《丝绸之舞》。

海鹦的敬业精神和出色舞技赢得了大伙的赞赏。

海鹦是个十分善良的女孩。心特别软。

海鹦见同室卓娃只有一双破球鞋。卓娃长得眉清目秀，胸部高耸圆润，身材健美挺拔，体态灵活。深得海鹦好感。

海鹦晚上偷偷量了她脚的尺寸，用剧团发的临时工资，给她买了一双单皮鞋。

海鹦：“卓娃，天气凉了，你怎么还穿着球鞋？”

卓娃：“姐姐，谢谢你！我是私坐运货车到兰州的，被发现后送到一个地方，那里看守怕我们逃走，把鞋子全收去了，待我们修铁路打零工的报酬，够买一张返回西藏的火车票，把我们送上车，每人给一双破球鞋。”

海鹦：“苦命的人儿。你又扒车到兰州来了。”

卓娃点点头：“那时西藏还没有歌舞团。”

这时，剧团一位主演因重感冒引起急性肺炎住院治疗，领导十分着急，公演时间已经临近，谁来顶替她。

海鹦得知这个讯息，临急请命，要求由她顶上去。海鹦对团领导说：“这个剧目我原先也参加过排演。”

面试后，全团领导认可海鹦的演唱水平。但也有人担心，海鹦作为群众演员可以，作为主演，不知她的来历，怕犯“用人不当”的错误。

自尊心很强的海鹦，听到这个信息，不辞而别。

团领导得知消息后，四处寻找。后在火车站附近的广场，看到为谋生而在杂耍艺人堆里演唱的海鹦。剧团决定用海鹦，动员她回团。团长说："这事我来担当。马上给她发主角应得的报酬。"

海鹦顾全大局，不计个人荣辱，参加了演出，而且大获成功，剧目在公演后，受到好评。

《丝绸之舞》以民族舞为主体，大段采用了"胡旋舞"和"胡腾舞"，在旋转跳跃腾踏的同时，揉进了扭腰、送胯、勾脚等技巧，有着别具一格的舞蹈韵律。舞台上红、黄、蓝、白等主色调，有不同的剧情寓意，给观众以丰富的想象和艺术的美感。

这时，生病的主演也康复了。正当剧团准备进一步排练，去参加全国汇演之前，海鹦又不辞而走了。

这次，团里上上下下，访遍了兰州，不知她的去向。

海鹦感觉进入了一个童话世界。

寂静的海洋就是一幅巨大无垠的蓝缎子，船只驶过时溅起的浪花才使碧蓝的世界呈现白色晶莹的光泽。朝阳在薄薄的海雾中绽开了笑靥，双双飞舞的海鸥的羽翼在硕大温暖的旭日轮廓中镶上了金边，海面也涌动起闪闪烁烁的碎金似的光亮。海鹦感到海天世界在酣睡后慢慢清醒过来……

海鹦与蓝燕登上了七星岛。蓝燕是崇光的亲妹妹，崇光的父亲在动乱中把蓝燕托付给南方的刑侦队赵队长抚养，所以蓝燕把海鹦当亲人看待。

海鹦在敦煌时，收到了一张纸条，上面写道："舟山一家海边大排档在招排档歌手，你去能录用，你的条件很好。"纸条没有落款。纸条是崇光的父亲留给海鹦的。他认为海鹦换个环境对她今后发展有利。后来爷爷又送海鹦去瑞士国际音乐学院学习。她成长为一个有卓越艺术成就的音乐家。

海鹦来了后，顺利地被大排档老板录用了。

海鹦与蓝燕看见了一位画家赵锟与他的妻子、儿子。赵锟妻子与刑侦队警察蓝燕很熟，两人相互打了招呼。

赵锟："你们可以在附近玩了。"

妻子："好的。"

岛上海蚀崖连绵数千米，巍峨秀美，刀削斧劈，延绵不绝。

附近巨礁旁，惊涛拍岸，声震如雷。

赵锟妻子带着她们去海滩边玩。她儿子发现了一个礁洞，对他妈妈高喊："妈妈，这儿有一个山洞！"

她们过去一看，洞口不大，进去以后，豁然开朗。幽深而高大。蓝燕自告奋勇带头探路，后面跟着三个人。

赵锟在礁石边专心画画。不远处海面，有一艘船进入了他的视野，他会心一笑，把船的轮廓绘了下来。

突然，一团火光在海面燃起，那船发生剧烈爆炸，附近的海面也被烈焰映红了。

赵锟惊慌地放下画笔，拿起身边的摄像机，拍下了它着火的画面。他掏出手机，向110报案。

赵锟已无心画画。他开始寻找妻子、儿子和海鹦、蓝燕。

突然，赵锟发现远处的海礁上走来一个穿潜水服的人，手持枪，左右盼顾着。

赵锟感到来者不善，急忙拿出手机向妻子发出了短信："洞外有情况，不要出……"

"砰，砰"，两声枪声，赵锟应声而倒。他挣扎着，把手机、摄像机装入尼龙袋，抛入海中……

杀手慢慢靠近赵锟，还不断观察海面动静，突然发现远处海面有快艇向这片礁丛驶来……

礁洞口，画家儿子想冲出来看情况，被他母亲和海鹦紧紧按住。

蓝燕果断从洞口跃出，见杀手持枪还想向画家射击，就开枪击伤了杀手持枪的右手。杀手的枪掉在地上。

杀手仓促地用左手拿起枪，跑到海边，扑向海面……

公安快艇到达礁丛。官兵们把负重伤的画家送上快艇，急赴医院抢救。

蓝燕和公安、边防战士勘查案发现场，发现了杀手留下的血迹。

蓝燕向领导汇报，附近礁丛边，有一个很大很隐蔽的航道。

领导决定派人继续探查。

医院。急救室。

主治医生出来，走到赵叔面前："赵队长，赵锟因失血过多，没有抢救过来。有两枚子弹穿入他右心房造成血管破裂。"他说完就离开了。

赵队长眼前一黑，感到天旋地转，蓝燕和两位同事急忙过来把他扶住。

蓝燕控制不住自己的感情，热泪涌出眼眶。

蓝燕和同事们，应赵叔的要求，再次登上七星岛。

他们向海面撒鲜花，祭奠优秀的画家赵锟。赵锟是赵叔唯一的儿子。

这时，一只背上有海星图案的大海龟，爬上礁石，它嘴里叼着一个尼龙袋。他们打开一看，内有赵锟的摄像机和手机。

赵叔认识它，他在礁上海钓时，钓起了这只海龟，并把它放生。海龟来报恩的。

夜，刑侦队技术室。

大屏幕再现运输船在海面爆炸的画面。并锁定了登礁用手枪打死赵锟的凶手的真实身份。他就是走私分子陈船董，是王永健手下的重要人物，诡计多端，有“五魁岛小诸葛”之称。

一支小提琴曲《忧伤的海洋》在海鹦耳畔响起，她寻声而去。

一位高大英俊的帅小伙在拉提琴。

她静静地听着。

当小伙子停下后，发现了后面的海鹦。

海鹦 :“你拉的是意大利名曲——《忧伤的海洋》。”

海鹦走过去，没经他同意，就取下他肩上的提琴，手上的弓，把他拉的曲谱重拉了一遍。

蓝燕在远处的巨礁后面听到了这美妙的乐曲。

小伙子惊呆了。一个不速之客，那么年轻的小姑娘，竟能拉他在日本武藏野音乐学院毕业时拉的曲子。

小伙子伸出了手 :“你好，我叫蓝鲸，大鱼，可要吃人的！”

海鹦被他的幽默逗笑了。

海鹦 :“我叫海鹦，海山大排档的歌手，我演出的摊位是53号，欢迎你光临。”

两个自来熟的年轻人，转眼就很默契了。这是音乐的力量和魅力。高山流水遇知音。古代使然，现代使然。

幽美的筲箕湾。

这是一个远古，淳朴的海湾。

潮水在海滩边迴流激荡，时有飞舞的海鸥传来鸣啾声。

海边别墅内。

海鹦从里屋出来，端着一杯热咖啡。她看见大厅乐谱架上的乐谱。

海鹦："你怎么有这么多的乐谱?"（她看见四周墙壁都有乐谱）

海鹦注视着架上五线谱，眼睛渐渐闪亮，禁不住哼起来：

蓝鲸用小提琴拉乐曲过门，海鹦轻轻唱起《向往》："未了的情缘，难禁的向往，在心灵的艺海，和谐交响，激情回旋，荡气回肠，音覆海洋！"

蓝鲸母亲闻声，从楼上注视大厅里面容清秀的海鹦，深被她的歌声感染。

海滩边。

海鹦坐在沙滩上，轻声唱着："我默默注视它们，恍惚阅读，白帆的诗章，恍若欣赏，晶亮的星光，惊诧地发现，纯真的友情，永恒母题，皆被璀璨星光笼罩！"

红彤彤的晚霞中，海鹦和蓝鲸并排坐在一起，坐在海边的礁石上。

蓝燕望着他俩，欣慰地笑了。

海鹦应邀参加了蓝鲸任艺术总监的"蓝海艺术团"，在国内外演出，深受观众好评和欢迎。

当刑侦人员紫宇在海上打捞起漂浮过来的救生圈时，她心里就一阵激动和兴奋，——因为她看到被网眼宽松的渔网套着的救生圈里，缠着几挂红色玛瑙佛珠串。

紫宇拖着救生圈来到沙滩上，小心地解下在网套上纠缠的玛瑙佛珠串，串上的玛瑙呈红色，同心圆形状。

紫宇仔细地找玛瑙佛珠上的制作地和相关信息，但没有发现。但紫宇敏锐感觉到，这很有可能来自那条爆炸的运输船。

突然，远处礁丛中，走出一个身形熟悉的穿潜水服的人，他就是被蓝燕击伤的杀害画家的凶手。紫宇多次看过画家遗留的手提摄像机上的画面，她马上意识到他是冲着她捞上的那串红色玛瑙佛珠来的。紫宇就地趴下，向他射击，紫宇不想击毙他，但首先要打伤他，为生擒他创造条件。

凶手开始用不规则的跑步步伐向紫宇快速扑来，紫宇准确地击伤了他的右腿。他倒在地上，在剧烈的疼痛中不由自主地翻滚了三四次，就猛然站起，一瘸一拐地向礁丛走去。那儿有他的快艇。

掩护他撤退的另一个穿潜水服的人在远处出现了。

紫宇考虑四周礁丛隐藏更大的不可预测的危险，决定带着玛瑙佛珠串迅速撤离。

负伤的杀手开始转身向紫宇射击，打伤了她拿佛珠串的左手。

在快速行驶的快艇上，紫宇对自己的伤口进行了快速的消毒、包扎。

忍着剧痛和愤怒，紫宇想起了她在海滩边、田野上见到的一种植物——隐花植物。在植物链的底层，有一种名为“隐花植物”的低等植物，它们一生都没有机会在阳光下开出鲜艳夺目的花，只能在黑暗中自生自灭。在延绵海疆的阴暗湿地，在海洋垃圾、杂物丛中，匍匐在地的隐花植物以其独有的千奇百怪的形态盘根错节，成为一朵朵盛开的恶之花。

紫宇深感自己和战友们肩上的责任，是沉甸甸的。

紫宇在码头送走前去辽宁的赵队长、蓝燕和小马。

在紫宇取来的救生圈上，发现了大连制造的字样。

我国玛瑙的产地主要在辽宁、云南等地，产量很大。“千种玛瑙万种玉”，玛瑙是佛教七宝之一。玉器专家看了蓝燕交给他的这串纯正艳丽、晶莹剔透、纹理清晰的珠串玛瑙，告诉她，这串佛珠玛瑙价格很高，产地多在辽宁。

赵队长一行，决定到大连去调查。

不久，赵队长的电话来了。

“紫宇，我们到辽宁后，工作进展顺利。你获取的玛瑙佛珠很重要，因地产的特殊性，我们准确地确定了方位，在当地公安部门的大力协助下，已找到了一个废弃矿区，在地下七十多米的地方，找到了一个矿井机修厂的厂址。但走私团伙先行一步，炸毁了厂房，封堵了厂区进口。”洪亮的声音，掩饰不住他的喜悦：“矿区地下机械厂的爆炸，使它的开采、制造、聚积矿源资料的功能消解，保护了周围几百公里的矿产资源的安全。上级领导已对你的工作在全局进行了通报表扬！”

一次，紫宇到海帆生活过的东莲岛参加普法工作。在回来去码头的路上，遭到潜伏在巨礁后的陈船董的袭击，在海帆掩护下，紫宇击毙了陈船董，并在他居住的五魁岛上找到了陈船董进行走私的重要物证。

今晚，在意大利威尼斯大剧院将上演大型歌剧《海》，由海鹦主演。

芳香咖啡馆顾客盈门，海鹦一行在咖啡馆喝着咖啡，海鹦、蓝鲸坐在面朝大厅电视机对面，紫琼、银鸥坐在背朝大门的一侧。这家芳香咖啡馆是王永健在欧洲投资的众多咖啡馆之一。

这时，电视机屏幕在播放海鹦在演唱歌曲《海鸥》，顾客们沉浸在柔美、激情的音乐中。原来，咖啡馆老师是咖啡经销商杨阿宝的胞弟，是他哥哥告诉他，今天店里有贵宾降临，她们是轰动巴黎的歌剧《海》的主演，希望不要惊动来宾，影响他们品咖啡的情趣。

这时，海鹦看见了父亲王永健和柴副省长。柴副省长她是见过的，在《在迎春的花儿》首场成功演出后，他上台来祝贺，与前排的演员一一握手，并和大家一起合影。

海鹦下意识地朝王永健晃了一次头，敏感的王永健理解了海鹦晃头的含义，海鹦的意思让他们快快离开咖啡馆，他悄声对柴瑞冬说："快走，跟着我……" 职业的敏感使紫琼感到海鹦的举动很突兀，她朝海鹦注视的方向看去，只见王永健和柴瑞冬快速走向咖啡馆大门，当她站起来时，他俩已出了门。一会儿，两辆黑色的奔驰从广场驶过，快速走上了宽阔的街头。

紫琼："海鹦，你在给他俩发信号？柴瑞冬是警方缉捕的对象，王永健更有重大的走私犯罪嫌疑……"

海鹦："我晃头，因为脖子不舒服，才晃一下，为晚上演出作准备。"

气愤的紫琼冲出咖啡馆，招呼一辆出租车过来，快速追赶前面的两辆奔驰车。车上她向莎拉·布莱曼报告了刚才发生的事情。莎拉·布莱曼是海帆在法国留学时的同窗好友。她现在是里昂国际刑侦总部的一位资深官员。紫琼与她一起配合，周密部署，就等犯罪嫌疑人落网，不料却出现这种意外，紫琼有理由怀疑海鹦。

银鸥也快速走出咖啡馆，已不见紫琼的身影。

在案情分析会上，紫琼见过王永健、柴瑞冬的照片，职业的训练能使她有过目不忘的本领。紫琼没有想到自己会与这两个犯罪嫌疑人在威尼斯的咖啡馆偶遇。

紫琼在向莎拉·布莱曼要求，让海鹦今晚停演，当即遭到莎拉·布莱曼的拒绝。

莎拉·布莱曼："每个人都会犯错，犯错就停止他们的专业活动，是不是简单、粗暴了？很多伟大的科学家、艺术家都会出错，但他们的巨大成就，对人类、对国家会有深刻的甚至革命性的影响，若他们出错了，也停止他们的工作和研究，我们怎样取舍才是更科学、更合理，更符合人性的特点？人是会变化的，人时时刻刻都在变。海鹦才晃一下头，就能断定她在给王永健、柴瑞冬发信号？”

紫琼沉默了。

《海》的演出大获成功后，就有咖啡广告商找上剧团，要剧中主角拍特写广告，通过电视和微信视频播出。海鹦与咖啡商广告商配合，圆满完成了拍摄工作。广告商还准备把剧中生动曲折的故事情节画成连环画，在连环画中穿插广告的内容，其中有一句广告语，“天使的歌声和芳香咖啡一样美妙”，在当地很快流传。

芳香咖啡店华人老板杨小宝对海鹦说：“好咖啡自己会说话。在袋装或易拉罐装的咖啡包装上印优美、贴切的广告词，咖啡会销售得更好。”

杨小宝是当地咖啡工作者协会的负责人，他还邀请蓝鲸创作有关咖啡馆的背景音乐，让顾客在美妙的轻音乐中品味各种咖啡。蓝鲸与他们签订了合作协议。

第三天晚上，演出以后，海鹦在蓝鲸陪同下，来到莎拉·布莱曼和紫琼的房间，莎拉·布莱曼交给她一只信封，里面是王永健给她的住宅钥匙和房产证，还有一张十万美元的银行支票，是海鹦拍广告的报酬。

莎拉·布莱曼看了房产证和支票。

莎拉·布莱曼：“海鹦，房产证和支票都是合法的，不需要上交。”

海鹦：“拜托您，把房子捐赠给威尼斯有困难的老人和孩子，把支票捐赠给法国海难救助委员会。”

莎拉·布莱曼：“好的，海鹦，这两件事我会办妥。”

剧组放假两天。

海鹦给蓝鲸在旅馆房间的茶几上留了字条：“亲爱的，我去佛罗伦萨参观，不打扰你了。祝你的咖啡音乐成功。”

迎着朝霞，海鹦去参观达·芬奇故居。达·芬奇是个非婚生子，这点海鹦感到自己与他相似。她被潘青骂为“野种”，在她的心灵中烙下了永不磨灭的伤痕。达·芬奇是文艺复兴时代最完美的代表，也是一位在绘画、雕刻、建筑、科学诸方面都有卓越成就的艺术大家。恩格斯称他为“巨人中的巨人”。他勇于冲破世俗的偏见，全身心投入他钟爱的创造事业中，他的精神，对海鹦是一种巨大的鼓舞和激励。

在临近公海的洋鞍渔场。

在东鸥岛后面，两艘公安快艇如箭脱舷，驶向海面。很快，对渔轮呈夹击之势。

渔轮向“云雀”号发出紧急救助信号。

这时，“云雀”号轮灯光齐明，在船头有两个外国船员，挟持着海鹦，立在那里。

“云雀”号用中文发出警告：“如果公安快艇不撤回，马上枪决海鹦！”

警告声连续不断，响彻海天。

在灯光瞬间照亮海面时，海鹦感到自己进入了一个硕大无朋的舞台，她马上进入了特定的歌剧演出时空，她仿佛听到铜鼓乐队和钹响起来了，这个时候，海鹦忘掉了世界的一切，不由自主地展开了歌喉：

“她的翅膀，掂量过无数巨浪暴雨的重量，柔韧飘逸。她的眼睛，闪烁无数电闪雷火光焰，纯净如晶。她的灵魂，经受天荒地老拷问，光彩熠熠……”

海面飘荡起柔美感人的歌声，经海鹦身边的外国船员半导体扩音器的传播，响彻海天。那个外国船员好像很默契地配合着她。

紫宇禁不住流下晶亮的泪水。

紫宇知道，海鹦演唱的是歌剧《海》中歌颂自由的精灵，勇敢的弄潮儿——海鸥的片段。

紫宇当机立断，用旗语向“云雀”号发出信号：“放回人质，可以停止追缉走私渔轮！”

“云雀”号用旗语回复：“同意……”

两名挟持海鹦的法国船员，带着海鹦走向右侧船舷，三人从垂挂的软梯下来，坐上了已经等候的小艇。其中一名手持橘红色扩音器的年轻船员，是莎拉·布莱曼的内线，当海鹦在船头演唱时，他就作好了准备，如果上司下达了枪决海鹦的命令，他会拖着海鹦跳下船头，帮助海鹦逃生。他知道，他们一下海，警方军用直升机就会升空，对走私船“云雀”号发射导弹，走私分子只会随沉船落入大海的深渊，根本无法顾及他俩。

“云雀”号救生艇载着海鹦驶向公安快艇。

海鹦登上公安艇后，紫宇对快艇发出返回命令。

紫宇的决定是正确的。

“云雀”号上的人质，除了海鹦，还有两名年轻的化妆师，都是业务娴熟的人才，她们是在化妆室被劫持到后门的巷子里，被蒙面后坐车离开剧院。

王国达在“云雀”号上坐镇了这次公海交易。

当他听到劫持的人质中有海鹦时，感到很震惊。

当时，王国达在船长室喝着莱茵葡萄酒。他首选的人质目标是银鸥，其次是蓝鲸。这两人都是乐队的人，演出结束后，在乐池把各类乐器放到琴盒、箱子里，这是个细致活，因此从剧院出来很迟。

海鹦有演出后到剧场外呼吸新鲜空气、放松心情的习惯，又是单独行动，就轻易地被两个走私分子用熏药弄晕后拖进了黑色的宝马轿车。

王国达在闻讯震惊之余，决定若谈判不成功，他也会放弃六吨黄金，让海鹦活着回来。海鹦毕竟是王永健的亲生女儿，王国达不敢得罪他这个堂兄。海鹦已获救，随紫宇回去了。两名女化妆师也都平安回到了剧院。

在归航途中，王国达在宽大的餐厅请大家聚餐，庆贺这次六吨黄金成功到达目的港。那里有人接收，会安全转移。交接时，对方在验货后，马上会把巨额美金打进他的账号。

船快到马赛港时，王国达在舱室单独会见了船长丁舟生。

王国达：“我们船上有卧底，这次公海遭遇，海山刑侦部署十分周密，我用红外线望远镜观察了东鸥岛停机坪上的直升机，是架军用直升机。他们是有备而来。人质要不是海鹦，警方可能不会这样宽容我们。”

丁舟生：“王经理，你怀疑卧底是谁呢？”

王国达：“孙科平，他是海军转业，转业后到海帆的远洋公司担任副总经理，他转业到公司任职，中间间隔有三年多时间，这期间从事什么工作不清楚，王永健也提醒过我，对此人不能重用。”

丁舟生：“喔，我知道了。”

王国达：“他是紫宇推荐给海帆的，紫宇为什么认识孙科平？他们又是什么关系？都值得怀疑。”

丁舟生：“紫宇打死了我表哥陈船董，这仇一定要报，我会派人监视孙科平。”

丁舟生走后，王国达喝着咖啡，浮想联翩。在夏雨生下双胞胎时，他按王永健叮嘱，扮装成医院负责清洁工作的临时工，来到双胞胎的玻璃暖箱边，趁四周无人抱走了一个男婴。王永健在医院边的一条幽暗的小巷等候，他当时就坐在那辆黑色的斯特莱斯的轿车上。见王国达抱着男婴出来，心里乐开了花。

他们直接开车去了中卫沙坡头，他们的一位远房叔叔家。王永健给了叔叔、婶婶十万元抚育费，他俩当夜就回凤城了。

王国达当时已下定决心，若紫宇不同意交换人质，执意要扣留装着六吨黄金的渔轮，他也不会伤害海鹦，会直接派人用快艇送她去紫宇当时所在的东鸥岛。

在王国达心里，他认为海鹦不会继承王永健的财产，而海帆则已经继承了王永健的几个大型私营企业，海帆才是要想方设法除掉的。但现在时机还未成熟。

傍晚，黄龙港码头

雷雨将临的夜晚，电光闪闪。袁海峻从红色出租车出来，来到机帆船前舱，分别给船员送小红包。乐鸿宾和船工们挥拳喝酒。

袁海峻："顾船长……"，"突"，"突"，"突"，旁边一条机帆船启动了。那声响持续了一阵。

袁海峻："我有急事回去，一个外商来谈业务，没有班船了。"

顾海富踌躇地："好吧，你到前舱去，与大伙喝几杯。丰收了，高兴高兴……"

前舱，袁海峻和船工一起喝酒。

袁海峻拿着抹布，转身提起塑料酒壶，趁人不备把河豚毒剂放入壶内。又转过身去，为大家斟酒。

何舟："袁经理，你为什么不喝？"

袁海峻看着开怀畅饮的众渔工："喝！"他把一杯酒灌入口中。

袁海峻装着酒呛了，掏出手帕擦嘴，把手帕内的解毒剂吞下。

雷声大作，大雨滂沱。船上的船员全部中毒死亡。袁海峻被王国达派来的人接走。他们凿沉了船。

在案情分析会上，市公安局副局长蓝燕指出，走私分子从西北运来黄金和稀有矿产，运送到沿海，包括我们的海山地区，里应外合，把黄金和稀有矿产在公海转送给国外的走私货轮，从中牟取暴利，我们要配合国际刑侦组织，尽快摧毁这个走私团伙。

后经案情深入调查，走私船上船员中毒案，是王国达威迫公司水产加工厂工程师袁海峻干的。袁因父亲双腿截肢，需要大额医疗费。家庭经济有困难求助于王国达。

王永健看着重播的视频，心情十分复杂，他的一个替身和一个保镖被无人机精致导弹击毙的画面他已看了多遍。

王永健深知人生无常，生命没有意义，生命微不足道，死亡更无足轻重。自从自己慈祥的父亲和天真可爱的妹妹被无端杀害，王永健已经看透了人性的残忍和险恶。王永健只能以恶报恶，以自己的卑微和心智，和迫害他许久的残酷命运来场持久顽强的抗争。

王永健曾暗示过海鹦，有时通电话，接听的不一定会是他本人，但王永健会知道她来电的内容，回复的也不一定是王永健本人，但转达的是他的意思。

北京时间上午九时，隆重的开捕谢洋节在海山的海岬公园举行。

万人云集，彩旗飘扬，渔号声声，锣鼓喧天。

蓝鲸和银鸥及蓝海艺术团在激情演奏开场舞曲《船舞曲》，艺术团的十二位演员伴舞，表演渔船船工在海上作业的情景。

“大江潮，东海浪，万里波涛任驰骋。海鸥飞，红旗飘，丰收的号角已吹响！”

沙红玉、卓娃率领海山艺校的学员们激情昂扬地跳着刚健柔美的船舞。

海鹦在音乐的伴奏下，演唱《大海啊，故乡》。

随着她优美的歌声，身穿传统服装的主祭、陪祭、渔人，在祭乐声中入场，走向祭台，点燃祭火，恭请龙王，行礼敬香，千百年传承的海洋文化记忆与古老的传统再现于世人面前。生生不息的海洋精神，激励着一代代渔工。

这时，会场上响起两声沉闷的枪响，正在演出的海鹦和沙红玉应声倒下。

紫宇判断，子弹是从不远处的山顶上发射的，“山上有狙击手”，她命令马骏、夏森率众直奔山顶，抓捕凶手。

紫宇立即随会场里的救护车，护送重伤的海鹦、沙红玉到市医院急救室抢救。

莎拉·布莱曼此刻有十分强烈去探望海鹦的念头，她认为海鹦不仅是海帆的孪生妹妹，而且是一位像奥黛丽·赫本那样有慈悲心的杰出艺术家，是她心目中的东方女神。

莎拉·布莱曼还会带巴黎最好的肺部治疗专家去参加会诊。因为受伤者是案件的受害者，她可以合法合理得到应得的医疗支援。

坐着竹排，顺流而下，两侧青峦叠翠，草木茂盛，充满了生机和活力。涧水淙淙，清澈见底。

杨阿宝、杨小宝兴奋地看山两岸风光，到山上去寻亲，到茶场觅茶。

他们在巴黎从一位在法国上大学的台湾学生那里得知，70年代有一个从浙江海山来的亲戚，在武夷山种茶，采茶，做茶叶生意。他们一则寻亲，二则是想拓宽业务。因为英、法、荷兰等国家的许多人，都喜爱红茶，尤其是汤亮橘红的金骏眉和正山小种。

他们堂叔所在的村庄，在大山深处，交通相当不便。一路走来，山路两侧是嶙峋岩石，岩石上是形状各异的松树，柏树。

陆羽《茶经》说:“上者生于烂石，中者生砾壤，下者生黄土”，走到山路尽头，才看见山坡上的大片茶树。

这位远房叔叔向杨阿宝、杨小宝介绍，正山小种的制作要经过采摘、萎凋、揉捻、发酵、过红锅、复揉、熏焙、复火，才能制成毛茶。毛茶有蜜香，果香，条棠紧，手感光滑。对毛茶进行去粗存精后，才能制成汤红晶亮、茶味丰富的金骏眉和正山小种。

叔叔和婶婶在这里生活很好。一个女儿和一个儿子，分别在法国和美国留学，他们用勤勉劳动的收入，来供养两个孩子的生活费用。

杨阿宝和杨小宝参观了茶园。这里生态环境极佳。清水绕坡，淡云薄雾，饱山岚之气，沐日月之精，得烟霞之霭，不觉两腋生风，心旷神怡。

海帆、紫宇及紫琼、夏森，来到了武夷山。武夷山美丽的田园景色，深厚的人文底蕴，给了他们许多美的享受。

他们来到了一家茶厂，厂长正是杨阿宝、杨小宝的表叔。

杨厂长为客人们泡了大红袍。海帆曾多次来他这儿买红茶，已经很熟悉了。

茶杯里的大红袍香气四溢。

杨阿宝、杨小宝也陪客人们一起喝茶、聊天。

过了一刻钟，海帆请杨厂长带他去看看茶场，顺便谈一下这次进货的数量和金额。杨厂长高兴地答应，与客人们打了招呼，就和海帆往山顶走了。

当他们走后，紫琼负责到厂门口警戒。

紫宇和夏森亮出了他们的警察证件，杨阿宝和杨小宝见了十分惊讶。

在东莲咖啡店。

杨阿宝敲了敲门。陈劲松开了门："杨经理，你有事？"

杨阿宝："陈先生，王总，有几位客人要见你们。"

陈劲松正在疑惑之际，紫琼和三位法国刑侦进来，直接用手铐铐住了王国达和陈劲松："陈劲松，王国达，你们被逮捕了。"

紫琼出示了两张逮捕证。

王国达用愤怒的目光注视着杨阿宝。

在东莲咖啡店及门口，布满了便衣警察，他们把整个街区都全面严密地控制了。

紫宇和莎拉·布莱曼坐在东莲咖啡店斜对面黑色的奔驰车上。

看着被押出来的王国达和陈劲松，两人相视一笑，欢快地击掌庆贺。

王国达是海山走私团伙的主要骨干，他和手下的陈船董一伙制造了两起重大案件，即走私船爆炸案和走私船中毒案，致使二十五名不明真相的船员不幸身亡。他的被捕，是海山刑侦反走私的重大胜利。

王永健因矽肺没有治愈，他在各地隐蔽的住所藏匿养身体。紫宇仍在加紧搜索追查，下定决心要使他落入法网。

沙红玉雇船到七星岛。

作为妻子的沙红玉和作为女儿的海鹦一样，对待王永健的态度比较矛盾，但在沙红玉看清本质之后，决定离开王永健，也为紫宇追查提供了很多重要情报。

沙红玉在洞里找到了一块与照片中的岩石非常相似的长满了青苔的礁石。沙红玉知道，礁石下就是藏宝洞。沙红玉决定把这个藏宝地点告知海帆和紫宇。

王永健已经不知去向。沙红玉在去年春天，生下了王永健的儿子——海魂。名字是王永健取的，王永健认为无论男孩，还是女孩，最终他们都是要魂归海岛，魂归海洋。

岛是天堂，亦是地狱。

现在，在这个夜中之夜，海鹦坐在海边。她的身边放着钢琴和折椅。

海鹦坐下，沉思着。

海鹦记住了生命中点亮自己在至暗时刻微亮光点的人，让她在幽闭、痛苦、绝望的困境中，重入光明的人。海鹦虽然登上了艺术的某个高峰，却看淡这一切，唯一难忘的，还是苦海中的灯塔和雾笛。

海鹦微闭双眼，为大海，为恩人，为她所爱的人，弹奏了《海》的一段音乐。

海鹦仿佛听到了他们的笑声，看到了他们在沙滩上浅浅的脚印，一会这些脚印被浪的泡沫掩埋。

当冰凉的海水漫到自己的脚板上，海鹦停止了弹奏。海鹦感觉到他们——父母，爱人，恩人，孩子……都听到了她的琴音，她的心声，海鹦感到自己是个渺小、卑微的人，同时又是个幸福、惬意的人……

下午。

王永健按惯例，在科西嘉岛上的沙滩散步。一会，他躺在沙滩晒太阳。

这时，一艘豪华游艇来到了沙滩边的小码头。一对年轻漂亮的法国情侣，上了码头，带着一条小狗，朝沙滩走来。

他们走近躺在沙滩上的王永健身边，突然各自拔出手枪对准了王永健。

国际刑侦菲比斯上去，用手铐铐住了毫无警觉的王永健双手。

王永健："你们是谁？这是在干什么？……"

菲比斯亮出了警察证："王永健，你被捕了！"

这时，别墅里冲出两个保镖，被游艇上的紫琼和私人侦探贝纳德击毙。

紫琼没有死，在长江的江海轮上，她穿着防弹衣，防弹衣上有血袋，血液四溅，使杀手误以为击中了她。

王永健被捕后，被押回国内。

经历两个月审讯后，因罪恶太重，王永健被执行死刑。

作者简介：

孙静波，舟山市文联委员，舟山市电影电视艺术家协会副主席，浙江省电影家协会会员，副教授。1982年起从事影视创作、评论和教学工作，影视剧本和影视评论多次在全国、省、市评奖中获奖。出版的电影剧本选集有《激荡的海岸》《贩虾女传奇》《千步沙之恋》，长篇电视剧剧本选集《青鸟的奇特故事》。摄有电影《心桥》《虎爪浪》《战神马尔斯号》，《心桥》获舟山市人民政府文化成果奖，在中央电视台电影频道播出。拍摄的电视剧有《女岛》《东海黉舍》《贩虾女传奇》。摄制的微电影有《秋韵》《恋上这座城》等。在中文核心刊物《文学评论》《电影文学》《电影新作》等发表论文多篇。出版的学术著作有《现当代文学作品赏析》《高等语文》《海滩拾贝集》等。曾任东海学院一舟山电大中文系主任，浙江国际海运学院科研处副处长，督导室副主任，《学报》常务副主编等职务。

笑满新天地（40集）

◆ 严雪方　王正伟　张秉珏

2007年春光明媚的一天，纺织大学毕业的高材生赵大虎到因资金链断裂面临停产的成功集团去求职，不料却遭到老板孙贵根（他曾是其母亲的初恋情人）及他的女婿李旺旺（办公室主任）等人的讥笑嘲讽。“大虎，你在上海找不到工作啊，一点腔调都没有？”“大虎，你到我们这里来作死啊！”孙贵根更是直截了当：“你妈花了那么多钱培养你，毕业了没人要？我这里都是做来料加工的，不需要服装设计师，不过还好，你家有个农家乐饭店，你去帮你老爸炒菜去吧！”“我……”赵大虎被羞得尴尬万分。这时，铁杆老农李长根（绰号老酒鬼）手拿酒瓶，带着满身酒气把赵大虎刚才骑车时不慎掉落在路上的世界五百强爱马仕集团的“录取通知书”送了过来。“爱马仕！”众人惊愕万分，如坠五里雾中。

当赵大虎对女友钱美莉道出了回家乡创业“不愿再与你分开”的心声时，在场的双方父母顿感意外。一直盼着男友毕业后留在上海大都市里干出一番事业的钱美莉伤心至极，她不顾父亲钱国庆（镇长）和母亲吴秋花（农民画馆馆长）的劝阻，当场提出要与赵大虎分手，这让赵大虎痛苦不已。回家后，赵多生大骂儿子像他一样没出息，好端端的爱马仕不去，非要去成功集团作死。“难道你真的要去做钱家的上门女婿，像我一样倒插门，没有一点地位……唉！儿子，你哪根神经搭错了，不知像谁这么笨？”“不像你，像谁？”刚买菜回来的妻子赵春花瞪了赵多生一眼。“像我，像我……”赵多生唯唯诺诺地接过妻子手中的菜到厨房干活去了。

伤心至极的赵大虎来到与钱美莉第一次约会的柳树下，月下结识了正在河边钓鱼的海归水稻博士叶磊落。“心动不如行动，乡村振兴大有前途……”叶磊落的一番话，令赵大虎茅塞顿开。两人“相见恨晚”，赵大虎当场拜叶磊落为师。

从国外归来的叶磊落心中有一个秘密：父母在“文革”中双双去世，是奶奶含辛茹苦供养他长大。一天奶奶被突然强制返乡后杳无音讯。叶磊落难忘叶妈妈的大恩大德，最终把自己姜姓改成奶奶的姓。这次归国回来他立下誓言，不管费多大的心血，花多大的力气，用多长时间也要找到奶奶，以了却他几十年魂牵梦绕的心愿。叶磊落借住老同学经营的新天地度假村，四处打听着奶奶的消息。

肖一枝是成功集团的一位车间主任，而她的丈夫张独苗则是同单位销售科的一名销售科长。他俩的儿子阿狗今年已8岁了，可他还没有名字。姓张，肖一枝的母亲要上吊，姓肖，张独苗的老爸要喝农药。随两家姓，可谁家姓摆在前？针尖对麦芒，谁也不肯让步，弄得夫妻俩一直为儿子的姓名而烦恼。阿狗要上学了，不能再没姓没名了。刚才阿狗爷爷，阿狗外婆又吵到农家乐饭店找媒人赵春花，说她做了一桩和稀泥的媒，才使得他们的孙子至今没有名字，令赵春花哭笑不得。那夜，张独苗欲亲肖一枝，可被肖一枝一脚给踹下床。她对躺在地上疼得龇牙咧嘴的老公下了最后通牒：“在儿子没有名字前，你就别想碰我！”夫妻同床不可亲，这使张独苗十分苦恼。

当赵大虎把自己获奖毕业作品“农民画旗袍”服装系列呈现在大家面前，并宣称这能拯救即将倒闭的成功集团时引来了不少争议。钱国庆、吴秋花对赵大虎的“农民画旗袍”系列服装大加赞赏；肖一枝和张独苗表示大力支持；李旺旺和妻子孙艳华（孙贵根大女儿，集团财务科长）则表示怀疑；赵多生、赵春花更是担心儿子是在“作孽”。刚好路过的李长根瞧了一眼假模特身上穿的“农民画旗袍”服装，猛地喝了口酒，然后冲进门指着赵大虎的鼻子大骂：“花里胡哨，妖里妖气，半个屁股还露在外头，简直是伤风败俗！”全场一阵哄堂大笑。李旺旺忙上前把他老爸李长根硬拽出会场。争论还在继续，孙贵根举棋不定。出人意料的是扬言已与赵大虎分手的钱美莉却对“农民画旗袍”服装系列赞叹不已，这还不算，她还主动请缨承担了邀请模特儿的任务，并当场立下了军令状。钱美莉的举动，一下解决了孙贵根的“没有模特儿，‘农民画旗袍’服装系列难以上马”的困境。钱美莉热情洋溢的发言，特别是她为请模特一事还立下了军令状，这令赵大虎感动万分，他忘情地望着钱美莉，然后情不自禁地上前欲拥抱她，可钱美莉却一把推开了他，然后气呼呼地走了。在钱国庆的支持下，孙贵根终于决定“破釜沉舟，背水一战”，打造一场盛大的“农民画旗袍”时装秀，吸引众多的客户，从而开拓国内外市场。

孙贵根是一个当兵出身的企业家。当年曾和赵大虎的母亲赵春花谈过恋爱，但因当时家穷得叮当响，再说他也不想当上门女婿而离家参军，后转业在大城市打拼赚钱回来，发现赵春花已经与上门女婿赵多生成婚。于是他开办了廊霞第一家服装加工厂，成了廊霞的第一税收创利大户。孙贵根的爱人因当年和他拼命创业劳累而去世。他有两个女儿，大女儿孙艳华嫁给了老酒鬼李长根的儿子李旺旺，而在国外留学的小女儿孙艳芬则留家招上门女婿，以继承孙家的家业。二年前，也就是孙艳华出嫁前，父女三人郑重签下了这份协议。

“农民画旗袍”服装系列，如何打开竞争激烈的国际市场？钱国庆和孙贵根一筹莫展。“哪里去找营销服装的老外？”孙贵根话音刚落，一群“月亮湖畔”工地的外地民工闯入镇政府，宣称老板携款逃跑，数月工资未得，要钱镇长给个说法……

曾经在一次缉毒战斗中，钱国庆救过孙贵根一命。此时民工们四处上访，钱国庆受到了前所未有的压力。孙贵根要想自己“咸鱼翻身”，拉救命恩人钱国庆一把，保住几千员工的饭碗，只有在打造自主品牌“农民画旗袍”服装系列上赌一把。于是，“农民画旗袍”服装系列，成了决定成功集团的命运和廊霞镇乡村振兴的关键！

钱美莉原是位出色的模特儿。三年前，她曾通过层层选拔后最后进入参加亚洲“模特大赛”国内选拔赛的决赛，但由于赵大虎酒后到决赛现场醋意大发“搅局”，钱美莉被主办方取消比赛资格，一气之下的她便退出了模特圈回家乡当了一名小学英语教师。当她带着名模王秋月和她的队友来到成功集团时，打卡的、搞直播的和一睹模特儿风采的差点把集团大门给挤坏了。这时，一个开着哈雷摩托的老外吉米“从天而降”。吉米对钱美莉的特别殷勤使赵大虎顿生醋意。孙贵根也不待见有点“油腔滑调”的吉米，两人言语中“火药味”十足，但当吉米亮明自己以“国际商人”的身份欲来观摩“农民画旗袍”时装秀时，他立马改变了态度。

赵大虎一直是孙贵根眼里最佳上门女婿的人选，但碍于钱国庆战场上救了他一命的生死情，才眼巴巴看着赵大虎成了钱家的准上门女婿。孙贵根一直在暗中保护着钱美莉。当吉米对钱美莉的殷勤有点“过分”时，孙贵根总会不知从什么地方冒出来，其中闹出了不少笑话。

王秋月初来乍到，她人美脑子活，处处“顺着”孙贵根，又是个离异单身，孙贵根颇有点动心。但赵大虎与王秋月两个“宝贝”老“闹别扭”，他只能委屈赵大虎，迁就王秋月……毕竟她是请来的嘛！

果然，在“农民画旗袍”时装秀演出时，赵大虎与王秋月之间的“芥蒂”终于爆发，差点把演出给搞砸了。孙贵根见状两眼一黑，差点“背过气去”！幸好吉米带来的外商查理对王秋月“抛媚眼”的个性很感兴趣，加上“及时救场”的钱美莉那婀娜多姿的台步，“农民画旗袍”所勾勒出凹凸有致的身姿……才使得演出大获成功。“农民画旗袍”时装秀演出一炮打响，各大媒体争相报道。那夜，孙贵根喝醉了。清晨，孙贵根醒了，发现床一侧有睡坑。他极力回忆昨晚酒宴的情景，可大脑断片了。这时，王秋月披着湿漉漉的秀发从卫生间微笑着走了出来……

河边的柳树下，赵大虎和钱美莉喜极而泣，紧紧地拥抱在一起。

“农民画旗袍”时装秀演出后，王秋月理所当然地成了孙贵根的秘书。孙贵根见查理对王秋月青睐有加，好几次醋意大发。可当他冷静下来，“知己知彼，百战不殆”。孙贵根面授机宜，王秋月心知肚明。她利用自己特有的魅力“打太极”，终于让查理签下了巨额订单，但他们之间微妙的三角关系，为以后添了不少“麻烦”。

同样，赵大虎、吉米、钱美莉三个年轻人之间的关系也很复杂。“农民画旗袍”时装秀演出后，吉米不仅去了廊霞镇中心小学当了“外教”志愿者，还跑到农民画馆向吴秋花拜师……这些都让赵大虎郁闷之极，醋意大发。他和钱美莉之间争吵不断，直至两人又开始了新一轮的冷战。好在叶磊落的及时开导让赵大虎醒悟，明白了“人生的意义并不只有爱情”！

派出所、养老院、茶馆……到处留下了叶磊落寻找奶奶的身影，其间赵大虎和钱美莉也帮忙寻找，只可惜廊霞地区的“赵妈妈”很多，叶磊落的寻找一时陷入了困境。

孙贵根的大女儿孙艳华嫁给了李旺旺后，他最担心的就是小女儿孙艳芬也跟别人跑了，他的招上门女婿的计划就会“竹篮打水一场空”，他家的“香火”无人延续不要说，庞大的家业也无人继承，更对不起创业累死的老婆。当孙贵根在机场看见吉米拥抱他的从巴黎实习归来的小女儿孙艳芬时，他惊得目瞪口呆，差点晕倒。到家后，孙贵根立马拿出了那份“孙艳华出嫁，孙艳芬招上门女婿”的协议，并力劝女儿和吉米分手。孙艳芬则对老爸说：“我是违反了协议，你上法院告我呀……我和吉米已同居，难分难舍。你如果不同意，我就跟吉米远走高飞去国外。”“上门女婿？小孩随你的姓？”吉米的头摇得像拨浪鼓似的。“这是贵国哪条法律规定的？按照我国的法律，以后不仅我的儿女随我的姓，而且连你的女儿也要随我的姓！”

小女儿是靠不住了，但孙家的“香火”要延续，家业也要有人继承，孙贵根重新把希望寄托在即将分娩的大女儿孙艳华身上。女婿李旺旺一听岳父的意思，大喜过望，立即答应未来孩子姓孙，并承诺马上做通父母的工作。

李旺旺话还没说完，李长根就气得一把掀了酒桌，“我家的孙子就得姓李，就是金山银山，老子也不要！李家的‘香火’不能断！”老伴张冬花则不然，面对孙家的一百万元“姓氏”补偿费不禁动心了，暗地里还与儿子结成了统一战线。

孙艳芬因写一篇关于“大学生回农村创业”的报道，隔三差五采访赵大虎。看到儿子与孙艳芬频繁接触，见钱眼开的赵多生欣喜不已。本来他就觉得亲家钱国庆是个一点油水都给不了他的“穷官”，无法和财大气粗、一掷千金的孙贵根“搭脉”。要是儿子和孙家千金小姐孙艳芬好了，那他不久前因“食物中毒”事件欠下一屁股债，也有了偿还的渠道。于是他上门去“敲诈勒索”，但却被王秋月和孙贵根戏耍了一顿，获得一张孙贵根的“空头支票”。

廊霞民风淳朴、风景如画。近一月下来，叶磊落奶妈还没找到，可他却爱上了廊霞，更令众人想不到的是，叶磊落竞聘成功，当上了五百亩土地的家庭农场主。叶落归根，扎根廊霞当农民？面对叶磊落的选择，钱国庆弄不懂，孙贵根也百思不得其解，李长根和那些农民们更是丈二和尚摸不着头脑。在网民们铺天盖地的质疑声中，整日戴着牛仔帽、穿着名牌皮鞋的叶磊落依然我行我素。他的一套国外农场的先进耕种模式和工业化的“细分”经营模式，在有着“水稻高产模范”称号的老酒鬼李长根眼里，那都是瞎搞搞，甚至打赌这个“白脚杆”种不出稻子。当叶磊落的种田团队，一群中老年妇女穿着牛仔时装列队于田间操练时，更是让李长根笑翻了……外商查理似乎明白了叶磊落的意图，但他认为中国人的传统思想是很难改变的，嘲笑他凭着个人的意愿很难实现自己梦想。

呜哇——一声婴儿的啼哭声，撕破了夜的宁静。李长根手捏酒瓶，跌跌撞撞地跑来，他把酒瓶往坟前一放，然后跪地连叩三个响头。李长根打开手机，屏幕出现了一张可爱的胖嘟嘟的婴儿脸。“各位老祖宗，我儿媳妇孙艳华生了个大胖儿子，为李家传宗接代，添了香火，我李长根总算对得起你们了！”李长根说完拧开酒瓶，一仰脖子咕噜咕噜地连喝了几口。

得知大女儿孙艳华在医院顺利产下了一个大胖儿子，孙贵根喜不自禁，更可喜的是岳行长的贷款到位，解决了集团的燃眉之急。通过吴秋花的努力，九鼎集团陆总终于接盘了“月亮湖畔”的烂尾工程，拖欠外地民工的工资总算付清了，这让焦虑万分的钱国庆也长舒了一口气。

李长根是个典型老农民，视土地为命根子。他传统、倔强、古怪得有点可爱，他和叶磊落在种田之间的思想、观念、习俗的碰撞和一系列的矛盾冲突，有点匪夷所思，令人忍俊不禁。虽然李长根和叶磊落常常为一些事闹得脸红脖子粗，但视粮食为宝的他为保护叶磊落的早播稻谷，偷偷地竖起一群稻草人，并打爆了把叶磊落稻田的肥水往自家地里引的酒友汤老鸭的屁股。一天，李长根巡田时发现自家田里的水稻秧苗蔫了，而叶磊落田里的水稻秧苗挺拔郁葱。李长根连续几天采取了不少措施，但蔫的秧苗不见好转……吃了不少苦头的李长根终于丢下老脸，向穿着铮亮皮鞋在田头摇头晃脑地哼着歌的叶磊落请教……秋收的季节要到了，叶磊落雇人剪稻尖，李长根又惊得目瞪口呆。叶磊落的稻尖米卖到天价四百元一公斤，供不应求成了大品牌。一天清晨，叶磊落打开门见李长根捧着大猪蹄跪在地上。吓得半死的他结巴着：“李……师傅，你……这是干什么？”李长根虔诚地朝叶磊落磕了三个响头，“我要拜您为师！”

孙家小女儿孙艳芬的婚变，使离婚后过着单身生活的王秋月禁不住暗暗窃喜，她想进一步套牢孙贵根，做集团的老板娘，继而让自己的儿子孙权权继承孙家的家业。孙贵根迟迟不让她转正为老板娘，这让她十分恼火。当她得知孙贵根欲要外孙姓孙以继承他的家业时，更是气得咬牙切齿，她暗中向李长根通风报信，极力阻止李旺旺的儿子姓孙，同时她把7岁的儿子孙权权带到孙贵根身边，从而实现自己的计划。王秋月让儿子叫孙贵根“爸爸”，可孙权权只肯叫“爷爷”。

孙权权个性太强。在吉米和钱美莉提出的“教改实验”——参观农民画馆时，居然动手欺负不肯低头的阿狗，幸亏吉米赶到制止，但因用力过猛，吉米拉倒了骑在阿狗身上的孙权权。这一幕恰好被王秋月和查理看到，将此景拍照发到网上，钱美莉和吉米顿时成了网上的“攻击目标”，赵大虎也因误会女友和吉米之间的关系和钱美莉大吵一场而莫名其妙地成了“网红”。吉米难抗压力隐居，孙艳芬也扬言与吉米“断交”。后镇党委卢书记派人调查，并通过学校的主题班会澄清了事实，众人四处寻找吉米。当孙艳芬、赵大虎、钱美莉在农民画馆发现正在作画的吉米时，画中凝聚的强烈情感让孙艳芬失声痛哭……

为了讨回半张出生证，李长根找孙贵根吃了个闭门羹，又跑到农家乐饭店找媒人赵春花发酒疯。而此时，俗称“阿庆嫂”的媒人赵春花的日子也不好过。赵多生买彩票中了个一千万元的大奖，使赵家一夜暴富，倒插门的赵多生更是咸鱼翻身，底气十足。他领奖回来的第一件事就是向老婆赵春花郑重宣布：一是从今天起我是一家之主，农家乐饭店的老板；二是我要改姓为王，叫王多生，儿子赵大虎也要随他的姓，去赵姓王，叫王大虎；三是你和你的初恋情人孙贵根不得再来往，否则我就和你离婚；四是儿子不到钱家做上门女婿了，我要讨儿媳妇。赵春花对前三条没有异议，可对第四条觉得十分为难。

儿子赵大虎到钱家去做上门女婿，这是双方早就商定好的，再过三个月儿子和钱美莉就要结婚了。钱家饭店订好了，亲朋好友也都请好了，而且钱国庆毕竟是一镇之长，农家乐饭店的生意他也帮了不少忙，现在要毁约，于情于理确实说不过去。可赵多生却不吃这一套，镇长又怎么样？市长又怎么样？现在有权的不如有钱的。他钱国庆拿得出一千万吗？钱家要是不同意嫁女儿，这门亲事就拉倒！

叶磊落旗开得胜，他又有了更大的规划和目标。他要把地交回农民，让农民得到更多的实惠，从而激发他们的种田积极性，自己则向农业职业人的角色转换。叶磊落与三地农民签下三千亩承包合同。叶磊落的方案，得到几十家种粮大户的响应，不料，却引起种种非议。镇、区两级听证会上，开始了一场关于土地承包、农业生产方式改革和家庭农场的探讨和辩论。

叶磊落认为：现代化农业不仅在于生产规模，而且在于他们的生产方式。而生产方式的变革在于人们的思想意识。所谓的“大规模”农业，只是小农经济的扩大化，拖拉机、飞机等农业机械的出现，只能证明其生产形式的变化，并不意味着生产方式的变化。可钱国庆他们开始无法接受这个观念，还是集资搞了农机队，结果农机队入不敷出，面临解散的危险。叶磊落接下了农机队这个烂摊子。农机队在他的带领下积极向外省开拓业务，最终扭亏为盈。

吉米的出现，给赵大虎和钱美莉之间造成了一些误会。而赵大虎和钱美莉恋爱的危机最大导火索则是钱美莉最好的闺蜜，也是赵大虎的好友孙艳芬。孙艳芬和她贤淑的姐姐孙艳华正好相反，她敢恨敢爱，思想前卫。一次，她突发奇想想跟叶磊落一起翱翔天空，体验一下乘坐农业飞机的感觉。可叶磊落说目前没虫灾。在孙艳芬的“威逼利诱”下，赵大虎和孙艳芬夜闯林场撒一些毛毛虫制造虫灾。为骗过巡视的守林员，孙艳芬急中生智拥吻赵大虎。绯闻悄然传播，孙艳芬和吉米这对本来就陷入爱情危机的跨国恋，似乎已走到尽头，钱美莉和孙艳芬也由最好闺蜜变成了“仇人”。赵大虎挨了钱美莉两记重重的耳光。“哑巴吃黄连”，赵大虎哭丧着脸，不敢申辩半句。

“什么？你被钱美莉打了？啊！这还了得！”赵多生劝儿子把这门亲事吹了，“老爸有的是钱，你还怕讨不到老婆？市里漂亮姑娘随你挑，我们‘新天地’来个‘百里挑一’的征婚……”赵大虎却说非钱美莉不娶，气得赵多生大骂儿子没出息。

钱国庆没过上几天舒心日子就遇到了金融危机的风暴。“农民画旗袍”时装秀巴黎之行被告暂停，加上银根紧缩，动迁款迟迟没有发放，动迁户集体到区里上访，区里责成镇政府限期解决。钱国庆知道，假如迈不过这道坎，不要说升副区长，就是现在的乌纱帽也怕保不住。他四处筹资，最后还缺两百万元。钱国庆硬着头皮向亲家赵多生借钱。迫于无奈，钱国庆只得在嫁女儿的协议书上签了字。

钱国庆摆平了动迁户，不料却后院起火。妻子吴秋花是一位农民画家，思想比较开放，原先对嫁女儿还是招上门女婿她都无所谓，但对赵家的突然毁约，特别是赵多生暴富后鼻孔朝天，翻脸不认人的做法十分反感。他不讲理，我偏要争口气，所以坚决不同意嫁女儿，要赵家履行原来的婚约。女儿钱美莉也站在母亲的一边，双方僵持不下，谁也不让谁。眼看离结婚的日子越来越近，赵春花急中生智，想出了一个折中方案。生男孩，姓赵，是赵家讨儿媳妇，结婚、满月酒由赵家一起操办；生女孩，姓钱，是钱家招上门女婿，一切仪式则由钱家操办。赵多生虽然对方案有异议，但迫于儿子“老爸，你如不同意，我就上山做和尚”的威胁，只得在协议书上签字。

孙艳芬因论文找叶磊落帮忙，结果成了叶磊落的“农业外联”，并在叶磊落最需要的关口，调来大批农机队，完成了“双抢”任务。这启发了她的灵感，写出了一篇关于“传媒”的很有分量的论文。

孙贵根看不惯这个“洋不洋、腔不腔”的叶磊落，要女儿远离他。孙艳芬不听父亲的劝告，依然我行我素，这令孙贵根大为光火。孙艳芬的那篇论文得了一等奖。颁奖典礼上孙艳芬唱起了叶磊落自编的那首歌《妈妈，你在哪里》……

实习期间，孙艳芬因及时报道了叶磊落的“农业飞机上天为农户播洒农药抗击稻虱虫”的新闻，被市电视台正式录用为一名采编记者。女儿的进步，叶磊落的家庭农场风生水起，他的大农业项目也搞得有声有色，孙贵根开始自省是否错怪了叶磊落。

为了讨回半张出生证，李长根又找孙贵根发酒疯，并闯入会议室与他发生了争执，造成外商对孙贵根的误会，使谈判陷入了僵局。孙贵根气得扬言要告李长根。

一天，喝闷酒的李长根接到法院传票，他骂孙贵根有种。开庭那天，李长根不听工作人员的劝阻，依然我行我素喝起了酒。他见老婆张冬花坐在原告席上，骂她坐错了地方，命她坐到自己这边来。可张冬花说她没有坐错地方，原告就是她。她要告他，还要跟他离婚，她要孙子姓孙，她要孙家的一百万元补偿费。李长根如遭雷击，身子一歪倒了下去。

“农民画旗袍”服装系列的产销走上了正轨，成功集团也走出了困境，重新恢复了昔日的辉煌。受叶磊落的熏陶，赵大虎感到乡村振兴大有作为，他瞒着孙贵根去竞选村主任。知道真相的孙贵根大骂赵大虎为“叛徒”，更恨叶磊落在背后捣鬼。钱美莉也误以为赵大虎是借老爸的“权力效应”谋官，两人又大吵一场，不欢而散。

“屋漏偏逢连夜雨”，赵大虎的离职，“农民画旗袍”服装系列因有“印染问题”而遭到查理的退货，顿时，孙贵根如遭雷击。王秋月回想起了查理曾经有过的“手脚”，孙贵根更是对她亲近查理的“过分举动”讽刺揶揄，王秋月发火激怒了孙贵根，最终孙贵根突发脑梗，被送进医院……

关键时刻，赵大虎挺身而出，毅然“厂长”、村主任一肩扛。他一方面积极配合王秋月组建“模特儿队”到市各大宾馆演出，打造品牌效应；和肖一枝一起查找“印染问题”的原因；督促张独苗推销库存服装。另一方面在钱国庆的支持下，他与钱美莉、孙艳芬一起“开发农业旅游”，建立“网络菜地”“农产品网上直销”“虫草培育基地”“农家手工联艺社”，推广“打莲湘”运动……带领村民走上了乡村振兴的致富路。最后配合叶磊落，为他完成了一个心愿，建立了一个老人们都喜欢的“养生康复园”。

为自己儿子的姓氏，两家闹得满城风雨，不可开交，直至上了法庭。孙艳华为老爸的反悔感到痛心，又为公公在夺姓之争中的所作所为感到不可思议，更为老公为了一百万元补偿费心甘情愿地答应儿子姓孙并把半张出生证给了老丈人感到难过……孙艳华彻夜难眠，抱着儿子走到了楼顶。幸亏赵大虎及时发现，各方救援力量齐心协力，才避免了一场悲剧的发生。

阿胖曾是市里一家贸易公司的老板，曾经生意兴隆，日进斗金。按他的话说，自己开的是豪车，住的是高档宾馆，吃的是山珍海味，有一大帮前呼后拥的朋友，还有一大群美女陪着。可前年因受骗致公司倒闭，还欠了一屁股债，连老婆也带着儿子跟着昔日生意上的老板跑了。走投无路的他只得来到赵家饭店打工谋生。二十年前，我是你老公的老板，可现在你成了我的老板……赵春花风趣地说：“这叫六十年风水轮流转，三十年河东，三十年河西，只允许我老公替你打工，就不许你为我打工？”

阿胖头脑灵活，有一套经营管理经验。他曾为赵多生在赵家的没话语权鸣不平，又为赵多生一夜暴富拍手称快。可赵多生一直耿耿于怀在阿胖公司打工时受到的不公正待遇(其实与阿胖无关)，从没给阿胖好脸色。当初，要不是老婆硬留阿胖，他是决不要这个落难的上海人在饭店打工的。

阿胖和赵春花很聊得来，特别是在与钱家夺姓之争中和赵春花站在一起，有时他俩还有点眉来眼去，这使暴富后的赵多生醋意大发，不顾老婆的反对立马辞退了阿胖。

赵多生被“生子丸”老板骗得晕头转向，幸亏后来东山再起的阿胖及时赶到，才使赵多生躲过一劫。

孙贵根康复归来，看到一辆辆集装箱车，车间内机器轰鸣，一件件印着“农民画”的旗袍服装，一张张员工的笑脸……他握着赵大虎的手，感慨万千。

钱国庆接待着一批批国内外农业代表团，忙得不亦乐乎；叶磊落向参观的中外客人介绍着什么，他还被邀请去印度讲课；赵大虎也受邀担任市电视台“乡村振兴”节目的嘉宾，与来自各高校的学生代表一起探讨大学生在乡村振兴中的优势和作用。

阿狗爷爷和阿狗外婆这对冤亲家，在姓氏之争中各使奇招，谁也不让谁，其中闹出了不少匪夷所思的笑话。他俩都喜欢打“莲湘”，且技艺不相上下。一天，被这对“活宝”隔三差五纠缠得焦头烂额的赵春花妙生一计：一个月后镇里要举行打“莲湘”大奖赛，谁夺得老年组冠军，阿狗就随谁家的姓！令赵春花想不到的是，阿狗爷爷和阿狗外婆竟齐声答应了。望着阿狗爷爷和阿狗外婆远去的背影，赵春花如释重负，眼泪夺眶而出。

把宝压在钱美莉肚皮上的赵钱两家，双方的父母使出了浑身解数，想赢得这场赌注。高科技、祖传秘方等一起上，令小夫妻俩吃足了苦头，直至分房而睡。最后赵大虎狠下一条心，瞒着钱美莉到医院，苦苦哀求他的老同学罗医生给他做阴部皮脂腺囊肿切除时同时帮他做绝育手术，想换回甜蜜的夫妻感情。不料却火上浇油，知道了真相的妻子钱美莉向他提出了离婚。双方的父母也吵成了一团……赵多生气得大呼小叫、顿足捶胸：“儿子哎，千扎万扎，其他的东西都可以扎，就是这根传宗接代的管子不能扎。儿子哎，你真糊涂，真糊涂啊！这可怎么办？怎么办呢？”赵大虎双手捂着下半身，低着头，一言不发。赵春花用拳头捶打着赵多生：“都怪你，中了一千万大奖，就咸鱼翻身不得了啦！毁约不讲诚信，装病骗大虎，又去买包生男孩的秘方，被人家骗去了十万元的钱不说，还害得大虎结扎了……”她说着呜呜地哭了起来。钱国庆哭丧着脸：“大虎，这么大的事，你怎么可以自作主张，不跟美莉商量，也不跟我们打招呼呢？”吴秋华抱着女儿，一把鼻涕一把眼泪：“老钱，你怪大虎干吗？当初你如果答应女儿嫁过去，就没有今天这回事了。你是一镇之长，连这点觉悟都没有，我和你没完！”钱国庆说：“老婆，我承认我没答应嫁女儿是我的不对，可大虎的结扎手术总不是我叫他去做的呀！这能怪我吗？”赵多生一拍大腿：“对呀！光怪我们有什么用！真正的罪魁祸首是医院！”这时，罗医生及时赶到道出了原委，才使双方的父母痛定思痛，在一片欢笑声中握手言和。

阿狗爷爷在狂练打“莲湘”中昏倒，暗中窥视的阿狗外婆连忙奔过去对他进行口对口人工呼吸。阿狗爷爷醒了，见阿狗外婆在吻着自己：“你怎么亲我嘴巴？”阿狗外婆：“谁亲你……嘴巴了？是你刚才没气了。”阿狗爷爷：“我这嘴巴只是我死去的老太婆亲过的，你怎么可以乱来？”阿狗外婆：“我这嘴巴也只是我死去的老头子亲过，就你的嘴巴值钱？”

李长根为孙子李贝贝报了户口，独自一人来到祖坟前。他哆嗦着打开手机视频，然后把户口簿放在坟前，连磕了三个响头：“老祖宗啊，你们看看我的大胖孙子，李家香火旺旺，我对得起……”他话没说完，头一歪倒在了坟边。

“举农业旗，走振兴路，唱旅游戏，打廊霞牌！”“农民画旗袍”服装系列在国际市场上大受青睐，产品供不应求；各种具有特色的“廊”牌的农副产品相继问世；具有廊霞传统特色的“打莲湘”，荣获国家“非物质文化遗产”的证书，来廊霞旅游的国内外客人，络绎不绝。钱国庆到区里任副区长的那天，廊霞的百姓纷纷自发地打着“莲湘”为他送行。

好事多磨，巴黎“贵人”到廊霞告诉大家一个好消息：巴黎巡演将继续……吉米一声：“妈妈！”让孙艳芬和众人恍然大悟。原来，巴黎“贵人”就是吉米的母亲，一个三十年前远嫁法国的上海的美丽姑娘。

叶磊落一直寻找奶妈的踪迹无果，他把爱献给了廊霞的老人。他拿出家庭农场经营赚来的钱，设立老年养老基金，集资建设了颇具规模的养老院。在市电视台专题节目录制中，叶磊落说自己本姓姜，奶妈她姓叶，奶妈对他恩重如山……叶磊落说着拿出胸前的玉石吊坠，这是奶妈给他留下的唯一东西。孙贵根震惊了，自己的一个玉石吊坠与叶磊落的玉石吊坠一模一样。孙贵根原来就是叶磊落要找的奶妈赵家姆妈的儿子，而且其姓氏也完全暴露。原来孙贵根也是从小被过继给孙家的，其父亲就是叶磊落的奶公赵春旺——也是赵春花的远房堂兄。最后孙贵根连呼“天意”，他开玩笑地对吉米和孙艳芬说：“如果我当时真娶了赵阿姨（指赵春花），那就成了近亲结婚。你和你姐可能成了憨大或残疾人。”吉米：“我和艳芬是异国恋，将来你的孙子孙女肯定绝顶聪明。”孙贵根点头称是，可他又纠正道：“今后你们的孩子，是我的外孙子、外孙女。”吉米一本正经地：“亲爱的老爸，老丈人，好岳父，我知道你的心思，我已决定做你的上门女婿，我要姓孙，我是属猴的，所以我的中文名字叫‘孙小圣’！这是我的‘上门女婿的协议书’，请您签字。”孙贵根一拍大腿：“好，谢天谢地，我也算是对得起孙家的养育之恩了！”

王秋月是一个既精明又仗义的女人。她和孙贵根、查理之间的情感纠葛微妙而复杂。孙贵根为了拯救成功集团，不惜忍受情人王秋月与查理一次次的“逢场作戏”给他带来的无比痛苦和煎熬。而王秋月开始是想早日与孙贵根成婚，坐上集团“老板娘”的宝座并趁机“大捞一把”，所以她把就读于上海重点小学的儿子孙权权也接到了身边。可日久生情，当王秋月真的爱上了这个比自己大30岁的孙贵根时，她却放弃了“大捞一把”的初衷，不顾名分不辞辛劳一心一意地辅助孙贵根的事业。为了孙贵根，她义不容辞地充当“诱饵”和查理“卿卿我我”；当成功集团资金周转困难，她二话没说拿出所有积蓄鼎力相助。但她最终抵不住查理的一轮又一轮爱情攻势，终于投入了他的怀抱。

王秋月带着儿子孙权权和查理远走高飞。孙贵根望着腾空而起的飞机，几滴眼泪从他脸上滚落下来。

河边的一座孤坟前，烟雾缭绕，地上摆着几样祭品。叶磊落跪在坟前潸然泪下，孙贵根、赵大虎、钱美莉、孙艳华、孙艳芬和赵春花一起朝长眠在地下的叶妈妈鞠躬致意。

金秋十月，丹桂飘香。赵大虎和钱美莉，吉米和孙艳芬，还有阿狗爷爷和阿狗外婆双双携手走上了集体婚礼的殿堂……阿狗如今有了新名字——世博，他捧着一束花献给新娘钱美莉。

又是一个春光明媚的春天。“廊霞农民时装队”的演员们身穿用农民画点缀的旗袍服装系列和各式服装走上新天地大舞台，队伍中有赵大虎、钱美莉、吉米、孙艳芬、孙艳华、赵春花、肖一枝、阿狗爷爷、阿狗外婆、阿狗当然也身处其中，还有临上台演出还要喝一口酒的李长根。他们将从这里走向世界，最终出现在埃菲尔铁塔的脚下。

作者简介：

严雪方，男，上海金山人，外科主治医师。1986年起开始业余文学创作，共创作了近二百万字的影视文学作品。
主要作品：电影剧本《冷瞳》《上门女婿》《纯真年代》《飞越田野的梦》；电视剧剧本《黑猫突击队》《她没有眼泪》，在《中国作家》《电影、电视、文学》等刊物发表了《小镇书记》《盲人点灯》《沉重的手术刀》《小媒人》《无“微”不至》《夺姓一家亲》《哥哥，你别亲嫂子》《飞越田野的梦》《大海有泪》等十几部电影、电视文学剧本。其中《哥哥，你别亲嫂子》，获1996年全国电视剧文学剧本“亚视杯”三等奖，并受到了时任中央政治局委员李铁映接见。小品《打赌》，获1997年上海小品艺术节三等奖。二十集电视连续剧《夺姓大战》，获2008年上海市文化基金会项目资助。

王正伟，男，上海人。1974年在宝山县杨行公社插队，1976年参军。演员、编剧。在电影《大泽龙蛇》《残酷的欲望》《奢香夫人》，电视剧《战地霞光》《在多情的日子里》《神秘的青鸟》《织网者》《她和她的吉他手》《封神榜》《台北选美黑幕》《郑成功》《红色警戒》等饰演角色。
创作主要作品：电影《金鸡岭恋歌》《柔击神功》《石库门1937》《开国将帅》等剧本。

张秉珏，男，辽宁大连人。1968年去辽宁农村插队，1969年参军。海军政院毕业，海军上校团政委，在职硕士研究生，上海摄影家协会会员。著有散文集《目击韩流》《衡山路》《南沙来信》，报告文学《太阳从北方升起》，电影剧本《生死长江口》等。

班主任（30集）

◆ 万光新

某高级中学秋季开学，范愈看着上一届学生微信群里的信息，回忆起两年班主任的工作情景。“弥勒佛”“兵哥”“猴子”“公鸡侠”“侦探”“小琼瑶”“才女”“荒野的狼”等个性鲜明的学生群体形象慢慢浮现出来，他与他们有趣且有意义的故事也一一再现眼前。

高二（6）班原班主任严文信因过激处理学生“谈恋爱”的问题，让男生张建军停学回家，而单亲家庭的女生程晓华因为不接受处分而“失踪”。

张建军父亲张志超是某体育器材公司董事长，区政协委员。见儿子又一次被赶回家，十分气愤，到学校找校长奚有为理论。奚有为知道张志超的身份，听张志超话里有话，暗藏玄机，倍感压力，只能一时承诺会给张志超一个满意的答复。

而程晓华的姐姐程晓蕊性格泼辣，直接校闹，与严文信发生正面冲突。同时学生也因为受不了严文信死板教条的工作方法，趁机起事，要求更换班主任。一时间师生矛盾、家校矛盾激化。

正在奚有为无计可施的时候，教科室主任范愈凭他的文学洞察力发现其中端倪，又以无可辩驳的逻辑推理，分析揭示出程晓蕊校闹的心理动机。程晓蕊心服口服，停止了校闹，同时因佩服范愈的才识和翩翩风度，对范愈产生了爱慕之情。

校长奚有为为平息师生矛盾，想请范愈接任高二（6）班班主任，并请出范愈同学、区教育局教研室主任沈履宏做范愈的工作。范愈与沈履宏对酒论教育，揭示了当今教育存在的种种弊端，但位卑未敢忘忧国，范愈还是决定接任班主任工作。但历来与范愈不和的副校长季柯夫却表示反对。而暗恋范愈的美术教师吴韵也劝范愈不要“犯愚”。

范愈凭借丰硕的教育教学成果，早已证明过自己的能力，因此他不计个人得失，接任高二（6）班班主任。但范愈也向奚有为提出要求，给他独立的工作空间，学校不要过多干涉他的班主任工作，同时指出班主任工作是一门艺术，不是机械化的零部件生产。奚有为同意了他的要求。

范愈带着班长尤光荣去张建军和程晓华家家访，加强了家校的沟通理解，体面地让两个学生回校上课，取得了家长对他的好感和信任。同时，范愈利用这次事件作为教育良机，不断激发由于单亲家庭而性格内向又倔强的程晓华的学习信心；善于化有形为无形，不断帮助张建军改掉胸无大志、性格懦弱的性格，利用烈属和军人家庭的特殊荣誉，激发张建军的男儿血性。

高二（6）班是一个特殊班，恶作剧、师生矛盾冲突等等问题层出不穷。

“猴子”徐超抽烟。主管教育的副校长季柯夫要求范愈严处。范愈了解到徐超犯错太多，曾经在饭堂打架、用钥匙划老师的新车……以前严文信做班主任，没少叫徐超写检查，但都是写了再犯，犯了再写，反复循环。范愈到徐超家家访，发现徐超家是贫困且没有文化的家庭。徐超父亲徐德进还因为工作，断掉了一根大拇指。范愈搞清了徐超自卑自贱的心理，也发现徐超的正义感和小聪明。于是范愈首先着手改变徐超自卑自贱的心理，抓住抽烟的事，范愈举起四个指头，点烟抽烟，唤醒了徐超的良知，又分析饭堂打架的事，指出徐超具有正义感，鞭策与鼓励并施。认为自己一无是处的徐超，发现自己原来还有优点，遂暗下决心，好好学习，改掉不良行为。

班会课上，范愈从心理学和多元智力理论的角度，帮助学生树立信心，结合学生的智力特长和学业兴趣，一个一个地指导学生确立学习目标，并具体分析实现目标的因素与可能，让原本调皮捣蛋没有希望的高二（6）班，逐渐形成“上下同欲者胜”的班级团结与学习氛围。

律师家庭出身的“侦探”苗希雨和大学教师家庭出身的“才女”马晓是班上两个最活泼聪明而又刁钻顽皮的女生，平时喜欢刁难教师，喜欢拿男生“猴子”徐超和“公鸡侠”戴成戏耍。范愈稳定了班级并营造出积极奋进的氛围后，苗希雨和马晓意识到以后主要精力要放在学习上，但习惯难改的两人，还是决定最后一次挑唆徐超和戴成干一仗。于是借徐超抽烟被教育的事，以“杀鸡儆猴”和“杀猴吓鸡”挑事，本已准备改正的徐超不服气的劲头又上来了，而戴成大有阿Q式的滑稽，喜欢被人调笑，同时也调笑别人。于是两人为先杀猴还是先杀鸡干架，全班围观看戏，苗希雨和马晓幸灾乐祸。

范愈进班，看到徐超把戴成压地上，两人扭打在一起，范愈也不阻止。等学生发现范愈站在身后，纷纷回到座位，戴成、徐超才发现范愈笑着看着他们打架。两人难为情地停止打架，准备接受范愈的批评。但范愈却没批评他们，转而艺术地批评苗希雨和马晓，并因势利导，要学生对反义成语，每一对反义成语都是围绕打架的事，批评教育启发学生。弄得学生哄堂大笑，而在共同的笑声中，苗希雨、马晓、戴成、徐超也深感惭愧，深受教育。范愈活生生把一场恶作剧和应严肃处理的事，变成了如何做人和创新思维的教育课，赢得了学生由衷地佩服。

女生宿舍内，程晓华洗澡后在宿舍穿着程晓蕊给她的吊带裙，看着莎士比亚戏剧集，被值班的政教处主任、高二（6）班地理教师管琳发现。程晓华又比较丰满，穿了吊带裙就更显眼。管琳认为程晓华穿吊带裙有伤风化，严厉而挖苦地批评。这激怒了一向少言寡语的程晓华，程晓华反问管琳在家穿三点式难不成校长还要去管？管琳感觉受到极大的侮辱，于是与程晓华发生激烈的冲突，而马晓、苗希雨又都阴阳怪气地帮着程晓华讽刺挖苦管琳。管琳被几个女生围攻得无计可施，恼羞成怒，强烈要求学校处分程晓华和几个女生。

而男生宿舍内因为抢着洗澡，戴成与徐超又发生冲突。两人揪斗，戴成把徐超的汗衫扔到楼下，正好罩在前来检查宿舍的副校长季柯夫头上。季柯夫气急败坏地上楼，严肃质问，而戴成、徐超却滑稽搞恶。与季柯夫同时检查学生宿舍的柴火青又故意煽风点火，说万一要是把裤头罩到季校长头上，季校长还不晦气死了？这话又刺激了戴成，戴成居然真拿着裤头从季柯夫头上拂过，还唱起“掀起你的盖头来”。季柯夫愤怒得一时说不出话来。班长尤光荣又帮着徐超和戴成，说是抢时间学习的，不是真的打架，又说他们经常斗，前面斗了，后面和好，不要当回事。季柯夫无可奈何，愤愤而去。

男女生宿舍的两起事，不仅违反了宿舍管理条例，还有一个新的共同的性质：学生齐心“侮辱”老师。在季柯夫看来，这个责任是范愈的，因为范愈总是袒护学生，而学生从来没有这么胆大妄为。

季柯夫、管琳都要求范愈严肃处理程晓华、徐超和戴成的同时，季柯夫还要求奚有为追责范愈纵容包庇学生。而奚有为答应不干涉范愈的班主任工作，又深知范愈的工作方法和能力，对季柯夫的要求不予理睬。季柯夫无奈，只好直接找范愈，而范愈认为不应该过分干涉学生的隐私，班主任管理的最高境界是“无为而无不为”，更不想影响刚刚调动起来的学习积极性，同时要给学生回转的空间和时间，拒绝了季柯夫的要求。这让季柯夫怀恨在心。

英语课上，刚参加工作的英语老师万迪迪尖而快的语调语速刺激了学生“荒野的狼”熊波，熊波忽然歇斯底里地大吼，猛捶课桌。万迪迪吓得哭着离开课堂，正好被巡视的季柯夫看到。季柯夫了解情况后要开除熊波。

范愈先是向其他同学了解，但熊波平时跟同学几乎很少说话。有次熊波夜里一个人爬到宿舍楼顶，被几个同学拉下来。季柯夫怀疑熊波有自杀动机，把熊波逐出学生宿舍，熊波的妈妈只能给熊波校外租房。所以同学对熊波并无多少了解。

范愈到熊波家家访。熊波父亲熊人宝原本也是某广告公司老板，混得很不错，因听了老婆的话，给朋友担保，结果弄得自己公司破产，连房子都卖了还债，租了个破旧的小房居住。熊人宝意志消沉，成天醉酒，打骂妻子。而妻子因为是自己劝熊人宝担保才弄成这样的，只能忍气吞声，靠开出租车养活一家。范愈意识到熊波是因为郁积的苦闷情绪无法发泄，然后受到某种刺激就会歇斯底里。要改变熊波必先改变熊人宝。于是范愈主动与熊人宝喝酒，直到把熊人宝喝得认输。然后又开导熊人宝，让熊人宝重新振作起来好好找个工作。范愈定期陪熊波到体育馆击打沙袋发泄情绪，熊波情绪逐步稳定下来并立志报考军校。

区级阅读教学示范课，副校长岳文木要范愈主讲，并暗示范愈要按照学校规定的教学模式上课。范愈就教学模式与岳文木发生了静水流深的文冲突。本来就圆滑的岳文木屈于不得已要范愈上课，只好勉强答应范愈按照自己的方法上课。

范愈和他的学生共同演绎了一堂生动活泼而又有启发想象力和批判思维能力的语文阅读课。学生的想象力和批判思维能力令所有听课教师十分惊讶，但也招致教学副校长岳文木和众多担心高考能否出成绩的教师的质疑。讨论会上，围绕应试教育和想象力培养与创新意识的教育问题，争论激烈。范愈“舌战群儒”，阐述了教育的宗旨是为党育人、为国育才，以及人才的标准，同时强调课程意识与教师批判性思维对启发学生思维的巨大作用。

国庆长假，范愈带学生去鲁迅故居采风，学生在吃茴香豆、喝黄酒、参观鲁迅故居、体味三味书屋读书情景等一系列愉快的采风活动中，对鲁迅寻求救国救民的真理有了直观深刻的了解。但对学生提出的为什么中学语文教材要把鲁迅的文章删掉的问题，范愈却说不知道，你们以后会知道。学生云里雾里，因为从未有问范愈问题而不知道的。马晓的父亲马骥北是大学历史教授，马晓问她父亲，她父亲说出与范愈相同的话。这让学生怀疑里面大有玄机。

但采风的事也遭到了少数家长的反对。徐超家长徐德进、程晓华姐姐程晓蕊到学校提意见。季柯夫怂恿程晓蕊找奚有为。结果程晓蕊被奚有为批评得哑口无言。

身心俱疲的范愈中秋节前一天生日。懂事的儿子范鹏用平时节省下来的零花钱给范愈买了生日蛋糕和下酒的菜。范愈下班回家，看着儿子范鹏，范愈回忆起与亡妻符春梅的幸福生活——演讲辅导初相识，太湖边追逐，教师公寓里的热烈拥抱、下班回家的梅干菜烧肉……范愈凄婉地唱起《明月几时有》，不禁潸然泪下。

中秋假日，范愈带着儿子去商城给长高的儿子买运动服运动鞋，然后又买了节礼和范鹏一起看望符春梅妈陈桂芳。有心机的程晓蕊早已经打听到范愈岳母陈桂芳的家，找上门表达对范愈的爱慕之情。陈桂芳见程晓蕊漂亮聪明，又无子女，也认定是范愈再婚的最佳人选。中秋节这天范愈来看望陈桂芳，陈桂芳劝范愈娶了程晓蕊，也好对范鹏的生活有个照顾。范愈仍以不想影响范鹏的学业而婉拒。

戴成写穿越小说，把副校长季柯夫、政教处主任管琳和数学教师李学海写进去，都是反面角色。季柯夫成了别里科夫，管琳成了灭绝师太，李学海成了小李飞刀。季柯夫非常愤怒，认为是侮辱教师人格，要求范愈严肃处理戴成。范愈却说小说不要对号入座。季柯夫指着小说中清清楚楚写着他的名字反驳范愈，坚决要求处分戴成。范愈却说叫戴成学会化名，就轻描淡写地拒绝了季柯夫。这又让季柯夫恨得牙痒痒。

女生“蜜蜂”文娟父母婚变都到外地生活了，家里就剩下一个年老多病的奶奶。文娟退学回家。范愈到文娟家家访，并主动承担文娟上学的费用。开车带文娟回校的路上，季柯夫为处理采风和戴成写穿越小说的事打电话给范愈。范愈因开车，让文娟接电话。季柯夫觉得终于抓住范愈的把柄：带女生出去兜风，这还得了？这是严重的生活作风问题和师德问题。于是季柯夫三事并发，与范愈发生了一场激烈的矛盾冲突。

奚有为得知事件的真相后，严肃地批评了季柯夫的不光明行为。范愈也道出了与季柯夫矛盾的历史原因——范愈与季柯夫同时参加工作，范愈任重点班班主任，季柯夫任物理教师。因为季柯夫教学无能，严重影响学生的学习情绪和学业成绩，为此，范愈与季柯夫发生过多次矛盾冲突。结果因为季柯夫实在教不了学，就转而做了政教处管理员，进而做了政教处主任，后又做了主管德育工作的副校长。而范愈做了教研组长，后来做了教科室主任。奚有为知道原委后，摇头叹息，喟叹人才提拔得不合理。

学校举行每年一次的师生联合篮球赛。程晓蕊及部分家长到体育馆观看。范愈带领学生打败了去年的冠军高二（5）班，取得了年级冠军。赛后，体育馆外，程晓蕊直接向范愈表达爱慕之情，而吴韵也一直暗恋范愈。范愈一方面思念前妻，一方面为了不影响就要中考的儿子范鹏，婉言拒绝了程晓蕊，同时对吴韵保持距离。

教师评级，范愈作为学习学术委员会副主任，坚持原则。但因为季柯夫是副校长，而且第三次申请晋级高级职称，投票结果，季柯夫占去了本该属于李学海的名额。李学海是范愈班上的数学教师，为了不影响李学海的教学情绪，范愈又去做李学海的工作。

岳文木调教研室工作，学校缺一个主管教学的副校长。奚有为向局长海东推荐范愈任教学副校长。海东答应尽量考虑奚有为的建议。

教育局领导到学校听“不忘初心，牢记使命”的主题班会课。范愈请吴韵画画。范愈利用画面，完美地展示了一堂师生互动、充满想象和创新、激发学生爱国情怀和励志人生的班会课。课后的讨论会上，范愈阐述了班主任工作的内容与方法，揭示了教师作为“人类灵魂的工程师”，“灵魂”的真正含义和教师对学生的教育是“大象无形”、无处不在的认识。

与此同时，学生采风的作品在区报副刊上发表，并有一篇获区文学新人一等奖。区文联受此启发，要联手学校创办“中学生作家培训班”。培训班由文联专业作家定期讲座，同时范愈主讲他潜心研究的“超级想象力训练”系列课，遭到部分同事的嫉妒、抵制和谣言中伤。

期末考试成绩分析会上，高二（6）班成绩进步很大，那些对范愈教育教学的质疑一下子被消除。奚有为要范愈介绍经验。范愈做了一场精彩的教育教学艺术的演讲。

12.9艺术节，高二（6）班的程晓华原创的短话剧《张老师女儿的婚事》，在节目审核时，季柯夫认为内容不符合要求，要否决，却遭到柴火青和团委书记柳叶青及学生会干事秦忆梅等人的反对。演出结果，高二（6）班的短话剧得到了一致好评，获得了二等奖。柴火青因为这事也出力了，借机向范愈说及程晓蕊的事，恰巧吴韵打电话给范愈，柴火青知难而退。

年终总结会和家长会上，范愈分析了学生快速进步的原因，并向与会的家长一个一个地就其子女情况详细地进行了量和质的评价，家长们讨论热烈，尤其是张建军父亲张志超和马晓父亲马骥北，他们见证了子女做人与学习的进步，并充分肯定了范愈对其子女的教育。

就在范愈班主任工作渐显成效，一切向好的时候，范愈提拔副校长的事因为教育局人事处调查考核结果说范愈不能团结同事，且可能有生活作风问题而未能通过。为此，校长奚有为找局长海东理论，为什么一个有思想的人就成了不团结同事的人？为什么捕风捉影的事竟成了事实？调查的都是什么人？海东以不能违反组织原则而委婉地驳回了奚有为的追问。奚有为深感遗憾，浩叹而去。

与此同时，某民办校却乘机邀请范愈去担任教学校长，并许以住房与高薪的优厚待遇。但范愈认为中国的基础教育不应该资本化，更放不下他呕心沥血的学生，范愈拒绝了民办校优厚待遇的诱惑。但这事却被疯传出范愈因为没有得到提拔而想到民办校工作。奚有为安慰范愈，甚至希望范愈去民办校工作。范愈却觉得与学生打交道，看到学生成长，搞搞研究，是他的快乐。

新来的女教学副校长蒲金个性直爽，与范愈在教育教学的观念上非常投合。两人对一些不科学的频繁的考试和如何促进教师的发展开始着手改革。因为两人经常商量谋划，范愈又被风言风语地怀疑与单身的女副校长蒲金可能有不好说的关系。

心力交瘁的范愈终于生病住院。蒲金暂时代替范愈的班主任工作和教学工作。学生纷纷到医院看望范愈，充满师生深情。这给了范愈莫大的安慰。受范愈资助的文娟竟然哭着喊出“爸爸”，要请假照顾范愈。师恩、父爱的内心呼喊和情景催人泪下。文娟、范愈，都流下了感人的眼泪。

医院这边，因为范愈没有家属签字，而来看望范愈的奚有为、蒲金和沈履宏要代替家属签字，遭到医生的拒绝。奚有为愤怒地质问为什么以校长名义签字都不行。而正在为难的时候，吴韵忽然赶到，毅然决然地以未婚妻名义签字，并承担起照顾范愈的责任。奚有为当场特批吴韵一个月假。而吴韵母亲洪叶追到医院，反对吴韵嫁给已经有过一次婚姻且有一个上初中的儿子的范愈。与此同时，陈桂芳、程晓蕊也来到医院。蒲金嘱咐吴韵好好珍惜范愈，然后与奚有为等离开。洪叶第一次看到范愈，忽然发现范愈确实是一表人才，言辞得体。原本反对吴韵嫁给范愈的心也有了转变。陈桂芳见此，只得安慰程晓蕊。程晓蕊见到吴韵已经代表家属签字，遂真诚地祝福吴韵。

本应该调养一个月的范愈，一周后，就回到了他的学生中间。范愈请音乐教师柳叶青辅导程晓华面试的常识，同时自己单独辅导程晓华上戏校考的短剧创作。

程晓华上戏校考过关。张建军、熊波军校提前招生被录取。范愈让他们现身说法，激励其他学生做好最后一个月的高考冲刺。

高考的第一场语文考试，考场内，高三（6）班的学生考得得心应手。考场外，高三（6）班的家长们你一言我一语议论着，似乎心中都有底。散考出来，张建军和程晓华一起走着议论着，戴成和徐超一起走着议论着，苗希雨和马晓一起走着议论着……在他们的脸上都洋溢着收获的自信与喜悦。最终，高三（6）班，集体取得了优异的高考成绩。

“弥勒佛”尤光荣：复旦大学新闻系。

“公鸡侠”戴成：上海师范大学中文系。

“猴子”徐超：苏州工艺美术学院。

“才女”马晓：上海师范大学历史系。

“探长”苗希雨：华东政法大学。

“蜜蜂”文娟：上海立达学院。

“兵哥”张建军：陆军航空兵学院。

“荒野的狼”熊波：陆军特种作战学院。

“小琼瑶”程晓华：上海戏剧学院广电编导系。

……

与此同时，范愈也与吴韵再配伉俪。范愈婚礼上，学生们集体为范愈送上鲜花，上演了一场师生共庆祝婚礼的感人剧情。程晓蕊也送给吴韵礼物，表达衷心的祝福。张志超、马骥北也都由其子女送上祝福的礼物。婚礼的主题音乐《牵手》也改成了《绿叶对根的情意》，奚有为致辞：教育培养国家人才、传递人间真情。

作者简介：

万光新，1962年生，中共党员，高级中学高级教师。泰州市作家协会会员，泰州市青少年作家协会副主席，365作文网指导老师。从事教育教学实践与研究三十多年。

作品：32集电视剧《班主任》，32集电视剧《再婚》，长篇小说《男人魂》，古诗词研究文集《古诗词鉴赏主题提要》，教学著作《文心——高中作文教与学》《想象力培养与训练》。

主编：《外国小说鉴赏》《中学生散文阅读100篇》《中学生现代文阅读与训练》。

秋水长天梦归舟（20集）

◆李　蓉

年迈的家远伫立遥望茫茫海天交汇处，仿佛看到自己遥远的根之故乡，看到曾经的来路。一个声音在内心低沉呼唤：妈妈，你在哪儿？

……

一艘孤零零的小船在黄昏的落寞中渐渐离开远方的海边小岛，萧索的秋风无情抽打着家远爷爷龙旺的脸，他立在船头木然地望着远去的故乡。龙旺的母亲还站在岸边不停地朝他挥着手，苍白的头发被风撕揪着，仿佛要将她单薄的身体扯上天、扯进海。龙旺拼命地朝岸边的老母亲挥着手："娘，你回吧——！"小船顺着水势行得很快，已经离陆地越来越远。龙旺的声音根本传不过去，只能苍凉地消失在水天交际间。两行热泪顺着龙旺的面颊无声落下，瞬间变得冰凉。凄惨的夕阳犹如一个巨大的算盘珠，正无可奈何地被远处的海水渐渐吞噬。龙旺颓然地跌坐在船板上，呆呆地望着渐行渐远的故乡小岛和渐渐消失的母亲的瘦小身影……

家远的爷爷龙旺因为一场意外的变故，被迫离开海边小岛外出谋生，在遍尝人间辛酸后终于在长江下游的镇城立下足，经过坚韧打拼和苦心经营，创下一份还算可以的家业。苦于膝下无子，于是收养了一个义子梦舟，送其读私塾进洋学堂，接受良好的教育。然而梦舟一直体弱多病，龙旺请大师算卦说需为其择佳偶冲喜方能保命。于是龙旺在梦舟成年后，以他在镇城商界的地位和影响，为养子寻得一位良家姑娘秋雪，让他们成婚。梦舟和秋雪都受过良好教育，共同的志趣与追求让他们情投意合。尽管病弱的身躯、动荡的社会和作为少爷的生活方式让梦舟多少有些消沉和颓废，然而爱妻的知书达理给了他继续生活下去的勇气，儿子家远的出生更给他们的生活带来无限憧憬和希望。殷实的家境、安静的生活、希望的未来，如果一切照此发展下去，将是一个典型中国式中产阶级的生活模式。

然而战争的灾难和家庭的变故将这一切都打破了。日本侵略中国的战火从东北开始不断蔓延。受战争影响以及各种经济势力的挤压，作为民族资本起家的龙旺家族面临前所未有的困境，生意每况愈下。原先经营的木器行和家具类业务在兵荒马乱的年代难以为继，只有往来长江中下游的运输业还勉强支撑。然而在一次向中游承运货物的业务途中，黑心管家押解船队遭军队拦截，竟变相卖掉所有船只携款逃跑。在重大打击下，龙旺气急攻心，心脏病发作，猝然离世。家中的顶梁柱轰然倒塌，陷入一片混乱。

原本在家中只懂得吟诗作画、妻子相欢，过着饭来张口、衣来伸手少爷生活的梦舟被推到生活的风口浪尖。然而作为一个文弱书生，又多年疾病缠身，他根本处理不了原先父亲龙旺强势维系的商业事务。面对生死，面对无休止的股东纷争和债务纠缠，股东们又似在真假难辨中裹挟着趁火打劫，梦舟终究在无力应对和疾病暴发中撒手人寰，留下年轻无助的妻子秋雪和苦命的儿子家远，还有一个未出生的遗腹子。

面对如狼似虎的商业侵吞与掠夺，秋雪一个弱女子带着儿子家远，孤儿寡母更加不是对手，眼睁睁看着一个好端端的家就这么走向衰落。当秋雪的第二个孩子家望出生后，战火已沿着长江从下游不断向上蔓延，人们纷纷开始沿江逃难。秋雪的母亲住在镇城上游宁城秋雪姐姐秋慧家，靠着秋慧丈夫宁义的一点小生意支撑生活。当局势越来越紧张时，母亲差人到镇城接上秋雪一家到宁城，在宁义安排下，全家老小挤上开往上游的客轮，开始不知未来的逃难生活。

经过一路艰辛颠簸，一家老小到达当时尚未受到战火殃及的江城，靠着宁义生意上朋友的帮助，暂时在此安顿下来。秋雪带着家远兄弟俩，还有梦舟留下的年幼妹妹秀莲，和母亲、姐姐一家挤住在一起。生活条件与江南故乡相比有天壤之别。然而不管怎样，可以暂时躲避战火，勉强生活下去。

然而一大家子的日子并不好过，十多张嘴的日常开销仅靠从老家带出来的盘缠只能坐吃山空。宁义想着在江城重操旧业做些小本经营，然而兵荒马乱之时根本行不通。好不容易盘的货一日之间即被从战场上败下来的伤兵一抢而空，一家人将面临断粮的困境。

秋雪感觉带着孩子不能拖累姐姐一家，也想尽力为这一大家子做点什么。

她开始在江城遍寻工作，困难可想而知。在生活的无奈压力和投身抗日的激情中，她最终在一家伤兵医院招募护士时被录用。虽然母亲和姐姐一家都不同意她一个年轻女子去这样的地方工作，但能够有收入让她说服自己和全家，何况这也是为抗战工作。然而命运却由此给她和孩子带来完全不一样的人生，也给这一大家子带来令人唏嘘的后果。

秋雪的聪慧使她很快掌握娴熟的护理业务，同时她的美貌以及曾经良好的家境与教育背景所塑造出的独特气质使她很快在这家医院备受关注。不多久，她被专门派至高级病区进行护理工作。在那里，一位因受伤从战场上撤下来的团长周士北一眼看中她。几经纠缠，周团长一定要娶她为妻。当初这家医院在招募护士时，其中一个重要条件是应聘者必须是未婚女子。而秋雪当时太需要得到这份工作，在申请表格中填写了未婚，其依然年轻的面容没有引起任何人的怀疑。面对周团长的强势逼迫，秋雪无奈之下告之实情，她已经是两个孩子的母亲。然而周团长依然不肯放过，给她两个选择，要么顺从自己，要么让医院以欺瞒军方之罪军法处置。为了孩子，为了全家，为了能够在这样一个战争年代活下去，万般无奈中，秋雪答应了周士北，但提出的条件是必须让她将孩子们一起带上，否则誓死不从。周士北勉强答应。

当秋雪在痛苦中将自己的决定告诉母亲和姐姐一家时，全家一致反对。母亲无论如何都不能接受自己柔弱的女儿去嫁给一个完全不了解的武夫。劝秋雪如果日子实在过不下去，要改嫁完全可以找一个经商的同乡，怎么可以将自己的后半生交给一个与家族期望相去甚远的操枪弄炮之人。秋雪无法将真情和苦衷告诉母亲和姐姐一家。母亲在无法接受的事实中，一气之下心病加重而逝。

秋雪在无尽的内疚和难言的痛苦中，带着家远、家望和秀莲，跟着周士北去了他的部队，尽管姐姐一家苦心相劝，都无济于事。秋雪觉得也许这样是为孩子们找到一个暂时的庇护地，也减轻了姐姐一家的负担。然而一切都不是她想象的那样简单。

周士北出院后，将秋雪和孩子们接到了江城驻地，给他们安排了还算可以的生活。也许他对秋雪的喜欢是真心的，然而作为一团之长，他无论如何不能容忍迎娶的太太还带着自己的孩子。他逼迫秋雪让孩子们只能喊她姨妈，告知外人是战乱中带着的亲戚家孩子。秋雪为了孩子们的安全和生存考虑，忍辱负重地答应下来。以为这样迁就就能够相安无事。然而她并不知道，一场噩梦才刚刚开始。

在驻地住下后不久，周士北就开始讨厌家远、家望和秀莲他们，动不动就皮带相加，恶言恶语，欲除之而后快。但秋雪在孩子的问题上跟他寸步不让，周士北暂时没有硬来。直到有次秋雪陪护生病的小儿子家望住院之时，周士北设计让勤务兵诱骗家远和秀莲到江城逛夜市，在买给他们吃的馄饨中下药，然后将陷入昏迷中的他们装入麻袋欲丢入长江。然而最后一刻，勤务兵良心发现，只是将麻袋弃于长江边的码头。第二天有幸被赶早市的宁义发现，带回家中。

秋雪得知，疯了般赶回姐姐家，被姐姐好一顿数落，秋雪伤心之至，无可奈何。姐姐秋慧再也不同意秋雪将孩子们带走，跟宁义商量，将家远和秀莲留在身边。秋雪回去与周士北论理，以死相拼。周士北不想失去秋雪，姿态性让步。让秋雪将孩子留在秋慧那儿，他可以让秋雪贴补给孩子生活费和物资供应。秋雪为了孩子们的安全和生活，只能接受。

日军的战火已不断溯江而上，蔓延至江城，江城遭到大轰炸，危在旦夕。周士北的部队接到命令，继续向上游的山城渝都撤离。秋雪提出要带姐姐全家和孩子们一起撤，周士北开始坚决不同意。秋雪也坚决表示如果不能这样，她就不走，和孩子们一起留下。周士北无奈之下勉强答应，要求他们尽量减少人员和物资。临上船时，周士北勒令勤务兵强行扔掉秋慧一家所带的一些行李。为了逃命，一家老小在慌乱中上了船。然而在渝都下船后，秋慧发现装有他们全家几乎所有财产的小皮箱不见了，这是他们今后赖以生活的全部家当。情急之下，秋慧气血攻心，离开人世。宁义伤心之至，让秋雪将自己的孩子带走。眼看着一个个亲人先后离自己而去，秋雪在愧疚、伤感、无奈中再次将家远他们带在身边，与周士北这个喜怒无常的武夫共生活。

因为战时需要，周士北暂时不能让秋雪他们住到部队营房，在山城一座二层楼的院子让他们安顿下来，他时不时会过来看他们。对眼前这个男人秋雪不再抱太大希望，只是想尽办法保护好孩子。秋雪最看重家远，在他身上寄托着对梦舟的无尽思念，家远让她时时回想起曾经无限美好的岁月静好时光。然而悲剧还是发生了，一天深夜，在山城二层楼的住处，秋雪不断听到楼下有家远的哭声，猛然间发现家远没有睡在原处，她疯了一样冲下楼，直接摔在楼梯上，恍惚间发现楼下天井一口大水缸的盖子底下有两个小手的手指紧紧扣住。她猛扑过去，掀开盖子，发现家远被整个扔在水缸中，被水淹得已经快没气了。

秋雪整个崩溃了，不顾一切地将家远从水中捞出来，紧紧抱住，艰难地回到房间，拉过被子将家远严严实实地包紧捂在自己怀中，悲愤绝望让她有些麻木了，嘴里不停喃喃自语，仿佛欲呼唤各路神仙来保佑孩子平安过关。周士北冷冷过来看了一眼说，人已经没用了，赶紧扔了吧。秋雪双眼喷火地死盯着他，她知道这次又是这个可怕的兵痞让人下的黑手。周士北看到秋雪眼中从未有过的冷血，他有些害怕了，怕秋雪做出什么出格的事，因为秋雪此时腹中已经有了他们的孩子。周士北丢下秋雪母子自顾回部队了，并丢下话不许秋雪送孩子去医院。在无助的煎熬中，秋雪恍惚间仿佛看到梦舟的身影，她祈求梦舟保佑他们的家远。经过母亲三天三夜体温的捂热，家远终于吐出一汪水哭出声，他活了过来。秋雪紧紧抱住孩子，放声大哭。

秋雪知道如果继续将孩子留在身边凶多吉少，在万般无奈中，她将年仅4岁的家远送到了设在渝都的战时儿童保育院。因为孩子年龄太小，保育院当时觉得收留有些为难，秋雪恳求说年长几岁的秀莲作为家远的长辈可以照顾他。保育院的院长周妈妈在秋雪近似乞求的泪眼中答应了这位年轻母亲无助的请求。而家望因为实在太小生活不能自理，只能还由秋雪带在身边。最后家远被周士北送到自己的湘江老家，后来过着几乎是长工般的生活。

家远当时不知道什么叫作生死离别，只知道妈妈带着弟弟家望离开他们的时候，紧紧抱住他和秀莲姑姑，哭得几乎要晕过去。秋雪告诉他们以后就跟着那位唤作周妈妈的保育院院长，等不打仗了，她会想办法来接他们。家远当时还很虚弱，趴在秀莲的背上，有些茫然地看着妈妈背着弟弟家望越走越远，他们身后是滚滚的川江水……

家远和秀莲被编入一支一百多人组成的难童队伍，是当时战时儿童保育院中的川五院。很多孩子当时是从战场收留下来的孤儿，他们一起跟着院长周妈妈乘上一艘木船，从渝都开向川江支流一个叫合水的地方。“我们离开了爸爸，我们离开了妈妈，我们失去了土地，我们失去了老家。我们的敌人是日本帝国主义和它的军阀，我们要打倒它！打倒它！打倒它才可以回老家，打倒它才可以看见爸爸妈妈，打倒它才可以建立新中华。我们不依赖爸爸，我们不依赖妈妈，我们自己求新学问，我们创造了新的家，我们的好朋友来自日本帝国主义的炮火下，我们要团结他，团结他！团结他才可以回到老家，团结他才可以看见爸爸妈妈，团结他才可以建立新中华。”（安娥作词）家远跟着船上的孩子们在周妈妈的带领下唱起这首当时战时儿童保育院的院歌，歌声飘洒在川江上……家远紧紧靠着秀莲，看着那高高石阶的码头愈来愈远，在最高处的石阶上，他仿佛看到妈妈秋雪背着弟弟家望向他们眺望的身影。他想喊，却喊不出来。他不知道这一叶扁舟会把他们带向何方，他也不知道什么时候才能再见到妈妈和弟弟。空袭警报声隐约从遥远的地方传来，远处的码头已从家远的视线中消失。颠簸的木船仿佛一只巨大的摇篮，载着他们沿着川江支流驶向烽火岁月的战时后方……

家远和秀莲跟着队伍到达川省四面环山的合水，这里独特的地理条件成为躲避战火的天然屏障。保育院在一个曾经的大寺庙里安顿下来，开始他们不知道未来的学习和生活。保育院按年龄将家远分在幼稚部，秀莲分在小学部，男女分住。家远因为太小，学习和生活上时不时地被其他孩子欺负，秀莲总是想出各种办法保护他。周妈妈知道后，让老师们在孩子中进行互助互爱教育。特别是当发生抢饭、打架等各种不愉快事件时，周妈妈以校长的身份严肃又动情地教育孩子们，国难当头，在争取活下来的同时一定要使自己成长为对国家有用的人。在粮食供应中断时，周校长和老师带领全校的孩子们开荒种粮，家远也在其中感受到艰苦生活中的别样快乐与收获！当疟疾等传染病流行时，家远眼睁睁看到一个又一个小朋友瞬间离他们而去。在大家茫然无助时，周校长让自己当医生的丈夫到一线，和老师们一起全力救治孩子。虽然无力回天，但他们用博大的爱心尽自己最大的努力挽救了尽可能多的孩子，家远和秀莲得以渡过此劫。随着长江中下游的接连失守，日军的飞机也开始逼近川省进行轰炸，保育院又不得不在不断的转移和躲避轰炸中艰难维持。面临饥饿、疾病和炮火的重重威胁，家远和秀莲在保育院这个特殊的群体中，跟着周妈妈这批富有牺牲精神的老师们，一起辗转生活、学习与战斗，学到很多知识和本领以及做人的道理。坚强而慈母般的周妈妈、保育院的志愿者老师、老师们中还有优秀的中共地下党员，他们用无私的大爱为这群无家可归的孩子撑起一片天。经过艰苦的八年，家远和秀莲在这个特殊环境中终于顽强地活下来，同时他们也已长大，将被派遣回原籍继续学习和生活。

抗战胜利后，秋雪通过各种努力终于找到家远和秀莲，并再次苦求周士北能够带家远和秀莲一同回原籍。如同当时沿江而上逃难时船票一票难求一样，胜利后大家都归心似箭，回家的路同样困难重重。秋雪以一个母亲的爱心与无奈忍辱负重地为孩子们再争取一次回家的机会。周士北阳奉阴违地假意答应，但还是处处作梗。在各种矛盾中，秀莲以家族的名义与秋雪反目。家远看着伤心的母亲遭受着万般无奈的痛苦，尽管还小，也能体会到母亲对他们欲保护而不能的悲凉。

抗战后不久，内战爆发。新中国成立前夕，秋雪因为曾经无奈的生活经历不能再继续留下来，虽然后来她早已离开周士北，但秀莲从学校毕业后即参军的特殊身份，不便让秋雪再靠近家远。秋雪离开之前在一个风雪之夜赶到嘉城家远寄宿上学的学校，和她生命中最重要的儿子作最后的告别。家远陪母亲在学校边的小吃店一起吃了家乡味道的汤圆和馄饨，秋雪塞给儿子一包银元，并把当时梦舟送给她的结婚戒指也留给了儿子家远。

在风雪弥漫的夜色中，家远送母亲秋雪登上即将离去的火车。火车鸣笛准备启动时，秋雪下了很大决心般转身奔向车厢。车轮在积雪的铁轨上费力转动起来，越转越快，载着一间间沉重的“房子”一路奔跑，仿佛逃离般很快从家远的视线中消失。家远一个人在空荡寒冷的车站，望着黑漆漆的铁轨在白茫茫的积雪中伸向远方，犹如一个大大的问号——问天、问地、问人世沧桑……

家远后来在几十年的人生中一直试图寻找自己的母亲，然而由于历史与时空的阻隔，这个愿望终究没能实现。当家远已然是一位耄耋老人之时，无法再找到生身之母也许只能成为一种永远的遗憾。当一个人无法在自己生命起点的根源记忆中获得安宁时，那种心灵漂泊与孤寂的痛苦是常人无法想象的。

家远在亲人的陪同下乘坐海轮，在无比雄壮的汽笛声中驶向广阔的海洋。远处的海鸥在寥廓的海面鸣叫飞翔，为初升朝阳的光芒四射平添了一份悲壮与厚重。远方晨曦里的汪洋秋水，如同包容了跨越世纪的梦想。家远雕塑般立于船头，他仿佛看到遥远的根之故乡，看到当年龙旺祖父离开家乡小岛的身影。又似乎在期待远方的秋水长天间，会有一叶扁舟从海天交汇处穿越时空翩然飘来，上面坐着自己依然年轻的母亲……

无论曾经多么地遥不可及，相信终有一天，海水会连接起生命的昨天、今天和明天。在祥和安宁的祈祷中，秋水长天的远方，日出日落的碧波间，终有一天会迎来梦想里的归舟……

作者简介：

李蓉，北京大学文学硕士。曾先后就读于南京师范大学中文系、北京大学艺术学院、上海戏剧学院戏文系。现为中国电影家协会会员，江苏省电影家协会理事，江苏省戏剧家协会会员、江苏省评论家协会理事。自中学时代开始发表作品，多年来涉足文学、影视、戏剧、文艺理论等多个领域的创作与研究。曾先后在中国金鸡百花电影节、江苏文化艺术节、江苏戏剧文学奖等各类赛事和评比中获奖。作品先后获得中国文联专项基金、上海文化发展基金等资助。

电影故事

井冈风云

◆ 王　玮

1927年9月9日，湘赣边界秋收起义爆发，起义军以湖南的中心城市长沙为目标，分平江、浏阳、醴陵三路形成进攻的态势。几天时间，终因敌强我弱，惨遭失败。年轻的共产党员们该走向何处？

毛泽东当机立断，下令起义军停止进攻，三路人马退到浏阳文家市，召开中共湖南省委前委扩大会议。浏阳文家市里仁学校内，昏暗的油灯灯光在每个人的脸上闪动，时明时暗，屋里弥漫着令人窒息的火药味。在场的有毛泽东、卢德铭、余洒度、苏先俊、陈浩、宛希先、何长工、何挺颖、张子清等人。没有几个人是规矩地坐在位置上，有的干脆就坐在了课桌上。

毛泽东认为，对于初创时期弱小的革命军队来说，从进攻大城市转向深入农村，形式上看似后退，实际上却是一种进攻，部队要向敌人统治薄弱的农村山区进攻，寻找落脚点，保存革命力量，再图发展。但毛泽东的意见遭到了师长余洒度、团长苏先俊等人的激烈反对，甚至给毛泽东扣上了“逃跑主义”的帽子。

一时间，大家各持己见，争论不休。

关键时刻，总指挥卢德铭坚决支持毛泽东的决定，会议才通过了毛泽东的主张，起义军退往湘南，到农村山区、敌人力量薄弱的地方发展。

起义军一路向南，路上逃兵不断。一个举旗的小战士马奕夫因为怕死，把旗子收起来，扛着竹竿走在队伍中。总指挥卢德铭告诉他，这是我们打出的第一面自己的旗帜，而且旗帜就是方向，什么时候都不能丢了手中的这面旗。马奕夫第一次意识到手中这面红旗的意义和自己的使命。

起义军继续前进，到达了江西萍乡。在这里收到了宋任穷同志带回的江西省委指示信，得知罗霄山脉中段有我党的武装。队伍在行进到芦溪时，由于苏先俊的三团，没有按照毛泽东的指示探路，导致大部队被敌人伏击，拦腰截断。为了救出陷入敌围的主力部队，总指挥卢德铭一马当先，杀入敌阵。在厮杀中，为了保护小战士马奕夫，中弹牺牲。马奕夫背着卢德铭的尸体，穿过炮火硝烟，毛泽东紧握着卢德铭的牺牲带，发出了震天动地的呼喊——还我德铭！

部队中不断发生逃兵现象，五千人的部队锐减到不到千人。此时，指导员何挺颖的连队却引起了毛泽东的注意。何挺颖所在的连队，战士们对称为“卖狗皮膏药”的连指导员极为尊重，一路走来，他们连队没有一个逃兵。

1927年9月29日，毛泽东在江西省永新县三湾村，领导了举世闻名的“三湾改编”，实行“支部建在连上”和“士兵委员会建在连上”，这是中国共产党如何建设自己的军队，树立“军魂”意识所进行的最早的实践与探索，奠定了工农红军政治建军的基础。黄埔一期的陈浩同志，成为新成立的一团团长。

毛泽东在距离三湾不远的大仓，会见了井冈山“绿林”首领袁文才，并赠以100支枪，让工农革命军的伤病员在井冈山落了脚。毛泽东带着主力下山，继续向湘南前进，寻找朱德的队伍。由于意见不合，余洒度和苏先俊在此时以“向省委汇报工作”的名义，离开了部队，不久被国民党逮捕，随即叛变。

部队行进到遂川大汾，又遭到了民团萧家壁的围追堵截，毛泽东也经历了他人生中最危险的一次劫难，一个团的队伍，最后身边只剩下几个人。毛泽东告诉同志们：我们闹革命屡遭失败的一个重要原因就是没有自己的根据地。革命要有根据地，好像人要有屁股。人假若没有屁股，便不能坐下来。整个罗霄山脉我们都走遍了，各部分比较起来，以宁冈为中心的罗霄山脉中段，最利于我们的军事割据。说罢，毛泽东带领身边不多的几个人向井冈山进发。

王佐因为看毛泽东身边没有几个人，并且他们有共同的敌人萧家壁，所以接纳了毛泽东的队伍。可他没想到，在大汾被萧家壁打散的队伍，在各连指导员的带领下，又纷纷来到了井冈山集合。

工农革命军一上井冈山，第一件事就是抓军队和地方的建党工作，成立宁冈、茶陵等县的县委、区委、工农兵政府。为了保证山上的生活补给，陈浩带队下山打下了茶陵。打下茶陵后的陈浩禁不住糖衣炮弹的诱惑，准备带着部队投靠国民党方鼎英的部队，毛泽东听到消息冒死跑到湖口，拦住了陈浩的部队，最终在砻市经过公审大会，消灭了四名叛变革命的战士。

在随后的遂川建政中，吸取茶陵的经验教训，在陈正人等的帮助下，拟出了第一个县政府的《施政大纲》，大纲中有“应该给工人适应生活需要的最低限度的钱……女士产前产后须有八个星期的休息，休息时间照给工钱……”等具体条款，受到老百姓的热烈欢迎。

井冈山革命根据地初建，国民党江西当局受到很大震惊，发动了对井冈山革命根据地的第一次“进剿”。毛泽东虚心向袁文才和王佐请教，吸取井冈山斗争的经验，给宁冈新城的赣军来了一个围三阙一，在运动中全歼赣军，刚组建的袁文才、王佐的二团立了大功。

这时，湖南省委特派员周鲁贯彻中央“左”倾盲动政策，毛泽东被误传“开除出党”，工农革命军迫走湘南支援暴动，井冈山革命根据地遭受了创建以来第一次失守，边界党的组织和红色政权受到了严重破坏。周鲁不听毛泽东的劝说，毅然带着特委的同志向湘南出发，最终全军覆没。

1928年4月，朱德率领的八一南昌起义的湘南工农革命军，在宁冈砻市与井冈山工农革命军会师，两军合二为一，成立工农革命军第四军，6月改为中国工农红军第四军，即红四军。在朱毛的领导下，军队采取灵活的“十六字诀”作战原则，分兵以发动群众，粉碎了敌人的数次“进剿”，取得了五斗江、草市坳和龙源口大捷，井冈山革命根据地达到全盛时期。

龙源口一战大胜，毛泽东考虑到井冈山革命根据地土地革命、政权建设、发展经济等问题，带领贺子珍前往永新做社会调查。在连续作战式的社会调查中，两人结下了革命的友谊与感情。井冈山革命根据地顺利发展之际，中共湖南省委巡视员杜修经引兵冒进湘南，附和红二十九团的思乡之情，致使红二十九团全军覆没，红二十八团濒临绝境，井冈山革命根据地再次惨遭浩劫。

毛泽东临危不乱，亲率三十一团三营迎接朱德及二十八团回井冈山。留守井冈山的三十一团一营，根据毛泽东指示“用少务隘”，凭借天险英勇抵抗国民党军四个团的猛烈进攻，黄洋界保卫战取得了胜利，毛泽东高兴地吟就《西江月·井冈山》。

蒋介石深感心腹之患，集中三万兵力，分五路对井冈山革命根据地再一次发动“会剿”。朱毛决定采取“攻势的防御”，彭德怀一部留守井冈山，朱毛率领红四军主力出击赣南，以求“围魏救赵”。

毛泽东通过对红军两年多来在井冈山斗争中不断探索的经验总结，解决了用无产阶级思想进行党的建设的问题，解决了如何建设无产阶级新型人民军队这一根本性问题。从井冈山开始，中国共产党人摸索出了一条适合中国革命的新道路，形成了跨越时空的井冈山精神。

作者简介：

王玮，上海戏剧学院戏剧影视编剧硕士。浙江婺剧艺术研究院编剧。主要作品：电视连续剧《红色摇篮》，央视一套黄金时段播出，获全国“五个一工程奖”“飞天奖”“金鹰奖”和解放军“金星奖”。电视连续剧《开天辟地》，央视一套黄金时段跨“七一”播出，被中宣部和广电总局列为建党九十周年献礼作品，获解放军“金星奖”。电视连续剧《领袖》，2014年10月，先后在上海、江西、贵州三家卫视播出，获全国“五个一工程奖”。话剧《小平小道》，获第六届中国戏剧奖、曹禺剧本奖。电影《三湾改编》为建党一百周年重点献礼影片，在全国院线上映。电影《井冈星火》，纪念朱毛胜利会师九十五周年，纪念毛泽东诞辰一百三十周年，在全国院线上映。

燃冰之地

◆ 徐 康

500米短道速滑的赛场，向来是中韩之争的焦点。中国女队强势，男队却一直被韩国队压制。中国男子队的少年天才王燃横空出世，被看作中国打破韩国项目垄断的唯一可能。

2014年，索契冬奥会决赛场上，王燃信心满满，中国队势在必得，并且作为双重保险，老将李川负责战术掩护王燃夺冠。

决赛中，王燃一路领滑，两名韩国队员紧跟其后，李川负责跟滑。在韩国队员持续不断的小动作之下，王燃被激怒。在韩国队故意对王燃犯规时，王燃暴怒反击导致连环摔，和两名韩国队员跌出赛道，老将李川幸运夺冠。王燃虽愤怒于韩国队的犯规导致自己丢冠，但也庆幸李川为中国保下冠军。

回国后，王燃看着电视屏幕上接受各种冠军采访的李川。对于李川声称的虽然韩国队员犯规，但王燃同样犯规的说法心生不爽，觉得李川作为自己的队友并没有维护自己，二人心生嫌隙。王燃暗下决心要在下次比赛中打败李川。

王燃私自外出和朋友喝闷酒，晚归时被队友暗讽，与队友大打出手，意外打伤拉架的领队，被开除国家队，打回省队。王燃不回省队报到，愤而回家。

另一边，出身体育世家的老将李川夺冠之后，却饱受“运气”冠军的争议，这让他异常苦恼。父亲希望他按照既定的安排退役，进入大学读书，刚生了孩子的妻子也希望他回归家庭。此时他的膝伤日益严重，在医院手术期间他思考自己的职业生涯，发现已很难割舍这项当初被父亲命令才坚持下去的运动；也同样想要证明自己的冠军不是“运气”。但临近出院时他在电视上意外看到自己退役的消息，原来是父亲偷偷帮自己交了退役申请。

王燃回到东北小城，发现家中境况堪忧，这才意识到多年的速滑生涯让他忽视了渐老的父母。童年一起学速滑的队友如今准备开一家速滑培训学校，想借着他冬奥会选手的名气招生，王燃为了生活只好同意，在学校他遇到了自己的启蒙教练，开始慢慢找回当初学习速滑的快乐和初心。

退役后，李川开始新的生活，但是“冠军运气论”一直是他的心魔，一家三口的幸福生活和充实的大学学习并不能抚慰他的内心。

2016年世锦赛，韩国天才安少宇横扫中国选手，打破世界纪录，称霸短道速滑的赛场。为平昌冬奥会备战的中国队陷入困境。

李川决定重回赛场，既是担当，也是为了自己的热爱最后燃烧一次，但是身体伤病和偏大年龄，让他的恢复训练异常艰难。另一边，王燃在童年队友和启蒙教练的帮助下，收敛心性，申请重回国家队，却被主教练叶波拒绝。他需要重新证明自己的心态和实力，开始全锦赛之旅。决赛中，王燃和李川双雄对决，王燃要证明自己的实力强于李川；李川则要证明自己的奥运冠军绝非“运气”。最终，李川在最后一个弯道用自己最擅长的“外弯加速”超越王燃，以微弱的优势夺冠。这场比赛，王燃证明了自己心态的成熟，李川证明了自己实力的恢复，二人都回归国家队。王燃继续刻苦训练，等待着下一次在赛场击败李川的机会。

短道速滑世界杯作为平昌奥运选拔赛，王燃和李川终于和韩国天才安少宇正面交锋，王燃技术的持续进步让他终于战胜李川，但仍然以微弱的差距输给安少宇。主教练叶波指出王燃唯一的技术缺陷是弯道技术，希望他向李川学习，王燃并未正面回应。

2018年平昌冬奥会，二人携手出征。中国队连战连败，一冠未得，国际和国内的舆论压力席卷而来。收官日，500米短道速滑成为中国最后的夺金希望，但是安少宇的强大让中国队毫无信心。

半决赛A组，王燃和李川同组竞技，冲刺阶段，王燃领滑，韩国队员恶意犯规李川，导致李川眼看就要撞向王燃，他却反向扭转身体避免碰撞王燃，这个动作让他受伤，无缘决赛，王燃受此影响，仅勉强晋级决赛。

赛后，王燃心情复杂，一方面知道李川是为了大局观考虑，保护更有争冠希望的自己；但也为李川为了保护自己而受伤，丧失了夺冠的梦想而难过，同时也有些愤怒，因为他一直想在冬奥会决赛中战胜李川。

李川一直以为自己之所以坚持到平昌奥运会，是因为他知道包括王燃在内的大部分人都对他的奥运冠军有看法，他要证明自己不是“运气冠军”。但直到此时才明白，他真正坚持到现在的理由是对这项运动的热爱。他明白王燃现在更有实力，自己的使命已经完成，新老传承在此刻，希望决赛时王燃只管放手一搏。二人至此消除隔阂。

500米短道速滑决赛，王燃被分到最差的第四道次。重重压力，无人看好，四年一个轮回，这是他证明自己的时刻。

王燃的技术特点是瞬间爆发力，因此起跑异常重要。但是他起跑便落后，一直处在第四名的跟滑阶段。倒数第二圈，在韩国队员的降速阻挡下他瞬间爆发，连超两人。冲刺时眼看只剩最后一个弯道，安少宇依然领先一个身位，王燃忽然用出了从未使用过的、李川的招牌动作“外弯加速”成功超越了安少宇，瞬间点燃赛场。

最终，王燃以创世界纪录的成绩逆袭夺冠，成为中国在平昌冬奥会的骄傲。中国男子短道速滑队毫无疑问地站在了世界的巅峰。

作者简介：

徐康，上海戏剧学院电影电视学院硕士。万达影业签约编剧。
电影剧本曾获第四届万达影视菁英+编剧大师班十强剧本、第十一届北京国际电影节市场项目创投·优秀创投项目。
编剧作品：电视剧《那些回不去的年少时光》，新版《如果蜗牛有爱情》《护卫者》。

无谶

◆ 高　媛

晋末南朝初年，乱世纷争不定，王朝不断更迭，政局动荡，边城盗匪频出，十室九空，民不聊生。

边关镇抚使王桓独自镇守一方，率兵卒剿匪。

一支组织严密的匪徒队伍四处横行，杀人如麻，极为恐怖，所到之处人人闻之色变。一到夜间，村民足不出户，村落犹如鬼域。

匪徒首领始终戴面具，不露真容，身手极好，下手狠毒，但对手下贡上来的金银珠宝毫无兴趣，仿佛只是为了报复性杀人。身边还带着一名侍女，名叫阿峠。

一夜，王桓派出的探子遇到匪徒，伺机想要刺杀首领，被阿峠奋不顾身挡下，探子被匪徒首领杀死，将首级送回王桓府中示威。

当夜，匪徒们安营扎寨，首领摘下面具，竟是一名美貌少女，名叫容采。她亲自为阿峠包裹伤口。手下领队为了讨首领欢心，将抢夺来的一盒珠宝奉上，不慎瞥见阿峠衣衫不整模样，被容采叱责，惊恐退下。

阿峠无意从珠宝中找到一枚小巧的金锁片，告诉容采，“这很像当年郎主戴过的。”

傍晚。

一对逃难夫妻来到边城外的村落，男子书生模样，对妻子恩爱体贴，二人互相扶持。天色已晚，村落中只有星星点点灯火，家家关门闭户，人人自危，无人肯收留他俩过夜。

迫不得已，夫妻俩来到村中一处废置已久的宅院，发现宅院虽然只剩断壁残垣，却格局精致，想必曾是大户人家。

妻子不敢进去，被丈夫哄劝着进了大门，发现大多数房屋已经荒废，只有一间书阁模样的小轩干干净净，宛然如新。妻子觉得十分恐怖，丈夫却喜出望外。

书房门外屋檐下长着一株半人高的昙花。

夫妻俩忙着安排烧饭住宿，丈夫怀想身世，抱怨在乱世读书无用，一时愤懑，将书阁打得稀乱，又撕了书本当柴火。妻子努力劝慰，丈夫渐渐和缓，与妻子约定，不离不弃，忠贞相守。

不知不觉间，日落，月升，窗外巨大昙花渐渐开放，夫妻二人惊讶不已，认为是好兆头。

睡到半夜，妻子听见奇怪响动，睁眼看见眼前有一双雪白的赤脚，再往上看，竟是个一身白袍的少年，俊美异常，洒脱高傲，满身魏晋风范，宛如神仙。

少年一言不发，试图亲近她，妻子虽然动心，但尚且保留一丝理智，推醒丈夫。

丈夫一见少年美色，当即被诱惑，决心抛开身为读书人的矜持。乱世之间，礼崩乐坏，操守又有何用，不如及时行乐。

妻子目瞪口呆看着少年靠近自己丈夫，若即若离间，异变突生。

妻子的惨叫声传遍整个村落。

第二天清早，村民们在废宅外找到妻子和昏迷不醒的丈夫，妻子已经吓疯。

所有人都满怀恐惧地看向那坍塌殆尽的宅院。

数日之后，一个雨天。

一个身材高大的游方僧来到村中，在废弃宅院前犹豫良久。大雨倾盆，村民虽有人看见他走入宅子，却无人去劝他。

大雨中，游方僧走进宅院，看见完好无损的书阁和屋檐下的巨大昙花，吃了一惊。

昙花被风吹雨打，摇摇欲坠，游方僧脱下破旧外袍，替花遮雨，一直遮到夜半雨停。

这一夜，村民们纷纷议论，那宅子仿佛又有人去避雨，似乎是一名游方僧。

有人怀着恐惧与好奇疑问：僧人的运气，会不会好一些？

也有人反驳：僧人也是人，怕是也逃不过那宅中妖孽的魔爪……

第二日，清晨。

村民们围拢在宅院前，看见游方僧好端端出现，无不大惊。

村长告诉游方僧，这座宅院已经荒废了十几年，或许有什么谶言作祟，来借宿的过路客人都夜半见鬼，非死即疯。

村民指着书阁外的昙花，一口咬定，荒宅无人，花怎么会开得这样好，定是妖孽，败坏了这座宅院，又来害人。

村民群情激愤，大吵大闹，要烧掉昙花，祛除妖孽。

游方僧苦笑道："你们之前怎么不烧？待到我来了，这才喊打喊烧。"

村民惭然道："我们不敢进这宅院。"

游方僧又问："现如今怎么就有了胆量？"

村民道："既然大师安然无恙，我们自然有了胆量。"

游方僧摇头道："所以是各位施主多虑。若是我昨夜出了什么意外，你们也不敢伤害这株花，现在我既然无事，你们反而要烧死它，这是什么道理？"

村民不能答。

游方僧又道："世上哪有什么谶言，都是人在胡思乱想，却不要忘了天地有好生之德，人有恻隐之心，一株花怎么能左右一座宅院的兴衰？不要把人事的荒芜，怪罪到无辜的草木身上。"

村民无法对答，又见这游方僧容貌俊美，态度坦荡慷慨，令人心生好感，于是一哄而散。

游方僧担心村民还会来烧死昙花，索性在书阁住下。

村民偷偷来窥探，见僧人生活如常，都放下心来，渐渐开始给僧人送来衣食供养，希望他长久留在宅中，也好为村子镇压妖孽。

黑夜中，王桓率领手下，对那支神秘的匪徒队伍穷追不舍，渐渐发觉，这支队伍组织之严密，身手之凌厉，不同寻常，并不像普通匪徒。

一夜。

游方僧在书阁中静坐，窗外突然传来异常响动，有人从墙上落下，娇媚地喊痛，游方僧不予理睬，挑帘进来的竟是个美女，对游方僧百般厮缠，游方僧不为所动。

突然，有青面獠牙的夜叉手持刀斧，冲入书房，美女吓倒在地，夜叉威胁游方僧，游方僧仍旧不为所动。

空中有无数托盘飘浮而来，各种奇肴珍馔，金珠宝玉，夺目绫罗一盘接一盘摆在游方僧面前，摆满了书房，游方僧依旧眼也不睁。

夜叉和美女尴尬不已。

沉默片刻后，门外有咳嗽和拐杖叩地声，白发婆婆拄着拐杖进门，凄声喊道：儿呀！

游方僧的眼帘微微动了一下，忽然苦笑道："家母逝世多年，还请不要打扰她老人家的安宁。"

一语落地，一瞬之间，幻境突然消失，只剩下赤脚站在游方僧面前的白衣少年，愤愤摇头叹气道："头秃了，心竟也是秃的，实在无趣。"

说完便隐入黑暗。

游方僧微微一笑，不放在心上。

第二日，清早。

游方僧背过经文，低头看见蒲团前放着一盏花露，味道清香无比。

游方僧怔忡间，回忆陡然来袭，他微微发抖。

前朝宫廷夜宴重现，那一夜，二品大将军、金策军首领殷玄带养女容采入宫赴宴。

时有传言，得金策军者得天下。金策军的口号"金策不折，长旌不落"流传世间。而殷玄更是传奇人物，年纪轻轻便有战神之名，率领金策军辅佐当朝皇帝，身经百战，功高盖世，在朝中气焰滔天。渐渐流言四起，世人只知有金策军，不知有天子。

宫门前，殷玄与王桓相遇。王桓官职低微，向殷玄行礼。二人目光相遇，敌意如电光石火，一触即发。

容采跟随殷玄身后，嘲讽王桓，不过是自家郎主手下败将，还敢露出这种狼一样的眼神。

王桓忍气吞声，并不回话，容采年少轻狂，见他不答，益发傲慢，当众揭穿王桓来历，强行要王桓行叩拜之礼。

乱世之中，王桓辅佐的藩国被金策军所灭，王桓身为大将军，被金策军首领殷玄击败，不得已投降。

败军之将，摇尾乞降，向来被众人鄙视。如今容采竟敢仗着殷玄，当众侮辱他。

王桓一拜在地，手已经不由自主按在腰间刀柄，伺机想要攻击容采。

容采是殷玄一手养大，身手不凡，察觉王桓动了杀意，立刻拔刀。

殷玄手疾眼快，拔刀出鞘，一刀拨开二人，拖走容采。

王桓眼望着殷玄背影，眼神复杂。

夜宴之上，王桓坐在下首，遥遥望着上首的殷玄，万千风光，集于殷玄一身。谄媚赞许不绝于耳。

御座上的皇帝忽然赐酒给殷玄，殷玄接下御酒，微微迟疑，还是一饮而尽。

坐在角落的王桓敏锐察觉到什么，和远处的殷玄对视一眼。

夜宴散场，王桓被太监叫住。

殷玄回府后发觉自己中毒，侍女阿晗和容采扑在他身上痛哭。容采提刀而起，想要杀进宫去，为殷玄报仇。

阿晗死死拖住容采，制止她冲动。

殷玄咽气。将军府外杀声大作，王桓率兵杀来，诛杀金策军。金策军群龙无首，容采不得不披挂上阵，带人抵挡。

阿晗守着殷玄尸体，死死不离。

一只手突然捂住她口鼻，阿晗晕倒。

容采与杀入府中的军士缠斗，一回头，发现停放殷玄尸身的正堂中喷出火光。她反身冲入大堂，发现阿晗晕倒在门口。

容采将阿晗拖出正堂，再想冲入火中，已经来不及了。

王桓带兵围住将军府，按兵不动，望着府中燃起的大火，若有所思。

游方僧对空中合十行礼，双手捧起花露，姿势郑重犹如赴死。

他坦然喝下花露，却并无任何异常。

书阁外，少年露出半张脸，好奇地张望游方僧。

自此之后，少年时常来看游方僧，学他的模样念经，坐没坐相，念几句便不高兴起来，嘲讽游方僧：假慈悲。

游方僧并不生气，淡淡回答：以假慈悲，偿真放恣。

少年听不懂他言语，但对游方僧的一举一动都十分好奇，像一只动物一样跟随在游方僧身边，模仿他的行为举止。

游方僧知道少年并非人类，少年渐渐对游方僧放下戒心，偶尔甚至在他念经时，蜷缩在游方僧身边打盹。

荒野之中，王桓仍在追逐那支神秘的匪徒队伍。

容采率领匪徒与王桓周旋，始终将阿㛃带在身边。

荒野之中，精疲力竭的容采躺在阿㛃膝上，问起她是如何来到殷玄身边的。阿㛃讲述往事，自己本是兵卒掳来的宫女，若是不依靠强势之人，不知落得怎样下场。她看出殷玄身份，主动献身，花尽心思要留在他身边，只为在乱世存活下来。

容采推开阿㛃，十分愤怒。

阿㛃反问容采："你难道不是如此？若不是竭力想要活下来，殷玄为何会收养你？"

一句话戳中容采痛处。她的家乡在征战中被军队踏平，亲人无一生还，容采自己在战场上侥幸存活下来，几乎被金策军兵士杀死，她奋力抵抗，反杀兵士，被殷玄发现，惊讶于这小小女孩的生命力，将她收到膝下，当作养女抚养，教她武艺。

阿㛃不肯放过容采，逼问她对殷玄究竟是何等情感，容采给了阿㛃一记耳光。

王桓突然杀来，容采仓促拖上阿㛃，率众奔逃，边逃边厮杀。乱军中，阿㛃坠马，容采来不及救她，眼睁睁看着阿㛃被擒。

午夜。

容采被王桓追逐，无处可去，带领匪徒杀入村落，王桓率追兵在后，穷追不舍。

容采命令手下以村民为人质，要求王桓退去。

王桓将阿࿨推到阵前，揭破容采身份，匪徒们训练有素，是前朝遗兵金策军残部，因为殷玄亡故，群龙无首，这才落草为寇。

容采在厮杀中被王桓所伤，奋力道："谁说金策军没有首领!"

王桓嘲讽道："你不过是殷玄养的一条狗，也配带他的兵？殷玄都不在人世了，你还嚣张什么。"说完将刀锋架在阿࿨脖颈，威胁容采："你若不降，便杀了她。"

容采扯下面具，露出少女身份。

阿࿨沉思片刻，要求王桓放自己去劝说容采，走到阵前，突然扯下随身佩戴的小金锁，塞进嘴里吞下，对容采大喊："郎主当年怎么对你，他若还在，必不愿见你屈居人下！"

王桓大怒，一刀刺死阿࿨。

容采悲愤欲绝，率领手下与兵士抵死搏斗，两败俱伤。容采与王桓奔走追逐，一直杀到村中废宅前。

书阁中，白衣少年与游方僧并肩而立，静静看着这一幕厮杀。

容采不敌，被王桓重伤，千钧一发之际，游方僧出手阻止王桓。

王桓识破游方僧身份，忍不住大笑："殷玄，你果然没死！"

当年殷玄已经察觉前朝后主有鸟尽弓藏之意，时刻提防，夜宴之前，已收到线报，后主有意赐他毒酒。

殷玄以自己的忠诚，赌天子的信任，却赌了个大败亏输。他心灰意冷，暗中与王桓约定，若自己被皇帝赐死，请王桓放过金策军手下。

王桓以为殷玄已死，却没有想到殷玄对他也留了一手，只是诈死，抛下一切，逃出京城，出家为僧。

王桓坚持与殷玄生死对决，不敌殷玄，被重伤。

容采趁机杀死王桓，跪地乞求殷玄还俗，重领金策军，回到从前的日子，在乱世杀出自己的一片天下。

殷玄拒绝。他当年带领金策军四海征伐，为前朝后主打下江山，却害得生灵涂炭，自己一片忠心又不被皇帝信任，不得善终，万念俱灰之下，才出家为僧，试图自我救赎，破除这杀伐宿命。

容采要挟殷玄，若不回头，便杀尽满村百姓。

殷玄沉默许久，道："我还道这世上没有谶言，你们就是我的谶言。"说完回身进了书阁，容采不敢跟进去，等了片刻，书阁里突然燃起熊熊大火。

容采心灰意冷，愤而自尽殉主。

村民们惊诧不已，却见白衣少年赤脚从屋檐下跑出，投身入火。

火光中，依稀可见少年解下白袍盖在游方僧身上。

许久之后，大火熄灭，书阁已经化为乌有，游方僧端坐在蒲团上，身披白袍，连座下的蒲团都完好无损。

村民大喊："坐火不焚，这乃是度世的白衣罗汉啊！"纷纷跪下叩拜游方僧。

游方僧依旧沉默，屋檐早已不见，昙花也成了一片灰烬，灰烬中却留有清晰两个字：无谶。

他想起少年在他耳边轻声说："你信的东西，就一直信下去吧。这回我来守护你和你的心。"

若你说这世上没有谶言，就是没有。

作者简介：

高媛，上海戏剧学院编剧学理论研究方向博士在读，吉林省艺术研究院二级编剧，中国戏剧家协会会员，中国戏剧文学学会会员，吉林省作家协会会员，入选文化和旅游部戏曲人才培养"千人计划"。作品曾获田汉戏剧奖、国家艺术基金青年艺术创作人才项目资助及滚动资助、国家艺术基金大型舞台剧项目资助、老舍青年戏剧文学奖、保利·央华·新京报青年艺术创作人才孵化工程、北京文化艺术基金·培源·青年戏剧人才培养及剧目孵化项目、中国戏剧文学学会"戏剧中国"作品征集推选活动"上佳剧本""优佳文论"等，著有《牵丝戏——高媛剧作选》（吉林文史出版社）。

你存在的世界

◆ 李璐璐

戴军和方立在高中好友李余十周年葬礼上重新见面。在好友死后，两人像是商量好的一般没有过多的联系，只是逢年过节的时候会相互问候一下，连戴军和言静的婚礼，方立都找借口没有去。十年没有太多联系的二人唯一能说的话题只有十年前和李余一起的时光，而李余又是两人不肯提起的伤痛，因此两人都很沉默，只是喝酒。酒过三巡之后，二人都睡着了。

再次醒来，二人竟回到了十年前的暑假。戴军和方立对身边还在睡梦中的李余感到惊讶，在反复确定对方的身份以及是否是梦境之后接受了自己回到过去的事实，并确认了日期，是在意外前的六个月。尽管知道意外近在咫尺，两人还是沉浸在可以重新见到好友的喜悦中，毕竟是十年后的重聚啊，三人像往常一样打闹、去游戏厅、去书店借光碟和漫画……

直到暑假结束，从外公家回来的言静和李余、戴军分享着自己在外公家的事情。戴军看着言静，又重新意识到自己来自未来，站在眼前的是自己以后的妻子，而这一切按照现在的轨迹是不可能发生的，因为现在的言静是李余的女朋友。看着言静和李余在开心地交谈，戴军陷入深思，在当晚就和方立通了电话并就是否该阻止意外陷入了争执，听到戴军说“李余如果真的出现在了十年后，那我们的生活还是这样吗”方立气愤地挂断了电话，但心里也纠结了起来。

暑假结束，班主任在班里宣布了夏令营参加者名单，入选的自然是班级第一李余，同学们众星捧月般地围绕着李余，方立一直以为当年自己是顶替了死去的李余的名额，才能进入夏令营，得到了保送的资格。

在晚上，戴军和方立偷偷约出来喝酒，但因为是未成年人，只买了一提可乐，在公园里达成一致，不阻止即将发生的意外，让一切顺其自然，走上正轨。为了弥补，两人决定在剩下的时间里尽量满足李余的所有愿望，并怂恿李余写下自己的遗愿清单，李余一边疑惑自己的两个好友什么时候这么要好，但也觉得这个提议挺有趣，并让他们也写。李余思前想后，觉得现在的生活已经很开心了，父母身体健康，朋友也在身边，最终写下了：篮球比赛拿第一。

两人决心要帮他完成，运动神经不好的方立主动加入了李余正在组建的篮球队，让李余吃惊。刚好凑成了五人队，但是因为戴军和方立都很久没有锻炼，尽管有着年轻的身体，但也不能熟练地使用，特别是本来擅长打篮球的戴军几乎也要从零开始，李余都有了想劝退的念头，但想到兄弟们是为了自己才努力的，也不好拒绝，只能拼命加强训练。在每天的训练中，两人短暂地忘记了好友即将要发生的意外，在运动场上挥洒着汗水。在一次训练结束后，兄弟三人在澡堂里冲澡，李余突然聊起了三人长大之后的生活，说道以后也不知道会不会一起打篮球。戴军和方立在水流的掩饰下不约而同地哭了。从球场出来，没想到外面已经下起了大雨，三人遇到了来送伞的李余妈妈，李余妈妈开着车准备先将方立送回家。在车子后排的戴军和方立看着前排跟妈妈顶嘴的李余、说不过儿子就用手打的阿姨，想到了在李余葬礼上失落的阿姨，和现在说说笑笑的阿姨判若两人，两人看着失了神。

两人终于发现自己还是没办法眼睁睁地看着自己的朋友去死。又是同样的可乐和公园，两人改变了主意，决定拯救李余，并制定计划在当天看住李余，确保意外不会发生。而之后会怎么样，都没有现在让好友活下去重要。方立已经知道戴军不想救李余的理由，告诉戴军，既然他们已经决定了救李余，也该为自己的未来争取一下，而现在他能做的就是把自己的心意告诉言静。戴军把言静约了出来，在一番扭捏之后，终于表达了自己的心意。言静笑了，也告诉戴军自己和李余的约定。原来他们的交往，只是因为言静和朋友们的打赌，而李余也早就知道自己的两个好友互相喜欢，认为自己要是“横刀夺爱”，说不定能让戴军早日表白，也就答应了。戴军知道后，很是后悔。自从李余死后，自己一直以为言静是把自己当成了李余的替代，因此从来没有在言静面前主动提起过李余，言静也因为伤心不愿意聊他们之前的事。

方立也将自己的简历还有拿过的各种奖项都整理之后交给了班主任，老师看过之后大笑说，你们俩连整理的材料都一模一样。原来早在方立之前，李余就把材料整理好交给了老师，希望老师可以帮方立再争取一下，还因为这个，在老师办公室耗了好几天，虽然不符合规定，因为学校一个班级只能选择一人参加夏令营，但还是尝试着向上提交了方立的简历。方立也和老师确认了，夏令营的参加名额都是学校在看过简历以及各项经历之后再决定的，不可能有顶替一说……

在言静的呼唤下，在饭桌上醒来回到现实的两个人，仿佛是做了一场梦，什么也没有改变，李余也并没有复活，生活还是照旧。只是在每个傍晚，运动场上多了两个打篮球的中年人。

作者简介：

李璐璐，山东临沂，本科毕业于山东中医药大学应用心理学专业，有在医院和心理咨询室的实习和工作经历。目前就读于上海戏剧学院广播电视编导MFA，因为对于编剧行业的热爱所以选择了跨考，在编写故事时会更加关注人物的内心，去挖掘人物内心的逻辑，不断创作出好的内容。

阔别不重逢

◆ 孔繁烨

唐生在家门口的楼梯间遇到了那个男人。

高瘦精干，蓝色的格子衬衫整整齐齐地别在裤子里，除了有些秃顶之外，看上去比大腹便便的父亲要好。他打着电话，急匆匆地下楼，老旧小区的楼梯狭小逼仄，容不得两人同时进出，唐生侧了侧身，男人冲他点了点头，便消失在楼梯的尽头。

唐生一直注视着男人离去的方向，半晌才慢吞吞地走上楼。

进了家门，母亲惊讶地问今天为什么这么早回来，他没有回答，径直走进自己的房间关上了门。

躺在床上，他想着刚才那个男人，唐生知道，那个人就是父亲和姑姑口中的那个“臭娘们的死姘头”，同时也是母亲的上司。以前，她经常把小唐生带到公司去照顾，那个男人时常借着逗小孩的理由，来和母亲聊天说话。唐生记得，那个男人的手上始终拿着烟，和父亲一样到处吞云吐雾，但是母亲却不如往常般嫌弃。

他没法恨母亲，因为是她支撑起了家里的一切开销，但是同样也无法恨落魄无为的父亲。

父亲有一块很金贵的表，是20世纪90年代和母亲去广东打工的时候，用第一个月的工资买的，900块，赶得上不少人一年的工钱了。那时改革开放，中国成为世界工厂，无数的工厂平地而起，正是技术性劳动力稀缺的时候。父亲是学模具制造的，阴差阳错地乘上了时代的春风，一时之间，风光无量。后来他攒了钱，回到家乡开了自己的代工厂，日子过得风风火火，大家都说母亲的命好，老公有钱又帅气。但是任何事物的发展必然会有起落的周期，过了最高点势必会衰退下去。可惜当时只有20多岁的父亲母亲并不明白，纸醉金迷稀里糊涂地过着，过着过着就成了如今这般混沌模样。

但是或许是因为曾经一起打拼过的情谊仍在，他们相处得还算和谐，至少会在唐生面前做做样子。但父亲习惯晚归，母亲与儿子也鲜少交流。一家人不过是一群蹩脚的演员在扮演各自的角色。

旧房子的隔音并不好，邻居家的声音时不时地就钻进他的耳朵里面，是欢声笑语、其乐融融的一家人。他起身走到靠墙的位置，紧贴墙面坐下，从兜里掏出来一根烟，熟练地点燃深吸一口，慢慢地吐出来。

这种靠着感受别人的幸福来度过的夜晚，唐生过了无数个。

他的心里无比地期待有人可以给予他情绪上的关照，渴望可以倾诉，表达。他将在家庭中受到的压抑全部发泄到了外界。他打架抽烟，不好好学习，顶撞老师，明明内心敏感纤细，却偏偏要伪装成肆意张扬的模样。

直到他遇见了一位女生，叫梁晓丽。她是转校生，刚刚搬到唐生家后面，他一开始并不喜欢这位女生。是那一天，剧烈的争吵声从她家传来，当时唐生一家正在吃饭，餐桌上无比安静，争吵声好像是给了父母一个如释重负的机会，掩盖了这无比尴尬的沉默。唐生听见了女生的摔门而出。或许同是生活一地鸡毛带来的同病相怜的感觉，唐生开始关注起了晓丽。

他们渐渐地熟络起来，聊了许多自己的事情。原来，她的父亲是改革开放中最早下海的一批人，在广东积累了家底之后又回到了芜湖。但是，在2008年经济危机的时候，晓丽家破了产，欠下了许多的钱，曾经骄傲的公主，不得不低下了头颅。相似的经历让两人的情感逐渐深厚。但是如今贫穷的家境，便总有人来找晓丽的麻烦，班里开始有人欺负她，为首的就是那个叫张猛的人。无助的晓丽激起了唐生的保护欲，他开始用拳头警告。

在晓丽18岁生日这天，他选择向晓丽告白，但是在告白这天，张猛捣了乱，他把张猛打得被逼下跪道歉，张猛的寡母找到学校，讹了他们家20万，这让原本就不和谐的家庭雪上加霜。父母再也没有正眼看他，原本冷清的家里，变得更加死气沉沉。

在唐生的高中时代的后两年里只有晓丽理解他，陪伴他，给予他温暖。那个时候，晓丽还会经常煮面给他吃。其实就是一碗普普通通的阳春面，加了猪油葱花和酱油，平平无奇的味道。但是唐生很喜欢，每次晓丽煮面，他都在一旁打打下手，帮忙洗洗葱花，拍拍蒜。晓丽的脸庞淹没在氤氲而上的热气中，他看着这充满烟火气的美好，很安心。他在晓丽这里有了回到了家的感觉，他发誓要对她好。

到了高考的时候，晓丽遗憾落榜，而她的父母也给她生了个弟弟，为了弟弟的学费，父母拒绝了晓丽复读的哀求，她留在本地念大专。而唐生考上了南京艺术学院。在他去学校报到的前一晚，这对情侣在一个破败的小酒馆里发生了关系。两个年轻赤裸的身体紧紧相拥，感受彼此的温度，唐生知道在这样的地方是委屈了晓丽，他向她许诺，等他以后有了钱，一定要买一栋有着大落地窗的房子，他们要一边看星星，一边做爱。这天晚上，唐生吻着晓丽，在她耳边喃喃说："我要娶你，给你一个家，等我！"

艺术学院是包容开放的，唐生的敏感纤细有了其他排解的地方。他写文章，写剧本，拍电影，他的身边有了志同道合的人，有了朋友，甚至是有了崇拜者，他开始被称为"诗人"。

而每当周末，晓丽乘车从芜湖来到南京看他，一开始他很高兴，但是后来在大学的氛围里迷失了自己，他觉得在南京这样的地方，他的故乡以及晓丽，显得是那么不堪入目。他想起故乡的那个摩天轮，他和晓丽表白的地方，那个被称为地标的地方，那个每个芜湖人津津乐道的地方，在南京，只不过是个很普通的存在。

他开始嫌弃晓丽的土气，渐渐地对她不耐烦，偶尔，晓丽打来电话，他也以很忙而搪塞过去。

一直到唐生大三，晓丽大专毕业这年。一天，唐生和同学们美其名曰寻求创作灵感，他们来到了夜店。摇晃的酒杯，躁动的音乐，大胆奔放的女孩，让唐生失了神志，唐生好像记起晓丽今天会来找他，"她会自己回去的。"他安慰自己。他看见一个女孩，丰满的嘴唇，夸张的眼影，张扬不羁。唐生鬼使神差地向她走了过去。他和她，很快在沙发上纠缠，旁边是一群喝到烂醉而神志不清的人，他吻向女孩的脖间，是廉价而刺鼻的香水味，这猛然间将唐生刺得一激灵，他好像想起在一个繁星满天的夜晚，有一个女孩，她的脖间是温润的牛奶香。他惊醒过来，想到自己的承诺，想到自己的所作所为和父亲没有区别，心里有了愧疚，他连忙从那女孩身上起来。

他从酒吧跌跌撞撞地向外跑。外面下起了大雪，周围的人驻足惊叹这南方的雪，但是唐生此时只顾着奔跑，他逆行着，穿过一个又一个人群，把南京的万家灯火，千年繁华，都抛在了身后，他只想要那个姑娘，要那个从家乡来的，他想娶的姑娘。不知跑了多久，唐生来到了车站。他看见了晓丽，她戴着一条红色围巾，很久前他买的。她就这样安安静静地站在大雪纷飞的异乡寒夜里，冻得瑟瑟发抖。她看见了他，冲他很开心地挥手，唐生在心里骂了自己一句混蛋。

第二天，唐生好像是为了补偿晓丽什么，带着她去逛南京。他们沿着秦淮河边的古城墙，一路走，走到了南艺，晓丽想看看，唐生不知怎么的，拒绝的话脱口而出，晓丽也没再纠缠。不知不觉他们来到了鸡鸣寺，唐生说，这里求姻缘很灵的，说着就要买门票进去。晓丽拉住了他，说："可是据说如果不是对的人，佛祖就会将他们分开。"唐生不以为意，还是将晓丽带了进去。他们一起挂了卡片，晓丽说各自写各自的，唐生也就随她了。

晓丽回去了，在之后的一个星期，唐生会给晓丽打电话，他听着她说她的未来，她的家庭，他附和着，他很想认真听，但总是走神，这些生活的鸡毛蒜皮，并不是他想要的。他在想他的下一个女主角，就像那个在酒吧遇见的姑娘，热烈奔放。不知怎么地，晓丽就挂了电话。他只以为她是累了。

只是他没想到，晓丽再一次站到他的面前的时候，身边多了一个男人。晓丽还是静静地看着他微笑。唐生仔细一看，这个男人就是张猛。他问晓丽为什么，"我电话里说了，外婆病了，要钱。"原来这么些年，张猛没有考上大学，也没有继续念书，转而做了淘宝生意，挣了不少的钱，唐生只是个穷学生，没有钱。他只能眼睁睁地看着晓丽挽着张猛的胳膊渐渐远去。他没有挽留。

晓丽离开后，唐生好像也没有很悲伤，他还是按部就班地做自己的事情。只是在夜晚多抽了些烟，也多了些辗转反侧。

直到，唐生的父母终于离了婚。他的爸爸妈妈再也没有办法也没有必要去维持表面下的平和，他们撕开脸皮，为财产争吵不休，鸡毛蒜皮的小事被翻来覆去地讲。唐生厌倦了，也麻木了。他不知道事情最终是如何解决的，甚至妈妈离开家乡去往哪里他也不知道，而她走的那天，他没有去送行，甚至没有接她的电话。

唐生自此不再回故乡。

他接受并且习惯了南京给予他的一切。他以优秀毕业生的身份顺利地毕了业。和许许多多的安徽同乡一样，他在南京落了户，开了影视公司。渐渐地他背离了曾经的校园诗人的形象，他喷香水，打发胶，系领带，西装革履，落落大方，俨然是个成功的商人。他也买了房，房子里有一扇巨大的落地窗。他终于留在了南京，留在了他心中的耶路撒冷。

甚至后来，他也有了未婚妻，这个女孩子是南京本地人，家里有点势力，对唐生的经营有好处。他也不知道自己爱不爱那个女孩，只是觉得他们会很合适，至少周围的人都这样觉得。

直到2019年末，新冠疫情来势汹汹，所幸祖国日趋强大，用半年不到的时间就复工复产，一切又开始欣欣向荣。唐生也是，他明智地抓住了机会，关注到了直播带货的领域，狠赚了一笔。而他的未婚妻家里就开始催着结婚，他们甚至定好了日子。

但是，一条短信打断了一切。“晓丽病逝，速来”，是张猛的信息。

疫情带走了很多人好好说再见的机会。

这条短信就像是一个耳光，一下子让唐生想到了那些还不曾在青春里了结的事情。他不知道是怎么回到家乡，怎么参加完了晓丽的葬礼。

他只记得葬礼结束后，张猛找到了他，说，这么些年，晓丽在他身边过得很好，他们结了婚，有了自己的房子，日子越过越好，只是没想到……他还说，当年的事情对不起，他那会也喜欢晓丽，只是不懂表达方式，被他打了之后，觉得丢了脸，就用了不光彩的方式，想要找补回来。“其实，那天在火车站，只要你挽留，她会留下的，你没有，是你放弃了她。”张猛说。“可是她外婆……”张猛看了他一眼，没有说话就离开了，唐生好像明白了，一个人在原地怔住。

他急急忙忙地要开车去南京，但是，突然听见了“轰”的一声巨响，唐生吓了一跳，他循声望去，是摩天轮被拆除了，就是他向晓丽表白的那一个。现在的他也依然记得，当年，在摩天轮下，他向晓丽告白，旁边的音乐放的是一首诗，是拜伦的诗：“She walks in beauty like the night/Of cloudless climes and starry skies/And all that’s best of dark and bright/Meet in her aspect and her eye.”（她走进光华的夜色里，春风惹人无处是闲笔，光影里谁与我共徘徊，望眼回看，似是故人来。）当时只有17岁的唐生觉得，现在的晓丽就像是诗人笔下的夫人，明艳动人，他想不管多少年后，他一定不会让晓丽仅仅是个故人，他们会有很多很多的未来和曾经。

摩天轮阻碍了轻轨的建设而轰然倒塌，就像它曾经的兴起也是因为家乡的发展一样。时代或者个体的生命，从灿烂到灰烬，无论有过多少的辉煌，无论经历过多少的仓皇，一切都会灰飞烟灭。

唐生还是去了鸡鸣寺。在诵经念佛的人群中间，在神明的注视下，他寻找着当年晓丽留下的卡片。他找啊找，看遍了人间的爱别离，怨憎恨，求不得。终于，他看见了那个熟悉的笔体，一笔一画地写着“我知道他不会娶我了，我总不能阻止他去奔赴前途，怜悯世人的佛祖，我还是求您，让我的男孩万事如意，平安喜乐，就算，我再也无法陪在他的身边”。

和晓丽分开的这么些年里，他看见了许许多多的姑娘，他多希望有一个回头可以是她，每一个都不是，现在，再也不可能是了。

那天的唐生突然疯狂地想吃阳春面。他走遍了鼓楼区，却都未寻得一碗。只有与阳春面色味极其不相似的三鲜。他还是点了一碗，他大口大口地，却又极慢地吃完了所有。

很多很多年后，唐生仍然记得，那是2021年的4月，那一年，大家都说鸡鸣寺的樱花开得格外早，格外好看，而他站在来来往往的、川流不息的人群中，无比清晰地知道自己会结婚，会有家，但是以后的他，永远只会活在回忆里了。

作者简介：

孔繁烨，00后，女，安徽芜湖人。就读于山东艺术学院戏剧学专业。主要作品有剧本《无人知晓》以及担任导演及编剧的戏剧作品《壳》。

海上方舟

◆ 赵奕鸥

1938年德国水晶之夜后，犹太人处境越发艰难。音乐家霍曼一家焦急地等待着中国签证的下发，在得知签证官何凤山被迫离境回国后，霍曼和许多犹太人赶去火车站寻求最后的机会。待他们赶到时，火车刚刚开走，霍曼绝望之际，却发现从驶出的火车窗户里飘出了一张张签证。原来何凤山在列车上还在签字，然后从窗户缝隙里扔了出去。终于，霍曼带着妻子安娜和女儿海莉登上了船，去向一个未知的东方城市——上海。

到了上海码头，霍曼没见到约定来接他们的中国朋友，却因一场意外结识了略懂英文的巡捕方小山，方小山性格开朗、机灵，在复杂的社会环境中懂得独特的生存之道。几番打听后才知，霍曼的中国朋友已在战乱中死去，但安娜已有身孕，不便去难民营居住，在方小山的帮助下他们在舟山路租了一间房落脚。合租的有房东刘妈、黄包车司机刘爸、歌女雅琴和住在亭子间的犹太老头“贵族”。

霍曼一家初期很难适应上海的生活，邻里间因为文化差异也发生了不少冲突，性格高冷、固执的他也没能顺利找到工作。由于缺乏医疗条件，安娜生下小儿子伊万后难产而死。伤心之余，海莉想赚钱补贴家用，差点被骗去当陪酒小姐，还好被方小山救下，并给她筹划开家庭手工坊，和街坊大妈学做中国手工艺品，再卖给租界的洋人。在刘爸的介绍下，霍曼为富贵人家当家庭音乐教师，刘妈也照顾起了伊万。雅琴在一次醉酒回家后撞上了霍曼，霍曼送她回房时发现她的唱歌才华，并打算教她唱歌。

生活逐渐好转，伊万在刘妈的照顾下长成了十足的中国小孩，雅琴加入了霍曼组织的民间艺术乐团，海莉与方小山感情升温，但因文化、宗教等原因始终没能进一步发展。一天，一位抗日游击队成员找到方小山希望他能加入，利用他的职务便利传递信息，而方小山只想安稳过日子便拒绝了。

1943年，日本占领上海后在虹口建立了“犹太隔离区”，霍曼一家租住的地方被划为了隔离区，有大量的犹太人涌入，由于行动受限，生活环境变得恶劣，隔离区内有许多犹太人挨饿受冻。虽然大多中国人都搬出了隔离区，但是善良的上海百姓依旧隔着围栏给犹太人们送去食物。霍曼虽然受到日本方面的阻碍，但他依旧坚持着慈善音乐事业，希望用音乐的力量鼓舞更多苦难中的人们。

一日，伊万闯祸激怒日本人，犹太老头“贵族”为了救他而不幸牺牲，方小山发现自己虽为警察，但面对日本人的恶行却无能为力，因为和日本人起冲突还丢掉了工作。终于，方小山选择加入了地下抗日组织，利用中国人可以自由出入隔离区的便利，为中国地下抗日组织和犹太志愿者之间传递情报。同时为了掩护身份，他在隔离区里开起了一个小吃摊。

霍曼因为要去日本官员家教授音乐课，所以可以出入隔离区，方小山找到霍曼希望他能加入地下抗日组织，为他们窃取情报，霍曼因为担心儿女的安危，不得已拒绝了他，并希望不要把海莉卷入。此时的海莉加入犹太救助组织，为筹得物资四处奔走，她希望方小山也能一起加入，但方小山因为有任务在身无法答应，两人感情产生了一些隔阂。

到了冬天，上海经济萧条、食物短缺，隔离区生活越发困难，每天都有人病死、饿死，周围民众自发地向隔离区空投食物。方小山的小吃摊也关闭了，由于引起了日军怀疑他不得已要搬出隔离区。走之前他托霍曼把一张通行证交给海莉，希望约她傍晚在某地方见面，而霍曼不希望他们再见面，便把通行证藏了起来。伊万把偷偷看见的这一切告诉了海莉，海莉不顾一切要去找方小山，甚至不惜惹怒日军守卫，为救女儿，霍曼不得已拿出了通行证。

去的路上遇到了美军的轰炸，而方小山居住的那一片就是轰炸点，海莉不顾危险要去找方小山，到了后却发现一片废墟，她伤心绝望之际方小山出现了，两人在战火中许下生死诺言。由于过度劳累，方小山病倒了，海莉日夜照顾他打动了父亲，霍曼在方小山恢复后同意帮他的忙。

在新年之夜，霍曼要去日本军官家酒会演出，抗日游击队成员决定派人假扮歌手，声东击西，偷偷拿到通行证，利用时间差将一批药品运进被封锁的上海孤岛。而为了筹集救济粮的海莉也出现在了这场酒会，由于行动暴露，不知情的海莉为了救方小山意外牺牲，但最终方小山还是拿到了通行证，一批药物成功运进了上海。

1945年，日本投降，大街小巷沉浸在一片欢庆之中，霍曼和雅琴举办了一场中犹合并的婚礼。战后，霍曼决定带着妻儿前往香港，再移民澳洲。而方小山拒绝了他们的邀请，选择留在这片土地，参与重建工作。

如今，80岁的伊万和同样那个时期出生的“上海宝宝”们，在上海度过的独特的童年时光影响了他们的一生。虽然参加聚会的人越来越少，但每年他们都会聚在一起分享着当年的回忆，他们是那段岁月的见证者，更是两个民族友谊的见证者。

作者简介：

赵奕鸥，上海戏剧学院戏剧影视文学学士，英国东英吉利大学艺术硕士，先后在陆川、管虎等一线导演公司担任文学策划，参与《749局》《没问题》《三趟车》等多部电影作品。个人编剧作品有电影《窥探》《海上方舟》，话剧《车轨共文》荣获澳门国际电影节创投优秀奖，全国高校美育大赛一等奖等，万达菁英计划签约编剧。

最后的旅程

◆ **茵茵向晴**

一、出走的心愿

患癌症准备要做手术的70岁东北大娘陈翠花、68岁的上海退休舞蹈家谢丽娃以及67岁的四川大妈周申琼，一起从北京一家肿瘤医院出走。她们留下一封信给医生："我们决定不做手术了，与其增加风险、忍受病痛折磨，不如趁着还能走动，来一场实现人生最后心愿的旅行……"

医院担忧她们的安危，遂立即查找三人的家属。

但，翠花儿子张帆的电话始终打不通。一直单身的娃索性拒接电话。琼做货运的丈夫丁志勇正与其他女人鬼混，对着电话嚷嚷："随你们大小便去吧……"

街边小饭馆。

仨大妈说出各自最后的心愿。翠花要去耶路撒冷问上帝，儿子什么时候能结婚？娃要去圣彼得堡，再见她青梅竹马的俄国初恋阿廖沙；琼想去韩国首尔偶遇她一直喜欢看的韩剧明星。最后，三人达成一致，先随同娃一起回上海卖掉房子，然后再同赴海外……

医院连同警方找到了帆。惊悉母亲病况，快40岁的帆愧疚又纠结，一直沉迷电玩无心婚恋的他，决定上网征婚。

二、上海波澜

举止粗俗的琼，在高铁上吃臭味蒜，频频放响屁，惹来乘客不满。娃一直鄙夷她，碍于翠花一路的劝阻调停，二人未再起冲突。但抵沪后，二人又开始各种互怼……

娃做金融经纪的邻居伟得知娃要卖房，便极力鼓噪她不如用房子抵购一只“安老养”的基金，说每个月都可以领取一笔可观的钱。还劝在座的琼与翠花都应该买。在他展现一系列电脑繁忙的交易数据后，仨大妈倾囊购入……

当仨大妈欢乐畅游上海滩后，到银行支取那笔养老基金钱去买出国的机票时，却发现基金公司根本不存在。

琼当即爆哭大骂娃。翠花赶去报警。但为时已晚，伟已跑路。房子票子都没了，娃一时想不开，欲寻短见，被翠花拦住。翠花拿出最后留给儿子结婚的钱，继续上路。

娃于心不忍又无计可施。琼想起偶遇的前雇主张友兰，说她正带领一支舞蹈队备战全国广场舞大赛，若赢得冠军便能获豪华欧洲游奖励。只要加入兰的舞蹈队，也许就能免费上路了。

翠花认为可行。但兰却不欢迎仨人。

娃怒怼兰：“呵呵，就你们现在这样儿还想拿冠军？除非由我来编舞和领舞……”

兰将信将疑。娃强忍病症气喘，编出一段与众不同的广场舞。舞蹈队顿时备受瞩目。琼和翠花也融入到欢快的舞蹈中，暂忘了病痛与破财的不幸。

三、征婚启事

这边厢，帆频频见征婚对象，笑料与窘态百出，无功而返。难得美女燕芸芸有意，帆也心动。但当燕说自己离异并有俩娃时，帆就不太情愿了。

同住的室友凌浩轩是个十八线小龙套演员，献计愿男扮女装做帆的未婚妻，陪帆南下去见翠花。

此时，娃带领舞蹈队脱颖而出，赢得赴粤总决赛资格。一时间，仨大妈与舞蹈队成为爆款网红。

帆和轩赶到，母子相见悲喜交集。不料，轩在女厕换装被兰碰见，以为他要流氓，报警。而翠花也误会帆与轩是同性恋，气得当场吐血。

民警教育帆和轩，不要再让爱你的人临终前失望……

帆立即打电话求助燕。翠花也终于想开了，劝帆回京续缘。

四、花城出彩

舞蹈队到达广州。面对琳琅的美食，琼狼吞虎咽，导致卡骨头，被送医院急救。

医生发现琼的肺部有阴影劝她住院。兰得知后，叫琼退出大赛。翠花不满兰的冷漠，要拉上娃一起退赛。娃并不情愿，与琼又爆发大吵。翠花劝阻无果，娃独自离队走人。

缺了娃领舞，舞蹈队得分直降。队员们强烈要求兰向娃道歉并追她回来。已在候机的娃看到电视直播广场舞大赛的画面，心中万分不舍。恰巧，一场台风雨而至，航班与赛事均告暂停，娃思前想后，还是决定返回比赛现场。

为赢奖项，娃临机应变编出一段黑白袖错觉舞，大获成功。但娃与翠花也累倒吐血了。兰怕担责，让琼及队友快送二人到医院。

医生告诉娃和翠花，两人癌症已转移，须立即手术。二人再次婉拒并逃离医院。

舞蹈队获奖。兰却把编舞的功劳占为己有，并剔除仨大妈的旅游名额。琼怒不可遏，在码头堵住兰，怒斥她并要求道歉与赔偿。经多方调停，琼仍不依饶。

"别吵了！我们自己买票去！"翠花从围观的人群中走出，扬起手中的头等舱船票。兰在众人谴责声中，羞愧道歉并赔偿。

赴欧的游轮鸣笛启航了。

豪华游轮上，琼改掉了粗鄙的举止，娃与她冰释前嫌。三人举杯邀明月，畅谈起各自的情史，有笑有泪，各种人生感慨……

五、陪伴，才是最长情的爱

帆赶回京与燕商议结婚。燕却要帆冷静，叫他先与自己一对儿子相处。结果，俩小淘气把帆搞得狼狈不堪。燕看出他的无奈，劝他取消结婚计划。帆从燕对孩子的关切体会到母爱的伟大与苦心。他感谢燕的提醒，独自踏上去陪伴母亲的旅程。

六、海外情

仨大妈与舞蹈队在欧洲街头与当地民众表演中国广场舞，风光无限……

但旅途的疲累也让翠花和娃体力不支。娃决定先陪翠花转去耶路撒冷，翠花婉拒。临终，翠花嘱咐琼，一定要陪娃去圣彼得堡。

队友自发出席翠花的葬礼。帆赶到时，悔哭不已。为完成母亲心愿，帆决定陪护琼和娃走完旅程。

娃强撑一口气，抵达圣彼得堡。辗转见到初恋阿廖沙后，含笑而逝。

料理完娃的后事，琼也累倒了，帆急送她当地医院检查。医生告知，她肺部阴影只是结核而非癌，无须手术，合理用药和锻炼便能痊愈。琼喜极而泣。

当琼回家时，撞见丈夫又在鬼混。琼上前怒打他，并果敢地离婚。然后，踏上赴韩之旅……

回京后的帆，鼓起勇气再去找燕……（完）

作者简介：

茵茵向晴，女。广州人。现居北京。编剧、多媒体制作人。曾在广州电视台大型活动部工作二十五年。从事电视文艺编导工作。为数百台综艺晚会与专题片撰写台本及室内剧剧本。作品有：电视室内剧剧本《顺意坊》《陈医生诊所》，影评集《钟情看电影》（刊发于广东电视周刊），网易女频连载小说《风云秀》《狐剑》《日记本里的情事》《红棉谱》，电影剧本《蓝天追梦》《最后的旅程》《追凶女诗人》《日记本里的情事》《越洋追杀令》，40集电视剧/网剧剧本《理赔风云》《风云秀》。

上海影事

◆ 王　斐

20世纪80年代的一个深夜，暮年导演李之安坐在书桌前，望着年轻时在江安的照片，凝神思索，对于人生的下一步电影要拍什么、能拍什么，他茫然无措。

传来好友焦心的敲门声，他递给李之安一部电影剧本，讲述的是他们这代电影人的生命旅程。李之安没有勇气打开眼前的剧本，却陷入漫长的回忆。

抗战烽火正烈的1941年，浙江上虞李家少爷李之安瞒着家人，在夜色中费尽周折去往四川江安，那是当时的国立戏剧专科学校所在地，名师荟萃。李母知道儿子离家出走后，悲痛忧虑，李父则表现淡漠。

路上船上，他遇到三个流亡青年，他们是东北人焦心、上海人孙无极、苏州女孩秦乐。他们四人结队通过日本人和伪军的哨卡，一路惊心动魄地到了江安。

李之安热爱戏剧，立志做一名戏剧家，但是他从小就患有耳疾，听力极差，为了能继续留在舞台，他总是刻意掩饰这个缺陷。焦心本想学历史，无奈大学招生已经满额，他只能就学于江安剧专。孙无极喜欢秦乐，秦乐喜欢李之安，因为李之安留下来了，他们也都留了下来。

剧专同学在洪涛老师的带领下，正为群众演《放下你的鞭子》时，日军飞机忽然轰炸扫射，李之安听力不行，反应缓慢，肩膀上中枪。秦乐奋不顾身，和同学们一起将他送往战地医院，美国军医取出李之安的弹片，并治好了他的耳疾，听力恢复了。原来，耳疾是小时候被迷信的奶奶用香灰乱治所误，只需消炎祛脓，很快就恢复了大半。经过此事，孙无极明白了秦乐对李之安的心意，退出了感情竞争。

李之安和秦乐成了情侣，他们许下心愿，一旦战争结束就结婚。

焦心成了一名编剧，秦乐和孙无极则登上舞台，成为受人欢迎的年轻演员，而李之安选择跟随洪涛老师学习导演艺术。他们一路巡演，看到中国内地底层民众的苦难，体会到世事艰难。

李之安他们听信军阀盛杰的邀请，以为可以去边疆建设文化事业，但到了当地之后，盛杰暴露本性，将他们囚禁，时间长达两年。狱中生活锻炼了年轻的艺术家们，他们认识到旧中国各种边缘人，小偷、杀人犯、强盗、蒙冤者……

不久，传来日本投降的消息，李之安他们取得盛杰残害无辜的证据，在中央大员到来时告发了盛杰，得以释放，重新回到重庆。

他们站在长江边，壮怀激烈，畅想未来。

李之安和秦乐顺利成婚，他们安家于上海，李父对李之安的职业选择颇有微词，但也没有实质性的关心，这让李之安深感伤心，秦乐才知道，原来他们父子关系冷淡，互相看不上。

抗战胜利后的上海，国民党接收大员腐败贪婪，激起了正直艺术家的反感和抗议，焦心创作了一部戏剧揭露黑暗，被特务打成重伤，朋友们相互垂泪，不知道明天在何方。洪涛老师带来一位中共地下党杨川，杨川的安慰和指引，让大家摆脱了迷茫。

内战爆发，解放军势如破竹，新的历史局面仿佛从天而降，上海要解放了。孙无极因为家庭原因，不得不远走台湾，他期望朋友们与他一起，但都遭到婉拒。孙无极忍住离别的泪，发誓一定会与大家再相聚。

中共接管了上海，李之安得到洪涛和杨川的推荐，开始担任导演。同时，上级派来了一个朴实的领导钟华，他谦虚严谨，忠厚朴实。

李之安接手的第一部电影就是反映海岛妇女解放的《自由的海》，他与焦心南下采风，见到了当地女连长，对方炯炯有神的目光令他久久不忘，他决心找一个这样的演员。

但是找遍了许多剧团，都找不到想要的演员。他与焦心漫无目的地在街头散步，看到一群女孩在打篮球，其中一个女孩何秀娟让他想起了老连长，他急忙冲上前，要何秀娟做女主角。焦心则喜欢上了何秀娟。

李之安要求演员必须体验生活，女主角何秀娟每天扎绑腿，枪不离手，甚至在化好妆以后，也不被允许跟反派演员说话，时刻记住戏中的刻骨仇恨。

影片拍完后，钟华不满意，认为爱情戏出现在领导和下属之间不合适，要剪掉，李之安不理解，他找到洪涛，洪涛支持他。可最终还是被剪掉了，这让李之安很遗憾。但影片终究是成功了。

此时，秦乐也取得了自己事业的进步，更可喜的是，她发现自己怀孕了。

李之安受命拍摄一部喜剧题材的电影，他还是选择何秀娟做电影的主角，何秀娟对李之安渐生爱慕，这让李之安大为惊惧，他为焦心创造条件，鼓励他大胆追求何秀娟，何秀娟最终还是拒绝了焦心，焦心心灰意冷。

孙无极在台湾也开始了自己的生活，多年的挫折，让他难以施展自己的才华，他只能拍一些宣传广告。

喜剧电影再次获得成功，人们都把李之安看作崛起的大导演，但钟华和焦心却对他产生了嫉妒和不信任。他们抓住李之安的小错误，对他展开了批判。此时，秦乐生了一个孩子，遗憾的是，孩子是个聋哑人。李之安安慰秦乐，并给孩子起名叫乐天。虽然每天承受着被批判的压力，但李之安回到家中，还是满面笑容。

“文革”开始了，李父因为恐惧服安眠药自杀，最终被抢救回来，李之安坐在病床前，与父亲坦诚交谈，化解了心中的症结，本以为父亲一切都变好了，但父亲还是自杀了。不过父子和解，也让他了却了人生最重要的一个心愿。

孙无极在台湾认识了喜欢的姑娘，她是个普通的本省教师，但长得很像秦乐，在大陆“文革”风潮如火如荼之际，孙无极开始了稳定的生活和创作生涯，遗憾的是，在一次拍摄过程中，他被威亚砸伤了腿，导致残疾。

“文革”继续蔓延，李之安被发配内蒙古，秦乐带着乐天在上海艰难生活。杨川自杀了，洪涛被关进监狱，钟华发疯了，焦心则成了革委会领导。

何秀娟无奈之下与焦心结婚，但她内心深处并不爱这个人。

在内蒙古，李之安与牧民结成了朋友，他再次深刻感受到人民的生活疾苦。五年后，“文革”结束，李之安重回上海，他与妻儿相依为命，等待命运的安排。

焦心被审查，何秀娟与他离婚。李之安找到焦心，安慰处于人生悬崖边的焦心，让他重新振作起来。宽宏大量的李之安打动了焦心。他们一起去见老师洪涛，洪涛却拒绝焦心进门。

李之安重振旗鼓，开始拍片，要拍出真正反映内心想法的电影。

他顶住压力，在洪涛支持下，拍摄了《垂天之云》，这是一部讲知识分子的电影。老经济学家孙正方看了这部电影，连看十遍，随后病倒，他提出要见李之安。孙正方弥留之际，李之安握着他的手，二人都流下了眼泪。

随后，李之安又拍了几部电影，每一部都有复杂曲折的故事。

焦心卧薪尝胆，要写一部与心灵忏悔有关的电影。

他收拾行囊，远走西北，要探寻中国文明的源头。何秀娟则继续演戏，长期的忘我工作让她染上了疾病，在最需要人照顾的时候，焦心出现了，焦心的忏悔获得了何秀娟的原谅，二人抛开过往，开始了晚年新的生活。

李之安去香港参加影展，见到了孙无极，李之安提出想拍一部电影《何为贵族》，孙无极介绍国际影星林青出演，但当时两岸还有禁忌。李之安秘密邀请林青来上海，一切谈妥之后正欲离开，在机场被记者认出，此事第二天见诸报端，事情黄了。

李之安并不气馁，他重新选择演员，带领剧组去美国拍摄，但此时，他的耳病复发了，他不得不靠助听器维持听力。在美国的拍摄，虽然起起伏伏，但是最终完成了。

李之安和秦乐回到家乡，修整老屋，留作乐天未来生活之用，房子刚刚改好，乐天却去世了，白发人送黑发人。悲痛的李之安计划邀请孙无极一起导演、焦心编剧、秦乐和何秀娟演出，大家一起做一部影片，但片子是什么，他却没想好。

李之安结束漫长的回忆，终于有勇气打开焦心的剧本，这是部凝结了一代电影人心路旅程的故事片。李之安告诉自己，必须振作精神，用尽全力，拍好这部无愧于历史的影片。

作者简介：

王斐，80后编剧，毕业于上海戏剧学院戏文系，现任珠海演艺集团编剧。

著有舞台剧《青春的抉择》《苏曼殊》《其湖如镜》，电视剧《如此多情》，电影《驯猫侠》，实景演艺《涉县风华》等。《苏曼殊》获得2023年杭州话剧艺术中心首届创作孵化最佳热浪奖，由著名导演王晓鹰指导排演；《青春的抉择》获得珠三角大型剧本征集话剧类二等奖；《其湖如镜》获得2016年上海文化发展基金会青年编剧创作扶持。

绝对计划

◆ 张媚璇

泉州，大排档，衣着邋遢的陈浩在跟服务员讨价还价，被嘲讽穷得这么狂妄的天下少有。

画面切到回忆部分：国外某大型网络游戏发布会现场，人群熙攘，场面异常火爆。屏幕上放着游戏项目资料，陈浩在台上侃侃而谈好不风光。到答疑环节，有人质问陈浩是否私自挪用公司财产，并质疑陈浩侵害他人著作权，陈浩刚要回怼，身后的大屏幕上却出现写着狄建名字的项目协议书。众人哗然，警方来到陈浩身边，记者争相拍照，闪光灯刺眼异常。

回到现在，陈浩骂骂咧咧买完单后坐在马路边看热闹：两家中华武馆在为了鲜少的客流争夺客源，而对街开着的西方搏击术却人潮汹涌，一家南少林武术的店主靖宇感叹中国武术要没落了。陈浩却突然窥得商机，说服靖宇，决心开发一款关于中华武术的游戏，绝对火爆、绝对赚钱，就命名为“绝对计划”。

靖宇抱着试试看的态度将南少林武术招式简要地告诉了陈浩，陈浩融入游戏做开发设计，一个羸弱的种子计划悄然而起。

陈浩曾经的大学同学兼竞争对手张松野心勃勃，穷途末路下在陈浩二人身上看到了契机，他决定利用这个羸弱的“种子”组合，再次登上权力的顶峰。

尽管矛盾重重，但为了各自的目的，性格迥异的三人不得不聚在一起，在各自的领域里发挥所长，准备东山再起。

游戏渐渐初具模型，开始小规模做起调研。可不知怎么核心机密竟泄漏了出去，市面上也出现了一款极为类似的新游戏。

市场调研显示这游戏是失败的，困顿之际，三人决定在现有基础上进行改革并再融入AI技术。

靖宇将武学招式、技巧汇总；陈浩做游戏设计开发再设计；张松负责虚拟现实技术方面。三人各司其职。之后又说服了一位富有的赞助人，为游戏募得了初始资金。就这样，一款以南少林武术为基础并融入AI技术的全新的游戏项目渐渐显露雏形。

看似未来的道路越来越顺利，但西方搏击文化的冲击也愈发明显起来。三人决定对游戏进行改版，于是汇集起中华各家武术传人，以中华百家武术为蓝本创立名为“降龙”的电竞游戏，并举办比赛。三人攻艰克难，宣传终于起了效果，吸引来了大量玩家，其中不乏外国人。

戴上特制的AI眼镜，玩家可以立刻进入到“降龙”世界中。来自五湖四海的玩家从剑拔弩张到并肩携手、从素不相识到深深认同，反响颇好。而陈浩三人也在创立“绝对计划”过程中渐渐冰释前嫌。

随着成功的降临，“降龙”吸引了著名外资商Sayat的关注，Sayat高价开出收购条件，但前提是要按照他的要求将“降龙”游戏大幅度改版，远远偏离了三人“绝对计划”以中华文化为蓝本的初衷。

面对巨额资本的诱惑，“降龙”游戏逐渐变成了一场关于中西方文化、理想与资本的拉锯战，“绝对计划”摇摇欲坠，三人的“友情”面临分崩离析。

陈浩一心要想再次出名，洗刷对自己的指控。

张松想要利用“降龙”游戏摆脱桎梏，再次登上权力的顶峰。

靖宇渐渐在资本的诱惑下，动摇了自己要发扬南少林武术的初衷。

三人各怀目的，又互相指责。因各自不能暴露的秘密和彼此间复杂的利益纠葛，只得拒绝了外资商Sayat。

Sayat见谈判不成，为了达到目的，准备和狄建动用资本市场来掠夺陈浩三人辛苦打下的成果。

另外一边，陈浩偶然发现张松是狄建派来的“卧底”，项目是他泄漏出去的，勃然大怒。张松干脆也撕破伪装，指责陈浩是游戏界的失信人，如果没有他根本拉不来投资，指责陈浩从来没有信任过自己的伙伴。两人争吵起来，大打出手。靖宇拉架，不料也被打了，两人说靖宇是最虚伪的，贪恋巨额钱财。三人大吵一架，不欢而散。

Sayat和狄建给予的压力越来越大，并给三人制造了一场空前麻烦，“绝对计划”眼看即将湮灭。

在此时机，三人做了一次有史以来第一次也是唯一一次的深度交流，互相袒露了心声，还述说了各自隐藏的秘密。三人最后也终于恍悟，自己开发的中华武术游戏，这个时候才知道武德是何意义。三个伙伴最终达成和解，并且做了一个决定：中国武术的传承不应该被资本湮灭。

他们也明白了自己做的错事，终究是要自己承担的。后来三人突破重重困难，凭借举证资料揭发了狄建，证明了陈浩的清白，陈浩三人也证实了自身的实力，赢回了市场的信任。

他们带着“绝对计划”回到游戏市场，引得大量公司跟投，市场反响空前火爆，大量玩家加入进来。

随着国家“一带一路”倡议的提出，“绝对计划”渐渐走出国门，中华武术文化也渐渐被世界认知……

不忘初心，牢记使命。

作者简介：

张媚璇，导演、编剧。中国舞台美术学会会员，首都广播电视制作业协会会员，陕西省编剧协会会员。

猪小弟

◆ 吴　斌

在松江，江大叔和老伴秀娟承包了150亩家庭农场。

几个月后，江大叔要过59岁生日，新一轮农场承包竞标会也将举行。江大叔愁眉不展。因为按制度，一到60岁就不能承包家庭农场了。

江大叔和秀娟的儿子小宝高中毕业后在上海市区闯荡，当了快递小哥。城里月收入过万，小宝不想种田吃苦。

同村的竞争对手阿发却春风得意，不仅添置新装备，而且还召回了女儿——肉联厂的兽医圆圆。阿发想在下一轮竞争中击败江大叔，趁机“报仇”。原来，江大叔年轻时的“情敌”就是阿发。

一年中，除了定期的耕种、收割，江大叔夫妻俩多数时间住在养猪场边的临时屋棚，为肉联厂代养生猪。平日里猪、鸡、鸭、黑狗与老人作伴。某天，新的一批小猪送到江大叔的农场。江大叔给领头小猪起名“猪小弟”。

秀娟打电话给小宝，谎称江大叔扭伤了腰。小宝回家，发现父亲无恙，顿时火冒三丈。小宝提起旧恨——父亲曾给自己起小名“猪小弟”，害得自己被女同学耻笑。幸好，秀娟和老外公赶来，坐上饭桌，祖孙三代好好谈了一下农场的命运。

几杯酒后，江大叔讲了自己的热血青春，打败“情敌”阿发娶到秀娟。老外公透露了江大叔做上门女婿照顾两家人，经营农场的甘苦。老外公坦言，松江是上海的粮仓，是上海人的根，做农民不丢人。江大叔反问儿子：老夫妻对农场半辈子的感情怎么可以简单地用收入来衡量？小宝终于感受到，老人真心舍不得60岁之后就告别农田和养猪。

江大叔带小宝参观猪圈。“猪小弟”同黑狗“大壮”发生冲突。突然“猪小弟”纵身一跃跳出猪圈，把小宝扑倒在地。小宝头部受撞击。

阿发的女儿圆圆听说同学小宝回家，正巧赶来看望，凭兽医常识救助了小宝。说来也奇怪，听到圆圆喊自己曾经的小名“猪小弟”，小宝立刻就苏醒了。细心的秀娟看出了小宝对圆圆有意思。

夜深人静，小宝在养猪场边的屋棚陪父母。蚊虫和猪粪味扰人无法入睡。老两口半夜起来给猪加饲料，“猪小弟”招呼小伙伴。小宝居然听懂了“猪小弟”的语言。但小宝不敢相信自己有超能力。

次日，小宝去找圆圆。正巧圆圆不在，遇见阿发。阿发冷嘲热讽，告诉小宝不要打圆圆的主意，还鼓励小宝做一辈子快递小哥。小宝顶嘴，冲突升级，阿发发誓：新买的收割机谁都可以用，就是不租给江大叔。

小宝受刺激，回家答应留下经营农场，拿出积蓄帮父亲买农具，扬言农忙季节也要出租收割机，跟阿发抢生意。父子俩达成统一战线。

小宝帮忙打扫猪圈，又一次听懂“猪小弟”讲话，而且“猪小弟”也能听懂小宝的话。原来，经过上次的撞击，“猪小弟”这个名字的巧合让小宝和猪产生了感应，小宝终于相信自己有超能力了，而且和“猪小弟”结成好友，彼此约定保守秘密。

小宝和圆圆常来往，日久生情。

某日，阿发阻挠圆圆去江大叔家给小猪打疫苗，为此大吵一架。在养猪场，圆圆说了自己的烦恼：只想好好做兽医，不想经营农场，但拗不过阿发的闹腾。“猪小弟”鼓励小宝勇敢追求圆圆，并且支损招：未来做圆圆家的上门女婿，彻底击败阿发。小宝深受鼓舞。黄昏时分，小宝和圆圆依依不舍，一口气送出几里地。

回到农场已天黑，小宝发现大门被破坏，鸡鸭不见。猪圈里不见了几只小猪。有贼！“猪小弟”和黑狗“大壮”勇敢抵抗，被打伤。江大叔和秀娟回家看到后心痛不已。

在小宝和圆圆的照料下，黑狗“大壮”和“猪小弟”很快伤愈，并且升级成好战友。猪仔日益肥壮。小宝提醒“猪小弟”减肥，当心未来最先被宰。“猪小弟”豁达解释，既然为人类提供肉食是猪的使命，那就要努力做好！

小宝订购的装备送到。江大叔教小宝维修机械，父子俩乐在其中。周边的乡亲纷纷预约江大叔帮忙收割。江大叔知道儿子和圆圆的关系，故意推掉一些生意。而阿发却认为江大叔在抢生意，禁止圆圆再和小宝交往。

阿发的收割机坏了，维修人员赶不过来。阿发犯愁。圆圆请来江大叔和小宝，父子俩不计前嫌，帮阿发修好了收割机。小宝表现出色，阿发请父子俩吃酒。两家冰释前嫌。

回自家农场后，“猪小弟”紧张地告诉阿发，上次打伤自己的盗贼今天又出没了。盗贼商量两天后等收割开始，趁着没人再来作案。小宝把“猪小弟”的话告诉父母、圆圆、警察，大家无法相信。

两天后，江大叔夫妇下田去。四五个盗贼开着皮卡气势汹汹而来。小宝驾无人机、率黑狗“大壮”和“猪小弟”迎敌。危急时刻，圆圆报警，江大叔、阿发也赶到，合力逮住盗贼。“猪小弟”立大功，拱翻贼首。

转眼间，猪仔都已长成。小宝想花钱买下“猪小弟”，但“猪小弟”拒绝，认为猪活着就要有猪的样子。最后“猪小弟”率领众小猪登上肉联厂的车，与小宝挥泪告别，并祝福小宝和圆圆。

养猪场冷冷清清，每到这个时候，江大叔都会拿出老古董红白游戏机玩《猪小弟》。这回，小宝坐下来和江大叔一起玩了起来……

江大叔过59岁生日了。虽然不是六十大寿，但来了好多亲朋，阿发和圆圆也来了。那天，小宝吃了不少猪肉，也许想起了“猪小弟”。

几天后，小宝陪着江大叔参加了村里的农场承包竞标大会……

作者简介：

吴斌，毕业于上海外国语大学。上海戏剧家协会会员。现任上海广播电视台编导，高级职称（一级导演），曾获得中国电视文艺星光奖等奖项。2015年—2017年，就读上海戏剧学院戏文系，师从陆军教授，研习戏剧文学创作，获MFA硕士学位。个人戏剧作品有：实验独幕剧《一片韭菜叶》（已演出），话剧《厕所与橄榄树2019》（获上海文化发展基金会资助项目和苏州“梁辰鱼杯”剧本征集活动成果），话剧《物归原主》（获上海文化发展基金会资助项目），互联网体育综艺《PPTV 2018世界杯点将台》的二十余部舞台剧小品系列《开心麻花世界杯》（已演出播放）。话剧《桃之夭夭》（获2023年苏州“梁辰鱼杯”剧本征集活动二等奖）。苏剧《豹回头》。发表论文有：《“百千万字剧”编剧工作方法在网络综艺实践》（《编剧学刊》2018年第2辑）。

消失的定位

◆ 康春季

黑夜，大雨滂沱。河岸边，人群熙熙攘攘地聚集，好奇与恐惧四下弥漫，警察拉起警戒线，示意人群后退。打捞船在黑黢黢的河上，穿着雨衣的警察忙碌着。不一会，只见一具尸体被打捞上来，人群发出惊恐的低叹，有人掏出手机录视频。

挂满衣服的窗前，看到视频的小美慌慌张张地丢掉手里晾晒的衣服，转身进入房间叫醒大飞。视频中隐约看出尸体穿着大团外卖员的工作服，而这正是大飞服务的公司。大飞和小美刚从老家来到江城，租了房子，找到了外卖配送员的工作。两天前，一个外卖员离奇失踪，大飞和配送站点其他外卖员一起搜寻未果。看到网络视频后，大飞起身欲赶往工作的站点。

儿子小飞被吵醒，缠着大飞给钱报机器人编程班。原来前一天晚上，小飞说起同学们都在学，自己也想做一个机器人和同学的机器人打擂台，醉酒的大飞迷糊中答应了儿子。大飞想到这个兴趣班价格不菲，抵得上自己一个多月的工资，严词拒绝，并批评儿子不把心思放在学习上。委屈的小飞夺门而去，大飞骑着电瓶车追赶，一路争执不断，生活的负担使得大飞每天都焦虑易怒。最后看着手机显示小飞手上的定位手表显示已到学校，大飞无奈地转身驶离。

小美在雇主严东家做保姆工作已经有2个月，严东是一名摄影师，这一天他私下拜托保姆小美到他郊区的新房子打扫一下。小美被严东的摄影作品吸引，对他产生了崇拜之情。严东也对小美格外热情，与她分享自己的创作感悟——摄影主题是大数据下人的“定位”，并且拿起相机邀请小美做他的拍摄模特。气氛暧昧之时，小美突然接到大飞站点的负责人周老板的电话，询问她有没有见到大飞，因为平台上大飞的定位突然“消失”了。小美急忙打电话给大飞，电话已关机，她用自己手机查看大飞的定位，亦无显示。小美想起前几天失踪的外卖员，不由得担忧起来，打算立刻去大飞的公司打听情况。严东看到外面下着暴雨，又觉得地处郊区不方便，决定开车送小美。

站点办公室内，凌乱不堪。周老板满头大汗，翻箱倒柜找资料，把几个文件夹和一些贵重物品塞进一个大包里。财务进门询问，大飞已经失踪三个小时，是否要报警。焦头烂额的周老板大为恼火，他这一天刚在警察局配合调查做完笔录，又接到平台公司的通知要下来调查情况，他担心拖欠员工工资的事情快要瞒不住了，节外生枝只会让事情更加复杂，因此他劝阻财务报警。更雪上加霜的是，周老板手机里跳出一条短信：今天8点前还钱，否则我们会来找你。

雨天道路拥堵，为避开高架上的车辆，严东决定走地面抄小路。着急的小美忍不住开始哭泣，严东安慰小美。突然严冬接到妻子孟佳的电话，问他能不能来接自己下班。孟佳是一名律师，经常加班不回家，两人的感情处于微妙的时期。严东不想让她多心，便说自己正在送一个男客户回家，面对妻子的咄咄逼问，他无心解释，敷衍了过去。离站点不远的地方是一个废弃的火车隧道，车子因开入一个低洼地导致熄火，小美只好独自步行前往，严东给保险公司打电话。

在邻居家吃完饭的小飞独自回到家中，看到爸妈都还没回来，觉得他们一定是因为早上的事情在生气，故意晚回家，他气鼓鼓把手上的定位手表摘下扔出窗外。

严东在车旁等待着保险公司的人员，突然孟佳开车出现在面前，质问他为何撒谎并打开手机内对丈夫车辆的定位，她感觉这两年丈夫对自己不冷不热，早上通过摄像头看到严东和保姆一同离开家，并且通过律所客户关系在银行流水中发现了丈夫近期转出大笔财产，又在车上的电话中听到了异样的声音，一怒之下来兴师问罪。

小美来到公司，周老板开始与她斡旋，让小美先不要报警，劝说她联系更多人再去寻找大飞，为稳住小美，周老板谎称大飞平时工作时本就喜欢四处乱逛，发生过好几次这样的事情。小美被说服，但要求周老板和自己一块儿去找大飞。周老板巧言令色推脱之时，催债人找上门，周老板为躲避，佯装答应小美一同外出寻找。

严东得知孟佳一直定位、监控自己，不由得怒火中烧，言辞激烈地指责孟佳为人强势、脾气暴烈、有性格缺陷、惹人厌恶。孟佳伤心欲绝，开车驶离。严东意识到自己言语伤人，顾不上车子浸水，强行发动了车辆，风驰电掣紧追孟佳。

窗外暴雨闪电，小飞一个人开始害怕。他想起爸爸为了给他买电子手表，风里来雨里去地抢单送餐，有一次把腿摔出一道口子，血肉模糊，而自己却不顾家里的条件，为了和同学攀比，让爸爸为难。小飞回忆起爸爸对自己的好，懊悔不已，不由得哭起来，他打开门去捡电子手表，不料手表摔坏了。小飞伤心极了，恍恍惚惚地走入雨中去找爸爸妈妈。

一路上严东开着电话，与孟佳吐露心结：这些年来她工作越来越忙，脾气越来越火爆，总是疑神疑鬼，并且孟佳一直不同意要小孩，这使他非常伤心。银行转出的钱是他偷偷地买了郊区那栋更大的房子，里面有独立的儿童房，想给妻子一个惊喜，又怕让她感到压力。严东有一次看到保姆小美在看自己孩子的照片，温柔又亲切，不禁对她产生了别样的感情，因此今天她家发生事情时也想帮她一把。一番诚恳的交谈后，孟佳也意识到了自己的问题，也说出了自己长期的顾虑，对职场晋升的渴望使她恐惧生育，童年父亲对母亲的背叛也让她对婚姻充满了不信任，最后两人在雨中相拥和解。严东的车发动机报废，两人决定开孟佳的车前去帮助小美。

周老板和小美一路搜寻，其间周老板不断绕路躲避追债人。小美最终决定去派出所报案，周老板百般阻挠。察觉到周老板一路行为蹊跷，小美怀疑周老板跟员工溺水以及老公失踪事件有关联，周老板百口莫辩。在小美的逼问下，周老板坦承自己赌球输钱，被蒙骗借了高利贷，挪用员工的工资还钱还是不够，又遇到员工溺水事件，不久就将面对公司处罚和财务爆雷，他原本已经打算破罐子破摔提桶跑路。此时追债人堵住两人去路开始恐吓，严东和孟佳及时赶到，使两人成功脱困。孟佳劝说周老板不要再沉迷赌博，她愿意通过司法途径帮助他解决。在三人的劝说下，周老板决定痛改前非，四人一起去派出所报案，在了解情况后，警方决定调取监控。

小美留在派出所等待消息。周老板打算出去给小美买点吃的。孟佳和严冬想起两人以前经常去吃的一家烧烤店，于是三人同行。小飞无意间走到了这家爸爸经常带他来吃的烧烤店。四人走进店内，看到了正在喝酒撸串、谈笑风生的大飞。警察和小美也正巧赶到，他们通过监控找到了大飞。原来大飞在送餐途中手机进水，拿去维修店修理，因饥饿先来到这家烧烤店，正巧碰到多年未见的老乡，两人把酒言欢。他完全不知道在他“消失”的三个小时里，大家为了找他经历了这么一番折腾。

就在事情解决、大家心花怒放之时，有手机声响。

周老板手机提示，定位超出了公司5公里，没有及时打卡下班，全勤奖泡汤。

严东发现自己的手机丢了，但由于关闭了定位，无法找回。

大飞和小美看到新买的电子手表被儿子摔坏了，气得一路追打。

警察告诉大家：那位溺水的外卖员是因为太依赖手机导航定位，大雨天视线不清的情况下，电瓶车开进了河里。

作者简介：

康春季，上海大学新闻传播学硕士。曾任电视台记者、编导，现任上海市黄浦区文化馆编剧。编导的电视节目获国家新闻出版广电总局、中央电视台、中国广播电视协会、中国电视艺术家协会行业电视委员会、中国文化信息协会等颁发的多个奖项；创编的戏剧作品《锁》《光》《开箱有喜》等获上海市群文新人新作展评展演“优秀群文新作”“群文新作”奖；创作音乐作品《守护》《老爸的新手表》等；创作儿童小品剧《大白兔》《新生打卡地》《永不消逝的电波》等。致力于在创作中进行理性与感性的思辨，在文字中构建艺术与生活的美学。

寻

◆ 夏亚男

最近，李沫失业了。他是一名摄影师，沪漂四年，快30岁的他觉得，在上海给自己安个家的希望，越来越不切实际。他的同乡女友，家境不错，如果回老家，可以让两人过上不错的生活。面试多日，无果，女友早就不想沪漂了，这下更是追问不断“你到底怎么想的”，最终两人说好，谁先找到靠谱的工作，就听谁的。好在一家业内极具声望的公司通知李沫去面试，这家公司他每年都会投一份简历，这是第一次收到回复，他决定给自己最后一次机会。

下午，他背着相机和作品集，来到住处楼下的理发店打理头发。

旁边是一位老太太，60多岁，听口音，像上海话，却不地道。但一条旗袍搭配上新打理好的发型，让李沫觉得眼前一亮。好有老上海的感觉。听老板说，这个老太太，打听弄堂里两户人家的旧事，有点奇怪。

李沫的面试官自称是艺术总监，他很肯定李沫的摄影技术，但觉得作品里缺少感情。李沫爱拍上海的老弄堂、街角下棋的爷叔、四季的景色……尽管在色调、光线、构图上做过很多钻研，但依然觉得欠点儿意思。所以他对艺术总监的评价并不意外，反而，这是他从业以来，第一次有人跟他这样说，这让他觉得自己来对地方了。当总监问他，还有没有其他更有感染力的作品时，他一口应道“有”，并承诺，可以在两天内发来，届时老板出差回来，只要是总监认可的作品，都会拿给老板最终定夺。

两天时间，他似乎不太相信自己能有什么新的突破。小饭馆里，李沫一边吃晚饭一边跟女友视频，女友很开心地告诉他，自己被新单位录取了，这周五前要给一个正式回复，确定是否入职。按照之前的约定，“你再等我试一试”这样的理由，李沫说不出口。他打了个哈哈，说晚点再聊。

天色已暗，黄色的、蓝色的外卖骑手，在小巷里穿梭，李沫举着相机，拍楼、拍巷子、拍人、拍小餐馆里的烟火气……但都不满意。他再次来到理发店，向老板夫妇打听起那位老太太。老板只知道她似乎住在附近的快捷酒店。

于是他又去问前台，前台以隐私为由，拒绝提供客人信息；他坐在大厅里等，可此时晚饭点已过，进的人比出的多，看来多半是要白等；他看见一个和自己年纪相仿的年轻人，尝试和他一起假扮同伴，被前台认出并拦下。无奈李沫只好开了间钟点房，进入宾馆。

此时的李沫，还是下午去面试时候的打扮，手中尚有几份简历。他依次敲开房门，声称自己是某影楼的推广员，无一例外地被拒绝。终于，在这层楼快到头的时候，一位老太太给他开了门，他一眼就认出，是她。李沫说明来意，希望能请她当一天模特，拍一组着旗袍的照片。老太太和蔼地告诉他自己有安排，恐怕很难帮忙，便要关门，李沫又说，自己住在附近弄堂里，也许知道你想打听的人和事。还没等到老太太回复，李沫就听到保安的声音。原来，敲门“推广”被一位女住客投诉了，保安几乎把李沫拉走，情急之中，李沫留了一份简历给老太太，说上面有自己的电话。

李沫哪里了解这弄堂的事儿，除了吃饭、理发、超市、地铁，他几乎从未关心过，更别说住在这儿的人了，邻居是做什么的不知道，什么时候换了新邻居也不知道，就连自己的房东站到自己面前，也不一定认得出。但这句话，对老太太确实奏效了，两人相约第二天中饭后见面。

老太太拿出自己全部的寻人线索，几封旧信件、一张没有落款的明信片和一个在心里念叨了多年的名字，李沫知道，用这些找人无异于大海捞针。

老太太很配合拍照，她很上镜，也很开心，时不时找他聊天，诸如为什么住在这种老房子里、认不认识邻居、你那扇窗户很有自己小时候的感觉、有没有见过不住在这里的老头来过之类的，李沫一门心思只在自己的镜头里，只简短应付——住这儿为了拍摄灵感，邻居不熟，还顺便吐槽了自己的房东，是个怪老头，旧窗户坏了漏风也不让换，想在外墙上装一个伸缩晾衣架也不让装，说是不能改变外貌，所以他那一户看起来比旁边很多家都要老旧一点，但是胜在价低。

可寻人却不顺利，线索上的那些地方不是改了名字，就是正在拆迁或换了样貌；老太太爱去老街区吃地道的味道，李沫却只认得商区里的连锁店；

作为生活在这里近三年的“新上海人”，李洙几乎一问三不知，还不止一次带错路、找错地方。

老太太隐约明白，李洙对这座城市不熟、对那条弄堂也不熟，自己想找的人，怕是从他身上打听不出什么，而他昨晚说的，只不过是想让自己出来配合拍照。

老太太有些失望，但听到李洙和女友在电话里争吵，她反倒安慰起来。她问李洙为什么想离开上海，李洙没忍住，就一股怒气冲向老太太，大城市无情，人也冷漠，还天天有人趋之若鹜地来，不知道图的什么。说到这儿，他问老太太，来找的什么人，为什么要学上海人说话。老太太乐了，说自己真的就是上海人呀，只是一直生活在外地。交谈间，李洙知道了老太太的往事。

她曾是一个知青，下放到东北农村，自己在上海的心上人被家里人安排了婚事，自己却误以为是心上人移情别恋，老家变作伤心地，干脆就在农村当地结婚，辛辛苦苦做了大半辈子农村妇女，几年前，收到心上人来信，才知道这一切都是一场误会，心上人所娶不是心中所爱，没几年便离了婚，但是听说自己已经成家，不便打扰，直到近几年，才用书信说明一切，邀约老太太有空回家见一见，只是当时的老太太忙于照顾丈夫和儿子，无暇顾及，如今丈夫病逝，儿子工作，自己这才想起来这封信，于是前来赴约，可信上的电话已成空号，地址也住了别人，她只好来这条弄堂附近住下。这里原本是二人年轻时的家，但时过境迁，老太太家中父母已经故去，亲人常年缺少联系，关系渐淡，如今回到自己出生长大的地方，却像个异乡人。

讲起这些，老太太越发忍不住劝李洙，两个人的事，有话好好说，万一错过了会遗憾一辈子的。

李洙也坦承，这是他给自己的最后一次机会，要拍出足够动人的照片，但现在看来，怕是又要黄了。

二人分开后，老太太去找附近的街坊们继续打听，李洙则回房整理照片。墙上挂满了过往的作品，想起自己拍照时都只是远远地取景，虽然拍遍了整条弄堂，却好像一直都只是个旁观者，未曾融入。此刻，从李洙的窗户向下看去，正好能看见老太太的身影，李洙甚至觉得，她像是一个从未曾离开过的老街坊。李洙拿起来手机给女友发信息“咱们一起回家吧，外地人终究是……”，还未打完，他又删掉，起身下楼。

李沫加入了老太太，帮她一起向邻居们询问。一位杂货铺的老板说，早年的事他不清楚，只知道有一位房东，每年回来一次，租户在家，他就去看看房子有没有需要修补的，租户不在，附近转一圈，弄堂口上坐一会儿。老太太听闻很激动，掏出一封信，问老板知不知道那人的名字，并给他看了信件的落款。老板不知道。但落款却引起了李沫的注意，落款周华平，“华”字的一竖写成了竖勾。老太太说这是因为自己读书时临摹书法，总喜欢把他的“华”字写成这样，于是后来，他自己也就一直这样写了。

当晚，李沫回房翻出租房合同，房东名字赫然写着“周华平”，华是竖勾的华。他高兴极了，跨越世纪的爱人重逢画面已经浮现在脑海里，只差一个快门，他觉得这幅作品一定有戏！“当”一声响，相机掉地上，镜头碎了。

第二天一早，李沫去修相机，地铁里，他给房东打了好几通电话，均是关机。由于李沫是长租，房东每半年上门来收房租，并检查房子，平时二人没有联系。而自己半个月前说要退房的消息，房东还一直没回。入住三年多了，李沫第一次有点担心房东。

还没到修相机的地方，老太太来电。原来早上，老太太去派出所寻人，但这种“外地人身份”“法律上的陌生人关系”让派出所很难立案，不过民警提出，可以留一个本地联系人，方便沟通联络，于是老太太便想到了李沫。

李沫立马前往，留下自己的联系方式与证件信息后，将老太太安置在一旁休息，自己悄悄与民警说了些什么。

走出派出所，李沫告诉老太太，自己的相机昨晚摔坏了，老太太让他快去修，李沫却摇头说来不及了，在回来的路上，他已经告诉女友，自己决定和她一起回老家。但临别前，他想请老太太到家里吃顿晚饭。

李沫特意买了上海本帮食材，声称要露一手，却把厨房折腾得乌烟瘴气，老太太只好接手，这间小厨房，叮叮当当，响个不停，像极了家的声音。

出租屋不大，灯光暖黄，照在小饭桌上。

李沫夸赞，和外面餐厅里的吃起来不一样，有家的味道。这一晚，他感受到了从未有过的温馨。于是手机里又多了一张合影。

在街坊的帮助下，寻人有了新线索，老太太和李沫一路找来，远郊一处小院里，李沫见到了自己的房东，半年不见，他不知发生过什么了，只见老人呆坐，满脸风霜，看见老太太，他已认不出，将其错当成自己的女儿，喃喃着要给“阿凤”寄信。而阿凤，正是老太太年轻时的名字。

此后，李沫常去看望房东，和他的女友一起，院里的风铃清脆作响，将思念与等待摇向远方。人生因此变得温暖。

作者简介：

夏亚男，女，1992年生，安徽人。本科毕业于苏州大学新闻学院，曾就职于媒体单位，从事纪录片、短片创作工作。2021年起，于上海戏剧学院电影学院攻读编导专业硕士研究生。主要作品：纪录片《守艺》（编导），短片《深渊》（编剧/导演），电视剧剧本《喵呜救救我》（编剧），短片《戒指》（编剧/导演），电影剧本《折翼》（获第六届48小时电影马拉松创投营最佳创投提案）。

最佳男主角

◆ 王乐达

公路上，几辆车在紧紧地追着一辆摩托车，摩托车由高飞驾驶，但戴着头盔看不清面容。高飞漂移甩开追车，突然一辆越野车从侧路闪出，高飞快速转向，惊险避过，越野车与后车相撞引发一连串爆炸，高飞驾驶摩托车从火海中飞越。

突然一声咔的喊声，高飞紧急刹车，掀开头盔露出满是汗水的脸庞。原来刚才是在拍戏，而导演对刚才的那一条不满意，觉得爆炸不够火爆。于是，高飞重新回到起点，再次穿越火海，炸飞的碎石头打在高飞身上，但是导演又觉得背景天空不够完美，高飞只得重新来过，就这样因为各种奇葩的原因，NG数次之后，高飞终于完成了这一镜头。

紧接着，一群人伺候着主角换上高飞的衣服坐在摩托车上，开始拍摄面部特写，只见主角拿掉头盔，露出一张英俊的面孔，做着夸张的喘息表情和凶狠眼神，随着导演“一条过”的声音，围观工作人员齐齐叫好鼓掌，又是一群人伺候着主角换装，连带着嘘寒问暖，而身上遍布淤青的高飞却无人问津。

高飞从小就有一个成为明星的梦想，但一直没有得到机会，也因为专注梦想而忽视了家人，妻子和他离了婚，现在正处于离婚冷静期的阶段。高飞有一个九岁的女儿小曼，冷静期内小曼的意见对孩子最终的抚养权归属至关重要。

这一天，高飞带着小曼去看他之前参演的电影，小曼从头到尾都聚精会神地观看，期待着看到爸爸的身影，但最后还是失望地离开了影院，高飞的镜头又一次被剪掉了，小曼虽是失望，但仍懂事地鼓励高飞，高飞心里又感动又愧疚，小曼请求高飞不要离婚，但高飞沉默回应。

高飞将小曼送回妻子那里后，独自离开。在路上碰上了一个意外摔伤的大胡子，高飞赶忙将大胡子扶上车，抄近路、高技巧打弯、惊险超车，一系列操作，在最短的时间内将大胡子送到了医院。

另一边，一个小黑屋里，几个笨贼围在桌子旁正在密谋抢劫运钞车，在桌子中间还摆放着一个电话，笨贼的老大为了不暴露身份，连和团伙笨贼的沟通都尽可能地远程，而在笨贼中只有小头目知道老大的真实身份。老大通过电话在指导这几个笨贼如何巧偷运钞车，大家热烈讨论一番后信心满满，仿佛他们已经完成抢劫似的，忽然电话里的老大问起了司机大胡子，一个笨贼支支吾吾地说大胡子摔伤在医院，在老大发火之前，笨贼补充到大胡子推荐了一个车技高手，而这个高手正是高飞，此时距离运钞车运输的时间已经不多，老大思索过后，决定试试高飞。

随后，在老大的命令下，几个笨贼以大胡子亲属的名义来感谢高飞，实则他们是想试探高飞，而老大通过耳机远程指挥着笨贼。笨贼们找到高飞，一番假模假样地深表谢意和对高飞的车技尬吹后，就直奔主题，提出想雇用高飞当专职司机，但一心想要成为明星的高飞自然一口回绝，笨贼看着高飞屋里贴满的电影海报，试探出高飞对出演赛车电影非常感兴趣，老大通过耳机听到后，趁机远程指挥笨贼，让他们以拍戏的名义请高飞担任男主角，而听得是赛车竞速电影、又是第一男主角，高飞稍作犹豫就答应了下来，笨贼临走时特意嘱咐高飞，因为电影还在保密中，所以不能泄露关于这部电影的一切信息，而且电影是封闭拍摄，高飞表示都懂，但提出是否签约合同的疑问，笨贼们也自然一口答应，答到这次也是临时决定邀请高飞，所以准备不充分，两方商定明日签约。

到了晚上，高飞赶到妻子家，妻子仍是对高飞冷冰冰的样子，高飞告诉小曼自己要去当男主角当英雄了，这次一定不会让她失望，但并没有告诉她们具体什么事情，高飞临走前，妻子默默说了一句注意安全。

转天，高飞正式入“组”，签约成为“抢劫运钞车”电影男主角，笨贼们对高飞介绍道，这是一部一镜到底的影片，会追求纪录片的真实感，并以隐藏摄影机的形式拍摄。就这样，高飞跟着这伙笨贼开始了勘景（踩点）、彩排（练手）、熟悉应急方案（撤离方案）……高飞精益求精的态度，让笨贼们手忙脚乱，为了应付高飞，笨贼们人人捧着影视书籍研读，神秘老大仍然隐身暗处，遥控指挥。

抢劫当天，高飞和笨贼按照排练内容，经历一番激烈交火，“成功”抢到保险箱，高飞驾车带着笨贼和保险箱赶往撤离地点，神秘老大终于现身，正在撤离地点等着他们，保险箱一到，神秘老大迫不及待打开，而笨贼们早已悄悄将子弹上膛，准备杀死高飞灭口，但没想到打开保险柜后，里面空无一物，这时四周警笛声响起，高飞趁机逃开。

原来高飞在接到这部“抢劫运钞车”的“电影”拍摄后，就深感怀疑，于是报警，但为了引出幕后老大，就配合笨贼演了这出戏。

劫匪的事情结束后，高飞马不停蹄地赶回妻子家，这些天的“男主角”和真正的生死边缘让他真正明白了什么对于他是最重要的，梦想和家庭从来不是单选题。他要追求、要努力的不只梦想中的影视男主角，家庭里的男主角也等着他用心演绎。

最后，高飞撤回了离婚申请，请求与妻子“复合”。女儿坐在电视机前，看着这起“抢劫运钞车”案件的报道，耳朵里却紧张地听着屋里面高飞向妻子请求复合、认错的“甜言蜜语”。这一次，高飞成为了真正的英雄，成为了女儿心中的男主角。

作者简介：

王乐达，青年导演、编剧，曾参与策划、编剧多部网络电影、网剧，担任文学策划的网络电影曾获得腾讯视频年度网络电影奖项。独立编剧导演多部短片、广告，作品曾入围第33届中国电影金鸡奖一新影像计划，获得第二季新片场故事会一等奖、2019年广东省广播电视公益广告一等奖、第二届上海电视家协会短视频大赛一等奖、粤港澳电影创投会20强等奖项。

立功

◆ 贾天翔

华灯初上，车水马龙，街道上各式霓虹灯显示出城市夜生活的繁华，远景中警察龙野和徒弟小刘正在追逐一名身着大衣、头戴鸭舌帽的男子。两人在人群中追逐，头戴鸭舌帽的男子不断撞倒过往的行人。龙野和小刘在奔跑中互相眼神交流后，分开行动。

小刘奔跑着：站住！

头戴鸭舌帽的男子并不理会，夺路狂奔后，被堵到了一个死角落里。陷入死地的鸭舌帽男子拔出钢刀，劫持了路边一位女性。抢来的女包被扔在地上，手中的钢刀直逼人质的脖颈。人质全身颤抖，颤音呼喊着“救救我”，手中刚买的奶茶也被打翻在地。

小刘（紧张地拔枪，持枪手抖）：兄弟，冷静，抢劫还可以回头，不要做出无法挽回的事情，你把人质放了，我保证不追你了。

鸭舌帽男一边用刀抵住人质的脖子，拖着人质向旁边的胡同移动，一边回应。

鸭舌帽男（情绪激动）：你不给我活路！那大家就一起死！

小刘：冷静！冷静！

鸭舌帽男挟持人质移动到胡同口后，猛地把人质推向小刘后向胡同内跑去。幽暗的胡同内传来钢刀落地的声音和惨叫声，小刘立马追了进去，看见龙野已将鸭舌帽男击倒在地，鸭舌帽男在地上抱着胳膊呻吟，小刘快步上去将钢刀踢远，从身后掏出手铐。

小刘：我以《中华人民共和国刑法》第二百六十三条抢劫罪将你拘捕！

咔吧一声，手铐落住，龙野抽出一根烟点上，喘了一口气。小刘将鸭舌帽男提起，向胡同外推去，胡同外已经可以听到警车的鸣笛声。

小刘：师父，这么多年了你的身手还是这么厉害，不愧是“人民铁盾”。

龙野：什么“人民铁盾”，从缉毒队调出来快十年了，身手早都不行了，但对付他们还是足够的。

小刘看向鸭舌帽男：知道吗？我们龙队当年在缉毒队叱咤风云，还没人能从我们龙队手底下跑掉。

龙野尴尬地笑了笑，走出胡同后围观的群众爆发出掌声，小刘将鸭舌帽男交给过来支援的警察。不远处金海盯着手机屏幕上十年前龙野被评为“人民铁盾”的新闻，望着远处的龙野。

金海（冷笑）：人民铁盾？呵呵。

手机屏熄灭，金海快步离开。

警察局。

早上警局门口车流不息，不时地有上班的警员步入警局，警局门口的红色LED灯显示着日期并滚动着：

严厉打击毒品犯罪，警民共筑无毒瑞安。

龙野出现在人行道上向警局步行前进，腋下夹着警帽，不时地捂嘴打几个哈欠，经过传达室的时候向老李摆手示意却被传达室的老李叫住。

老李拉开传达室的门，端着洗脸盆的水出来倒掉并说：龙队，你等一下，有你的信件。

龙野停下脚步疑惑地问：我的信？现在还有人寄信么？

老李端着空盆进入传达室取出一个信封：昨晚你走了以后没多久来了一个穿风衣的男人让我把这个交给你。

龙野拿着信件，看到信封上并没有寄件人信息，只有“龙野收”三个字。

龙野捏了捏信件，确认没有什么异物：看清样貌了吗？

老李：没看清，现在疫情人家戴着口罩我也不好多问。

龙野：好的。

龙野拿着信件进入警局楼内，在楼梯上不时和其他警员打招呼，到达三楼后，步入刑事侦查科的房间。房间内，小刘正在和其他几位警员聊天，看到龙野进门以后打招呼。

小刘：师父早。

龙野：早。

其他警员：龙队早。

龙野：早。

龙野走到自己的位置，将警帽放在桌子上，随手将信件放到一边。

龙野：你们刚刚在说什么呢？

小刘（急忙）：我们在讨论隔壁缉毒科刚发现的线索，他们线人有消息说邻国的毒贩联络人入境了。

警员A：也不知道这个联络人做没做核酸检测。

其他警员（大笑）：哈哈哈。

小刘：师父你之前不就是缉毒队的卧底英雄吗？你……

龙野不自然地转向了自己的电脑，并打断了小刘的话。

龙野：昨天街道抢劫的嫌疑人笔录整理完了？

小刘：还没……

龙野（严厉）：那还有空管人家的事？

小刘悻悻地说：好吧。

其他警员也各自回到位置上开始手头的工作，龙野拿起信件缓缓地拆开，抽出一张沾着东西的A4纸，打开后发现A4张上沾着从报纸上裁切下来的字拼接出的一段话，这样做显然是为了避免笔迹鉴定：

今夜十二点，十年前出发的车站，我会一直等你，龙野。

龙野看到这段文字后顿时愣住，思绪被拉回到十年前的场景中。

回忆1：

十年前，瑞安汽车站，龙野和金海大包小包地在车站候车，两人一蹲一站，不停地有去往不同地方的车发车，他们一直没有上车。

金海（慌张）：龙哥，我有点害怕，你说咱们这次能活着回来吗？

龙野（强作镇定）：没关系的，这次我们卧底只要七天，拿到国内的蛇头名单我们就可以撤回来，到时候我们就是大功一件。

金海（怯怯）：哥，我还是害怕。

这时远处闪出车灯，一辆面包车缓缓地驶来，车灯有节奏地闪动着。

龙野见状提起行李并说：别担心，实在不行不还有哥呢，在警校我就保护你，现在我也会保护你的。走吧，该出发了。

两人提起行李，上了一辆面包车。

回忆2：

毒贩窝点的审讯室，金海被绑在板凳上，身上血肉模糊，几个毒贩不时地用鞭子抽打他，金海发出惨叫声，龙野坐在一边的板凳上，两个毒贩按着他，毒枭玩弄着手枪走到龙野旁边。

毒枭（诡笑）：你这个小兄弟被发现在我的房间里，而我房间里正好少了一份名单，你说，是不是他拿的啊？

金海（痛苦地嘶吼）：我什么都不知道啊！

毒枭掩面半笑半怒地突然回头，向金海的腿部开了一枪。

毒枭：我问你了吗？

毒枭显然失去了耐性，将手枪捏紧对准龙野。

毒枭：你和他是一起来的，他的事你不知道么？

龙野（紧张）：不知道。

毒枭：好，那就证明给我看，杀了他。

毒枭一边说一边笑着把手枪递给龙野。

龙野迟疑着不敢接过去，毒枭脸上的笑容逐渐凝固。龙野把枪接过来，缓缓地抬起对准了金海，金海惊恐地大声叫喊，毒贩拿来布将金海的嘴堵住。金海疯狂地摇头，惊恐的眼神看向龙野。龙野手中的枪在发抖，将眼睛闭上，枪响后金海腹部中枪倒下，身子在地上痉挛。龙野突然猛地大喝一声，迅速将两侧的毒贩击毙，将毒枭击伤，拉开门跑了出去。

几个毒贩想跑出去追，毒枭在后面痛苦地号叫着。

毒枭：TMD，你们是蠢猪吗？先救我！

龙野一路跑回边境昏倒。

思绪回到现在，龙野盯着手中的信件久久出神，小刘多次呼唤他也没有听到，小刘过来晃了晃他。

小刘：师父？师父？

龙野猛地回神，手中的信件滑落，小刘瞥到信件的异样。龙野将信件收了起来放到本中夹着。

龙野：什么事？

小刘（疑惑）：这是昨天的笔录材料，师父你……

龙野连忙说：放着就好，你忙吧。

小刘见状只好离开。

深夜的车站班车稀少，寒风吹动着地上的落叶，大多数人都挤在候车厅取暖，龙野站在外面点着一支烟，猩红的火点在黑暗中分外明显。便装的龙野将外套裹得更紧一些，没有注意到身后金海的身影悄悄地接近。龙野听到身后的动静，猛地回头看向金海。

龙野看着戴着口罩的金海，厉声问道：你是谁？

金海冷笑一声说道：这么快就忘了我了吗？

金海一边说一边摘下口罩，龙野认出金海的脸吓得瘫倒在地上。

龙野：你……是你…海子…你还活着？

金海：我当然活着，毒枭救活了我，还用海洛因缓解我的痛苦。

金海说到海洛因的时候深深地吸了一口气并作享受状。

龙野：对不起……我……

金海(大声)：别说对不起，你的抛弃让我认清了这个世界。你拿着我交给你的名单成了万众瞩目的缉毒英雄、人民铁盾，而我成了有家不能回的孤魂野鬼！

龙野：啊，对不起，海子……

金海：别叫我海子，那个警校生海子已经死了，现在只有毒贩金海！

龙野：你为什么要帮毒贩，回来不好吗……

金海（愤怒）：你以为谁都能和你一样吗？染上毒瘾的我如何回到原来的生活！

龙野：那你这次回来……

金海：我就是要让你看看，还活着的我，让你知道，是我的命给你换的荣誉，哈哈哈，当初我把名单给你让你成了英雄，今天我还能重新织起一张新的毒网！

龙野（眼泪滑下无力地说）：对不起……海子，对不起。

金海：看看啊，这就是人民铁盾，这就是缉毒英雄，你也老了吗？

龙野：海子，我之前的确没有履行好保护你的诺言，可是你完全没有必要走向犯罪……

金海：少假惺惺了，现在我的命都和毒品绑定了，家里人不认我！他们会要一个残废吗？

金海一边说，一边拉开装着义肢的裤管。

金海（苦笑）：这义肢也是靠贩毒的钱才装上的。

在金海和龙野争论的时候，小刘悄悄地出现在后面，远远地窥视着二人，手中拿着白天夹在龙野本中的信件。

龙野：海子，我真的对不起你，但是我不能看着你继续往犯罪的边缘走下去了。

龙野一边说一边从地上爬了起来，金海见状抽出手中的枪抵住龙野，并从内衣口袋中拿出一块警徽扔在地上。远处的小刘赶忙拿出手机拨打号码。

金海：我这次回来还要把这个还给你，这东西我不需要了，你只要记得我还活着，我又回来了就好。

龙野：当初你是警校最阳光的男孩，你看看你现在成什么样子了。

金海挥动着手中的枪，略带哭声地怒吼。

金海：你以为这些是谁给我的！你当初还说要保护我，要带我一起回来！可是你是怎么做的，你为了你自己朝我开枪，你把我留在了那里。你把那个金海留在了境外！你现在问我当初的金海去哪儿了，你不觉得十分可笑吗？

龙野痛苦地落泪说：海子，我对不起你，是我懦弱了，是龙哥不对，龙哥当年为了活命对你开了一枪，你现在也还给我一枪，回家吧，别再越走越远了！

金海把枪抵住龙野的脑门（怒吼）：你以为我不敢吗！

龙野（痛苦）：如果这样能让你解脱，你就开枪吧！

金海扣动保险，寂静的夜中一声枪响。金海中弹倒下，龙野扑上去捂住金海身上的弹孔，四周悄悄靠近的警察围了上来用枪对准地上口吐鲜血的金海。

金海（口吐鲜血支支吾吾）：你是英雄……你是英雄……我也想是……英雄。

金海一边说一边一只手将枪举起，另一只手去摩挲地上的警徽，他将枪又一次想对准龙野，空弹夹滑落。突然小刘手中的枪响了，金海身中数枪，彻底毙命。

龙野（大声嘶吼）：别开枪！别开枪！他没有子弹！他没有子弹！

龙野重新瘫倒在地上，将金海的眼睛合上，紧紧地握着他的手，血液沾满全身。

许久，四周的人把金海的尸体抬走，龙野看到人群里小刘的手上拿着那封信以及握着枪还在颤抖的持枪的手。龙野握着地上沾着血的警徽，痛哭起来。不知道缘由的小刘颤颤巍巍地问龙野。

小刘：师父……我这是……立功……了吗？

作者简介：

贾天翔，男，1999年生，河南省三门峡人，文学学士，上海师范大学艺术硕士在读，长期关注媒介文化研究与跨媒介写作领域，广泛尝试纪录片、短视频与电影剧本，曾编导纪录片《十碗水席连两城》，创作短视频剧本《放学》《民国燕小姐》、电影剧本《玩者之心》，在《当代动画》发表论文《“借船出洋”还是“为人作嫁”：网飞如何重塑当代日本动画产业》，在《艺术学研究》发表论文《“影游融合”的媒介视角：悖论、困境与关键问题》，在光明网发表评论文章《现实题材剧与智能互动技术的“解局”与“破圈”》。

金蝉脱壳

◆ 孔繁晶

1931年早春二月。

春寒料峭的晚上，小小的“兴隆商号”按时打烊关门，但迎来的却是一个不眠之夜。“老板”黄兆雄带回来了一个重要的消息——由于叛徒出卖，这个机关已经暴露，必须连夜撤离。原来所谓的“兴隆商号”只是一个掩护，这里实际上是中共地下党的一处核心机关，老板和老板娘也是一对革命同志伪装的假夫妻。

“老板娘”韩秀珠立刻动手开始销毁文件整理行装，此时外面晒台却传来响动。黄兆雄出去查看，抓到一个鬼头鬼脑的闯入者小黄毛。对方支支吾吾说不清自己的来意，最后见屋里正在打包行李，干脆把心一横说自己是来做贼的，因为白天听说这家商号要搬家了，所以想晚上来捞点油水。结果这句话反而引起黄兆雄和韩秀珠的警惕——因为撤离的决定也是刚刚做出的，他们反而怀疑小黄毛是特务的暗哨，但又无法确认。于是陷入了不能放也不能杀的两难境地，最后只能先把他打晕了事。

楼上的响动惊动了楼下的“康年西医诊所”。这位医生沈康年正在例行接待前来“复诊”的“老病人”——也是他的昔日恋人、已经嫁作官太太的胡蕙兰。胡蕙兰被迫嫁给总巡捕做填房后郁郁寡欢，总是以诊治“心病”为由前来，做些无关痛痒的检查然后说上几个小时闲话。外界对此有很多风传，但事实上两人之间并无苟且，只是沈康年私心里总想着要带她脱离苦海远走高飞。然而这些年来他一直颓废度日，诊所生意清淡，赚的钱也大半被用来买醉，根本没有能力带胡蕙兰离开，每次说起这个话题也只会遭到胡蕙兰的揶揄抢白。

沈康年听到楼上响动和隐约对话，误以为这对“夫妻”失手杀人，心生一计，打算借此机会敲一笔竹杠好带着爱人远走高飞。黄兆雄和韩秀珠既要守住秘密保护党的机要文件，又不能滥杀无辜连沈康年也一起灭口，还要在天亮前完成撤离任务，陷入危机之中。

为了不引起怀疑，韩秀珠主动出面周旋，但还是被沈康年发现了塞在床下的小黄毛。沈康年以为发现尸体证据而洋洋得意，但很快发现小黄毛只是昏了过去。他打着救人旗号将小黄毛强行带到楼下诊所，想救醒他作为指证黄兆雄和韩秀珠伤人的人证，好继续达成他的敲诈计划。韩秀珠担心事情失控跟了下去。

然而胡蕙兰却一眼认出小黄毛根本不是什么贼，而是丈夫金富贵手下一直监视自己想要“捉奸”的菜鸟巡捕。韩秀珠由此推测小黄毛可能确实只是意外闯入自家，于是决定顺水推舟，借助楼下这位总巡捕太太的力量，帮助自己和黄兆雄撤离。

在韩秀珠的欲言又止和黄兆雄的期期艾艾的“表演”下，胡蕙兰果然误会韩秀珠和黄兆雄也是一对被现实所迫不得已私奔来到上海的苦命鸳鸯，现在遭到女方家族势力的追捕，所以才要连夜搬家。她古道热肠的侠肝义胆立刻发作，大包大揽地表示愿意帮助他们离开。

正当韩秀珠和黄兆雄以为危机化解可以撤离的时候，总巡捕金富贵却出现在楼下门口。原来小黄毛潜入时还有同伴留在外面望风，久久不见他出来，以为他遭到不测，心急火燎地去向金富贵报告，但是语无伦次没有说清到底发生了什么，导致金富贵误以为胡蕙兰已经下定决心要跟沈康年远走高飞，所以急忙赶来。心虚的沈康年为了避免尴尬，坚持要把胡蕙兰藏到楼上。黄兆雄为免引起怀疑只能答应下来。

果不其然，金富贵一路骂骂咧咧地闯进来找太太，很快找到了楼上，还发现了韩秀珠没来得及烧完的文件残页。然而就在黄兆雄做好了同归于尽的准备时，小黄毛却失脚踢翻了炭火盆。众人手忙脚乱扑灭地上的火苗之后，那些没烧完的文件也早已化成灰烬死无对证，韩秀珠暗自庆幸又躲过一劫。

之后胡蕙兰直接要求金富贵安排车辆“成人之美”，金富贵痛苦万状但还是依言照做。看着“行李”全部装车之后，金富贵流着泪对胡蕙兰说“强扭的瓜不甜，我今天就好人做到底，亲自送你们离开”，结果反而惹得胡蕙兰勃然大怒，夫妻俩得以借此机会解开心结，沈康年也才醒悟，原来一直以来只有自己活在回忆里表错情，尴尬得无地自容。

最终，得知“真相”的金富贵不仅豪爽地答应送黄兆雄和韩秀珠离开，还特意给韩秀珠和黄兆雄签了一张婚书见证，声称有了这张自己签名见证的婚书，就算女家将来抓他们回去也不能赖账了。韩秀珠和黄兆雄无法辩解，只能含羞带笑地表示感激，内心却也暗自窃喜。

曙光初现的时候，小黄毛自告奋勇担任司机开车送他们离开，不料车子驶出弄堂时竟遭到了特务的拦截盘查，在小黄毛的巧舌如簧和金富贵、胡蕙兰、沈康年的一搭一唱之下，车子终于顺利驶出弄堂，迎着冉冉升起的旭日开去。

作者简介：

孔繁晶，笔名凝雪翼。毕业于上海大学影视学院编导专业，从事广告和公关行业长达十五年，历任编导、文案、策划等职，现为独立编剧、戏剧及影视制作人。擅长青春成长、都市情感等现实题材，对古典传奇，玄幻推理亦有兴趣。目前剧本写作以（网络）影视类剧本为主，已有《舞出我青春（少女舞娘）》《成为岛主的男人》《迷城攻略（三界交易所）》等多部网络大电影上线。间或涉猎非职剧团的舞台剧创作。

云间故事

◆ 王嘉馨

妈妈的罗宋汤鸿门宴

床头柜上有一只小小的机器人，它在讲述一个故事，那是五年前的某个平常日子……

小职员方简妮结束了一周的工作，打算开始她愉快的周末美食生活。她一边打电话催促闺蜜李蒂娅回家吃饭，一边同李妈妈通气如何在饭局劝说李蒂娅谈恋爱。胜券在握预备享用李妈妈独门美食并讨要食谱时，却遭遇李蒂娅冷脸，纷争顿起，李蒂娅与李妈妈互不相让，互揭伤疤，方简妮两边劝说不成，饭局陷入僵局。认为自己被设计的李蒂娅夺门而出，回到公司加班。不久接到方简妮电话，告知母亲受伤入院，起先认为是道德绑架，并不相信，后发现是真的，深感懊悔。李蒂娅守在病床前良久，深夜从医院回到家里，独自一人喝完了妈妈做的剩余的罗宋汤。

李蒂娅的相亲局

李蒂娅决定见一下方简妮说的“有志青年”，没有打算认真对待的她表现得非常高傲。男方叫施仁，这有些好笑的名字，小她六岁的年纪，有些奇特的遣词造句等等，都引起了她的不满，想要走过场匆匆结束会面时，却被实则抱着考察样本任务而来的施仁认认真真地说了一番对她的印象和人物设计想法，一头雾水的李蒂娅感到被冒犯，针锋相对地说出了她对他的负面印象，两人不欢而散。方简妮和施仁的同事小陈相互传递了从各自“战场”打探到的消息，方简妮责怪小陈荐人不善，小陈喊冤，为证明自己没有胡说，他将施仁正在设计的智能机器人理念告诉方简妮，方简妮心生一计，模仿施仁的口吻给李蒂娅手写了一封信。

昨 日 重 现

工作到深夜的李蒂娅发现文件堆里施仁的道歉信和关于样本调查的解释，她有些释然，却仍努力保持高傲，让方简妮以后别再参与到给她介绍男朋友的事里了，方简妮保证的同时侧面夸赞施仁，鼓励她出于礼貌给对方回封信，李蒂娅拒绝。她最后一次写信是给出国的大学男友，没有收到对方回复，从那以后她再也没写过信。另一边，小陈将整理的样本资料给施仁，包括一封出自方简妮手笔的“李蒂娅的道歉信”，小陈说其实她人挺好的，施仁默默将信放进抽屉，埋头工作去了。他上一次收到信，是女朋友写来，说自己要和别人订婚了，不知该如何告诉他，因此他害怕读到信件。第二天，李蒂娅回到母校做校招演讲，往事历历在目，回忆刚刚浮上心头，忽然见到后排的施仁向前走来，误以为他要找她说前些天的事，慌乱中在演讲间当众表达了歉意。

旧 地 重 游

原来施仁也是来做校招企业演讲的，他被李蒂娅高度防御外表下真实可爱的一面打动，于是在他的演讲中，也诚挚地表达了他的歉意。原打算匆匆溜走的李蒂娅听到了他的致歉，心情缓和下来，两人达成和解。演讲结束后，他们一起漫步校园，施仁向她讲述了自己正在设计的机器人，希望它能作用于因为阿尔茨海默病而渐渐失去记忆的人，李蒂娅内心认同他的设计理念，建议他加入营销手段来进行推广，施仁不赞同，认为目前有限的资金必须全部投入研发，两人再度产生分歧，不欢而散。离开时他们仿佛各自见到了在校园里的自己和当时的恋人不欢而散的场景，不愿让这伤感回忆左右自己，于是各自投入到忙碌的工作中去。医院传来消息，李蒂娅妈妈处于阿尔茨海默病早期，因此才会不小心弄伤自己住院，李蒂娅找到方简妮，两人一同喝酒，方简妮哭着开玩笑说，看来阿姨的菜谱要早点传她才行。

共同创业

李蒂娅四处寻求名医无果，又遭遇各路江湖骗子，感到无望，方简妮无意中提起施仁和小陈的研究进展，李蒂娅抱着最后一线希望来到G60创新走廊找施仁，想问他设计的机器人是否真的有用。看到施仁投入工作的样子，李蒂娅理解了他将产品做优放在第一位的宗旨。她没有说出自己妈妈的事，而是提出可以入股，帮助产品早日研发成功，正为资金犯难的施仁非常感动，认为她是真正懂得自己理想的人。小陈将消息汇报给方简妮，两人约定打游戏庆祝这一进展。然而两头都要兼顾的工作给李蒂娅带来了巨大压力，终于在某次提案时出现严重差错，丢失客户，她思量再三，决定主动辞职，全心投入到施仁的研发项目中去。

萌生爱意

李妈妈不明白李蒂娅为什么放弃高级写字楼的金领工作跑到郊区去，想给她炖汤补身体，但她忙得没时间喝。李妈妈放心不下，按照女儿名片上的地址找去送汤，误入其他公司迷失方向，正在外参展的李蒂娅得知后，让施仁赶紧去找她妈妈。李妈妈对施仁印象不错，后见到李蒂娅与施仁一起工作的样子，就放下心来，不再责怪她辞职的事。研发有了新进展，庆功宴上方简妮假装喝醉，让小陈送她回去，给李蒂娅与施仁单独相处的机会。小陈起先以为方简妮真的喝醉，怕她弄脏自己的车，不愿意送她，被方简妮罚为她的美食直播打下手，忙了一晚上烘焙物料。李蒂娅与施仁深夜开车到佘山顶，看着远处城区的灯火，说出各自理想，不善言辞的施仁笨拙地唱起《月亮河》表露心迹，李蒂娅一直以来给自己的重压似乎得到了一刻的放下，他们一起望向夜空，月亮在云间。

困难重重

新品即将研发完成，而市面上却出现了类似款，抢先一步上市，并大肆营销，眼看功亏一篑，即将失去进一步的投资和市场，最终研发无法成功。李蒂娅四处奔走，企图找到抄袭的证据，却处处碰壁，最后发现是小陈和游戏中的朋友夸口时无意透露了关键信息，被有心布局的竞争对手得到。气愤的李蒂娅提出解雇小陈，并让他出面作证挽回局面，务必要将产品研发成功，而施仁不忍心让小陈面对一切压力，选择原谅。李蒂娅与施仁激烈争执，施仁忽然意识到两人之间的分歧从未真正消失过，他退缩了，李蒂娅看出了他的心思，伤心地将他送自己的定情物交还。从来不敢面对镜头的小陈在方简妮的美食直播上忽然鼓起勇气走向镜头，向大家说出了他犯的错和给朋友带来的困扰。

一片狼藉

李妈妈一直在问什么时候带施仁回来吃饭，李蒂娅只能推脱。方简妮和李妈妈一起做饭逗她开心，却发现李妈妈忘记事情的状况越来越严重了，方简妮假装无事，偷偷哭泣，小陈见状，安慰她说自己以后肯定不会忘记她，因为她很凶，很难忘。李蒂娅回到公司，员工已纷纷选择离开，去竞品公司上班，施仁愁眉不展。李蒂娅希望带样品回家，施仁说它还没有最后完善，李蒂娅说没有最后了，他的理想主义耽搁了上市时间，两人争执。施仁不让她拿走样品，争夺间李蒂娅说出妈妈的病，施仁认为她当初入股也许仅仅出于私心，感到事业和爱情的理想均破灭，让李蒂娅拿走了样品，说自己不再需要了，相反地，他希望自己能够将这一切忘记。

误会升级

李妈妈的精神在李蒂娅的照料下渐渐好了起来，她与施仁已不再联络，心中对他有感激也有愧疚。在帮妈妈翻找换季衣服时找到当初“施仁”写的道歉信，感到难过，终于提笔给他写了回信，想要寄到公司，又不知道他还在不在那里，于是偷偷跑去公司，看见一个女人在公司门口等施仁下班，李蒂娅黯然离去。回到家忽然被众人祝贺生日，原来方简妮、小陈，还有妈妈计划好了要给她一个惊喜派对，顺便庆祝方简妮的美食直播粉丝过十万，小陈说是他那天临时认罪引起围观的功劳，妈妈说是她私房食谱无人能敌的功劳，几人说说笑笑十分热闹，妈妈说要打电话喊施仁一起吃饭，李蒂娅立即制止，并宣布自己再也不会恋爱，众人愕然，她转身回自己房间，将那封信扔进了碎纸机。

彻底失望

方简妮探得消息，施仁身边的女子是他的前女友，离婚回国，想让施仁帮助她找工作安顿下来，他不忍心，于是帮忙。而李蒂娅对这些不再在意，她已经找到新的工作，准备开始新生活，她多年不见的爸爸忽然来访，看望她们母女，父女间仍有深深的隔阂，可妈妈看起来不再像从前那样排斥他，一切似乎好了起来。直到一天，她回到家，看到爸爸独自一人哭泣，他告诉李蒂娅，妈妈不是不记恨他了，是记得的事越来越少了。李蒂娅看着那个没能最终研发成功的机器人发呆，知道已上市的仿冒品也不能真正帮助到被疾病困扰的人。她鼓起勇气约施仁见面，希望他重燃信心，再试一次，而施仁却失约了，没有露面。等待无果失望至极的李蒂娅接到爸爸的电话，让她赶快回家。

树叶落下

李妈妈病重，昏迷后醒来的她告诉李蒂娅，她老了，记性不好，忘记告诉她自己病了。李蒂娅这才知道上次入院妈妈已查出癌症晚期，却不愿意告诉女儿，也不愿意在医院度过最后的时光。这段时间里，她教方简妮做菜，支持李蒂娅的事业，为她萌芽的恋情鼓劲，与曾经怨怼的前夫和解，还和小姐妹一起看了不少风景。现在她躺在家中，告诉李蒂娅不要难过，就像秋天树叶会落下那样，她没有遗憾，曾经认为的女儿未婚的心结，现在也想明白了，她希望李蒂娅自由地把握自己的人生，就像自己最后的这段时光一样。妈妈去世了，爸爸在妈妈墓碑不远处给自己买了墓地，离开了。方简妮给李蒂娅做妈妈口味的菜，告诉李蒂娅施仁没有和前女友在一起，他躲起来了，不知在做什么。方简妮离开后，李蒂娅对妈妈的遗像说其实自己恋爱了，却没有人会再回应。万念俱灰的她决心接受公司外派工作，去海外发展。

未来在何方

方简妮和小陈送别李蒂娅，他们两个已经在一起了，两人偷偷通知了施仁，而李蒂娅却没有在机场等到他的出现，伤心离开。若干年后，当她在海外负责一个智能医疗品牌的市场营销时，发现一款新型的阿尔茨海默病陪伴机器人研发成功了，而开发者正是施仁。她犹豫再三，和方简妮提起此事，这时简妮和小陈已经有了自己的孩子，一家吵吵闹闹其乐融融，小陈表示会想办法联系施仁，劝说他去国外发展。而李蒂娅却依旧没有等到施仁前来任职的消息，带着技术空降的是另一领域的别国研发人员。在欢迎新同事的晚会结束后，落寞回到寓所的李蒂娅收到一个海外快递包裹，打开发现一个智能机器人和一封手写的信，施仁在信上请她原谅自己，知道现在得到这个机器人对她来说已经没有意义了，但他非常希望她有一天能够真正拥有它，于是所有美好的回忆便不会渐渐消失，他祝愿她未来的生活会充满好的记忆。机器人发出语音，是当年他偷偷录制的她的声音，他将它们用作声音样品。李蒂娅在网上搜到施仁最近的校招视频，他呼吁年轻人为家乡的发展而努力，让更多普通人也能平价拥有高科技的医疗关爱，当年共同奋斗的场景一幕幕闪回，李蒂娅打开机票网站，又关闭，犹豫中，机器人用施仁的声音唱起了《月亮河》：

月亮河，如此波澜壮阔
总有一天，我会优雅地渡过你
哦，织梦之河，令人心碎的河
无论你流向何方，我都随你而去
两个漂流的人，挽手出发看世界
世界很大，风景很美，值得此行
你我在同一道彩虹的末端
守候凝望着彼岸
那有我可爱的老朋友

月亮河，还有我……

开头的那个小机器人讲完了它的故事，过了一会儿，一个小女孩的手伸来，画面外有她的妈妈呼唤她的声音，于是她熄灭了电源键，答应着向画面外的妈妈飞奔而去，小机器人在关机前调皮地眨了下眼睛。

作者简介：

王嘉馨，出生于上海，毕业于上海大学影视学院，于广告集团任创意总监，后赴上海戏剧学院戏剧文学系攻读艺术硕士，师从陆军教授，获国家奖学金。著有小说集《织锦缎》，获得上海文化发展基金艺术资助，入围梁晓声青年文学奖，受到《界面文化》《文学报》《新民晚报》《东方文化周刊》、深圳报业集团、单向空间、豆瓣读书等新闻媒体推荐报道，登上当当图书热销榜；电影剧本《织锦缎》入选2021年长三角电影发展联盟孵化计划；话剧剧本《玻璃心》刊登于《中国作家》并入选阳翰笙剧本征集大赛；音乐剧《说好再见》获得2020年上海文化发展基金会文化艺术资助；话剧剧本《千门万户》获海上汇微剧节特别奖；话剧剧本《分手》收入戏剧剧本丛书《追梦人》。

松江绣娘

◆ 黄阔登

1927年（民国十六年）。

刘嫂在松筠女子职业学校打杂。她男人白老二，拉黄包车。

女校各年级皆开设刺绣班，主习顾绣。

初一三班。一小女生，交习作给老师。女老师尖叫一声，疾缩手。习作上的“青蛙”，太过逼真。

原来刺绣老师请假去乡下，让侄女冬梅到班上照看几日。这个女大学生与孩子们很快打成一团。

小女生叫白雪，刘嫂的女儿，是当年白老二在雪地里捡回来的。

白雪与小樱，形影不离。小樱，她爸卖膏药，她妈为人缝洗。

白雪为改手抖的毛病，倒立一圈儿绣花针围住手腕，稍抖就会被刺；小樱为练好劈丝，屏气凝神过度，昏了过去。

一天，她俩在街头，看到囚车上高喊口号的冬梅老师。如此胆小的文弱姐姐，怎会成了“赤党分子”？

白雪与小樱，后又考上护士学校，当了护士。二人暇余仍练绣工。

松江绣娘大赛，白雪拔得头筹，小樱居二。

与小樱同弄堂的阿松，是个小警察，对街坊邻里挺热心。

小樱知道阿松偷偷为她做过许多事，但对他就是无好感。

练刺绣时，白雪说阿松人挺不错的。小樱停针，想起押送冬梅老师那些警察凶神恶煞的样子，摇摇头。

那日，白雪找李院长。推开办公室的门，却见一个清秀男子正专心刺绣。白雪扑哧笑了。

院长进门，说这台手术太难了，没人有把握。男子说他去看看。

手术成功。此人医术如此高超，令大伙儿深深折服。

青年男子是院长的儿子，叫李文彬。他曾留学国外学医，眼下在部队当军医，练刺绣，是为了锻炼手指的灵活性。

经过接触，文彬与白雪互生情愫。但离开上海时，文彬拒绝了白雪暗蕴心迹的一幅刺绣。

小樱劝失落的白雪，说眼下这形势，文彬全是为她好呀。

深夜。阿松跟踪飞贼，上了房，七拐八绕后，发现脚下是小樱家。他在屋顶歇息，不觉睡着了。

小樱夜班未归。凌晨，开门声惊醒阿松。

小樱爸妈居然说起日语！阿松透过瓦缝，又见他们拿出一张地图，在上面标画。

接下来的日子，阿松继续监视夫妇俩。

一晚，小樱妈让女儿喝了一碗汤。小樱头晕，上床酣睡。对面房上的阿松，见小樱爸将女儿背出门。来了一辆黄包车，将一家三人拉走。

阿松欲追，脚麻，一时下不来。下房后，他在小樱家没找到任何线索，又连夜去了白雪家。白雪闻之惊愕万分。

警局乱糟糟的，没人理会阿松所说的事。

阿松担心小樱，四处寻觅，无果。白老二打听到一点有关小樱的消息，但真假难辨。

白雪带阿松到医院阁楼里。那里，放着小樱未完成的刺绣：一棵松。白雪告诉阿松，其实小樱已接受他了。

阿松恨恨道：她是日本人！

大战在即。有人劝院长到公共租界躲避，李院长说他必须留下。

培训战地救护人员的军医官来了。

白雪未想到，平素跟着自己习顾绣的一些闺中女子，也找到她，让她向院长求情，答应她们当救护。

院长劝她们不回，便让众女跟着白雪等人一起参加培训。

此时，身在虹口的小樱，在身份证件上见到自己的日本名字：铃木樱子。她的父母是潜伏中国几十年的间谍。

1937年8月，淞沪会战爆发。11月，日军集结重兵，直扑上海市区。

“松江在，上海在；松江失，上海失！”守军军官训话道。

松江阻击战打响了。

刘嫂与众妇女在伤兵收容所帮忙，煮绷带等；车夫们冒着炮火，用黄包车拉物资。

院长劳累过度，突发心脏病去世。

白雪见到了李文彬。他所在的部队被打散了，所以到这里参加救治。

此时，一个穿警服的伤员被送来。面目全非的他，还在喊“杀鬼子”。白雪抹抹他脸上的血污，才看清那人是阿松。

白老二拉米来，刘嫂为他擦汗。敌机忽至，疯狂俯射，白雪父母等人不幸遇难。

滂沱大雨中，收容所转移到女校。白雪竟见到倒地的小樱。

原来，小樱为骗过父母，说已想通，愿为日本效力。趁乱，她跑出租界，路上被流弹所伤，已奄奄一息。

阿松清醒过来，将樱子紧搂怀中。白雪把那块未完成的刺绣放到小樱手里。小樱将它交给阿松：“白雪，阿松哥，此生……来世……我只当中国人……”未说完就闭了眼。

晨，雨歇，战场骤静。

护士们安顿好伤者，见有刺绣材料，有的便穿针走线，还哼起小曲。伤兵们停下呻吟，默然无语，似忘尽伤痛。

前来探视的国军少将，恰见此幕，驻足凝眸，忽又吼道：“把她们给老子全部弄走！”卫兵们行动。

文彬一把抱起白雪，将她往军车里塞。白雪挣扎，怀里掉出那幅当初未赠出的刺绣。文彬捡起它，饱含深情地紧贴于胸口。

车动了，文彬追上前，向白雪递去一包绣花针。

女人们被送走后，只要能动的人，都拿起了武器。

松江阻击战，历经三日，守土将士，无一生还。

女校被轰炸不存。一本烧焦的花名册上，依稀可见：初二一班，戴明教、王美花、陈素玉……

上海沦陷。

1945年，冬，延安。延河畔，红梅艳，白雪想起了冬梅老师。她又打开医药箱，取出里面的一包绣花针，双目泪盈。

1949年5月下旬，上海红旗招展。

一位身挎医药箱的解放军女兵，捧着绣花针和照片：白雪姐，回家了。

1972年，松江工艺品厂，掌声雷动。

为响应周总理发出的“挖掘传统工艺美术品”号召，厂方聘请顾绣传人戴明教入厂授徒传艺。

濒临失传的顾绣，得以恢复传承。

2021年，上海顾绣艺术馆。新时代的绣娘们，为游人展示非凡技法，一眼望去，好似白雪、小樱也在她们里头……

作者简介：

黄阔登，男，从事创作工作，近年，在军内外报刊发表较多文学作品。代表作品有报告文学《地震无情大爱无疆》《你的母亲我的妈》，散文《一树樱桃带雨红》《茅花飞处是故乡》，小说《探亲》《蹋狗》《蟹恋》，影视剧本《嫁人就嫁解放军》《军缘》《笔剑》《补鞋人》等。

图书在版编目(CIP)数据

上海根故事工厂：原创影视故事集 / 陆军主编. —
上海：上海辞书出版社，2024
（人文松江创作文库）
ISBN 978-7-5326-6183-1

Ⅰ. ①上… Ⅱ. ①陆… Ⅲ. ①故事—作品集—中国—当代 Ⅳ. ①I247.81

中国国家版本馆CIP数据核字（2024）第001479号

SHANGHAI GENGUSHI GONGCHANG: YUANCHUANG YINGSHI GUSHIJI

上海根故事工厂：原创影视故事集

陆　军　主编

责任编辑　陈宇奇
装帧设计　梁业礼
责任印制　王亭亭

出版发行　上海世纪出版集团
上海辞书出版社®（www.cishu.com.cn）
地　　址　上海市闵行区号景路159弄B座（邮政编码：201101）
印　　刷　上海中华印刷有限公司
开　　本　720毫米×1000毫米　1/16
印　　张　18.25
字　　数　280 000
版　　次　2024年4月第1版　2024年4月第1次印刷
书　　号　ISBN 978-7-5326-6183-1/I·568
定　　价　88.00元